Nadine C. Felix

Gefühle kommen ohne Voranmeldung

Nadine C. Felix

Gefühle kommen ohne Voranmeldung

Roman

édition el!es
www.elles.de
info@elles.de
Umschlaggestaltung und Satz: graphik.text Antje Küchler
Umschlagfoto: © Fons Laure – Fotolia.com
ISBN 978-3-95609-074-5

1

Lisa ließ gutgelaunt ihren Blick durch die große Fabrikhalle des *Jenseits* und über die Frauen gleiten. Sie freute sich auf die Frauendisco und auf das Wochenende mit ihren Freundinnen. Während sie in die Tiefen des Saales vordrang, lächelte sie und flirtete mit einer ihr vertrauten Frau. Sah einer anderen frech hinterher, als diese an ihr vorbeikokettierte.

Als sie ihre Augen von dem dahinschwindenden Po abwandte und hochschaute, erstarrte sie. Ihr Herz klopfte wild, sie spürte es bis an ihren Hals. Schnell ging sie hinter einem der Barpfosten in Deckung.

Sie hatte Mona entdeckt.

Was macht sie hier? Lisa linste um die Säule herum. Mona stand bei Lisas Freundinnen, als sei es das Normalste der Welt, sich mit ihnen zu unterhalten. *Sie hat sich in all den Jahren fast gar nicht verändert. Sie ist sogar noch schöner geworden.* Lisas Herz schlug schneller als der Takt, den die Musik durch die Boxen vorgab. Sollte sie hinübergehen und Mona begrüßen? Wusste Mona, dass Lisa hier war? Wäre sie überrascht? Wie würde sie reagieren?

Doch Lisa beschloss, keine alten Wunden aufzureißen, schüttelte Monas Bild aus ihrem Kopf, straffte ihre Schultern und trat ihre obligatorische Runde durch das *Jenseits* an.

Etwas schneller als beabsichtigt kehrte sie zu ihren Freundinnen Jule und Birte zurück. Die Tatsache, dass Mona nicht mehr bei ihnen stand, hatte natürlich nichts mit ihrer Entscheidung zu tun, ihren Freundinnen *jetzt* Hallo zu sagen.

»Na ihr zwei, alles klar?«

»Na, du lässt dich ja spät blicken. Bist wohl unterwegs aufgehalten worden?« Jule sah sie neckisch an.

Lisa lachte. »Das würdest du wohl zu gern wissen, was?« Sie nahm Jules Glas von der Bar, trank und stellte es leer zurück. »Wo ist denn Mona?«, fragte sie so unschuldig wie möglich. Dabei strich sie sich mit den Fingern über die Lippen und schaute gespielt interessiert einer Frau nach.

Jule und Birte sahen erst sich, dann Lisa verwundert an. »Du kennst Mona?«, kam es von beiden gleichzeitig.

»Flüchtig.« Lisa bemühte sich, so uninteressiert wie möglich zu wirken. Sie hatte schließlich einen Ruf zu verlieren. Ihre Freundinnen sollten nicht denken, dass sie an Mona interessiert war. Und sie wollte sich nicht eingestehen, dass sie vor Neugierde starb, weil sie wissen wollte, was Mona hier machte. »Worüber habt ihr euch denn so unterhalten?«

»Och, über dies und das.« Birte schien arglos. »Flüchtig also. Wie *flüchtig* denn genau?«

Ahnte sie etwas? Lisa zuckte nur die Schultern. »Flüchtig, wie Gas halt.« Sie konnte nur hofften, dass ihre Freundinnen nicht bemerkten, dass sie flunkerte. »Woher kennt ihr sie?«, fragte sie deshalb in harmlosem Ton.

»Aus dem Café. Wir sind ins Gespräch gekommen.« Jule wollte einen Schluck aus ihrem Glas nehmen und rollte die Augen, als sie feststellte, dass es leer war. »Vielleicht ist sie auf der Suche nach einer Frau?« Jule blickte wieder zu Lisa.

Na wunderbar, dachte Lisa. *Mona ist auf ein Abenteuer aus, und die beiden hier meinen, ich müsste mich jetzt sofort auf sie stürzen.* Sie tat so, als hätte sie die Anspielung nicht bemerkt, und sah sich unauffällig nach Mona um.

»Mona sieht verdammt klasse aus. Ich glaube nicht, dass sie Schwierigkeiten haben wird, eine Frau kennenzulernen«, sagte Birte.

Lisa richtete ihren Blick etwas zu schnell auf Birte. *Nein, natürlich nicht. Mona wird mit Sicherheit keine Schwierigkeiten haben. So heiß, wie sie aussieht.* Sie ging auf diese Bemerkung nicht ein. »Wo ist sie eigentlich?« Sie schob sich eine Haarsträhne, die ihr ins Gesicht gefallen war, hinters Ohr.

»Tja, vielleicht hat sie ja gerade eine Frau gefunden.« Birte grinste. »Soll hier schnell gehen, habe ich mir sagen lassen.«

Lisa gewann ihre gewohnte Coolness zurück. »Vielleicht hat sie mich hier stehen sehen und fühlt sich von mir eingeschüchtert?«

»Ja, so wird's wohl sein.« Jule nickte und verdrehte verspielt die Augen.

»Nein, im Ernst, ich habe davon schon mal gehört. Das hat chemische Ursachen. Ist nicht leicht zu erklären.« Lisa verzog einen Mundwinkel.

»Ich hoffe, du kannst es *mir* erklären?« Monas Stimme erklang wie aus heiterem Himmel hinter Lisas Rücken. Sie hatte sich unbemerkt von hinten genähert.

Lisa durchfuhr ein Blitz, der all ihre Glieder für einen Augenblick lähmte. Sie drehte langsam den Kopf und schaute in unglaubliche, verschiedenfarbige Augen. Noch nie hatte sie Monas Augen nur eine Farbe zuweisen können.

Die Zeit schien stillzustehen. Die Geräusche der Umgebung und die Musik schienen zu verstummen. Sie nahm nur ihren hämmernden Herzschlag wahr. Ihre Knie gaben fast nach. Es fiel ihr schwer zu atmen.

Wie lange war Mona bereits hinter ihr? Und was hatte sie alles von dem gehört, was sie gesagt hatte? Bildete sie sich das nur ein, oder hatte sie in Monas Augen ein Aufblitzen gesehen? Sie versank in Monas Augen, immer tiefer und tiefer. *Reiß dich zusammen.*

»Ich mag es nicht, wenn man sich so an mich heranschleicht.« Die abweisende und mürrische Antwort kam selbst für Lisa unerwartet. Sie musste einen Schutzschild aufbauen gegen diese Augen, diese Stimme.

Dennoch verzogen sich Monas Lippen zu einem Lächeln. »Entschuldige. Es hat mich überrascht, dich hier zu treffen, und ich wollte nur Hallo sagen.«

Lisa errötete und nagte an ihrer Unterlippe. Von ihrer Leichtigkeit und der Selbstverständlichkeit, mit Frauen umzugehen, die ihr normalerweise eigen war, schien nichts mehr übrig zu sein. Mona setzte sie außer Gefecht, manövrierte sie ins Aus, verdonnerte sie wieder zum unwissenden Schulmädchen.

»Hätte ich gewusst, dass du dich so …«, Mona suchte anscheinend nach dem passenden Ausdruck, »entfraut fühlen würdest …« Sie schaute etwas hilfesuchend zu Birte.

Die hatte offensichtlich Mühe, ein Lachen zu unterdrücken. »Gute Wortwahl: *entfraut*.« Belustigt blickte sie zwischen Mona und Lisa hin und her.

Monas Blick glitt von Lisa fort die Treppen hinauf, die auf die Galerie führten, als ob sie nichts an diesem Gespräch interessieren würde. Zwei Frauen, Arm in Arm, gingen küssend nach oben.

»Es braucht schon ein bisschen mehr, mich zu *entfrauen*«, sagte Lisa. »So einfach ist das nicht.«

Birte und Jule lachten. »Entmannt, entfraut – klasse Idee.«

»Ich musste auch lange darüber nachdenken.« Monas Blick kehrte von den beiden Frauen, die mittlerweile im Dunkel der Galerie verschwunden waren, zu Lisa zurück, streifte sie, wanderte dann schnell zu Birte.

Lisa beobachtete Mona von der Seite. Monas Gesicht zog sie in seinen Bann. Ihre Lippen luden zum Küssen ein … Lisa dachte zurück an die heikle Situation, in die sie Mona vor langer Zeit gebracht hatte. Sie musste über ihre eigene Unverschämtheit lächeln. Doch als sie an den Kuss von damals dachte, spürte sie, wie Hitze ihren Körper durchströmte.

Das war jetzt völlig unangebracht. Die Zeiten mit Mona waren vorbei. »Hat dir deine Freundin für heute Ausgang erteilt?«, fragte sie in weit aggressiverem Ton, als sie beabsichtigt hatte.

Monas Augenbrauen zogen sich zusammen. »Du verschwendest noch immer keine Zeit, was?«

»Und du? Verschwindest du immer noch mir nichts dir nichts von der Bildfläche?«

Monas Augen glänzten. Sie warf Lisa einen scharfen Blick zu. »Du weißt, dass das unfair ist. Du hast kein Recht, mir irgendetwas vorzuhalten. Und außerdem brauche ich nicht um Erlaubnis zu fragen, wenn ich ausgehen will. Es geht dich zwar nichts an, aber ich habe mich von meiner Freundin getrennt.«

In Lisas Kopf ratterte es. *Sie hatte also eine Freundin, aber jetzt ist sie allein, also ist sie frei, sie ist zu haben, ich brauche nur …*

Rund um die Bar wurde es plötzlich voll, sodass Lisa näher an Mona herangeschoben wurde. Sie atmete Monas sinnlichen Duft ein. Ein orientalischer Duft wie aus edlen Hölzern und Vanille. Erotik pur. Er ließ ihre Beine schwach werden. Mit einer Hand musste sie sich an der Bar abstützen, mit der anderen berührte sie unverhofft Monas Taille. Sofort spürte sie die Wärme, die von Monas Haut auf ihre überging.

Verlegen zog sie ihre Hand zurück. Gänsehaut überzog ihren Körper. Sie blickte auf Monas Lippen, die gefährlich nahe an den ihren waren. *Zu nah, ich bin ihr viel zu nah.* Als sie aufsah, trafen sich ihre Blicke.

Ihr wurde so heiß, als würde sie innerlich verbrennen. Hatte sie einen plötzlichen Fieberanfall? Sie würde krank werden, ganz bestimmt. Schnell schaute sie zur Seite. Sie lauschte dem Song, doch dadurch wurde ihr nur noch heißer. Sie musste schnellstens Abstand zwischen sich und Mona schaffen.

Carmen, die Eigentümerin des *Jenseits*, gesellte sich zu ihnen. »Na, amüsiert ihr euch?«

Lisa trat hastig einen großen Schritt von Mona zurück. Ihr Körper begann sich wieder abzukühlen.

Carmen musterte Mona, schaute ihr tief in die Augen. »Oh mein Gott«, entfuhr es ihr schließlich laut. »Sieh einer an, Zweiauge! *Du* bist das also.«

Birte und Jule sahen erst sich, dann Carmen und dann Lisa fragend an. Ihre Gesichter baten um Aufklärung.

Carmens Augen schlossen sich zu schmalen Schlitzen. »Du hast damals der Kleinen ganz schön zugesetzt. Ich habe sie total verheult vor dem Café gefunden.«

Mona warf einen Blick auf Lisa.

»Carmen, lass gut sein«, sagte Lisa schnell. »Das ist so lange her, dass es schon fast nicht mehr wahr ist.« Sie schob Carmen hinter die Bar und ließ die anderen verwirrt zurück.

Carmens Stimmung hatte sich schlagartig gewandelt. Giftige Pfeile schossen aus ihren Augen, als sie Lisa anfuhr: »Sag mal, was läuft hier eigentlich?«

»Nichts, was soll denn laufen?« Lisa blinzelte verwirrt. So

kannte sie Carmen gar nicht.

»Warum nimmst du sie in Schutz?«

»Das tue ich nicht. Was ist auf einmal mit dir los?«

Carmen musterte sie eindringlich. »Du willst sie. Du willst sie immer noch. Hast du denn nichts aus damals gelernt? Du warst völlig fertig.«

Lisa seufzte und verschränkte die Arme. »Ich war sechzehn. Zeig mir eine, die nicht fertig ist, wenn sie abgewiesen wird in dem Alter. Und wie du siehst, geht es mir bestens. Die Zeit heilt alle Wunden. Damals dachte ich, ich würde Mona lieben.« Sie zuckte die Schultern. »Doch es waren nur Hormone, die ich mit Gefühlen verwechselt habe.«

»Und jetzt? Was ist es jetzt? Immer noch Hormone?«, fragte Carmen.

Lisa wusste, dass Carmen sehr temperamentvoll sein konnte. Manchmal geriet sie richtig in Rage, aber normalerweise bezog sich das nicht auf Lisa. »Ach Carmen, ich bin für die Liebe nicht gemacht, das weißt du doch.« Sie lachte leicht. »Ob Mona oder eine andere, das ist völlig egal.«

»Keine andere hat dich je so fertig gemacht«, erwiderte Carmen. »Oder willst du das bestreiten?«

»Ich bestreite gar nichts.« Lisa hob die Augenbrauen. »Lass uns einfach nicht mehr darüber reden, okay?«

Carmen betrachtete sie eine Weile zweifelnd, dann drehte sie sich um und widmete sich wieder ihrer Kundschaft. Aber trotzdem schweifte ihr Blick noch einmal mit einem tadelnden Ausdruck zu Lisa zurück. »Du lernst es nie«, murmelte sie.

Lisa warf ihr einen Luftkuss zu, und Carmen wandte sich kopfschüttelnd endgültig ab.

Lisa lächelte und lehnte sich gegen das Spülbecken. Sie bewunderte Carmen, die immer nur arbeitete, tagsüber im Café, an den Wochenenden im *Jenseits*. Manchmal fragte Lisa sich, warum sie das tat. Unter anderen Umständen hätte sie vielleicht vermutet, dass es Carmen darum ging, jemanden kennenzulernen. Aber das war es nicht. Zwar machten sich immer wieder Frauen an Carmen heran, aber nie hatte Lisa sie länger als ein paar Wochen mit ein und derselben Frau gesehen, und selbst das war schon verdammt lange her.

Sie atmete tief ein und stieß sich vom Becken ab. Langsam zog sie der Rhythmus der Musik in seinen Bann. In kleinen Tanzschritten dem Rhythmus folgend schlenderte sie hinter der Theke hervor und gab sich ganz dem Tanz hin.

Eine Frau näherte sich ihr, legte ihre Hände um Lisas Taille und zog sie zu sich heran. Lisa sah der Fremden tief in die Augen, tanzte eine Weile mit ihr, bis sie sich mit lasziven Bewegungen im Takt der Musik hinter die Fremde begab. Sinnlich langsam glitten ihre Hände über den fremden Körper, sie küsste die Frau auf den Nacken, zeigte der dunklen Schönheit, was sie von ihr wollte, nahm ihre Hand und verließ mit ihr die Tanzfläche, um gemeinsam die Metalltreppe emporzusteigen.

Oben auf der Brüstung zückte Lisa eine Schlüsselkarte und zog sie an der Tür mit der Aufschrift *Büro* durch den Kartenleser. Sie benutzte Carmens Büro immer, wenn sie mit einer Frau ungestört sein wollte.

Nachdem sie die Tür geöffnet hatte, ließ sie ihrer Gespielin den Vortritt. Sie drehte sich, um die Tür zu schließen, da fing sie Monas Blick ein. Auf einmal stand sie da wie zur Salzsäule erstarrt.

Sie spürte, wie die Fremde in ihrem Rücken sie sanft auf den Nacken küsste. »Komm, lass mich nicht länger warten«, hauchte sie an Lisas Ohr.

Langsam, fast widerstrebend begann Lisa die Tür zu schließen, ihr Blick war nach wie vor auf Mona gerichtet. Ihrer beider Augen fixierten sich, bis die geschlossene Tür die Verbindung zwischen ihnen trennte.

Mona stand auf der Galerie und beobachtete Lisa, die ihren Körper elfengleich bewegte. Es schien, als würde sie mit der Musik verschmelzen. Der Nebel, der in regelmäßigen Abständen auf die Tanzfläche waberte, umhüllte Lisa wie eine nackte Geliebte. Dann sah Mona, wie eine Frau sich Lisa näherte und sie eng an sich zog. Beide ließen ihre Hüften zur Musik kreisen.

Wie lange sie so stand und Lisa beobachtete, wusste Mona nicht. Die Atmosphäre, die im *Jenseits* herrschte, war berauschend und zog sie in ihren Bann. Je länger sie Lisa beobachtete, desto mehr wünschte sie sich in ihre Arme. Das überraschende Wiedersehen hatte längst verloschen geglaubte Gefühle wiedererweckt. Die Sehnsucht nach Lisas Zärtlichkeiten erfasste sie erneut. Unangenehme Erinnerungen an das, was sie hatte Lisa antun müssen, breiteten sich in ihr aus. Sie wollte es wiedergutmachen, sie wollte …

Ein Luftzug streifte ihren Hals, ließ sie erschauern. Dann ein zweiter, ein dritter. Jemand hauchte warme Atemluft über ihren Nacken. Bevor sie sich jedoch nach der Frau in ihrem Rücken umdrehen konnte, spürte sie die Weichheit des fremden Körpers, der sich eng an sie drückte. Es fühlte sich unglaublich aufregend an.

»Hab keine Angst. Ich werde dir nichts tun. Jedenfalls werde ich nichts tun, was du nicht möchtest«, hauchte eine sinnliche Stimme über Monas Schulter. »Ich finde dich absolut umwerfend. Schon als ich dich das erste Mal gesehen habe, hast du mir gefallen.«

Mona fühlte, wie fremde Hände ihre Taille streichelten, sich dann weiter nach vorn zu ihrem Bauch bewegten.

»Als ich dich heute hier sah, konnte ich mein Glück kaum fassen.« Es folgte ein Kuss auf Monas Hals. »Ich bin dir nach oben gefolgt. Ich hoffe, du hast nichts dagegen?« Ein erneuter Kuss streifte Mona.

Mona schloss kurz die Augen. Verdunkelte somit die Darbietung, die sie die ganze Zeit beobachtet hatte und in der Lisa die Hauptrolle spielte. Jetzt kam ein neuer Akt hinzu. Einer, in dem sie die Hauptdarstellerin war. Sie genoss den Schauer, der ihr über den Rücken lief. Sie hatte keine Angst vor dieser dunklen, vertrauenerweckenden Stimme. Diese Stimme vermittelte ihr das Gefühl, sexy zu sein. Das Ambiente und ihre körperliche Stimulation taten ein Übriges.

»Sag mir, wenn du es nicht möchtest, dann höre ich sofort auf.« Die Stimme klang nun sehr verführerisch, sie umgarnte Mona förmlich.

Fremde Hände zupften an Monas Bluse, bis sie nicht mehr von der Hose gefangengehalten wurde. Fremde Fingerspitzen schlichen sich unter den Stoff und streichelten zärtlich über ihren nackten Bauch. Mona versuchte ihre immer schneller werdende Atmung unter Kontrolle zu bringen, während kühle, samtene Finger ihre weichen Rundungen nachzeichneten und das Feuer, das schon die ganze Zeit in ihr loderte, noch weiter anfachten.

Als die fremden Finger sich langsam Monas Brustwarzen näherten, die bereits Wirkung auf die zarten Berührungen zeigten, sog Mona tief die Luft ein. Sie lehnte sich an den fremden Körper in ihrem Rücken und verstand sich selbst nicht mehr. Wie konnte sie nur zulassen, was da gerade mit ihr geschah? Ein Stöhnen entwich ihr. Ihre Brustwarzen standen bereits hart himmelwärts, als die Fremde ihre Brüste in die Hände nahm und sie sanft massierte. Monas Augen hielten Lisa gefangen, ihre Hände das Geländer der Brüstung.

»Lisa macht dich an, nicht wahr?«, flüsterte die aufreizende Stimme.

»Ja«, hauchte Mona in die Luft. Sie beobachtete, wie Lisa sich hinter die Frau begab und sie ebenfalls auf den Nacken küsste. Daraufhin presste Mona sich noch enger an die Fremde.

»Ja, das gefällt dir!«, flüsterte die Fremde in ihr Ohr.

Mona sah, wie Lisas Partnerin ihre Hände auf Lisas Po legte. Mona ließ die Brüstung los und legte ihre Hände auf den Po der Fremden hinter sich. In stillem Einverständnis stellten sie das Paar dar, das sie beobachteten.

In Monas Gedanken war es Lisa, die hinter ihr stand und sie liebkoste.

Die feuchten Lippen, die sich ihren Hals entlangküssten und sanfte Luft darüberbliesen, machten sie langsam verrückt.

Mona sah, wie Lisa ihr Liebesspiel einstellte und etwas zu ihrer Gespielin sagte. Dann stiegen sie die Treppe hinauf.

Lisa blieb mit ihrer Geliebten in einigen Metern Entfernung stehen.

Mona beobachtete, wie Lisa ihre Gespielin liebkoste. Dann trafen sich ihre Blicke. Lisa lächelte sie überlegen an.

Es war, als sehe Mona in den Spiegel. Nicht die Unbekannte

liebte sie, sondern Lisa tat es. Lisa führte all die herrlichen Berührungen aus, die ihr ein solches Hochgefühl bereiteten. Lisa war es, die ihre Hände unter ihre Bluse gleiten ließ. Lisas Hände waren es, die ihr über den Bauch strichen, ihre Brüste umschlossen und anfingen, sie zu massieren. Und es war Lisa, die sie dabei auf den Hals küsste.

Schweißperlen benetzten Monas Haut. Sie konnte ihre Lust kaum noch bremsen. Für einen Moment überlegte sie, dem ein Ende zu setzen. Ihre Augen schlossen sich. *Es ist nicht richtig ... aber unglaublich schön.* Es war überhaupt nicht ihre Art. Noch nie hatte sie so etwas getan, geschweige denn daran gedacht, es auf solche Art und Weise zu tun.

Die Fremde öffnete Monas Hose. Flinke und geübte Finger glitten unter ihren Slip. Mona sog scharf die Luft ein. Der Gedanke, dass es Lisas Finger sein könnten, die in ihre Nässe eintauchten, ließ sie aufstöhnen. Sie öffnete die Augen, und ihr verschleierter Blick fing erneut Lisa Blick ein. Sie sah in Lisas Augen, wie erregt sie war. Gleichzeitig hörte sie an ihrem Ohr das Stöhnen ihrer fremden Geliebten. Nach der langen Zeit der Enthaltsamkeit traf sie das Verlangen nach Sex, das sie selten so intensiv empfand wie jetzt, wie ein Blitz aus heiterem Himmel und löste damit ein immenses Ziehen in ihrer Mitte aus.

»Das macht dich verrückt, nicht wahr?«, flüsterte die Fremde Mona zu.

»Ja ... sehr.« Monas Stimme vibrierte. Während unbekannte Finger sich geschickt in ihr und auf ihr bewegten, kam sie. Die Dunkelheit erhellte sich für einen Moment, Blitze und Farben nebelten durch die Luft. Erschöpft sackte sie etwas in sich zusammen.

»Das war wunderbar«, flüsterte die fremde Stimme, »auch wenn ich weiß, dass du in Gedanken bei ihr warst. Ich werde mich jetzt zurückziehen ... und wer weiß, vielleicht haben wir irgendwann noch einmal das Vergnügen.«

Mona fühlte eine sanfte Berührung in ihrem Nacken, dann war die Fremde genauso unauffällig verschwunden, wie sie zuvor aufgetaucht war.

Sie wollte sich nicht umdrehen, wollte nicht wissen, wer die Frau gewesen war. Sie ordnete ihre Kleidung, fühlte sich aufgeheizt von dem gerade Erlebten. Einen Moment zögerte sie, bevor sie in Lisas Richtung schaute, doch Lisa war nicht mehr da. Mona blickte sich um, aber sie konnte sie nirgends entdecken.

Sie schloss seufzend die Augen. Sie brauchte einen Moment, um wieder klar denken zu können. *Lisa kann tun und lassen, was sie will.* Außerdem wollte sie sich auf kein Abenteuer einlassen, noch nicht. Ihr Leben war noch eine einzige Unordnung. Ihre Trennung von Barbara, der Umzug hierher, die neue Arbeitsstelle. Und Lisa? Lisa schien kein Kind von Traurigkeit zu sein. Alle Frauen hier, das konnte Mona sehen, schmachteten Lisa an. Jede wäre bereit gewesen, sich Lisa hinzugeben, ohne Wenn und Aber. Lisa war eine Frau, die jede in ihren Bann zog. Doch Mona wollte sich da nicht einreihen. Sie beschloss, dass sie zu Hause und allein besser aufgehoben war.

»Ein Wasser, bitte.« Mona hoffte, dass Carmen ihr nicht ansah, warum sie so dringend nach dem kühlen Nass lechzte. Sie fühlte sich wie ein Teenager, der etwas Verbotenes getan hat.

Nach einer Weile gesellte sich Lisa zu Mona und rief über die Bar: »Carmen, würdest du mir bitte ein Wasser und ein Bier bringen?« Sie neigte sich zu Mona. »Das ... *Du* hast mich ganz schön angemacht. Du bist unglaublich sexy, weißt du das? Allerdings war ich bislang der Meinung, dass du die Finger von Schülerinnen lässt.«

Monas Kopf schnellte herum. Sie blickte Lisa verwirrt und mit weit aufgerissenen Augen an. »Was? Was erzählst du da? Was meinst du?« Panik macht sich in Mona breit. Sie sah sich schon in Handschellen, von einer grimmig dreinschauenden Polizeibeamtin in den Streifenwagen geschubst.

Lisa zuckte die Schultern. »Na ja, sie ist eine deiner Schülerinnen. Ich weiß es, ich kenne sie. Sie erzählte mir, dass du ihre Lehrerin bist, dass sie dich ziemlich heiß findet und gern mal ... wenn sie könnte ... na, das weißt du ja jetzt.« Lisa grinste breit. »Auf jeden Fall hat die Kleine Geschmack, das muss ich ihr lassen.« Sie nahm die Getränke von Carmen entgegen und sprach mit einem Schmunzeln auf den Lippen weiter. »Sie hat dich erkannt. Im ersten Moment konnte sie es kaum glauben, dass du hier bist. Man konnte fast ihre Augäpfel aus den Augenhöhlen fallen sehen. *Ich* sah, wie *sie* sah, dass du die Treppe nach oben gegangen bist. Dann sah *ich* wieder, wie *sie* dir gefolgt ist. Tja, und was dann kam, wissen wir ja beide.« Lisa nahm grinsend einen Schluck aus dem Wasserglas.

Mona blickte sie weiter ungläubig an. Sie spürte förmlich, wie sie blass um die Nase wurde. »Das hast du dir jetzt nur ausgedacht! Sie ist nicht ... Ich wusste nicht ...« *Oh Gott! Was habe ich getan?*

Lisa feixte. »Keine Angst, beruhige dich. Sie ist volljährig. Du hast also keine *Unzucht* betrieben.« Sie blickte Mona tief in die Augen. »Sie aber wohl mit dir.« Lachend warf sie ihren Kopf zurück.

»Das ist nicht witzig, Lisa«, sagte Mona eisig und warf Lisa einen finsteren Blick zu.

»Aber es hat dir gefallen. Das kannst du nicht bestreiten. Und du brauchst dir keine Gedanken zu machen, ich kenne die Kleine. Da kommt nichts nach.«

»Na hoffentlich.« Mona nahm einen großen Schluck aus ihrem Glas.

»Und das war doch auch viel besser, als gleich wieder in einer Beziehung landen.«

Der Ernst, der in Lisas Stimme mitschwang, irritierte Mona etwas. »Was ist so verkehrt an einer Beziehung?«, fragte sie.

Lisas Mundwinkel zuckten. »Wer sagt, dass man nur für eine Person bestimmt ist? Viele Frauen kreuzen meinen Lebensweg. Viele unterschiedliche Frauen. Wie soll ich mich da für eine entscheiden? Für manche, gut: für viele mag es ja *die Eine* geben. Aber jetzt mal ehrlich: Langeweile wird doch dann zum Programm.«

Mona hob die Augenbrauen. »Denkst du wirklich?«

»Ich habe nichts gegen Beziehungen«, fuhr Lisa fort. »Wirklich nicht. Aber für mich ist das nichts. Es gibt zu viele schöne Frauen auf der Welt.«

»Wenn man die Richtige trifft –«, setzte Mona an.

Aber Lisa unterbrach sie. »Die Richtige? Gibt es das?« Sie machte eine kunstvolle Pause und musterte Mona. »Deine Freundin war's nicht? Sonst hättest du dich wohl kaum von ihr getrennt.«

»Ich wüsste nicht, was dich das angeht.« Monas Augen zogen sich zusammen. »Dir scheinen Trennungen ja mehr als leicht zu fallen.«

»Oh, hat sie sich von *dir* getrennt?« Lisa schien immer mehr Gefallen an dem Thema zu finden. »Das tut mir aber leid.«

»Tut es nicht«, sagte Mona. »Und jetzt hör schon auf. Wartet nicht eine deiner vielen schönen Frauen auf dich?«

Lisa blickte sich um, als würde sie den Raum nach genau so einer Frau absuchen. »Im Moment nicht«, entgegnete sie lässig, als ihr Blick wieder zu Mona zurückkehrte. »Wir können uns ruhig noch ein bisschen unterhalten.«

»Warum auch immer du das willst«, sagte Mona. »Dir scheint es ja gutzugehen ohne mich.«

»Das hast du nicht erwartet, hm?« Lisas Blick funkelte. »Hast gedacht, ich liege ewig da rum, wo Carmen mich gefunden hat, und heule mir einen ab wegen dir. Aber ist nicht, junge Frau. Du bist nicht die einzige.«

»Das habe ich auch nie behauptet«, stellte Mona gelassen fest. »Schließlich bin ich fast doppelt so alt wie du, ich sollte es wissen.«

Lisa schien sich verschluckt zu haben, denn sie hielt sich die Hand vor den Mund, um das Wasser nicht gleich wieder herauszulassen. Sie hustete. »Spinnst du? Doppelt so alt. Es sind gerade mal zehn Jahre.« Sie holte tief Luft. »Doppelt so alt bist du aber, wenn du diese Schülerin betrachtest, mit der du eben ...« Sie lachte laut. »Oder sie mit dir. Wie auch immer.«

»Das macht dir Spaß, hm?« Mona schüttelte den Kopf. »Was soll ich jetzt tun? Im Erdboden versinken, weil ich dasselbe getan habe wie du?«

»Nicht ganz dasselbe. Sie war nicht meine Schülerin.« Lisas Lippen zuckten. »Aber du hast Recht. Wir haben beide keinen Grund, im Erdboden zu versinken, nur weil wir uns das geholt haben, was wir brauchen.« Sie beobachtete Mona, als erwartete sie eine bestimmte Reaktion von ihr. »Die eine mehr, die andere weniger.«

Lisas Blick wanderte von Monas Augen zu ihrem Ausschnitt und schweifte dann weiter über Monas Körper. Sie trat nah an Mona heran. »Ich zeige dir, was ich meine.« Schnell ging sie um sie herum, legte ihre Hände auf Monas Taille und begann, Mona auf den Nacken zu küssen.

Monas kleine Härchen antworteten auf diese Berührung, indem sie sich aufstellten. Sie holte tief Luft. Ihr Körper zuckte bei jedem weiteren Kuss auf ihren Nacken zusammen. *Nein, ich will das nicht!* »Lass mich, Lisa.« Ihre Augenlider flatterten. Sie wollte sich aus Lisas Griff befreien, aber Lisa ließ es nicht zu, sondern drückte sie gegen die Bar.

»Bitte ...« Mona hauchte es nur. Sie kämpfte gegen sich selbst an, denn was sie sagte und was sie fühlte, waren zwei verschiedene Dinge. »Das bringt doch nichts.«

Fast unmerklich lockerte Lisa ihren Griff, sodass Mona sich zu ihr umdrehen konnte. Ihre Augen fixierten Monas Gesicht.

Mona sah das Verlangen darin und wusste, dass es sich in ihren eigenen Augen widerspiegelte. Das wollte sie nicht. Sie wollte nicht, dass Lisa es sah. Sie drehte den Kopf weg.

Das hinderte Lisa jedoch nicht daran, sie zu zwingen, sich erneut an die Bar anzulehnen. Ihre Finger streichelten Monas Seiten, während sie ihren Schenkel zwischen Monas Beine schob und leicht gegen ihre Mitte drückte.

Mona zuckte heftig zusammen, als sie es spürte, als das heiße Pochen ihre Schenkel zittern ließ. Lisas Atem strich über ihr Gesicht. Hilflos schnappte sie nach Luft und legte ihre Arme auf den Tresen, um die Kante mit den Fingern zu umklammern. Lisas Lächeln galt jetzt ganz allein ihr. Es war eine Einladung, das wusste sie. Doch die durfte sie nicht annehmen. Sie glaubte auch nicht, dass sie noch einmal – oh doch, sie konnte, ihr Körper zeigte eindeutige Signale. Dieses atemberaubende, aufregende Gefühl war kaum auszuhalten, so unerträglich schön war es in Lisas Armen.

Sie blickten sich in die Augen.

Lisa neigte sich langsam zu Mona. Mona wusste nicht genau, wie sie mit der Situation umgehen sollte. In Lisas Nähe fühlte sie sich so lebendig wie schon ewige Zeiten nicht mehr. Lisa ließ ihr Herz schneller schlagen, erweckte eine Leidenschaft in ihr, die sie gar nicht kannte. Sie glaubte, lichterloh in Flammen zu stehen. Zu plötzlich schien das einzutreten, was sie sich so sehr gewünscht hatte.

Lisa erhöhte den Druck auf ihre Mitte. Mona legte ihre Hände auf Lisas Arme, fing an, leicht über sie hinwegzustreicheln.

Lisa zuckte bei Monas Berührung zusammen. Sie löste ihren Griff um Monas Taille und ließ ihre Finger leicht an Monas Seiten hinaufstreichen. Dann schaute sie ihr in die Augen und lachte leise. Diesmal hatte Mona den Kopf nicht weggedreht und dadurch verhindert, dass Lisa das Flackern in ihren Augen sah, das Auflodern der Lust. Und Lisa war offensichtlich sehr zufrieden mit dem, was sie gesehen hatte.

Mona wusste, dass sie das hier jetzt beenden musste. Es war nicht richtig, was sie hier taten. Das würde nicht gutgehen ... Doch sie konnte sich nicht gegen das wehren, was in ihr vorging. Sie konnte sich nicht dagegen wehren, darauf zu reagieren. Sie öffnete leicht ihre Lippen.

Lisas Blick fing den ihren ein. Lisa musste sehen, dass sie ihre Nähe immer mehr genoss. Sie musste sehen, wie sehr Mona wollte, dass Lisa sie küsste. Aber Mona wollte nicht, dass sie es sah. Sie versuchte, ihren Körper dazu zu bringen, sich nicht dazu zu äußern, aber es bewirkte das Gegenteil. Unbewusst schmiegte sie sich enger an Lisa.

Lisas Hand legte sich sanft auf Monas Brust, und der Daumen begann, über ihre Brustwarze zu streichen, die sich sofort emporhob.

Als Lisa den Kopf zu ihr neigte, flammte in Mona ein letzter Widerstand auf. »Nein, was tust du? Nicht hier«, flüsterte sie. *Oh doch, bitte, ich kann es kaum noch erwarten, deine Lippen auf meinen zu spüren.*

Lisa deutete an, sie küssen zu wollen, tat es aber nicht, sondern verweilte wenige Millimeter vor ihrem Mund.

Mona fühlte, wie ihr eigener Blick sich verschleierte. Ihr Mund öffnete sich erneut leicht. Tief saß ihr Verlangen nach Lisa, aber so wollte sie sich ihr nicht hingeben. Erst recht nicht hier. Aber es fiel ihr schwer, sich aus Lisas Umarmung zu lösen. Sie versuchte, Lisa wegzuschieben.

Monas Gegenwehr – wenn man es denn so nennen konnte – ließ Lisa unbeeindruckt. Sie streichelte Mona weiter.

Mona wusste, dass sie sich energischer wehren musste, wenn Lisa sie ernstnehmen sollte, aber stattdessen gab sie gleich wieder nach. Es machte sie an, dass Lisa so unglaublich besitzergreifend sein konnte. Bei ihr verlor sie ihren eigenen Willen. »Bitte«, flüsterte sie, »küss mich.« Es war ihr inzwischen egal, wo sie sich befand. Ihr Verlangen nach Lisa wuchs mit jeder Sekunde.

Darum musste man Lisa nicht zweimal bitten. Ihre Lippen senkten sich auf Monas. Ihr Blick wich dabei nicht von Monas Augen.

Lisas federleichte Berührung brannte auf Monas Mund. »Das fühlt sich unglaublich an, mach weiter bitte …«, flüsterte Mona mit heißerer Stimme.

Lisa genoss. Und es rührte sie, dass Mona ihr so ein Vertrauen entgegenbrachte. Sie strich mit ihrem Daumen über Monas weiche, geschwungenen Lippen und schluckte schwer. Was tat sie hier? War sie von allen guten Geistern verlassen? Waren es nicht genau diese Gefühle, vor denen sie immer Reißaus genommen hatte? Sie fühlte ein Bedauern und eine Sehnsucht in sich aufkeimen. Sie wollte das Eindringen hinauszögern. Es vielleicht sogar beenden. Doch sie konnte sich nicht von Mona lösen. Zu schön war es, was sie gerade empfand.

Vorsichtig fing sie an, statt mit ihrem Daumen mit ihrer Zungenspitze über Monas Lippen zu streichen, saugte zärtlich an ihrer Unterlippe. Küsste sie neckend und lockend.

Mona, die nun nicht mehr an sich halten konnte, da die Gefühle, die Lisa in ihr auslöste, sie überrannten, nahm Lisas Kopf in ihre Hände und küsste sie fordernd. Lisa war so anders als die Frauen, die sie kannte, und es gefiel ihr. Sie verlangte nicht nur Einlass mit ihrer Zunge, sie wollte Lisa von innen erforschen, spüren und schmecken. Mit ihren Händen strich sie Lisas Rücken hinunter, packte sie fest an ihrem Po und beförderte so Lisas Mitte an ihre. Lisa stöhnte in ihrem Mund.

Mona nahm den Moment wahr. Mit heißem Atem umspielte sie geschickt Lisas Zunge. Umkreiste sie sanft und saugte an ihr.

In Lisa machten sich kleine Blitze auf den Weg. Von ihren Lippen über ihre hart aufgestellten Brustwarzen bis hinunter zu ihrem Venushügel, wo die Blitze explodierten. Sie war es nun, die mit ihren Händen Halt an der Bar suchte. Mona schmeckte genauso verlockend, wie sie es sich erhofft hatte. Sie schaffte es in Sekunden, die Mauern einzureißen, die Lisa um sich herum aufgebaut hatte. Sie hatte immer alles dafür getan, dass diese Gefühle, die Mona in ihr hervorlockte, nicht aufkamen. Jetzt ließen sie sich nicht abschütteln. Sie löste sich schwer atmend aus dem Kuss und schaute Mona so tief in die Augen, dass sie alles um sich herum vergaß.

»Nein, komm zurück«, murmelte Mona zärtlich. »Du schmeckst so gut. Ich will dich jetzt nicht gehen lassen.« Noch immer hatte sie ihre Augen geschlossen, spürte so Lisas Berührungen umso intensiver. Ihre Gesichtszüge wurden ganz weich, sie öffnete die Augen und lächelte Lisa an.

Lisa hob eine Hand, streichelte Mona sanft über die Wange. Nie hätte sie geglaubt, dass es so sein konnte. Doch in der nächsten Sekunde zog sie ihre Hand hastig zurück, als hätte sie sich verbrannt. *Reiß dich zusammen!* rief sie sich zur Ordnung. Sie dachte nicht nach, und das war ein Fehler. Sie ließ sich einfach mitreißen von den wunderbaren Gefühlen, die Mona in ihr hervorlockte. Sie konnte, nein, sie durfte diese Art der Gefühle nicht zulassen. Das würde ihr Leben nur verkomplizieren.

Mona legte Lisa zart ihre Hand auf die Taille. Mit der anderen strich sie sanft an Lisas Nacken entlang. Sie drückte Lisa an sich. Zärtlich, aber doch intensiv küsste sie Lisa erneut. Erforschte sanft die empfindlichen Stellen ihres Mundes. Für eine Frau, die so dreist war, schien Lisa jetzt reichlich zurückhaltend. Mit zunehmender Begierde versuchte sie, Lisa zu locken.

Beide spürten sie die Leidenschaft, die unergründlich tief in ihre Seelen vordrang.

»Muss das hier sein? Lisa, du weißt, dass ich das hier nicht dulde. Ihr wisst, wo ihr hingehen könnt. Ich muss euch nicht dabei zusehen. Und all die anderen auch nicht. Schließlich leite ich keinen Puff. Also, zieht Leine!« Carmen hatte ihre Hände in die Hüften gestemmt und blickte sie beide wütend an, bevor sie sich umdrehte und in der Masse verschwand.

Im Nu löste sich Lisa aus dem Kuss und wich zurück. »Entschuldigung«, murmelte außer Atem. Sie versuchte immer noch, mit dem Schwindelgefühl zurechtzukommen, das von dem Kuss herrührte. So war sie bisher noch nie geküsst worden.

Mona setzte sich mit zittrigen Beinen auf einen Barhocker. Sie war unglaublich erregt.

Herausfordernd sah Lisa Mona an, deren Lippen noch feucht von dem Kuss schimmerten. Sie wollte sich nicht anmerken lassen, wie sehr sie das gerade Erlebte irritierte. Das hier lief ganz eindeutig nicht nach Plan. Was sie gerade mit Mona gefühlt hatte, war ihr bisher noch nie passiert. Bei keiner Frau. Mona verwirrte sie, aber im gleichen Moment fühlte sie sich magisch von ihr angezogen. Sie sah, dass Monas Gesicht gerötet war, ihr eigenes musste genauso aussehen, wenn sie von der Hitze ausging, die sie nicht nur in ihrem Gesicht fühlte.

Lisa räusperte sich. »Vergiss Carmen, sie übertreibt. Das legt sich wieder. Seit kurzem ist sie schräg drauf.« Sie musste sich ebenfalls setzen. Sie fühlte sich irgendwie angeschlagen, was seltsam war. »Aber siehst du, wie einfach es sein kann? Ohne Verpflichtung«, sie schnippte mit den Fingern, »Spaß haben. Jetzt hast du es kosten können, schon zum zweiten Mal heute Abend, also leb es aus. Genug Frauen wirst du hier dafür finden.« Sie zwinkerte Mona zu. Die alte Lisa kehrte zurück, die coole Lisa, die *Spaß-ohne-Gefühle*-Lisa. »Glaub mir, ich weiß, wovon ich rede.« *Aber du wirst hier keine finden, die dir auch nur annähernd das Wasser reichen kann.* Lisa fühlte sich immer noch schwindelig.

Mona wurde bewusst, dass Lisa mit ihr gespielt hatte. Wie hatte sie nur annehmen können, dass Lisa sich tatsächlich für sie interessierte? Dabei war nichts davon echt gewesen. Nur eine Demonstration ihrer Theorie. Lisas Gefühle waren ausschließlich ... *Ja, was? Sexuell? Dachte ich im Ernst, dass wir ein glückliches Paar werden würden? Jetzt und für immer?*

Eine junge Frau stellte sich zwischen Mona und Lisa. »Hallo Lisa, wollen wir tanzen?«

Lisa zog die junge Frau zwischen ihre Beine. Küsste sie und liebkoste ihren Po. Dabei schielte sie über deren Schulter zu Mona.

Mona drehte sich zur Bar. Tränen wollten sich in ihre Augen schleichen, aber sie hielt sie zurück. *Ich hab's gewusst, ich hab's doch gewusst!*, schalt sie sich selbst. Die Frauenheldin Lisa hatte sich nicht geändert. Das, was zwischen ihnen noch wenige Augenblicke zuvor gewesen zu sein schien, das war nur Spiel gewesen. Ein Spiel der Verführung. Wie es Lisa mit all ihren Gliebten trieb. Mona war nur eine von vielen. Wie konnte sie nur glauben, dass da echte Gefühle dabei gewesen waren …

Nach einer Weile löste Lisa sich aus dem Kuss. Sie entließ die Blonde aus ihrem Griff und stand auf. Bevor sie ging, neigte sie sich zu Mona, sog ihren Duft tief ein. »Du riechst nach Sex. Das macht mich ganz schön an.« Sie küsste Mona auf die Wange. Dann verschwand sie mit der Langhaarigen.

Mona schnappte nach Luft. Konnte so viel Frechheit tatsächlich wahr sein? Genau passend lief gerade der Song *You're so vain*. Sie lauschte dem Text, während sie den beiden durch die Spiegel der Bar nachschaute. *Du bist so eingebildet, wahrscheinlich denkst du sogar, dass dieses Lied von dir handelt, du bist so eingebildet.*

Mona trank ihr Glas leer, stand auf und verließ das *Jenseits*. Noch mehr von Lisas Arroganz konnte sie heute nicht mehr ertragen.

3

Habt ihr Lust, ein paar Tage zu verreisen? Lisa und ich haben zwei Wochen Urlaub.« Jule blickte feierlich in die Runde. Sie saß im *Café Perle*, das ebenfalls Carmen gehörte, neben Birte an einem Tisch. »Und du hast doch Sommerferien. Na, Lust?«, fragte sie Mona, die ihr gegenübersaß.

»Ja, ich hätte tatsächlich Lust.« Ein paar Tage zu verreisen hörte sich sehr verführerisch an.

Birte nickte ebenfalls. »Gute Idee! Und wo soll es hingehen?«

»Das sagt euch Lisa.« Jule wies durch das große Panoramafenster nach draußen. Lisa parkte gerade ihren Wagen.

Mona drehte sich zum Fenster. Ihr Herz schlug schneller bei Lisas Anblick, die aus ihrem Auto stieg und die Straße zum Café überquerte. Trotz der Stiche, die Lisa ihr im *Jenseits* versetzt hatte, fühlte sie sich zu ihr hingezogen.

Die Café-Tür öffnete sich, und Lisa lief schnurstracks auf Mona zu und setzte sich direkt neben sie. »Na, hat euch Jule schon gefragt?« Sie zwinkerte Mona zu und lächelte über das ganze Gesicht.

Mona hoffte, dass man ihr nicht ansah, wie sehr ihre Wangen glühten. Sie spürte förmlich, wie sie errötete. Lisas Gegenwart irritierte sie mit jedem Mal mehr. Und jetzt, wo Lisa so nah bei ihr saß, ihr zuzwinkerte und sie anlächelte, war es ihr fast unmöglich, klar zu denken. Die Erinnerung, wie Lisa sie berührt und geküsst hatte, kehrte lebhaft zurück.

»Könntest du jetzt mal bitte mit der Flirterei aufhören und uns mitteilen, was du geplant hast?«, fragte Birte etwas ungehalten.

Lisa verdrehte die Augen. »Wollt ihr eine Woche Sylt genießen? Am Sonntag könnten wir los.«

»Wie jetzt, Sylt?« Birte sah sie verdutzt an.

»Ja, vorausgesetzt, ihr mögt Friesenhäuser.« Lisa grinste frech.

»Wie hast du das denn geschafft?«, fragte Mona.

»Na ja, ich hab Beziehungen.« Lisa wich Monas Blick geschickt aus. »Treffpunkt: hier im Café am Sonntag, neun Uhr.«

»Darauf sollten wir einen trinken«, sagte Jule.

»Ich kann nicht, ich muss los«, erwiderte Lisa entschuldigend.

»Wie, du musst los? Du bist doch gerade erst gekommen.«

Mona wünschte sich, dass Lisa noch bleiben würde. Sie versuchte, ihren Blick einzufangen, aber es gelang ihr nicht. *Warum tue ich das überhaupt? Hat sie mir nicht schon genug gezeigt, dass von ihr nichts zu erwarten ist? Nichts außer Enttäuschung?*

Aber sie konnte nicht anders. Da war etwas zwischen Lisa und ihr, das sie selbst nicht beschreiben konnte. Sie schämte sich dafür, dass sie sich so sehr zu ihr hingezogen fühlte, aber sie konnte nichts dagegen tun. Obwohl sie wusste, dass es das Beste gewesen wäre, Lisa ganz weit auf Abstand zu halten, wollte sie ihr nah sein. Schon allein die Idee, mit ihr zusammen nach Sylt zu fahren, war verrückt. Das war das Gegenteil von dem, was sie tun sollte.

»Ich muss noch die Schlüssel fürs Haus besorgen.« Lisa zeigte über ihre Schulter und drehte sich bereits zum Ausgang.

»Bei dieser sogenannten *Beziehung*?« Mona zog eine Augenbraue hoch. *Benimm dich nicht wie ein eifersüchtiger Teenager. Zeig ihr nicht, was mit dir los ist. Das ist wie eine Einladung für sie, dich in den Boden zu rammen. Gib ihr keine Gelegenheit dazu.* Sie war hin- und hergerissen. In Lisas Gegenwart war Beherrschung angesagt. Sie setzte einen kühlen Gesichtsausdruck auf.

Lisa schien von Monas intensivem Blick etwas verunsichert. »Ja, genau. Sie hat nicht lange Zeit.«

»Aha. Und sie überlässt uns einfach so ihr Haus? Ohne Gegenleistung?« Monas Stimme klang leicht spöttisch. »Sie muss ja ein ausgesprochen netter Mensch sein.«

Lisa wand sich ein wenig und wich Monas stechendem Blick aus. »Ja, ist sie.«

»Verstehe.« Irgendetwas in ihrem Inneren sagte Mona, dass es nicht nur bei einer Schlüsselübergabe bleiben würde. Zudem gefiel ihr das Wort *Beziehung* überhaupt nicht. Als Lisa dann auch noch ihrem Blick auswich, war ihr klar, dass sie etwas verbarg. »Na dann. Wenn das so ist, solltest du wohl besser los«, sagte sie.

»Ja, sollte ich.« Lisa hielt in der Bewegung inne und drehte sich zu Mona. »Tut mir leid.«

Sie wusste nicht, was in sie fuhr, als sie Mona in die Augen schaute, sich zu ihr hinunterbeugte und sie küsste.

Es war nur ein flüchtiger, fast nicht spürbarer Kuss. Doch dieser kleine, nichtssagende Kuss hinterließ auf Lisas Lippen ein unstillbares Brennen. Löste ein erneutes, ungeheures Verlangen nach Mona aus.

Lisa schreckte zurück und sah in ebenso überraschte Augen. Gleichzeitig fühlte sie eine Wärme durch ihren Körper fließen, die sie noch mehr überraschte. Ihr Herz schlug schnell. Etwas lag in diesem Kuss, das sie nicht beschreiben konnte.

Fluchtartig verließ sie das Café.

Mona schaute Lisa konfus nach. *Was war das denn gerade?* Ihr war heiß, und ihr ganzer Körper kribbelte. Bei diesem Kuss war etwas übergesprungen, das sie nicht benennen konnte. Ebenso konnte sie Lisas Verhalten nicht einordnen. Diese Frau trieb sie in den Wahnsinn.

Sie konnte Lisa einfach nicht greifen. Lisa war wie ein Stück glitschige Seife. Immer wenn sie dachte, sie könnte sie festhalten, flutschte sie weg.

Und genau das war das Problem. Deshalb war es falsch, sich

mit einer Frau wie Lisa einzulassen. Sie würde immer eine Enttäuschung sein, sie konnte nicht treu sein, sich nicht auf eine – Mona lachte innerlich sarkastisch auf – *Beziehung* einlassen. Oder wenn, dann nur auf eine bestimmte Art von Beziehung, eine unverbindliche, sexuell motivierte. Andere Gefühle schien sie nicht zu kennen. Wie hätte sie sonst im *Jenseits* direkt vor Monas Augen mit einer anderen Frau Zärtlichkeiten austauschen können, mit ihr abziehen können, nachdem sie Mona zuvor so heiß geküsst hatte?

Lisa war unzuverlässig. Ein unzuverlässiger Charakter, der nur sein Vergnügen suchte. Ihr lag nichts an den Gefühlen einer Frau, nur an ihrem Körper.

Mona versuchte, sich zu sammeln. Vielleicht waren es nur ihre eigenen Schuldgefühle, die sie zu Lisa hinzogen. Sie war ihr aber nichts schuldig. Vor ein paar Jahren ... ja, vielleicht. Aber heute nicht mehr. Heute war Lisa eine Frau, kein Kind mehr. Und was für eine Frau.

Bin ich nicht vielleicht doch schuld daran, dass sie sich so entwickelt hat? fragte sie sich. *Wäre sie anders, wenn ich sie damals nicht –?*

Nein, wäre sie nicht, gab sie sich selbst zur Antwort. *Sie wäre genau derselbe Mensch. Sie kann niemand anderer sein, als sie ist.*

Sie war Lehrerin. Sie hatte genug Erfahrung mit Kindern, um zu wissen, dass man nur begrenzten Einfluss auf den Werdegang eines Menschen nehmen konnte. Jeder Mensch hatte angeborene Anlagen, die sich nicht veränderten. Man konnte nur versuchen, sie in die richtige Richtung zu lenken.

Damit hatte sie bei Lisa wohl versagt. Sie seufzte und atmete tief durch. Nach Sylt zu fahren hieß noch lange nicht, dass sie sich auf irgendetwas anderes einlassen musste.

Sie konnte sich vorstellen, welche Erwartungen Lisa mit so einem Ausflug verband. Besonders nach diesem überraschenden Kuss konnte sie sich das vorstellen. Aber das würde nicht eintreten.

Lisa dachte vielleicht, sie brauchte nur ihren Charme spielen zu lassen, aber so einfach war das nicht.

Charme. Dachte sie wirklich, dieses Machogetue wäre charmant? Dachte sie, es machte sie interessant, wenn sie Mona dermaßen vor den Kopf stieß?

Mona schüttelte innerlich den Kopf. Vielleicht war Lisa trotz der vergangenen Jahre doch immer noch nicht so ganz erwachsen. Mona jedenfalls fand dieses Verhalten ziemlich kindisch.

Aber schließlich war sie nicht Lisas Mutter, auch wenn sie älter war als sie. Sie hatte nicht die Verantwortung für Lisas unmögliches Verhalten, sie musste nur dafür sorgen, dass es keine Auswirkungen auf sie selbst hatte.

Und das würde sie. Das nahm sie sich fest vor.

4

Birtes Wagen rollte gleichmäßig über die Autobahn. Nach dem reinsten Frauentheater zu Beginn der Fahrt war nun Ruhe eingekehrt. Jule döste auf dem Beifahrersitz vor sich hin, Lisa war auf der Rückbank eingeschlafen.

Mona betrachtete sie eine Weile schweigend. Übergangslos kramte sie dann plötzlich in ihrem Rucksack nach ihrer Kamera und fing an, die Schlafende zu fotografieren.

Lisas Arme waren vor ihrer Brust verschränkt. Ihr Kopf ruhte auf einem Pullover, den sie zwischen der Scheibe und ihrem Kopf eingeklemmt hatte. Dunkelbraune, lange Haarfransen hingen ihr ins Gesicht und wedelten durch die Fahrbewegung hin und her. Dunkle Augenränder zeichneten sich auf ihren Wangen ab.

Es schien, als hätte sie Erholung ziemlich nötig. Ihr Körper folgte in einem anscheinend geradezu energielosen Zustand weich der Bewegung des Wagens.

Kein Wunder, dachte Mona. *Wenn sie es jedes Wochenende so treibt.*

Die Woche über war Lisa ganz Geschäftsfrau und eine sehr gute, wie sie von Jule wusste, die mit Lisa in derselben Agentur arbeitete. Doch an den Wochenenden war sie ganz *Femme fatale*, eine Verführerin, die eine nach der anderen verschlang.

Sie verstand Lisa nicht. Wie konnte sie nur ein derartiges Leben führen? Konnte es wirklich sein, dass sie sich genau das wünschte? Ein Leben, das nur aus andauernden und ständig wechselnden Bettgeschichten bestand? Ohne feste Beziehung?

Ohne ein Zuhause, wo sie sich geborgen und aufgehoben fühlen konnte?

Für Mona war das undenkbar. Sie wollte eine Frau, die das Leben mit ihr teilte, den Alltag. Mit der sie gemeinsam aufwachen und gemeinsam wieder ins Bett gehen konnte.

Ihre Augen ließen von Lisas schlafendem Gesicht ab und schauten auf die dahinter vorbeiziehenden Bilder.

Immer flacher wurde das Land, immer eintöniger. Man konnte weit in die Landschaft schauen, ohne dass Häuser den Blick störten, konnte die Gedanken ungehindert schweifen lassen.

Wie in einem Rahmen zeichnete sich Lisas Gesicht im Fenster ab. Es sah so friedlich aus. So ganz ohne die Boshaftigkeit, die sie im *Jenseits* zur Schau getragen hatte.

Mona lächelte etwas schmerzlich. Ja, wenn Lisa so wäre, wie sie jetzt gerade aussah …

Als die Sonne langsam in ihre Abendbeleuchtung überwechselte, fuhren sie an dem Ortsschild *Husum* vorbei. Hier übernachteten sie, da sie den letzten Autozug nach Sylt heute nicht mehr erreichen würden.

Mona bestand darauf, in einem Einzelzimmer zu schlafen, auch wenn es anders vorgesehen gewesen war. Zwei Doppelzimmer waren gebucht.

Nein, so einfach werde ich es dir nicht machen, dachte sie, als sie die Enttäuschung in Lisas Gesicht sah.

Birte und Jule grinsten, als sie sich in ihr gemeinsames Zimmer zurückzogen. Lisa allein in einem Bett – das war kaum vorstellbar.

»Du kannst es dir immer noch überlegen«, grinste Lisa, nachdem die beiden verschwunden waren.

»Warum sollte ich?« Mona schaute sie an, als wüsste sie gar nicht, wovon sie sprach.

»Das hier ist keine Bar. Noch nicht einmal die Galerie. Es ist ein richtiges Bett«, sagte Lisa.

»Und?«

»Weißt du nicht mehr, was man in einem Bett alles machen kann?« Lisas Mundwinkel verzogen sich ironisch. »Bist du schon so lange von deiner Freundin getrennt?«

»Eins: Das geht dich nichts an«, erwiderte Mona. »Und zwei:

Mein Gedächtnis ist hervorragend. Das reicht mir für den Moment. Ich muss dem keine neuen Erinnerungen hinzufügen.« Sie lächelte leicht. »Dir würde ein bisschen Schlaf auch guttun. Du hast ganz dunkle Ringe unter den Augen.«

Lisa trat auf sie zu. Ihre Körper berührten sich fast, als sie Mona tief in die Augen blickte. »Ich kann jederzeit auf Schlaf verzichten, wenn es eine bessere Alternative gibt.« Ihre Stimme klang rau.

»Ich fürchte, die gibt es nicht«, entgegnete Mona fast schon etwas amüsiert. Lisa konnte einfach nicht aus ihrer Haut. Eine Frau zu erobern wurde noch viel interessanter, wenn sie sich widerspenstig gab. Da musste doch etwas zu machen sein. *Ist aber nicht*, dachte sie. *Nicht hier und nicht heute und nicht für dich.* »Geh schlafen, Lisa. Sylt wird bestimmt anstrengend genug.«

Lisa grinste. »Ist das ein Versprechen?«

»Das ist ein Erfahrungswert«, sagte Mona. »Von Klassenfahrten, die ich begleitet habe. Irgendwie kommt mir das hier ähnlich vor.«

»Wir sind aber keine Kinder«, sagte Lisa.

Mona hob die Augenbrauen. »Da bin ich nicht so sicher«, sagte sie und verschwand in ihrem Zimmer. Sie drehte den Schlüssel um.

Schweratmend lehnte sie sich mit dem Rücken gegen die Tür. Ihr Herz pochte laut. Lisas Anziehungskraft zu widerstehen und dabei noch so zu tun, als wäre sie nicht interessiert, war mehr als anstrengend, es glich schon fast einer sportlichen Höchstleistung.

Warum muss sie so verdammt auf mich wirken? dachte sie. *Warum kann ich das nicht abstellen?*

Sie konnte es nicht, aber zumindest für diese Nacht war sie sicher. Sie streifte ihre Kleidung ab und legte sich auf die Matratze, kroch unter die Decke, die sie warm umhüllte.

Aber es gab verschiedene Arten von Wärme. Eine Decke war nicht zu vergleichen mit dem Körper einer Frau. Mit Lisas Körper.

Ärgerlich über ihre eigenen Gedanken zog sie die Decke bis an die Ohren hoch. Lisa mochte vielleicht immer noch ein Kind sein, aber sie selbst war erwachsen. Erwachsen genug, um diesen ganzen Schwachsinn nicht mitzumachen.

Dennoch dauerte es noch eine ganze Weile, bis sie eingeschlafen war.

Die Überfahrt am nächsten Morgen brachte sie schnell auf die Insel. Nach kurzer Suche fanden sie ihre Unterkunft in Keitum. Sie musterten das Haus, das sich Stück für Stück ins Bild schob, als sie mit dem Auto in die Straße einbogen.

Mit so etwas Idyllischem hatten sie nicht gerechnet. Als hätte ein Engel persönlich den Pinsel geschwungen, um das Häuschen derartig malerisch in Szene zusetzten.

Das Haus war mit roten Backsteinen hochgezogen. Weiße Sprossenfenster harmonisierten wundervoll mit dem Reetdach, und die dichten, grünen Bäume, die die Eingangstür umrahmten, passten wunderbar ins Bild. Das Friesenparadies wurde von einem wilden, bunten Garten Eden umzingelt. Der Garten wiederum wurde von einem weißen Holzzaun im Zaum gehalten.

Der salzige Geruch des Meeres ummantelte ihren Geruchssinn, als sie den Wagen verließen. Der glasklare Himmel und die Stille, die sie umhüllte, ließen sie durchatmen und strahlen. In der Ferne hörten sie die Wellen leise rauschen.

Sie fingen an, ihre Sachen aus dem Wagen zu räumen und vor dem Gartenzaun aufzureihen.

»Hier will ich bleiben und nie wieder weggehen. Es ist ein Gefühl des Ankommens, ein Gefühl, zu Hause zu sein«, sagte Lisa und sah andächtig zum Haus.

Mona hob überrascht die Augenbrauen. Lisa wünschte sich ein Zuhause wie dieses? Das kam unerwartet. Sie holte ihren Fotoapparat aus dem Rucksack und schoss ein Bild. »Ja, mir geht es genauso«, stimmte sie zu. »Es hat etwas Anheimelndes.«

»So richtig für zwei, oder?«, fragte Lisa mit einem leisen Blitzen in den Augen.

Mona blickte sie abschätzend an. »Bei deinen *Beziehungen* bestimmt kein Problem«, erwiderte sie. »Warst du schon öfter hier?«

»Ich fühle mich hier richtig geborgen«, sagte Lisa und versuchte, einen Arm um Mona zu legen. »Du nicht auch?«

Mona wich Lisas Arm geschickt aus und schob den schmalen Schieber des Gartentürchens nach hinten, worauf es mit einem leisen Quietschen aufsprang.

»Willkommen im Paradies!«, lachte Lisa, die sich schnell an Mona vorbeigedrängt hatte.

Sie überschritten die Linie vom ewigen Alltag zum ewigen Paradies und gingen andächtig den schmalen, weißen Kiesweg entlang, der sich in sanften Bögen durch den Garten schlängelte. Eine Terrasse erstreckte sich weit in den hinteren Garten.

Lisa ließ ihre Hand durch das hohe Gras gleiten. Die Sonne blendete sie leicht, als ihre Strahlen über dem Dach erschienen.

Mona steckte den Schlüssel, den Lisa ihr reichte, ins Schloss und drehte ihn zweimal. Dann betrat eine nach der anderen das Haus. Lisa und Mona machten sich gleich daran, alle Fenster zu öffnen, um die abgestandene Luft im Haus mit der frischen Nordluft von draußen auszutauschen.

Birte zog Jule ins erste Schlafzimmer, Lisa bezog das zweite. Mona blieb vor der Tür stehen.

»Mehr Zimmer gibt es nicht«, sagte Lisa schmunzelnd. »Kein Einzelzimmeranspruch heute.«

Das würde schwierig werden. Mona überlegte. Sie konnte vielleicht in der Stube schlafen. Aber so einfach war das auch nicht. Kein Bett, noch nicht einmal eine Matratze.

»Komm, lass deinen Rucksack los«, forderte Lisa sie auf. »Wir gehen jetzt zum Strand. Du musst nur das mitnehmen, was du dazu brauchst.«

Mona legte den Kopf zur Seite. Lisa wollte von dem Problem ablenken, das war ihr klar, aber auch sie sehnte sich danach, endlich Sonne pur zu tanken, die frische Meeresbrise zu genießen und einfach abzuschalten. Sofern das in Lisas Gegenwart möglich war.

Sie nahmen ihre Strandutensilien und machten sich auf den Weg. Gutgelaunt schlenderten sie zum Meer.

Lisa genoss die himmlisch duftende Luft und das Lachen ihrer Freundinnen. Sie merkte, wie eine Art Zufriedenheit in ihr aufkeimte. Ein Gefühl, das sie schon lange nicht mehr kannte, es aber mit jeder Minute immer mehr liebte. Sie nahm einen Grashalm vom Wegesrand und steckte ihn sich in den Mund.

Mona fotografierte sie dabei.

Lisa blickte lachend zu ihr auf. »Ist es nicht herrlich hier?«

»Ja.« Mona schien über etwas nachzudenken, denn es dauerte eine Weile, bevor sie fortfuhr: »Ist es.«

»Entspann dich doch mal«, sagte Lisa. »Du siehst aus, als würdest du einen Unterrichtsblock planen.«

»Vielleicht tue ich das ja.« Mona lächelte. »Die Sylter Landschaft mit besonderer Berücksichtigung vom Aussterben bedrohter Flora und Fauna.«

»Hier ist irgendwas vom Aussterben bedroht?« Lisa schaute sich um. »Das sehe ich nicht.«

»Ich glaube, du siehst vieles nicht«, erwiderte Mona mit einem merkwürdigen Gesichtsausdruck.

»Ich sehe *dich*.« Lisa kam auf sie zu. »Reicht das nicht?« Sie versuchte, Mona zu küssen.

»Nein«, sagte Mona und wich aus. »Falls du dir etwas davon versprochen hast, dass ich mitgefahren bin, vergiss das ganz schnell wieder. Es wird nichts passieren. Dafür hättest du eine deiner Gespielinnen aus dem *Jenseits* mitnehmen sollen.«

»Davon hätte ich mir aber sehr viel weniger versprochen«, erwiderte Lisa, diesmal ernster. »Dass du wieder aufgetaucht bist, ist wie ein Fingerzeig des Schicksals. Oder warum sonst bist du ins *Jenseits* gekommen? Hast du dir nicht auch etwas davon versprochen?«

»Einen netten Abend«, sagte Mona. »Dachte ich.« Sie wusste, dass sie nicht ganz die Wahrheit sagte, aber auch wenn Lisa sicherlich dasselbe vermutete, würde sie ihr das nicht auf die Nase binden.

»Den hast du ja auch bekommen.« Nun grinste Lisa wieder in ihrer boshaft-arroganten Art, und Mona fragte sich, warum sie sich überhaupt auf solche Gespräche mit ihr einließ. Es führte doch nie zu etwas. Außer zu Lisas Vergnügen, sie zu demütigen. »Oder?«, fügte Lisa eingebildet hinzu.

Mona antwortete nicht, denn sie spürte, dass sie sagen konnte, was sie wollte, sich noch so sehr abweisend geben konnte, Lisas Anziehungskraft wirkte auf sie und ließ sie wünschen, dass sie alles andere vergessen könnte. Wie Lisa war, wie wenig sie das schätzen würde, was Mona sich wünschte, ihr geben zu können.

»Ein Friedensangebot«, sagte Lisa plötzlich, nachdem sie eine Weile stumm nebeneinander hergegangen waren. »Lass uns nicht mehr über das *Jenseits* reden. Wir sind jetzt auf Sylt, und hier ist alles anders.«

»Bist du da so sicher?« Mona schaute sie zweifelnd von der Seite an.

»Ja, bin ich«, sagte Lisa und betrachtete sie auf einmal ohne jeden Spott. »Ich bin«, sie kniff die Augen zusammen und fuhr sich darüber, »etwas erschöpft. Ich arbeite zu viel, und dann die Wochenenden –«

»So etwas Ähnliches habe ich mir schon gedacht«, sagte Mona. »So siehst du aus. Es wäre gut, wenn du hier auf Sylt nur an Erholung denken würdest, an sonst nichts.«

Lisa lächelte leicht. »Das ist schwer in deiner Gegenwart.«

Für mich auch, dachte Mona, aber sie sagte es nicht. »Erholst du dich denn nie?«, fragte sie. »Hast du keine Familie?« Trotz allem, was zwischen ihnen gewesen war, hatten sie nie darüber gesprochen.

Sie konnte sich täuschen, aber ihr kam es so vor, als zuckte Lisa bei dem Wort *Familie* zusammen. Dann wiederholte sie es: »Familie ... doch, schon. Ich habe eine kleine Schwester.«

»Nur eine Schwester? Sonst niemanden?«

»Eine Tante. Aber wir ... sind nicht so eng.« Lisa schien nur widerstrebend über dieses Thema zu sprechen. »Meine Eltern sind schon lange tot.«

»Das tut mir leid.« Mona betrachtete Lisa und wartete, ob sie darüber sprechen wollte, aber das wollte sie offensichtlich nicht. Und Mona wollte sie auf keinen Fall drängen, auch wenn es sie interessierte, mehr über Lisas Vergangenheit zu erfahren. »Wie heißt deine Schwester?«, fragte sie nach einer Weile, denn das erschien ihr die harmloseste Frage zu sein.

»Elisa«, antwortete Lisa.

Mona stutzte und begann dann zu lachen. »Deine Schwester heißt Elisa? Und du Lisa? Wer in deiner Familie hatte denn den tollen Geistesblitz? Deine Mutter?«

»Nein, ich«, sagte Lisa, und sie schien etwas betroffen. »Ich fand immer Friedrich und Friederike toll, oder auch Paul und Paula. So wollte ich Lisa und Elisa.«

Mona merkte, dass das, was sie selbst nur amüsant fand, für Lisa anscheinend eine tiefere Bedeutung hatte. »Tut mir leid«, sagte sie. »Ich wollte mich nicht darüber lustig machen. Warst du denn schon so alt, als deine kleine Schwester geboren wurde? Dass deine Eltern erlaubt haben, dass du ihr einen Namen gibst?«

Lisa wandte ihren Blick ab. »Ja, ziemlich alt«, sagte sie. »Ein Teenager.«

»Ist wohl trotzdem etwas außergewöhnlich«, überlegte Mona. »Insbesondere bei dieser Namenswahl. Dass deine Eltern da nicht protestiert haben.«

»Haben sie nicht.« Lisas Antwort kam knapp und unwirsch. Sie steckte sich wieder den Grashalm in den Mund. »Die zwei lassen uns glatt noch stehen«, bemerkte sie mit einem Blick auf Jule und Birte, die schon ziemlich weit vorausgelaufen waren. »Wir sollten uns beeilen.« Sie beschleunigte ihren Schritt und schloss sich schnell den beiden an.

Mona sah Lisa nachdenklich nach. Da war etwas, das Lisa anscheinend mehr bedeutete, als ein harmloses Gespräch wiedergeben konnte. Sie hatten nie über ihre Familien gesprochen, und nie hätte Mona vermutet, dass Lisa ein Familienmensch war. Noch bis vor wenigen Minuten hätte sie das nicht vermutet. Aber sie schien sehr an ihrer kleinen Schwester zu hängen.

Vielleicht, weil die Eltern tot waren. Sie hatte Lisa nicht mehr fragen können, aber möglicherweise hatte sie selbst ihre kleine Schwester aufgezogen. Die lebenslustige, verantwortungslose Lisa. Mona hob erstaunt die Augenbrauen. Das war wirklich eine Überraschung.

Sie folgten einem schmalen Pfad, der durch hohe, grasbewachsene Dünen führte. Fern der Sanddünen konnten sie ein gleichmäßiges, friedliches Rauschen hören, das ihnen das Meer ankündigte. Nach einigen Schritten sahen sie, wie der hellblaue Himmel am Horizont auf das unglaubliche Azurblau des Meeres traf. Möwen kreischten über ihren Köpfen.

Lisa führte sie zu einem geheimen Ort, den ihr ein Vögelchen gezwitschert hatte, wie sie es ausdrückte. Mona schmunzelte ein wenig, als sie es sagte. Das Vögelchen konnte sie sich schon vorstellen. Insbesondere dann, als Lisa vorschlug, sie könnten hier ohne jegliche Bekleidung ins Wasser hüpfen, weil es so einsam wäre, dass hier nie jemand vorbeikäme. Hier wären sie ganz allein nur für sich.

Sie breiteten ihre Handtücher auf dem weißen Sand aus. Birte und Jule folgten Lisas Vorschlag, und auch Lisa selbst warf schnell ihre Kleider ab, um im Evaskostüm ins Wasser zu hüpfen. Erst da bemerkte sie, dass Mona immer noch angezogen war.

»Willst du dich nicht ausziehen?«, fragte sie.

Mona schaute sie an. »Nackt nicht, nein«, sagte sie.

Lisa grinste. »Meinetwegen?«

Mona bemerkte, dass Lisas nackte Gestalt schon mehr auf sie wirkte, als sie sich eingestehen wollte. Sie konnte kaum ihre Augen abwenden. Schnell schlüpfte sie aus T-Shirt und Hose und lief im Badeanzug ins Wasser.

Lisa kam ihr hinterher, und das kühle Nass spritzte überall um sie herum, während sie laut jauchzend alle vier herumplanschten. Mona schwamm ein paar Züge, aber sie konnte sich nie weit genug von Lisa entfernen, dass die sie nicht einholte.

Sie schwamm unter Mona hindurch und schoss plötzlich auf der anderen Seite aus dem Wasser, lachte sie an, glitt wie eine Nixe durch die Fluten.

Mona versuchte, sie nicht allzu fasziniert anzustarren. Sie wünschte, Lisa hätte einen Badeanzug getragen. Dennoch musste sie zugeben, dass es ganz natürlich wirkte, wie Lisa schwamm. Eine Nixe trug nun einmal keinen Badeanzug.

Eine Weile versuchte sie, sich aufs Schwimmen zu konzentrieren, machte ein paar lange Züge zu Birte und Jule zurück.

Die beiden hatten großen Spaß, sich gegenseitig im Wasser zu fangen. Mona schloss sich ihnen an, und nach einer guten halben Stunde hatten sie alle genug und legten sich erschöpft in die Sonne.

Lisa und Mona lagen nebeneinander. Zu nah nebeneinander, wie Mona bemerkte, aber ebenso wie im Wasser würde Lisa ihr wohl folgen, wenn sie versuchte, Distanz zwischen ihnen zu schaffen.

»So wirst du aber nicht am ganzen Körper braun«, stichelte Lisa verschmitzt zu Mona herüberblinzelnd.

»Muss ich auch nicht«, erwiderte Mona. »Mir reicht es, die Sonne auf der Haut zu spüren.«

»Das ist wie Streicheln, nicht?«, fragte Lisa.

»Besser«, sagte Mona. »Die Sonne belästigt mich nicht, und ich kann jederzeit aus der Sonne gehen, wenn ich das möchte.«

Lisa hob die Augenbrauen. »Du fühlst dich von mir belästigt?«

Mona seufzte. »Das muss ich nicht beantworten, oder?«

Lisa richtete sich neben ihr auf. »Sind es nicht eher deine eigenen Wünsche, die dich ... belästigen?«, grinste sie.

»Das hättest du wohl gern«, sagte Mona. »Aber nein, tut mir leid. Ich habe keinen anderen Wunsch, als hier in der Sonne zu liegen.«

Es war viel zu gefährlich, Lisa auch nur den kleinen Finger zu reichen und zuzugeben, dass Lisas nackter Körper, der sich zu ihr beugte, ihr heißere Schauer über den Rücken und sonstwohin jagte als die heißesten Strahlen der Sonne. Der kleine Finger würde Lisa auf keinen Fall genügen, sie würde gleich die ganze Hand wollen.

Mona drehte den Kopf auf die andere Seite, damit sie Lisa nicht mehr sah, aber schwuppdiwupp hatte Lisa ebenfalls die Seite gewechselt.

»Findest du meinen Anblick so abschreckend?« Lisas Augen funkelten.

»Ich würde mich gern ein wenig ausruhen.« Mona verzog die Lippen. »Falls du erlaubst.«

Lisas Blick wanderte über Monas Gestalt, die auf dem Bauch im Sand lag. Sie schien zu überlegen. Plötzlich warf sie sich neben Mona ebenfalls auf den Bauch. »Ich auch«, sagte sie. »Dazu sind wir ja schließlich hergekommen.«

Mona fand diese Entwicklung so überraschend, dass sie lachen musste. »Den Eindruck hatte ich bisher nicht«, erwiderte sie lächelnd.

»Dein Lächeln ist immer noch ... unglaublich.« Lisas Augen schienen Monas Lächeln einfangen zu wollen, und ihre Stimme klang so weich, dass sie kaum wiederzuerkennen war. »Du bist –« Sie beugte sich zu Mona, um sie zu küssen.

»Nicht«, sagte Mona leise. »Bitte nicht.«

»Schon gut.« Mit einer ruckartigen Bewegung warf Lisa sich

auf den Rücken. »Ich will dich ja nicht *belästigen*.« Sie rollte die Augen.

»Lisa, bitte …« Mona seufzte. »Können wir nicht einfach nur Freundinnen sein?« Ihr Blick schweifte über Lisas Brüste, die nun vom Sand gepudert waren. Wie hellbrauner Zucker auf einem Berliner, mit einem kleinen, dunkelbraunen Zuckerstückchen oben auf der Spitze.

Sie schluckte. Nein, Freundinnen konnten sie wahrscheinlich nicht sein. Denn was sie in diesem Augenblick empfand, konnte man nicht als Freundschaft bezeichnen. Sie empfand Begehren, und am liebsten hätte sie den Zucker von Lisas Brüsten abgeleckt.

Dass Lisa Ähnliches empfand, war ohnehin klar. Sie zeigte es deutlich genug.

Ärgerlich drehte Mona sich um, wandte Lisa den Rücken zu. Diesmal versuchte Lisa nicht, wieder in ihr Blickfeld zu gelangen. Sie blieb, wo sie war.

Mona gestand sich ein, dass sie einen Fehler gemacht hatte. Warum hatte sie diesem Ausflug nach Sylt zugestimmt? War nicht von Anfang an klar gewesen, was Lisa wollte? Und hätte sie, Mona, da nicht eigentlich einen Riegel vorschieben müssen? Niemand hatte sie gezwungen, mitzufahren. Sie hätte einfach nein sagen können.

Hatte sie aber nicht, und nun saß sie in dem Schlamassel, den sie selbst angerichtet hatte.

»Was machen wir? Essen gehen, oder kochen wir selbst?« Jule schaute fragend in die Runde. »Essen gehen wäre natürlich bequemer.«

Sie waren gerade vom Strand zurückgekommen und ließen sich erschöpft, als hätten sie einen Marathonlauf hinter sich, im Haus in die Sessel fallen.

»Gibt es hier denn keinen Lieferservice, Pizza oder so?«, fragte Birte.

»Pizza? Auf Sylt?« Lisa starrte sie entsetzt an. »Hier gibt es den tollsten Fisch direkt aus dem Meer.«

»Okay.« Birte nickte. »Gibt es einen Fisch-direkt-aus-dem-Meer-Lieferservice?«

Lisa zuckte die Schultern. »Keine Ahnung. So was habe ich hier noch nie gebraucht.«

»Also essen gehen«, meinte Jule.

Mona stöhnte leise auf. »Ehrlich gesagt habe ich keine Lust, mich jetzt ordentlich anzuziehen und das Haus zu verlassen. Wir haben eine wunderbare Terrasse hier, auf der wir essen können.«

»Ist denn was zum Kochen im Kühlschrank?«, fragte Jule und schaute Lisa an.

»Wir können ja mal nachschauen, aber wahrscheinlich nicht«, antwortete die. »Um so etwas habe ich mich nie gekümmert.«

Aha, dachte Mona. *Ihre* Beziehung *war wohl dafür zuständig.* »Also ich verlasse das Haus heute nicht mehr, auch nicht, um einkaufen zu gehen«, sagte sie.

»Du bist sowieso die einzige, die sich hier auskennt«, wandte Birte sich an Lisa. »Also entweder du bist unser *Essen auf Rädern* oder du gehst einkaufen.«

»Schon gut, schon gut.« Lisa hob die Hände. »Ich gehe einkaufen, wenn ihr kocht. Dazu habe ich nämlich nicht die geringste Lust.«

»Okay«, sagte Jule. »Machen wir.« Sie schaute Birte und Mona an. »In Ordnung?«

Birte und Mona stöhnten gleichzeitig auf.

»Ich bin für Essen auf Rädern«, meinte Birte.

»Ich auch«, schloss sich Mona an.

»Also allein koche ich nicht«, beendete Jule die Runde.

»Na gut, dann bringe ich was Fertiges mit«, gab Lisa sich geschlagen. »Vielleicht kann ich ja gleichzeitig noch was einkaufen für morgen. Irgendwelche besonderen Wünsche?« Sie notierte die gewünschten Lebensmittel in ihrem Handy. »Gut«, sagte sie. »Dauert nicht lange«, und begab sich auf den Weg.

Mona verfolgte ihren Abgang erleichtert. Das gab ihr Gelegenheit zu duschen und sich umzuziehen, ohne dass Lisa in der Nähe war. Das Problem, wo sie heute Nacht schlafen würde, war damit aber immer noch nicht gelöst, dazu musste sie sich noch etwas einfallen lassen.

Sie überlegte, ob sie Jule bitten konnte, bei Lisa zu schlafen, während sie selbst mit Birte das Zimmer teilte. Das war eine

Möglichkeit, aber sie war ziemlich überzeugt davon, dass Birte und Jule sich ihren gemeinsamen Aufenthalt auf Sylt doch etwas anders vorgestellt hatten, insbesondere nachts.

Lisa muss sich eben beherrschen, dachte sie unwillig. *Sie ist schließlich kein Mann. Und überhaupt …* Allerdings war ihr gleichzeitig auch klar, dass es nicht nur um Lisas Beherrschung ging, sondern genauso um ihre eigene. Würde sie sich beherrschen können, wenn sie neben Lisa lag und wusste, dass sie nur den Finger auszustrecken brauchte?

Ihr wurde heiß. Tja, das war vielleicht sogar das größere Problem. Lisa stand offen dazu, dass sie Mona wollte, aber Mona wollte sich das nicht eingestehen. Und Lisa schon gar nicht.

Sie ging unter die Dusche und drehte das Wasser kalt auf.

Als Lisa zurückkam, aßen sie gemeinsam, und Jule schlug danach vor, Karten zu spielen. Das taten sie eine Weile, bis alle zu gähnen begannen.

»Das Bett ruft«, stellte Birte mit halb geschlossenen Augen fest, die sie anscheinend nur noch mit Mühe offen halten konnte. »Diese Seeluft … Ich glaube, ich werde wie ein Stein schlafen.«

»Na, das werden wir noch sehen.« Jule grinste ihre Freundin frech an. »Seeluft hin oder her.«

Birte lächelte. »Ja, das werden wir sehen.«

Mit einem Winken verabschiedeten die beiden sich in ihr Zimmer.

»Und wir?« Lisa schaute Mona an. »Spielen wir die ganze Nacht Karten?« Ihre Mundwinkel zuckten.

»Das kannst du gern tun«, sagte Mona. »Ich fürchte, ich bin zu müde dazu.«

»Dann können wir ja ins Bett gehen«, schlug Lisa vor.

Mona atmete tief durch. »Lisa, ich … Welche Erwartungen verbindest du damit, dass wir im selben Bett schlafen?«

»Oh, gar keine.« Lisa grinste. »Ich lasse solche Dinge gern auf mich zukommen.«

»Solche Dinge …« Mona schaute sie nachdenklich an. »Wäre es dir möglich, mich einmal kurzzeitig nicht als eines dieser Dinge zu betrachten?«

»Du meinst, ob ich dich in Ruhe lassen kann, wenn du mich

darum bittest?« Lisa legte den Kopf schief. »Schwer zu sagen. Bittest du mich darum?«

»Ja.« Mona nickte. »Ich bitte dich darum.«

Lisa schaute sie an. Ziemlich lange. »Gut«, sagte sie dann. »Ich verspreche es.«

Einige Zeit später lagen sie gemeinsam im Bett, und Lisa bereute ihr Versprechen. Ihr Blick glitt zur Seite, wo sie ihren Augen eine Freude machte, als sie ihnen freie Sicht auf Monas nackte Beine gönnte, die unter der Bettdecke hervorschauten. Sofort schnürte sich ihr Hals zu. Sie versuchte den Knoten, der ihr das Atmen schwermachte, hinunterzuschlucken.

Ihre Blicke hefteten sich auf die Erhöhung der Bettdecke, unter der Monas Po lag. Wie herrlich würde Monas Po sich in ihren Händen anfühlen. Ihre Augen wanderten Monas Rücken entlang, der von einem roten Trägershirt bedeckt wurde. Monas rotbraunes Haar, zum Zopf geflochten, ringelte sich darüber.

Sie schloss die Augen und begann zu träumen ... Sie drehte sich um und glitt leise zu Mona hinüber. Sie umschloss Monas Körper mit ihren Armen. Ihr Mund senkte sich auf Monas Nacken, wo ihre Zungenspitze sanft und zärtlich die weiche Haut erkunden konnte. Mona stöhnte unter ihren zarten Berührungen auf. Lisas Hände glitten unter Monas Shirt, schlichen Zentimeter für Zentimeter weiter, um die darunterliegende Weichheit zu erforschen. Tief nahm sie Monas verführerischen und lockenden Duft in sich auf.

Plötzlich riss Lisa ihre Augen auf. Die Vorstellung, Mona so nah zu sein, löste ein immenses Kribbeln auf ihrer Haut aus. Sie spürte ihre Perle wild pulsieren. Ihre Fingerspitzen schienen in Flammen zu stehen, als seien sie tatsächlich mit Monas Haut in Kontakt gekommen. Sie schaute verstohlen zu Mona hinüber, ob diese etwas von ihrem Traum bemerkt hatte. Doch Mona lag ruhig da und schlief. Lisa spürte Hitze. Eine Hitze, die sich schnell und schneller unhaltbar in ihr ausbreitete und sich von einem Strohfeuer zu einem ausgewachsenen Waldbrand entwickelte.

Die Flammen auf ihrer Haut schienen bewusst elektrisierende Funken zu schlagen, um das Unterholz zu erreichen, das nur darauf wartete, entzündet zu werden. *Ja, und dann, ich Träumerin? Ts, da würde eher ein Atompilz explodieren. Zurück bliebe nichts weiter als eine riesige, trockene Mondlandschaft, wenn ich erwachen würde.*

War sie vielleicht all die Jahre nur auf einer bestimmten Suche gewesen? Was hatte Mona nur an sich, was sich bei den anderen Frauen nicht finden ließ? Das, was Mona in ihr auslöste, schickte sie auf eine unbekannte Umlaufbahn, auf der sie wilde Kreise fuhr. Auf der es, sobald Mona sie berührte, Sternenstaub rieselte, der ihr die Sinne raubte und sie taumeln ließ. Was würde erst passieren, wenn Mona sie lieben würde?

Lisa spürte, dass die Mauer, die sie um sich herum errichtet hatte, um sich vor ungebetenen Gefühlen zu schützen, zu bröckeln begann. Nein, das durfte sie nicht zulassen. *Ich muss mich von Mona fernhalten. Lass Vorsicht mein neues Motto sein!* Sie atmete ein und schloss die Augen, um ihrem Körper die Chance zu geben, sich abzukühlen.

»He, Schlafmütze, aufwachen.« Mona beugte sich über sie, berührte sie zart an der Schulter. Sie blickte Lisa zärtlich an.

Lisa wusste, dass sie träumte, und Monas Stimme lotste sie sie noch mehr in diesen Traum hinein. Mona wich nicht von ihrer Seite. Sie war die ganze Zeit in ihrem Traum. Noch immer irgendwo im Traumland verweilend, legte sie eine Hand an ihren Nacken. Leise stöhnte sie ihren Namen: »Mona …« Sie zog Mona zärtlich zu sich herunter, schmiegte sich an sie und küsste sanft die einladenden Lippen, die sich ihr darboten.

Der Kuss war köstlich süß und schien Ewigkeiten zu dauern. Als er endete, blieb Monas sehnsüchtiger Gesichtsausdruck zurück, der nicht misszuverstehen war. Und ihre immer noch leicht geöffneten Lippen luden zu einem weiteren Kuss ein. Lisa schluckte schwer. Dieser Kuss hatte erneut etwas in ihr ausgelöst, das sie mitten ins Herz traf. Doch sie würde den Teufel tun und es sich anmerken lassen. Sie öffnete die Augen, sie fühlte sich schwindelig und verwirrt. Neben ihr lag Mona. Sie hatte sich nicht gerührt. Es war nur ein Traum gewesen.

Sie schloss die Augen wieder und versuchte Mona aus ihrem Kopf zu verbannen.

5

Mona erwachte, und Lisa war nicht mehr da. Das Bett auf ihrer Seite war leer.

Während sie tief durchatmete, bemerkte sie den Duft, der von Lisas Seite zu ihr herüberschwebte. Es war kein Duft, an den sie sich erinnerte. Es war zu lange her, als dass sie sich an irgendetwas erinnern konnte, auch wenn sie Lisa nie vergessen hatte.

Sie unterdrückte ein Seufzen. Es war schon so lange her, und trotzdem war Lisa ihr immer noch böse. Bei all den Frauen, die in all den Jahren Lisas Weg gekreuzt zu haben schienen, wunderte sie das. Sicherlich, wenn man jung war, gingen die Eindrücke tiefer, schien alles bedeutsamer zu sein als später, wenn das Leben einen lehrte, dass viele Dinge nicht so heiß gegessen wurden, wie man sie kochte. An ihren Schülerinnen und Schülern sah sie immer wieder, dass Jugend nicht nur ein Geschenk war, sondern auch eine große Last sein konnte. Aber Lisa war nicht mehr jung. Nicht mehr *so* jung. Sie war mittlerweile über dreißig, eine erwachsene Frau.

Und sie selbst, sie war über vierzig. Oftmals wurde ihr versichert, sie sähe jünger aus, aber das änderte nichts daran, dass sie all diese Jahre gelebt hatte.

Sie lächelte leicht. Obwohl sie das nicht hundertprozentig erwartet hatte, hatte Lisa sich heute Nacht tatsächlich an ihr Versprechen gehalten. Mona war zuerst angespannt gewesen, als sie zusammen ins Bett gingen, aber dann hatte die Müdigkeit sie überwältigt und sie in einen tiefen Schlaf voller wilder Träume versetzt.

Ein großer Teil dieser Träume handelte von Lisa. Lisas Gesicht, das sie streicheln, Lisas Haut, die sie berühren wollte. Lisas Lippen, nach denen sie sich sehnte.

Lisas attraktive Bräune stach unter den extrem kurzen, orangefarbenen Shorts, die sie meistens trug, hervor, besonders dort, wo ihr Po aufblitzte, der kaum von Stoff bedeckt wurde.

Sie spürte, dass es nicht gut war, sich an diese Träume zu erinnern, wenn sie die Distanz zu Lisa einhalten wollte. Dennoch konnte sie die Bilder nicht aus ihrem Kopf bekommen.

Langsam bekam sie das Gefühl, die Matratze brannte.

»Es ist wohl besser, ich stehe auf.« Seufzend erhob sie sich und ging ins Bad.

Sie fand die anderen bereits am Frühstückstisch vor. »Schon Pläne für heute?«, fragte sie harmlos.

»Wenn du nicht zu erschossen bist«, Jule machte eine bedeutungsschwangere Pause, »können wir uns ja was überlegen.«

Natürlich. Sie dachten, es wäre etwas gelaufen heute Nacht zwischen Lisa und ihr. Mona lächelte leicht. »Nein, ich bin nicht erschossen. Ich habe wunderbar geschlafen. Ich fühle mich sehr erholt.«

Jule warf einen Blick auf Lisa, aber Lisa schaute sie genauso harmlos an wie Mona.

»Ehrlich gesagt«, meldete sich Birte zu Wort, »ist mir nicht nach irgendwelchen Unternehmungen. Ich möchte nur faul am Strand liegen, mich ab und zu im Wasser abkühlen und in der Sonne braten. Schließlich sollen die Leute ja auch sehen, dass ich in Urlaub war, wenn ich zurückkomme.«

»Die Seeluft bräunt dich überall, nicht nur am Strand«, erklärte Lisa. »Aber ich bin auch dafür, dass wir zum Strand gehen. Das ist eigentlich der Hauptgrund, warum ich nach Sylt komme.«

Ach, wirklich? dachte Mona. *Ich wette, du warst noch nie allein hier, um einzig und allein den Strand zu genießen.*

Lisa spürte, dass Monas Blick auf ihr ruhte. Als sie hochschaute, bestätigte sich das Gefühl. Sie sehnte sich in Monas Arme, sehnte sich danach, von ihr berührt zu werden. Am liebsten wäre sie aufgestanden und zu ihr hinübergegangen. Sie versuchte, ihre Sinne zu sammeln. *Das sollte ich mir abgewöhnen. Jetzt, wo ich es ihr auch noch versprochen habe.*

Sie stand auf und ging in den Garten, um der Hitze, die sich schlagartig auf der Terrasse ausbreitete, zu entkommen. Sie atmete den frischen Wind ein, der ihr ums Gesicht streichelte wie eine Geliebte, die für Abkühlung sorgte.

Lisa kam aus dem Wasser und legte sich genüsslich rücklings auf ihr Handtuch, um die heißen Strahlen der Mittagssonne zu genießen, die ihre Haut vom Himmel aus trockneten. Sie lauschte den Stimmen ihrer Freundinnen, die sich weiter im Meer vergnügten. Monas Stimme konnte sie immer heraushören. Sie lächelte. Es war so schön, Monas Stimme zu hören, nur ihre Stimme ... Die Sonne machte sie müde, und langsam glitt sie in einen Dämmerzustand hinüber, der alles in einem Nebel versinken ließ.

Sie brauchte eine Weile, bis sie begriff, dass der Schatten, der sich über ihre Augen legte, nicht von einer Wolke am Himmel stammte. Sie öffnete blinzelnd die Augen und erblickte eine lachende Mona über sich, die ihr nasses Haar ausschüttelte.

Lisa stieß einen spitzen Schrei aus, als das kalte Meerwasser ihre heiße Haut traf. »Bist du wahnsinnig?«

Mona lachte immer noch, schüttelte ihr Haar aber nicht mehr. »Das Wasser ist herrlich«, sagte sie und ließ sich neben Lisa in den Sand fallen. Sie hob einen Arm an und betrachtete ihn kritisch. »Ich glaube, ich muss aufpassen, dass ich keinen Sonnenbrand bekomme.«

»Soll ich dich eincremen?« Lisa wies auf die Sonnenmilch, die im Sand lag.

Mona warf einen misstrauischen Blick auf sie.

»Wie du willst«, sagte Lisa. »Dann frag eben Birte oder Jule.«

Mona begann zu schmunzeln. »Ich vertraue dir. Wie ist das?«

»Klasse.« Lisa schmunzelte auch. Sie griff nach der Sonnenmilchflasche.

Mona schenkte ihr ein unglaubliches Lächeln. Ein lauer Wind zupfte an ihrem Haar. Lisa starrte sie hingerissen an. Monas Augen nahmen sie gefangen. »In deinen Augen glitzern goldene Punkte, wie kleine Gondeln, die über einen klaren See fahren«, sagte sie leise, fast verträumt.

Mona hob die Augenbrauen. »Flirtest du mit mir?«

Lisa richtete sich auf und setzte sich in den Schneidersitz. »Wieso flirten? Es ist die Wahrheit. Wenn dir das unangenehm ist, dann sag es.« Ihre Stimme klang gereizt. Sie nahm die Sonnenmilch und öffnete sie. Sie bereute es schon, die Worte laut ausgesprochen zu haben.

Mona lächelte sanft. Irgendwie war es süß, wenn Lisa schmollte. »Nein, es ist mir nicht unangenehm.« Sie betrachtete Lisa mit warmem Blick. »Es ist nur ... Das hat noch nie jemand zu mir gesagt. Danke.«

»Eine schöne Frau wie du sollte immer Komplimente bekommen.« Lisa gab etwas Sonnenmilch auf ihre Hand, verschloss die Flasche und legte sie zur Seite. »Dreh dich um, sonst bekommst du doch noch einen Sonnenbrand, während wir hier reden.«

Sie kniete sich neben Mona und verrieb die Milch in ihren Händen. Dann verteilte sie die Milch auf Monas Rücken, ihrem Nacken und ihren Armen. Mit Herzklopfen begann sie, die Milch langsam und zärtlich in Monas Haut einzumassieren. Sie musste ungemein an sich halten, um sich nicht nach vorn zu beugen und sie auf den Nacken zu küssen.

Auf Monas Körper bildete sich Gänsehaut. Sie musste sich sehr anstrengen, nicht jedes Mal zusammenzuzucken, wenn Lisa sie berührte. Sie hoffte sehr, dass die Sonnencreme sich nur ganz schlecht verteilen ließ und nicht direkt in die Haut einzog. So könnte sie Lisas Berührungen noch eine ganze Weile genießen. Am liebsten den ganzen Tag und überall auf ihrem Körper.

Sie musste sich ablenken. »In drei Tagen geht es schon wieder zurück, schade, nicht wahr?« *Toll! Nur übers Wetter zu reden hätte sich noch bescheuerter angehört.*

Monas Stimme holte Lisa zurück. Fast hätte sie sich vergessen und Mona zwischen den Schulterblättern geküsst. Sie räusperte sich. »Ja, schade.« Ihr Blick glitt über Monas Schulter aufs offene Meer hinaus, ihre Streicheleinheiten stellte sie ein. »Am liebsten würde ich hierbleiben.«

»Du? Hier?« Mona lachte laut. »Das würdest du doch nie aushalten. Willst du an den Wochenenden jedes Mal aufs Festland schippern, wenn du eine Frau suchst? Hier auf der Insel wird die Auswahl nämlich ziemlich gering ausfallen.«

»Vielleicht brauche ich ja nur eine Frau«, drang Lisas Stimme über Monas Schulter.

»Nur eine? Du? Nein, das würde dir nicht ausreichen.« Monas Gesicht verschloss sich, sie fuhr mit den Fingern durch den Sand. *Nein, das könntest du nicht. Leider!*

»Du bist doof, Mona, ehrlich.« Lisa war gekränkt, massierte die Sonnenmilch nun etwas härter ein. Machte Mona sich lustig über sie? Enttäuschung machte sich in ihr breit. *Als ob ich immer nur an das eine denken würde.*

»Na hör mal, wer geht denn so ab an den Wochenenden? Erzähl mir jetzt nicht, du könntest ohne deine Errungenschaften leben.« Mona blickte mit einem zugekniffenen Auge über ihre Schulter zu Lisa. »Du bist eine Frauenfresserin. Glaubst du ernsthaft, nur weil eine Menge Wasser zwischen dir und all den Frauen liegt, dass du deine Leidenschaft, ach, was sage ich, deine Besessenheit nach wechselnder Liebe abstellen kannst? Du liebst die Frauen, so wie die Frauen dich lieben.« Sie drehte ihren Kopf und ließ ihren Blick übers Meer schweifen.

»Und was, wenn ich es doch kann?«, erwiderte Lisa trotzig. Sie stellte ihre Massage ein.

»Nein, nicht du.« Mona schüttelte den Kopf. »Sex und Frauen sind deine Passion.« Sie wollte Lisa nicht spüren lassen, wie sehr sie die Wahrheit verletzte. Aber sie war sich sicher, dass Lisa sich nie für eine einzige Frau entscheiden würde. Und schon gar nicht für sie.

Lisa schnaufte. Diese Worte von Mona an den Kopf geworfen zu bekommen tat weh. Aber sie war auch selbst schuld, schließlich war es genau das, was sie Mona ja immer vormachte. Jetzt ärgerte sie sich über Mona und über sich selbst.

Abrupt stand sie auf und zog sich ihre kurze Jeans an. Sie schnappte sich ihr Trägershirt und ging los.

»Lisa!« Mona stand ebenfalls auf und kam Lisa nach. »Das habe ich nicht so gemeint.«

Lisa zog ihr Shirt über. »Ich glaub schon, dass du es so gemeint hast.« Sie beschleunigte ihren Schritt.

»Bitte, bleib doch stehen. Es tut mir wirklich leid, wenn ich dich verletzt haben sollte.« Mona hielt Lisa am Arm fest, zwang sie so mit sachter Gewalt, stehenzubleiben und sie anzusehen.

Doch Lisas Augen sahen an Mona vorbei, folgten lieber dem Pfad bis zur Gabelung, dann weiter auf die steilen Stufen, die zu irgendeinem Grundstück führten. »Nein, du hast mich nicht verletzt. Du hast ja Recht. Das einzige, was ich wirklich gut kann, ist nun mal Sex.« Sie sah Mona direkt in die Augen. »Es gefällt mir, und ich mache es gern. Ich kann mit euch und eurer Romantik eben nichts anfangen. Ihr wollt *die Eine* auf ewig lieben.« Sie löste Monas Hand von ihrem Arm. »Dafür bin ich nicht gemacht, das hast du ganz richtig erkannt.« Sie ging weiter. Sie kochte. Monas Worte hatten sie sehr getroffen.

»Das war sehr romantisch, was du eben zu mir gesagt hast«, sagte Mona leise, während sie neben ihr herlief. »Das mit den Gondeln in meinen Augen. Wenn du nicht für Romantik gemacht wärst, könntest du so etwas nie sagen.«

»Das habe ich irgendwo gelesen. Hatte nichts mit dir zu tun«, schnaufte Lisa. Nie würde sie zugeben, dass Monas Augen sie in eine andere Welt versetzten, die andere, nicht sie selbst, vielleicht romantisch nennen würden.

Mona lachte etwas getroffen. »Du bist ein ganz schön ambivalenter Charakter, weißt du das das?«

»Ach ja?« Lisas Stimme klang giftig. »Was meinst du damit?«

»Mag ja sein, dass du das irgendwo gelesen hast, aber zu mir hast du es gesagt«, erklärte Mona. »Und das hatte einen Grund.«

Lisa blieb stehen. »Ja.« Sie starrte Mona mit blitzenden Augen an. »Das hatte einen Grund. Ich will dich flachlegen, das weißt du ganz genau. Mit deinem blöden Versprechen hast du mich lahmgelegt, und ich kann dich nachts nicht anfassen, wenn ich neben dir liege. Was meinst du, wie toll ich das finde?«

»Und deshalb versuchst du es mit Komplimenten?«

»Ja, genau. Wo die harte Tour nichts bringt, kommen Komplimente meistens gut an. Wie du dir sicher vorstellen kannst, habe ich darin sehr viel Erfahrung.«

»Oh ja«, sagte Mona. »Das kann ich mir vorstellen.«

Lisa tippte sich auf die Stirn. »Die Sonne. Da war ich nicht ganz bei mir, sonst wäre so was nie über meine Lippen gekommen.«

Mona schluckte schwer. »Gut, Lisa, dann ist ja alles klar.«

»Kein Problem, ehrlich.« Lisa schaute sie an, und ihr Blick glitzerte kalt wie Meerwasser. »Ich habe mich einen Moment nicht unter Kontrolle gehabt, wird nicht wieder vorkommen.« Sie fühlte sich entnervt. Mona löst in ihr etwas aus, das sie nicht greifen und schon gar nicht verstehen konnte.

»Schade«, sagte Mona. »Es war ein schönes Kompliment. So etwas hört man nicht oft.«

»Wie auch immer. Ich glaube, der Urlaub macht mich etwas

matschig in der Birne.« Damit rannte Lisa los und ließ Mona stehen.

Am Abend saßen sie gemütlich bei einer Flasche Wein auf der Terrasse. Mona griff zur selben Zeit wie Lisa zum Käse, der in der Mitte des Tisches stand. Ihre Finger berührten sich, und beide zuckten zusammen.

Mona zog schnell ihre Hand zurück und sah noch, wie Lisas Lippen zitterten, bevor ihre Fingerspitzen den Kontakt verloren.

Was war das nur mit Lisa? In der einen Minute machte sie ihr Komplimente, in der nächsten schlug sie mit Worten auf sie ein, dass Mona Hören und Sehen verging. Sie hatte versucht, Lisa zu verstehen, sie hatte versucht, auf Lisa einzugehen und ihr zu zeigen, dass Sex nicht alles war, was es zwischen zwei Frauen gab, aber langsam hatte sie das Gefühl, mit allem, was sie tat und sagte, stieß sie bei Lisa auf taube Ohren.

Lisa hatte diese ganze Reise initiiert, und letztendlich musste Mona wohl einsehen, dass das nur zu einem einzigen Zweck geschehen war: um mit Mona in aller Ruhe am liebsten von morgens bis abends und von abends bis morgens Sex haben zu können.

Leider hatte Mona ihr gleich am ersten Abend einen Strich durch die Rechnung gemacht, und nun war Lisa permanent sauer auf sie. Vielleicht litt sie unter so einer Art Hormonstau. Normalerweise konnte sie jederzeit eine Frau haben, wenn sie wollte, den ganzen Abend, mehrmals am Abend, in der Nacht, das ganze Wochenende, und nun war sie hier mit Mona und den anderen gestrandet auf einem quasi sexlosen Planeten.

Mona hätte fast gelacht, wenn es nicht so traurig gewesen wäre. Lisa führte sich auf, als wären sie jahrelang ein Paar gewesen, und Mona hätte sie betrogen, verlassen, was auch immer. Aber so war es ja nun wirklich nicht. Was nahm sie sich eigentlich heraus aufgrund einer kleinen ... Schwärmerei? Und nach so vielen Jahren, dass es ohnehin schon fast nicht mehr wahr war.

Immer mehr stieg Wut in Mona auf. Wut, die sie bislang nicht zugelassen hatte, weil ... ja, weil Lisa Gefühle in ihr auslöste, mit denen sie nicht gerechnet hatte. Nicht nach so langer Zeit.

Nicht unter solchen Umständen.

Wäre Lisa doch nur einmal auf Monas Gefühle eingegangen, statt immer nur an ihre eigenen zu denken. Als ob ihre Bedürfnisse jegliches schlechte Verhalten rechtfertigten.

Lisa nahm sich, was sie wollte, vergewaltigte Mona fast, ließ sie hämisch grinsend stehen, um sich mit einer anderen zu vergnügen, und Mona sollte sich noch dafür entschuldigen? Ja, wo kamen sie denn da hin?

Ihr Blick wanderte zu Lisa, und alle Wut verrauchte. Lisa sah so ... verloren aus. Wie ein kleines Mädchen. Wie damals.

Sofort konnte sich Mona nicht mehr gegen ihre Gefühle wehren. Sie überlegte, ob man ihr ansah, was sie für Lisa empfand. Lisa hatte seit heute Mittag, seit sie vom Strand zurückgekommen waren, geschmollt und sie kaum beachtet. Mona betrachtete versunken den roten Wein in ihrem Glas. Würde sie Lisa jemals so nah sein können, um ihr zu sagen, um ihr zu zeigen, was sie für sie empfand? Seit heute Mittag kam ihr Lisa unendlich weit weg vor.

Und dabei war dieses wundervolle Kompliment so ein guter Anfang gewesen. Endlich einmal schien Lisa sich geöffnet zu haben. Als sie über Monas Augen sprach, hatte kein Begehren in ihrem Blick gelegen, sondern nur Zuneigung. Zärtlichkeit.

Vermutlich würde sie wieder auf Mona einschlagen, sollte sie je wagen, das zu erwähnen.

Warum hatte sie solche Angst vor Liebe, vor Gefühlen? fragte Mona sich. War Liebe nicht das Schönste auf der Welt?

Sie endete nicht immer schön, das hatte sie mit Barbara erlebt, aber am Anfang, am Anfang war es schön gewesen. Hatte Lisa so etwas tatsächlich noch nie erlebt? Bedauern keimte in ihr auf. Wie einsam musste ein Mensch sein, der das noch nie erlebt hatte?

Wieder schaute sie zu Lisa hinüber. Ja, einsam und verloren, so sah sie aus. Sie versuchte, es nicht zu zeigen, aber Mona sah es. Mit den Augen der Liebe sah man mehr.

Ich würde sie so gern in den Arm nehmen, dachte sie. *Sie streicheln und trösten, ihr zeigen, wie schön Liebe sein kann.*

Aber wie würde Lisa darauf wohl reagieren? Sie würde Mona wieder erzählen, dass sie sie flachlegen wollte, dass nichts weiter sie dazu trieb, mit Mona zusammensein zu wollen, als ihre Hormone, als ihre unersättliche Gier nach Frauen.

Für Romantik war sie nicht gemacht, das hatte sie klar und deutlich verkündet, also wäre es wohl auch falsch, ihr mit romantischen Gefühlen zu kommen. Sie würde nur darüber lachen mit diesem kalten, arroganten Blick, den sie so gut beherrschte.

Mona, Mona. Lisa wusste nicht, wie oft sie diesen Namen in der letzten Zeit geflüstert hatte. Sie zog ihre Hand zurück und ihren Blick von Mona. Wie Feuer brannte ihre Haut an der Stelle, an der sie von Mona berührt worden war. Sie konnte das nicht mehr ertragen. Die Unbeeindruckte zu spielen. Sie machte eine flapsige Bemerkung und zog sich auf eine der Liegen zurück.

Sie versuchte, sich zu entspannen. Sie musste diese Nervosität loswerden, die Monas Nähe in ihr auslöste. Heute Mittag hatte sie sich deshalb wie ein Idiot benommen, hatte etwas von Gondeln und klaren Seen gefaselt. Ja, war sie denn von allen guten Geistern verlassen? Sie war noch nie eine Frau gewesen, die romantische Gefühle hegte. Weder Augen noch Berührungen hauten sie so um. Normalerweise jedenfalls nicht.

Ihr Blick wanderte verstohlen zu Mona. Sie schien völlig in den Anblick ihres Glases versunken, schwenkte den roten Wein ein wenig hin und her, als wollte sie die Farbwechsel beobachten.

Lisa wandte sich dem Garten zu. Allein Mona anzusehen machte sie nervös, mehr als nervös. Ihr Streit heute Mittag … sie hatte ihre Position klarmachen müssen. Mona schien zu denken, dieses alberne Kompliment hätte etwas zu bedeuten. Komplimente bedeuteten gar nichts. Es gab Frauen, die sie gern hörten – nun ja, fast jede Frau –, und es war ein leichter Weg in ihr Bett. Nur deshalb hatte Lisa ein paar davon auf Lager.

Was sie jedoch noch nervöser machte – nein, es war eher ein Gefühl, für das *nervös* überhaupt kein Ausdruck mehr war –, war die Tatsache, dass sie selbst von diesem Kompliment völlig überrumpelt worden war. Sie hatte tatsächlich diese Gondeln in Monas Augen gesehen. Sie wollte mitfahren, in diese klaren Seen eintauchen, darin versinken. Aber statt das nur zu denken, hatte sie es doch tatsächlich ausgesprochen. Sie hätte sich im selben Moment die Zunge abbeißen können dafür.

Sie schloss die Augen, und sofort sah sie Monas Gesicht vor sich, Monas lächelndes Gesicht, das immer näher kam, Lippen, die sich zu einem Kuss öffneten – Nein, das musste aufhören. Mona sollte nicht mehr in ihren Gedanken herumspuken, ständig bei ihr sein, sie nicht mehr loslassen. Das war einfach zu viel. Sie wollte diese Augen nicht mehr sehen, dieses zarte Glitzern, dieses liebevolle Funkeln, das sich hineinstahl, wenn Mona nicht aufpasste.

Nervös drehte Lisa das Glas in ihren Händen immer wieder hin und her, nur um Monas Blick nicht zu begegnen, den sie auf sich ruhen spürte.

Jule stand schließlich auf. »Ich bin kaputt, ich geh ins Bett. Kommst du mit?« Sie sah Birte verführend an. Birtes Blick verschleierte sich, als sie in Jules grünen Augen versank. Sie verabschiedeten sich und gingen ins Haus.

Lisas Blicke folgten den beiden, bis sie im Haus verschwunden waren. Verstohlen sah sie zu Mona hinüber, sah, dass diese sie mit einem Blick fixierte, den sie nicht einordnen konnte. Dieser Blick hinterließ ein Kribbeln auf ihrer Haut, ein Ziehen in ihrer Mitte, dass sie all ihre Kräfte brauchte, um aufzustehen.

Mona ließ sie schwach werden. Was sollte sie nur tun? Sonst war sie diejenige, die immer wusste, was zu tun war. Doch nicht bei Mona.

Sie ging zum Tisch. Als sie sich umdrehte, sah sie, wie Mona auf sie zukam. Ihr Herz raste. Sie konnte ihre Gefühle nicht mehr verdrängen. Der Funke war übergesprungen.

Mona trat neben Lisa, nahm die Flasche Wein vom Tisch und füllte ihnen nach. Dann stellte sie die Flasche zurück und sah Lisa mit erhobenem Glas an. »Auf unseren Urlaub.«

Ihre Augen musterten Lisa aufmerksam, als ob sie auf etwas warteten.

»Auf Sylt.« Sie hob ihr Glas und trank einen tiefen Schluck, ohne Mona dabei aus den Augen zu lassen. Mona beobachtete sie über den Rand ihres Glases. Sie genoss Monas Nähe, ihren Duft, der zu ihr herüberwehte, und ihre Augen, die sie gefangennahmen.

»Mona ...« Lisas Stimme klang unsicher. »Ich –« Sie konnte nicht weitersprechen. Es war ihr unmöglich, das zu sagen, was sie sagen wollte.

Mona begann zu lächeln. Sie trat auf Lisa zu und blieb ganz nah vor ihr stehen. »Schon gut. Du musst nichts sagen.« Wie Suchscheinwerfer wanderten Monas Augen über Lisas Gesicht. Sie hob eine Hand und strich sanft über Lisas Wange. »Ich möchte dich so gern in den Arm nehmen, aber ich habe Angst, dass du mich zurückstößt. Ich bin kein Punchingball, weißt du?«

Lisa schluckte. »Ja, ich weiß«, wisperte sie. Ihre Stimme gehorchte ihr nicht. Monas Berührung ließ ihre Knie zittern, machte sie schwächer als schwach. Sie mochte dieses Gefühl nicht, und doch sehnte sie sich auf einmal danach.

Monas Finger wanderte auf ihre Lippen, streichelte sie. »Es fällt mir schwer, nachts neben dir zu liegen, ohne dich zu berühren«, sagte sie leise.

Lisa lachte überrascht auf. »Das hast du doch so gewollt!«

Mona lächelte. »Was ich wollte, war, dass du einmal darüber nachdenkst, was du tust. Wahrscheinlich die Lehrerin in mir. Du kannst eine Frau nicht permanent vor den Kopf stoßen und gleich darauf Sex von ihr verlangen. Das geht einfach nicht.«

Lisa verzog etwas trotzig die Mundwinkel. »Meiner Erfahrung nach schon. Alle wollen doch nur das Eine.«

»Alle? Wirklich?« Mona runzelte zweifelnd die Stirn. »Dann bin ich wohl nicht alle. Für mich ist Sex etwas Besonderes, nichts Alltägliches. Es ist etwas, das ich nur mit einem Menschen teilen möchte, dem ich mich sehr nah fühle. Ganz sicher mit keinem Menschen, der mir ständig Fußtritte verpasst.«

»Das tue ich doch gar nicht.«

»Doch, tust du. Du merkst es wohl gar nicht mehr. Es ist dir zur zweiten Natur geworden, nichts an dich heranzulassen. Das ist aber nicht *meine* Natur.« Sie musterte Lisa, suchte ihre Augen. »Du bist nicht wie ich, das ist mir klar, aber du kannst von mir umgekehrt genauso wenig verlangen, wie du zu sein. Ich kann meine Gefühle nicht einfach abschalten. Ich kann nicht *nicht* verletzt sein, wenn du mir vor den Kopf knallst, dass ich nur ein Sexobjekt für dich bin, während ich –« Sie brach ab und drehte schnell den Kopf zur Seite.

»Während du …?«, fragte Lisa.

»Du weißt genau, was ich sagen will.« Mona wandte sich ab.

Lisa schaute auf ihren Rücken. »Während du mehr als Sex willst? Wolltest du das sagen?«

Mona antwortete nicht.

Lisa trat hinter sie. »Ich bin, wie ich bin«, sagte sie leise. »Ich bin keine Frau für Beziehungen.« Sie spürte Monas Wärme, ihr Duft stieg ihr in die Nase, ihre Nähe machte sie verrückt. Warum konnte sie ihr nicht sagen, was sie fühlte? Aber das konnte sie nicht. »Entweder du akzeptierst das, oder –«

»Oder?«, wiederholte Mona mit einem Zittern in der Stimme.

»Oder gar nichts.« Lisa atmete tief durch. »Ich habe mich an deine Regeln gehalten, und bald fahren wir zurück, und dieser ganze Spuk hier ist vorbei.«

»Spuk?« Mona drehte sich zu ihr und sah sie an. »Es kommt dir so vor wie ein Spuk?«

Lisa wusste, dass sie zu viel gesagt hatte. Sie zuckte die Schultern. »Leg nicht jedes Wort auf die Goldwaage … Frau Lehrerin.«

»Ich habe die Erfahrung gemacht, dass Wörter immer etwas bedeuten«, erwiderte Mona. Wieder suchten ihre Augen Lisas Gesicht nach etwas ab, von dem Lisa nicht genau wusste, was es war. »Auch deine Wörter bedeuten etwas. Ich empfinde diese Situation hier als sehr real, nicht als einen Spuk.«

»Natürlich ist sie real!«, fuhr Lisa auf. Sie konnte die Spannung kaum mehr ertragen. Sie sah Monas Lippen vor sich, wollte sie küssen. Sie konnte fast nicht mehr denken. »Du bist mehr als real! Du bist so real, dass es mich wahnsinnig macht!«

Ein feines Lächeln überzog Monas Gesicht. »Das ist doch mal ein Wort.«

»Und? Bist du jetzt zufrieden?« Lisa verschränkte die Arme vor der Brust. Ihre Kiefer pressten sich aufeinander.

»Es ist ein Anfang«, sagte Mona. Mit einem Finger zog sie die Linien von Lisas Gesicht nach, dass Lisas Haut überall kribbelte. »Küss mich«, setzte sie leise gehaucht hinzu.

Lisa starrte sie entgeistert an, dann jedoch beugte sie sich wie von einem Puppenspieler geführt zu Mona, ihre Lippen kamen sich Millimeter für Millimeter näher. Eine leichte Brise suchte sich einen Weg durch den engen Luftraum zwischen ihren Körpern, brachte zarte Härchen dazu zu salutieren. Doch nur kurz war die Brise für den Reiz verantwortlich.

Vorsichtig und sanft berührten sich ihre Lippen, als seien sie aus zerbrechlichem Glas, das jederzeit zersplittern könnte. Dann lösten sich ihre Lippen, ihre Lider öffneten sich langsam, und sie sahen sich mit glänzenden Augen an. Sie sprachen beide kein Wort.

Lisa musste am Boden festgewachsen sein. Sie verharrte regungslos. Ihr Körper bestand nur noch aus ihrem Herzschlag, der hart und laut klopfte.

»Ich bin verrückt nach dir, Lisa«, stieß Mona die Worte rau hervor. Jetzt war es raus, und sie konnte keins der Wörter wieder zurücknehmen. Sie schaute Lisa tief in die Augen.

Lisa konnte sich immer noch nicht bewegen.

Irgendwie hatte Mona erwartet, dass Lisa sie in den Arm nehmen und sie leidenschaftlich küssen würde. Langsam hob sie ihre Hand und strich Lisa über die Wange. »Du bist so wunderschön«, flüsterte sie heiser. Und ihre Augen schimmerten immer mehr, je länger sie Lisa ansah. Sie fühlte sich schwerelos, als würde sie auf Wolken schweben. »Wie schön du bist. Ich kann es gar nicht oft genug sagen. Ich halte das einfach nicht mehr aus. Ich möchte dir ganz nah sein. Ich will . . .«

Und dann, endlich, zog Lisa sie an sich. Aufstöhnend schlang Mona ihre Arme um Lisa. Sie hielt den Atem an, ihr schwirrte der Kopf. Ein wohliger Schauer rieselte ihren Rücken hinunter. Nichts konnte sie jetzt mehr aufhalten, gar nichts mehr. Sie spürte Lisas Lippen auf ihren. Ihre Zungenspitze fuhr über Lisas Lippen, wünschte Einlass.

Es genügte ihr bei weitem nicht, Lisas süße Küsse zu trinken. Sie wollte alles von ihr, und Lisa schien es auch zu wollen. Wie oft hatte sie davon geträumt.

Sehnsüchtig pressten sie ihre Münder aufeinander. Für beide schien es die reinste Erlösung zu sein. Leidenschaftlich drückten sich ihre Körper aneinander. Ein Stöhnen entwich beiden, jegliches Zeitgefühl war verloren.

»Was tust du nur mit mir?«, flüsterte Lisa atemlos, doch tief in ihrem Herzen kannte sie die Antwort schon. Monas Berührung, so hauchzart sie auch war, erweckte ein Feuer in ihr, von dessen Existenz sie nicht einmal etwas geahnt hatte.

Monas Duft wehte zu ihr, wirkte wie eine Droge, reizte ihre Sinne. Nie hätte sie geglaubt, dass es so sein könnte. Monas Küsse raubten ihr die Luft zum Atmen. Sie reagierte mit ihrem ganzen Körper auf Monas Berührungen, die eine einzige, wilde Forderung waren. Ihr Blut brannte und raste durch ihren Körper. So war sie noch von keiner Frau geküsst worden. Sie dachte nicht weiter nach, sondern ließ sich einfach mitreißen von den unvergleichlichen Gefühlen, die Mona in ihr auslöste.

Als Mona sich löste und Lisa schweigend betrachtete, kam es Lisa so vor, als befände sie sich in einem Rauschzustand. Bevor sie jedoch wieder zu sich kam, küsste Mona sie erneut. Sie spürte, wie Wärme ihren Körper durchflutete. Ihre Hände umschlangen Monas Taille, streichelten ihren Rücken, pressten sie noch enger an sich.

Mona stöhnte auf. Sie wollte sich nicht von Lisas Lippen lösen, musste es aber, um Luft zu holen. Sie legte ihren Kopf in den Nacken. Lisa zog mit ihrer Zungenspitze eine kühle, schmale Linie vom Hals bis zum Ansatz ihrer Brüste hinunter. Gleichzeitig streichelte sie Monas Po, streichelte über ihren Rücken bis hinauf zu ihrem Nacken, den sie sanft zu sich zog, um ihre Lippen erneut zu vereinen.

Mona löste sich und begann über Lisas Bauch zu streichen, ließ ihre Fingerspitzen unter Lisas Shirt gleiten. Ihre Hände wanderten hoch zu Lisas Brüsten. Trotz ihrer unglaublichen Sehnsucht nach ihr liebkoste sie Lisas Brüste ganz zärtlich, stöhnte auf, als ihre Berührung Lisas Brustwarzen hart hervorlockte. Noch vor wenigen Stunden hatte Mona nur davon geträumt, Lisa auf diese Art nah zu sein. Sie konnte es kaum erwarten, mit Lisa eins zu werden.

Monas Hände streichelten sie, berührten sie mit einer Zärtlichkeit, die Lisa nicht kannte. Mona küsste ihren Hals, Lisa spürte, wie Monas Zunge weiter zu ihrem Ohr wanderte, wo ihre Spitze schwirrend über ihr Ohrläppchen hinwegflog und sie mit in die Höhe der Schwerelosigkeit nahm. Lisa hörte sich stöhnen, spürte die Feuchtigkeit zwischen ihren Beinen.

Mona drückte sich eng an sie, flüsterte ihr ins Ohr: »Ich will dich, Lisa. Jetzt.«

Lisas Knie gaben nach. »Ja ... bitte ja.«

In Lisas Stimme lag eine merkwürdige, fast schmerzliche Sehnsucht. Mona sah ihr tief in die Augen. Dann nahm sie Lisas Hand und führte sie ins Haus. Führte sie zielstrebig die Treppe hinauf zu ihrem Zimmer.

Hier fanden sie eine Inszenierung des Universums vor. Der Kosmos musste dem Vollmond befohlen haben, seinen schönsten und wertvollsten Silberstrahl zu ihnen zu schicken. Der Mondschein tauchte durch das offenstehende Fenster ins Zimmer. Er füllte den Raum mit einem atemberaubenden Schimmer, in dem die Strahlen wie kleine Lichter umherfunkelten, einen Liebestanz miteinander aufführten. Sie hörten die stimmigen Klänge der Meeresbrandung und atmeten den in der Luft liegenden aphrodisierenden Duft. Was sie beide gerade empfanden, hatte noch keine von ihnen empfunden. Sie blickten sich an und spürten das gegenseitige Verlangen, die Sehnsucht, für die es keine Worte gab.

Luna hätte für keine passendere Atmosphäre für ihr erstes Mal sorgen können. Beide spürten die Verbindung, die ihre Herzen eingingen.

»Liebe mich«, flüsterte Lisa und sah Mona tief in die Augen.

Mona nahm Lisas Gesicht in ihre Hände und legte ihr sanft ihre Lippen auf. Das alleinige Wissen, dass Mona sie jetzt lieben würde, sorgte bei Lisa für ein Gefühl, das sie noch nie erlebt hatte. Es zerriss sie fast vor Begierde und Sehnsucht nach Mona. Ihre Brustwarzen stellten sich empor.

Beide waren sie den Gefühlen hilflos ausgeliefert.

Monas Finger glitten unter Lisas T-Shirt, wo sie den Weg zu ihrem BH fanden und ihn geschickt über Lisas Brüste schoben, was Lisa dazu veranlasste, aufzustöhnen. Mona streichelte ihre Brüste und rieb mit ihrer Handfläche über die immer steifer werdenden Knospen. Es dauerte nur einen Bruchteil kostbarer Zeit, da hatte Mona Lisa den BH samt Shirt über den Kopf gezogen. Die Umhüllungen landeten unsanft auf dem Boden.

Lisas Brustwarzen stellten sich Mona entgegen, als seien sie zwei heilige Türme, die seit Jahrhunderten nur darauf warteten, von ihren Lippen erobert zu werden. Mona kam der Heiligsprechung nach. Sie neigte sich ehrfurchtsvoll zu ihnen, um ihnen zu huldigen, dabei sog sie eine Brustwarze tief in sich ein. Lisas Hände umschlangen sanft ihren Kopf, um ihn näher an ihre Brust zu drücken.

Beide stöhnten sie bei dieser einen Berührung lustvoll auf.

Monas Zungenspitze schwirrte über Lisas Brustspitze. Lisa hätte weinen können vor Glück, wenn sie nicht so voller Verlangen gewesen wäre. Sie stöhnte dunkel, genoss, wie sie noch nie genossen hatte. Noch nie hatte sie sich so hingegeben, wie sie es jetzt hier bei Mona tat. Immer war sie diejenige gewesen, die die Initiative ergriffen hatte. Immer war sie diejenige gewesen, die andere dort hinführte, wo Mona sie nun hingeführt hatte. Das Gefühl, das Mona in ihr hervorlockte, hatte sie immer versucht zu meiden, hatte es nie wirklich gesucht. Doch nun wollte sie es nicht missen. Sie war mehr als froh, dass Mona sie fliegen ließ.

Sie spürte, wie die Nässe aus ihrer Mitte strömte, als wollte sie für Mona den Weg in ihr Inneres ebnen. Es gab kein Zurück mehr. Mona würde die erste Frau sein, der sie ihre Seele offenbarte. Wenigstens einen Teil, einen sehr großen Teil. Aber selbst wenn sie gewollt hätte, sie hätte dem Ganzen jetzt kein Ende mehr setzen können.

Ein Stöhnen entfloh ihrer Kehle. Ihre Hände entließen Monas Kopf aus der Gefangenschaft, um über ihren Rücken nach unten zu gleiten, zogen an Monas Shirt, um es aus ihrer Hose zu ziehen.

Ihre nackten Oberkörper fieberten vor Hitze, als sie aufeinandertrafen. Selbst die Luft schien zu flackern wie über heißem Wüstensand. Ihre Blicke, die ihre gegenseitige Begierde widerspiegelten, ließen sie beide erzittern. Ihre Münder verschlossen sich miteinander, um ihre Zungenspitzen im Rhythmus des Verlangens tanzen zu lassen. Ihre Hände strichen über den Rücken der anderen und streichelten sich an den Seiten wieder zurück. Mal hielt Mona Lisas Gesicht in ihren Händen, mal hielt Lisa Monas Gesicht sacht in ihren.

Monas Hände streichelten über Lisas Po. Fuhren nach vorn zur Knopfnaht, ließen jeden Knopf einzeln aufspringen und bewegten ihre Hose hin und her, sodass sie an ihren Beinen hinunterrutschen konnte.

Im selben Kuss versunken öffnete Lisa den Knopf an Monas Hose. Und während sie den Verschluss hinunterzog, löste sie sich aus dem Kuss. Sie blickte Mona tief in die Augen, bewegte ebenso gekonnt ihre Hose, dass auch diese zu Boden fiel.

Lisas Hände begannen sich selbständig zu machen. Sie stöhnte vor Erregung, als sie Monas Brüste in ihren Händen hielt und sie zu küssen begann. Mona löste eine Begierde in ihr aus, die sie wahnsinnig werden ließ.

Lisas Körper schrie nach mehr. Monas Hände strichen an ihren Schenkeln entlang, als sie sich wieder in die Augen sahen. Hingebungsvoll beobachteten sie sich.

Mona strich mit einem Finger unter den dünnen Stoff von Lisas Slip, um ganz zart durch ihre feuchte Mitte zu streichen.

Lisa fühlte sich Mona ausgeliefert, genoss es aber, wie sie es noch nie genossen hatte. Sie stöhnte und verging vor Erregung, als Mona ihre Perle berührte. Mona trieb ein aufreizendes Spiel mit ihr, und das einige Minuten lang, indem sie abwechselnd ihre Perle zart streichelte und sanft durch ihre Nässe strich.

Mona spürte, dass Lisa nicht mehr lange stehenbleiben konnte, und dirigierte sie zum Bett.

Lisa legte sich auf den Rücken und beobachtete, wie Mona sich ihres Slips entledigte. Sie selbst konnte sich nicht daran erinnern, wann sie ihren verloren hatte.

Mona setzte sich neben sie. Ihre Augen erforschten Lisas nackten Körper, ihre Fingerspitzen folgten samtig weich. Sie strich an Lisas rechtem Arm entlang, umkreiste ihre Brust, streichelte über ihre steife Brustwarze, die hart den Weg nach oben suchte, ließ ihre Fingerspitzen über Lisas flachen Bauch streichen, bis sie in Lisas dunkel schimmerndem Haar abtauchten.

Lisa stöhnte, und ihr Atem beschleunigte sich.

Mona streichelte ihren Oberschenkel bis zum Knie. Für einen kleinen Moment koppelte Mona ihre Hand von ihrer Haut ab, nur um sie gleich darauf wieder an ihrem anderem Knie anzudocken. Von dort streichelte sie sich weiter nach oben.

Lisa fühlte, dass sie diesen wundervollen Berührungen nicht

mehr lange standhalten konnte, ohne verrückt zu werden. Sie wusste nicht, wohin mit dem, was sie gerade fühlte. Ihre Haut brannte unter Monas Fingern. Ihre Muskeln begannen ein Eigenleben zu führen, und sie konnte dem Zittern, das sich über ihren Körper ausbreitete, keinen Einhalt gebieten. Die Hitze in ihrem Inneren bahnte sich einen Weg durch jede einzelne Pore, tauchte als kleine, transpirierende Perlen wieder auf ihrer Haut auf.

»Du bist so weich ... so unglaublich schön.« Mona beugte sich zu Lisa und küsste sie. Während des Kusses legte sie sich auf Lisa.

Beide stöhnten in den Mund der anderen, als ihre nackten, erhitzten Leiber aufeinandertrafen.

Lisa legte ihre Arme um Mona, liebkoste ihren Rücken, spürte, wie diese ihre Mitte fest auf die ihre presste. Mit ihren Fingern strich sie langsam zu Monas Po hinunter, knetete ihn zart, bevor sie sanft, aber dennoch kraftvoll zupackte. Mona bäumte sich wie ein junges Pferd auf und begann sich langsam und aufreizend auf ihrer Mitte zu reiben.

Mona schenkte Lisa ein verführerisches Lächeln, bevor sie sich hinunterbeugte, um ihren weichen, roten, verheißungsvollen Mund zu küssen. Dann Lisas Hals, über den ihre Zunge Kreise zog und an dem sie zart saugte. Küssend suchte Mona sich einen Weg zu Lisas Brüsten, saugte an einer der Knospen, ließ ihre Zunge darüberschwirren, schenkte ihr die Freiheit, nur um sie dann gleich zwischen Zeigefinger und Daumen einzufangen. Liebevoll kümmerte sie sich um die zweite rosige Knospe, die sie in ihren Mund sog, was diese direkt zum Anlass nahm, um noch weiter in ihrem Mund emporzusteigen.

Lisas Brustwarzen blitzten feucht in ihrer dunkelroten Pracht. Sie schienen fast wund, so unglaublich empfindlich waren sie. Mona bekam einfach nicht genug von ihnen. Sie wechselte von einer Seite zu anderen, spürte, wie Lisa sich unter ihr wand, hörte ihr Keuchen.

Lisa konnte die Kontrolle abgeben, und sie wollte die Kontrolle abgeben. Sie wollte sich ganz den Gefühlen hingeben, die Mona in ihr hervorrief. Mona stillte ein Verlangen, das ihr Körper ersehnte und brauchte. Aber das war es nicht allein, nicht nur ihr Körper schrie nach Mona, nein, auch tief in ihr schrie alles, wollte gehört werden. Wollte ihr mitteilen, dass sie hier bei Mona angekommen war. Begierde überflutete sie geradezu tsunamiartig, und ihr Körper zitterte. Sie wollte und konnte sich nicht mehr in Geduld üben. Sie wollte nicht länger auf Monas ganz intime Berührungen warten. Monas Lippen lösten ein Zucken zwischen ihren Beinen aus, und ihre Perle pulsierte schmerzhaft.

»Du machst mich verrückt.« Sie rang um Atem. »Ich kann nicht mehr länger auf dich warten.«

»Na, dann scheine ich ja alles richtig zu machen.« Mona schenkte ihr ein Lächeln, bevor sie sich küssend einen Weg abwärts auf Lisas Haut suchte. Ihre Zungenspitze pendelte über ihren Bauch, über ihre Leiste, leckte sich sanft kreisend über ihre Haut hinweg.

Lisa konnte es kaum noch länger aushalten, auf ihre Erlösung zu warten. Sie wusste nicht, wohin mit all den Gefühlen, die sie überfluteten. Sie machten sie unruhig. Zwar auf eine schöne, berauschende Art, aber eben unruhig. Nicht unangenehm, aber sie waren fremd. Ihr Atem beschleunigte sich und kam nicht zur Ruhe. Ihr Körper gehorchte ihr nicht. Sie war ganz und gar Mona ausgeliefert. Was war das nur, was sie so brennen ließ?

»Mona bitte, du quälst mich. Zwar auf eine herrliche und liebevolle Art, aber dennoch quälst du mich. Ich kann nicht mehr, mein Körper verlangt nach dir. Er brennt … ich brenne.« Lisa hob ihren Kopf uns schaute zu Mona hinunter.

Mona schaute hoch und sah den verschleierten Blick, den Lisa auf sie gerichtet hatte. »So ungeduldig also? Ich habe ja so gut wie gar nicht angefangen.«

Lisa entließ laut Luft aus ihrem Mund. »Was heißt hier: Du hast kaum angefangen? Du tust ununterbrochen nichts anderes. Nämlich mich um den Verstand zu bringen mit deinem Nichtmal-angefangen. Ich bitte dich, nein, ich flehe dich an, schenk mir die Freiheit, wieder ich selbst zu sein.«

Mona küsste sie weiter, als habe sie den Einwand nicht gehört. Langsam schob sie Lisas Beine auseinander, neigte sich hinab und küsste Lisas krauses Haar. Nahm ihren Duft in sich auf, streichelte sanft über ihre Innenschenkel und ließ ihre Zunge durch die Feuchtigkeit gleiten, die sie warm empfing. Daraufhin entließ Lisa ein langes, weiches und befreiendes Stöhnen. Mona wusste, dass sie Lisa erlösen musste.

Lisa spürte, dass sie kurz davor war zu kommen. Monas Zunge ließ von ihrer Perle ab, schlängelte sich jetzt vorwitzig in ihre Tiefe. Erst langsam und genießerisch, dann etwas fester, und schneller. Ihr Körper spannte sich unter Mona an.

Lisas immer lauter werdendes Stöhnen war Musik in Monas Ohren. Sie ließ ihre Zunge wieder auf Lisas Perle schwirren, und drang gleichzeitig in ihre Geliebte ein.

Lisa stöhnte dunkel, als sie Mona tief in sich spürte. »Mona … ich … das ist … oh ja …« Sie wand sich unter ihr.

Mona verwöhnte sie, bis sie kam … und kam … und nochmal kam. Sie sackte nach einer nie enden wollenden Welle des Loslassens entspannt und außer Atem zurück in die Kissen.

Mona betrachtete sie eine Weile, genoss den friedlichen und entspannten Gesichtsausdruck, der sich auf Lisa gelegt hatte. »Das war wunderschön, Lisa. Und so laut.« Sie musste lachen. »Du kannst unglaublich laut sein. Das hatte ich noch nie, dass jemand so laut ist.« Sie rutschte hoch, legte sich schräg neben Lisa und gab ihr einen Kuss. »Das hat mich unglaublich angemacht. Und es war unglaublich schön, meine Süße.« Sie gab ihr einen Kuss.

Lisa legte sich verlegen eine Hand aufs Gesicht. »Ich wusste selbst nicht, dass ich das drauf habe. Das liegt ganz allein an deiner Gesellschaft. Ich bin sonst eher eine stille.« Ein breites Lächeln zeigte sich unter ihrer Hand.

Mona nahm Lisas Hand von ihrem Gesicht und küsste sie sanft auf die Lippen. »Du meine ansonsten stille Kommerin, du warst wundervoll. Ich habe jede Sekunde genossen. Und soll ich dir noch was verraten? Du schmeckst, wie du aussiehst und wie du dich bewegst. Unglaublich wild und frei.«

So schnell, dass Mona es nicht kommen sah, schlang Lisa ihre Arme um ihren Körper und drehte sich mit ihr herum. Nun lag Mona unter Lisa. »Na, dann werde ich jetzt mal probieren, wonach du schmeckst.«

Lisa lächelte, ihre Augen funkelten, als sie sich hinunterneigte und eine der rosa Knospen in ihren Mund nahm, um mit ihrer

Zunge einen feurigen Tanz auf ihr zu vollführen. Genüsslich wechselte Lisa die Seite, damit keine zu kurz kam. Dann tauschte Lisa ihre Lippen gegen ihre Hände, die sanft Monas Brüste massierten, während sie sich küssend einen Weg über ihren Bauch zu ihrer Mitte suchte.

Mona genoss Lisas Hände, die ihre Brüste umspielten, drückten, liebkosten. Fast panisch hielt sie Lisas Hände fest, als sie merkte, dass Lisa sie entfernen wollte. »Bitte nicht! Meine Brüste lieben deine Berührungen.« Ihre Stimme klang sehr rau.

Lisa hob den Kopf und lächelte. Sie löste ihre Hände von Monas Brüsten, aber nur, um Platz für Monas eigene Hände zu schaffen, die sie ihr nun auf die Brüste legte.

»Schließ deine Augen und stell dir vor, dass es meine Hände sind«, flüsterte sie. Sie massierte über Monas Hände, bis diese anfingen, Monas Brustwarzen das zu geben, was die sich ersehnten. Sie lächelte und ließ ihre Zunge in Monas wundervolle Nässe eintauchen. Als sie kurz aufschaute und sah, wie Mona ihre eigenen Brüste liebkoste, entließ sie ein Stöhnen in ihren Schoß.

Mona stöhnte. Wie hatte sie diese Art der Leidenschaft vermisst. Das, was sie jetzt bei Lisa empfand, hatte sie bei Barbara nicht mal annähernd empfunden. Sie hatte allerdings auch nie dagelegen und ihre Hände über ihre Brüste gleiten lassen, wenn sie gerade genommen wurde. Das hatte immer ihre Geliebte gemacht.

Lisa verwöhnte Mona mit allem, was sie kannte, konnte und wollte. Wie eine Künstlerin, die an ihrem Meisterwerk arbeitete. Sie war fasziniert, wie bereit Mona für sie war. Sie verwöhnte Mona nach allen Regeln der Kunst und brachte sie schreiend zum Höhepunkt.

Verschwitzt legte Lisa sich in Monas Arme, die sie ihr entgegenstreckte. Sie küssten sich und fielen erschöpft in die Kissen.

»Du hast mich fertiggemacht. Ich glaube, mit deiner Ausdauer kann keine mithalten, du bist unersättlich.« Mona lächelte matt.

Lisa blickte in Monas Augen. Sie konnte eine Vertrautheit zwischen ihnen spüren, die ihr Sicherheit und ... ja: was? ... gab. Monas Zärtlichkeiten, Monas Sehnsucht nach ihr, die sie ihr schonungslos zeigte, ließen Lisa ein nie gekanntes Glücksgefühl erleben. Gleichzeitig spürte sie diese Angst, die sich wie ein Schatten auf ihre Seele legte, ein dunkler Fleck, der dieses unglaubliche Glück gefährden könnte.

Doch sie wollte sich jetzt darüber keine Gedanken machen. Sie kuschelte sich in Monas Arme. Zu erschöpft und zu glücklich war sie, um sich zu sorgen. Es würde sich schon ein Weg zeigen. »Morgen können wir ja . . .«

Mona, die darauf wartete, dass Lisa weitersprach, drehte sich zu ihr. Sie lächelte, als sie sah, dass Lisa mitten im Satz eingeschlafen war. Sie beugte sich zu ihr und gab ihr einen sanften Kuss auf die Lippen. Ihre eigene Erschöpfung war ihr gar nicht aufgefallen vor lauter Glück.

Sie kuschelte sich an Lisa und schlief sofort ein.

6

Lisa wurde von goldenen Sonnenstrahlen geweckt. Sie drehte sich auf die Seite und stützte den Kopf auf, um Mona anzusehen, ließ ihren Blick über Monas nackte Haut wandern, versuchte, ihre wild durcheinanderkreisenden Gedanken zu sortieren.

Sie spürte, dass der Sex mit Mona weitaus mehr gewesen war als das, was sie bisher mit anderen Frauen erlebt hatte. Sie konnte sich noch so sehr darum herumdrücken, es sich einzugestehen, aber gestern Nacht hatten eindeutig Gefühle mitgespielt. Und zwar nicht nur die Art Gefühle, die der Unterleib erzeugte. Es waren Gefühle, die ihr fremd waren. Sie hatte sich bei Mona komplett fallenlassen, sich ihr hingegeben, wie sie es nie zuvor getan hatte. Sie fühlte sich, als wäre sie auf einmal angekommen.

Es war ein merkwürdiges Gefühl, ein Gefühl, das sie noch nie gehabt hatte. Es machte sie unsicher. Sie spürte dem Gefühl nach.

Vielleicht war das . . . *Nein.* Selbst in ihren Gedanken ließ sie das große und so bedeutende Wort nicht zu. Sie beugte sich zu Mona und gab ihr einen sanften Kuss, dann stand sie auf und ging ins Bad.

Unter der Dusche ließ sie das erfrischende Nass über sich laufen, strich sich übers Gesicht, versuchte, sich noch einmal an alles zu erinnern.

»Guten Morgen.«

Sie fuhr herum. Mona stand nackt vor der Dusche und lächelte sie an.

»Darf ich reinkommen?«

Lisa trat einen Schritt zurück. »Klar.«

Mona glitt neben sie, Wassertropfen begannen, ihre Haut zu benetzen. »Guten Morgen«, wiederholte sie leise, schmiegte sich an Lisa und gab ihr einen Kuss.

Lisa legte ihre Arme um Mona und lächelte sie an. »Guten Morgen, schöne Frau. Gut geschlafen?«

»Wunderbar. Wenn auch sehr kurz.« Monas Lächeln war bezaubernder als alles, was Lisa je gesehen hatte.

Sanft hauchte sie einen erneuten Kuss auf Monas Lippen. »Dafür kannst du mir aber nicht die Schuld geben. Du warst sehr stark daran beteiligt, dass die Nacht so kurz war.«

Mona lachte leise. »Die Nacht kam mir ziemlich lang vor. Nur der Schlaf war kurz.« Sie lehnte sich leicht zurück. Ihre Augen suchten Lisas. »So etwas habe ich schon lange nicht mehr erlebt. Danke.«

Lisa schluckte. »Gleichfalls«, erwiderte sie. Sie verzog schief einen Mundwinkel. »Du glaubst es mir wahrscheinlich nicht, aber du hast mich zu ungeahnten Höchstleistungen angetrieben. Nicht jede Frau holt das aus mir raus.«

»Na, da bin ich jetzt aber stolz«, bemerkte Mona leicht ironisch. Ihre Hände begannen, über Lisas nackte Haut zu fahren. »Ich habe nicht so viele Vergleiche wie du, aber diese Nacht war etwas ganz Besonderes für mich. Ich bin normalerweise nicht so . . . unersättlich.« Sie sah etwas verlegen aus.

»Schön, dass du es heute Nacht warst.« Lisa lächelte sie an. »Es war wunderschön.«

»Ja.« Mona hauchte die Antwort in Lisas Hals, während sie sich an sie schmiegte. Ihre Hüften pressten sich an Lisas.

»Schon wieder?« Lisa lachte weich.

»Du nicht?« Mona blinzelte sie an.

»Oh doch.« Auf einmal klang Lisas Stimme rau, und auch ihre

Hände begannen, über Monas Körper zu wandern.

Es dauerte eine ganze Weile, bis die die Dusche verließen.

Lachend und beschwingt machten sie sich schließlich auf den Weg nach unten.

Birte und Jule versteckten ihr Vergnügen nicht, als sie sie begrüßten. Beide grinsten Mona und Lisa breit an.

»Mona … ich … ich komme«, deklamierte Jule theatralisch von der Couch her, auf der sie neben Birte saß.

»Oh Lisa, ja … ja, das ist gut«, gab Birte gekünstelt von sich.

Sie klatschten sich mit ihren Händen ab und krümmten sich vor Lachen auf der Couch.

»Werdet erwachsen«, schalt Lisa sie gutmütig schmunzelnd. »Besorgt euch ein eigenes Leben, dann müsst ihr bei anderen nicht zuhören.«

»Ach he, lass uns doch den Spaß«, grinste Jule. »Das kennen wir doch alle, wenn uns die Lust überkommt.« Sie schenkte ihr ein breites Lächeln.

»Eure Stimmen hören sich echt erotisch an, wenn ihr Sex habt«, feixte Birte. »Da kommt man ja schon vom Zuhören zum Orgasmus.«

»Hallo, vergisst du nicht noch etwas?«, fragte Jule gespielt brüskiert.

»Okay, du hast deine Sache auch sehr gut gemacht, *während* wir ihnen zuhörten.«

»*Ich* habe meine Sache auch sehr gut gemacht? Oh du, na warte!«

Birte quiekte auf, als Jule sie zu kitzeln anfing.

Mona rollte mit den Augen und ging zur Küche.

Lisa folgte ihr, immer noch mit einem verschmitzten Grinsen im Gesicht. »He, schäm dich nicht, nicht vor den beiden.« Sie umarmte Mona.

»Ich habe gar nicht darüber nachgedacht, dass wir nicht allein waren«, sagte Mona. »Und so laut.« Sie lachte verlegen auf. »Passiert mir nicht oft. Und dass die beiden keine Manieren haben und es auch noch erwähnen …«

»Das ist deren Problem«, sagte Lisa, »nicht unseres. Und was uns betrifft: Das sollen sie uns erst mal nachmachen.« Sie lachte übermütig auf.

»Ja, richtig. Und ich schäme mich nicht. Dafür war es viel zu schön mit dir.« Mona gab ihr einen Kuss.

»Freut mich.« Lisa lächelte auf eine Art, die Mona bisher nicht an ihr gesehen hatte. Entspannt. Gelassen. Als ob sie die Zugbrücke heruntergelassen hätte, die bislang die Mauern ihrer Burg verschlossen hatte.

Sie suchten alles, was sie zum Frühstück brauchten, zusammen und stellten es auf ein Tablett. Dann machten sie es sich auf der Terrasse gemütlich. Birte und Jule gesellten sich nach kurzer Zeit zu ihnen.

»Kommt, lasst uns einen Cocktail trinken. Ich habe gesehen, dass Lisa alle Zutaten für einen Caipirinha gekauft hat.« Birte erhob sich, um ins Haus zu gehen.

»Was, so früh am Morgen?«, fragte Mona.

Lisa zuckte mit den Schultern und sah Mona an. »Warum nicht? Irgendwo auf der Welt ist mit Sicherheit gerade die Sonne untergegangen. Und außerdem haben wir Urlaub.« Sie beugte sich zu Mona und gab ihr einen Kuss.

Birte und Jule johlten wie Fans auf dem Fußballplatz.

»He, was ist jetzt mit dem Caipirinha?«, fragte Lisa mit spitzbübisch funkelnden Augen. »Willst du uns etwa verdursten lassen, weil dich die Show so anmacht?«

Birte streckte ihr die Zunge raus und ging hinein.

Es schien, als hätte ein rosa Hauch Monas Wangen überzogen.

Lisa nahm ihre Hand und streichelte sie. »Lass dich doch von denen nicht aus der Ruhe bringen.«

»Tue ich nicht«, sagte Mona, »aber ich muss zugeben, es ist etwas gewöhnungsbedürftig. Ich diskutiere mein Privatleben normalerweise nicht in aller Öffentlichkeit.«

»Sind doch nur wir.« Jule beugte sich zu ihr und lächelte sie an. »So schlimm, wie wir tun, sind wir gar nicht. Wir freuen uns für euch.«

In diesem Augenblick kam Birte mit vier Gläsern auf einem Tablett zurück. »Sektfrühstück mit Caipirinha«, lachte sie.

»Na, das wird aber auch Zeit.« Lisa hielt ihr Glas in die Sonne. »Lass uns nicht im Stich, große Sonnengöttin. Sonst siehst du unsere nackten Astralkörper nie wieder.«

Alle lachten und stießen an.

Nach dem Frühstück verbrachten sie den Tag am Strand. Sie taten nichts, außer es sich gutgehen zu lassen. Sie dösten in der Sonne, gingen schwimmen oder liebten sich versteckt irgendwo zwischen den Dünen, wo sie niemand sehen konnte. Birte und Jule genossen diese Verschwiegenheit genauso wie Lisa und Mona.

Zum Abendessen begaben sie sich in ein Restaurant, denn heute hatte niemand mehr genug Energie, um zu kochen. Danach kehrten sie ins Haus zurück.

»Ich bin müde, ich gehe direkt ins Bett.« Birte blinzelte Jule an.

Jule grinste. »Ja, geht mir genauso.« Sie folgte Birte nach oben.

Mona ließ sich sofort aufs Bett fallen, als sie ihr Zimmer betraten. »Heute gehe ich nirgendwo mehr hin.«

»Meine Süße ...« Lisa legte sich neben sie und schaute sie zärtlich an. »Tut mir leid. Habe ich zu viel von dir verlangt heute in den Dünen?«

Mona lächelte. »Ich hätte nie gedacht –« Plötzlich bewegte sie sich unruhig. »Oh Gott, dieser Sand! Der ist überall! Obwohl ich vorhin geduscht habe.« Sie sprang auf. »Also ist wohl noch mal duschen angesagt.«

»Oder was anderes«, grinste Lisa.

Mona schüttelte schmunzelnd den Kopf. »Du definierst den Ausdruck *unersättlich* völlig neu.«

»Liegt nur an dir«, sagte Lisa. »Aber weißt du was?« Sie stand ebenfalls auf und schaute Mona an. »Wie wäre es denn mit einer anderen Alternative zur Dusche. Wann warst du das letzte Mal nachts schwimmen?«

Mona verstand und begann zu lächeln. »Du hältst dich nie an das, was ich sage. Ich wollte mich ausruhen, nicht mehr weggehen.«

»Die Sonne ist untergegangen, und wir wären ganz allein«, schmeichelte Lisa. »Niemand kann uns hören.«

Mona lachte leise. »Das ist natürlich verführerisch.«

»Siehst du?« Lisa nahm ihre Hand und zog sie ein wenig zur Tür.

Obwohl Mona etwas skeptisch aussah, folgte sie Lisa und ließ sich von ihr mitziehen. Als sie durch den wilden Garten liefen, hörten sie aus einem Fenster im ersten Stock Geräusche. Es war das Fenster von Jules und Birtes Zimmer.

Sie blieben stehen und lachten. »So viel zu: *Wir sind müde*. Na, das werde ich den beiden morgen früh aufs Butterbrot schmieren. Rache ist süß.«

Mona schüttelte zwar den Kopf, schmunzelte aber. »Ich muss zugeben, dass mich das auch reizt. Normalerweise tue ich so etwas zwar nicht, aber sie haben durch ihre Bemerkungen ja quasi darum gebeten.«

»Genau«, sagte Lisa und hakte sich bei Mona ein. »Uns können sie sowieso nicht überbieten.«

Sie schlenderten gemütlich und eng umschlungen über den schmalen Pfad, der durch die Dünenlandschaft führte. Das goldene Schilf war jetzt grau und bewegte sich gespenstisch im Wind. Sie hörten das Meeresrauschen, das zu ihnen getragen wurde.

Der Himmel zeigte sich von seiner schönsten Seite. Millionen Sterne prangten am Himmelszelt, und es schien, als zwinkerte jeder einzelne ihnen zu. Die Sterne leuchteten so hell, dass es fast so aussah, als könnte man sie berühren. Der Vollmond thronte wie ein Juwel hoch am Himmel und spendete ihnen sein Licht in der Dunkelheit.

Die Brandung war nicht allzu stark in dieser klaren Nacht. Somit stand dem Schwimmen im Meer nichts im Wege.

Im hellen Mondschein entkleideten sie sich, nahmen sich bei der Hand und liefen ins Meer. Sie fühlten, wie das Wasser sie sacht küsste und zart umhüllte. Der Boden unter ihnen umschloss ihre Füße weich und samtig. Sie liefen so weit hinaus, bis das Meerwasser bis zu ihren Hüften schwappte. Dann warfen sie sie sich in die Fluten.

Lachend schwammen sie herum, versuchten, sich gegenseitig zu fangen, tauchten unter und zwischen ihren Beinen hindurch, dass Haare an Haar kitzelten.

Mona legte sich im Wasser auf den Rücken und schaute in den Himmel. Lisa schwamm zu ihr und hielt sich neben ihr mit leichtem Paddeln an der Oberfläche. »War keine so schlechte Idee mit dem nachts Schwimmen, oder?«

Mona wandte den Kopf zu ihr. »Nein.« Sie lächelte. »Es ist ganz anders als am Tag. So ruhig. Alles schläft. Wir sind ganz allein auf der Welt.«

Beide sahen sich im Lichtschein des Mondes an. Mona glaubte, das Spiegelbild des Mondes in Lisas Augen zu erkennen.

Lisa lächelte. »Du siehst aus wie die Mondgöttin, die ins Wasser gefallen ist. Aber das Wasser trägt dich, weil es dein Element ist.«

»Ich könnte stundenlang so auf dem Wasser liegen«, sagte Mona leise. »Schwerelos. Kein Grund unter mir. Über allem schwebend.«

Lisa versuchte, sie zu küssen, und Mona tauchte unter, kam prustend wieder hoch. Sie blitzte Lisa an und schwamm mit schnellen Bewegungen los.

Lisa hechtete ihr hinterher, holte sie ein, als das Wasser wieder so flach war, dass sie knapp stehen konnten.

Mona erwartete sie, zog sie an sich und verschloss ihr die Lippen mit einem liebevollen Kuss.

Mit einem Lächeln löste sie sich, drehte Lisa um, so dass sie mit dem Rücken zu ihr stand, und zog sie wieder eng an sich. »Nur die Sternbilder sehen uns zu.« Sie streichelte über Lisas Bauch, während sie erneut zum Himmel blickte.

Lisa legte ihren Kopf auf Monas Schulter und folgte so ihrem Blick. Eine Weile standen sie nur so da und schauten versunken in den Nachthimmel.

Dann fand Lisa ihre Sprache wieder. »Du meinst die Bären und die Wagen?« Sie sah, wie ein Stern sich vorwitzig in den Vordergrund drängte und hell aufleuchtete.

»Unter anderem«, hauchte Mona an Lisas Ohr. »Welche kennst du noch?« Sie küsste Lisa den Hals entlang.

Lisa genoss Monas Küsse an ihrem Hals, die sie erschauern ließen. Sie streichelte über Monas Arme. »Hm, ich habe die meisten vergessen. Welche kennen Sie denn, Frau Lehrerin?« Sie zuckte unwillkürlich unter Monas Küssen zusammen und lachte hell auf. »Das kitzelt!«

Mona zog sich lächelnd von Lisas Hals zurück, kitzelte sie nur noch ein letztes Mal frech mit ihrer Zunge, dass Lisa aufstöhnte. »Du wirst dich wundern. Ein paar kenne ich tatsächlich noch.«

Sie blickte in den Himmel.

»Welche kann ich von hier sehen?« Lisa kuschelte sich, nachdem das Kitzeln am Hals nachgelassen hatte, an Mona, die sie von hinten wieder fest in den Arm nahm. »Wo ist die Venus?«

»Was interessiert dich ausgerechnet an *dem* Planeten?«, fragte Mona schmunzelnd.

»Hätte jetzt irgendwie gepasst«, sagte Lisa. »Findest du nicht?«

»Die Venus ist nach dem Mond zwar am hellsten, aber um Mitternacht sieht man sie nicht, nur morgens oder abends.«

»Schade, ich hätte sie wirklich gern gesehen«, sagte Lisa.

Mona löste eine Hand von Lisas Bauch und wies eng an ihrem Gesicht vorbei in den Himmel.

»Da, siehst du den langen Strich mit den vier hell leuchtenden Sternen? Das ist Andromeda. Und darin ist der große Andromeda-Nebel. Und hier drüben ...«, Mona zeigte nordwestlich auf einen anderen Fleck am Himmel, »... ist der Delphin. Er ist zwar das zweitkleinste, aber dafür einprägsamste Sternenbild, es hat die Form einer Raute. Und der kann von der ganzen Welt aus gesehen werden, weil er am Himmelsäquator liegt. Manche Sternbilder kann man nämlich nur an bestimmten Orten oder nur zu bestimmten Jahreszeiten sehen.«

Lisa lauschte Monas Erklärungen, kuschelte sich eng an ihre Brüste, die sie in ihrem Rücken spürte, und folgte ihrem Finger, der immer wieder in den Himmel emporstieß, wenn Mona ihr ein Sternbild zeigte.

»Da drüben ist die Leier. Klein, aber auffällig. Die Wega ist der Hauptstern des Bildes, sie ist der fünfthellste Stern am Nachthimmel. Südlich der Wega bilden vier Sterne ein Parallelogramm. Sie sollen die Saiten einer antiken Lyra darstellen.«

Lisa drehte sich zu ihr um. »Okay. Mit Parallelogrammen wollte ich mich jetzt eigentlich nicht beschäftigen. Das klingt so nach Schule.« Sie sah Mona in die Augen, die mit den Sternen um die Wette strahlten. »Und da sind wir nicht mehr.« Sie beugte sich zu Mona und küsste sie.

Mona legte eine Hand an Lisas Nacken und ließ ihre Fingerspitzen über ihre Haut streicheln. Während sie die Süße des Kusses umfing, streichelte sie mit ihrer anderen Hand langsam zu Lisas Mitte hinunter und fuhr mit ihren Fingern dazwischen.

Lisa stöhnte in ihren Mund, legte ein Bein um ihre Hüfte und hielt sich an ihr fest.

Monas Haut kribbelte erwartungsvoll, als sie in Lisa eindrang und sie stöhnen hörte. Ihre Erregung stieg. »Ich will dich auch spüren«, raunte sie heiser.

In einem leidenschaftlichen Kuss versunken tauchte Lisa in Monas Tiefe ein. Stieß sie im selben Rhythmus, wie sie von Mona genommen wurde.

Sie hielten sich fest im Arm, lösten ihre Münder voneinander, sahen sich im Mondlicht an und kamen gemeinsam seufzend zum Höhepunkt.

Eine Weile standen sie engumschlungen da, zwei Meerjungfrauen, die Brust an Brust atmeten, dann pflügten sie Hand in Hand durchs Wasser zurück zum Strand, zogen sich an und ließen sich im Sand nieder. Eng kuschelten sie sich aneinander.

»Lisa?« Mona ließ ihre Finger langsam über Lisas Arm streichen.

»Hm?«

»Darf ich dich etwas fragen?« Mona blickte in den Himmel. Seit sie hier auf der Insel waren, beschäftigte sie die Frage, jetzt brannte sie ihr auf der Zunge, sie musste sie Lisa stellen.

Lisa schmiegte sich in Monas Arme, genoss die samtige Berührung, die Mona auf ihrer Haut hinterließ. Sie fühlte sich unglaublich geborgen. Leise, fast unhörbar, als wollte sie keinen unnötigen Lärm verbreiten, antwortete sie: »Natürlich, du darfst mich alles fragen.«

Monas Streicheln beschleunigte sich. Sie war nervös. »Wem … wem hast du das Häuschen zu verdanken?« Durch ihre andere Hand ließ sie den Sand rieseln, den sie immer wieder vom Strand aufnahm. Sie wusste, dass dieser Moment mit Lisa genauso schnell vorbei sein konnte, wie der Sand brauchte, um aus ihrer Hand zum Boden zu rieseln.

»Von einer Bekannten«, sagte Lisa leise.

»Das sagtest du ja schon im Café. Was ich aber wissen möchte, ist …« Mona biss sich auf die Lippe. »Schläfst du mit ihr? Mit dieser Bekannten?« Sie schluckte. Warum sie das gerade jetzt wissen wollte, war ihr schleierhaft. Sie konnte aber einfach nicht anders, zu lange schwirrte die Frage schon durch ihren Kopf.

Lisa lauschte der Brandung, hörte, wie die Wellen sich am Ufer brachen, fühlte den aufkommenden Wind, der mit den Wellen zu tanzen begann, und beobachtete das geheimnisvolle Aufblitzen der Sterne am Himmel. Das Universum, das sich sanft und beschützend wie eine Kuscheldecke um sie legte, geriet in Gefahr. Gern hätte sie den Zauber für immer festgehalten.

»Ja.« Lisa schloss die Augen. Sie atmete tief ein und drückte sich noch näher an Mona, legte einen Arm auf Monas Bein und ließ die Finger über ihr Knie streichen.

Mona spürte einen Knoten im Hals. »Ist sie ... die Frau ... bedeutet sie dir etwas? Ich meine ... wer überlässt schon einfach jemandem ein Haus auf Sylt?« Eifersucht überfiel sie.

»Ich schlafe mit ihr, ja«, sagte Lisa leise. »Aber das ist nicht wichtig. Sie hat mir mal aus einer sehr prekären Lage geholfen. Sie bedeutet mir nichts. Sie lebt nicht mal richtig lesbisch.« Sie blickte hoch zum Vollmond, fast so, als erhoffte sie sich vom ihm Hilfe. Dass er ihr Leben, das sie vor Mona geheimhalten wollte, ändern könnte. Zum ersten Mal wünschte sie sich, dass sie einen anderen Lebensweg eingeschlagen hätte.

»Sie lebt mit einem Mann zusammen?« Monas Stimme klang rau, aber diesmal nicht vor sexueller Erregung.

»Ja, sie ist verheiratet. Sie will aber nicht, dass irgendwer davon erfährt, dass sie auch auf Frauen steht. Mit Sylt wollte sie mir einen Gefallen tun, und ich wollte euch einen Gefallen tun.« Sie blickte etwas ungelenk zur Seite, um Mona anzusehen.

»Und dafür schläfst du mit ihr? Als Dank für gewisse Gefälligkeiten?« Monas Umarmung hatte sich etwas gelöst. »Öfter?«

Rasch wandte Lisa den Blick ab und sah hinauf zu den Sternen. »Ja, ich schlafe oft mit ihr, wenn du es genau wissen willst. Warum sollte ich auch nicht? Sie ist eine tolle Frau, und es gefällt mir.« Sie hob leicht die Schultern. »Sie hat es mir doch angeboten. Wenn ich mal etwas bräuchte, sollte ich mich bei ihr melden. Na ja, und das habe ich eben getan.«

Mona stellte ihre Streicheleinheiten ein. »Du weißt, wie man das nennt? Diese Frau benutzt dich, du gibst ihr deinen Körper für eine Gegenleistung hin.« Sie konnte es nicht glauben, sie war entsetzt. Nicht wegen Lisa, na ja, vielleicht ein bisschen. Sondern sie war entsetzt darüber, dass es eine Frau gab, die von Lisa Sex gegen einen Gefallen einforderte. Wie konnte Lisa das nur mit sich machen lassen?

Lisa hatte die Bestürzung in Monas Stimme herausgehört. »Das ist okay, das macht mir nichts aus. Wirklich nicht. Ich habe es mir selbst ausgesucht. Außerdem weißt du, wie gern ich mit Frauen schlafe. Es ist nicht neu für dich. Und Ilka ... Ilka ist eine wundervolle Frau. Sie hat mir geholfen, dafür bin ich ihr dankbar. Wir treffen uns hin und wieder, und das wird sich auch nicht ändern. Wir haben Spaß, und es stört mich nicht.« *Es hätte auch schlimmer kommen können. Sie hat mir mein Leben angenehmer gemacht.* Doch das konnte sie Mona nicht erzählen.

Mona fühlte den Stich, der die ganze Stimmung, der sie sich bislang hingegeben hatte, zusammenfallen ließ. Nun war sie der Ballon, aus dem man die Luft gelassen hatte. Lisa schien gar nichts dabei zu finden, so etwas zu sagen, Mona dadurch zu verletzen und ihr klarzumachen, dass sie doch nur ein Spielzeug war.

Ein Spielzeug für die Zeit auf Sylt, wo keine andere Frau zur Verfügung stand. Sie hatte nicht im entferntesten die Absicht gehabt, eine Beziehung mit Mona einzugehen, auf andere Frauen zu verzichten. Es war genau so, wie Mona es von Anfang an befürchtet hatte: Sie wollte nur Sex, konnte nicht einmal für ein paar Tage darauf verzichten.

Und Mona war ein williges Opfer gewesen, mit ihren Gefühlen für Lisa. Nur für Lisa. Ihr spukten keine anderen Frauen im Kopf herum, und dadurch hatte sie tatsächlich für eine kurze Zeit verdrängt, dass Lisa keine Frau war, die sich auf eine einzige Frau beschränkte.

Das Mondlicht, die Sterne, all diese Romantik hier hatten sie vergessen lassen, dass Lisa keine Frau für eine Beziehung war, obwohl sie es ihr sogar ausdrücklich gesagt hatte. Sie hatte ihr nie etwas vorgemacht, das musste Mona zugeben. In den letzten paar Tagen hatte sie eine Seite an Lisa kennengelernt, die so gar nichts mit der Lisa aus der Stadt gemein hatte. Sie hatte nicht mehr daran denken wollen, dass das hier vielleicht die Ausnahme war, etwas anderes aber die Regel. Eine Regel, zu der Lisa zurückkehren würde, sobald sie Sylt verließen.

Sie versuchte, sich zu fassen, den Schlag zu verdauen, den Lisa ihr wieder einmal unvermutet versetzt hatte. Wie war sie nur so geworden?

Monas Gedanken machten eine Reise in die Vergangenheit, sie reiste an jenen Zeitpunkt zurück, an dem sie Lisa das letzte Mal gesehen hatte …

Lisa war ihre Schülerin gewesen. Von Anbeginn hatte ihr Lisa Avancen gemacht, auf die sie nicht einging, die sie immer geflissentlich ignorierte.

Mit Lisas Hartnäckigkeit hatte sie allerdings nicht gerechnet. Lisa war so jung. Was konnte sie schon von der Liebe wissen?

Manchmal jedoch wirkte sie, als wüsste sie alles darüber. War das nur das übliche Teenagergetue? Mona nahm an, dass es so war. Schließlich sah sie das jeden Tag. In diesem Alter versuchten alle vorzugeben, erfahrener zu sein, als sie tatsächlich waren.

So war sie sehr überrascht, als Lisa eines Tages nah an sie herantrat, sie mit ihren großen, tiefblauen Kulleraugen ansah, ihre Hände um ihren Nacken legte und sie langsam, aber bestimmend zu sich heranzog.

»Lisa!« Mona hatte die Augen aufgerissen und Lisa von sich geschoben. »Was soll das?«

»Das wissen Sie doch«, erwiderte Lisa. Auf einmal erschien sie schüchtern, jung.

»Das geht nicht, Lisa«, sagte Mona. »Ich habe bisher nicht darauf reagiert, wie du dich benimmst, aber das hier geht wirklich zu weit. Du musst damit aufhören.«

»Bitte …« Lisas Stimme hatte so flehend geklungen, dass sie Monas Herz erweichte. »Ich liebe Sie.«

»Lisa …« Mona atmete tief durch. »Das bildest du dir ein. Du bist so jung. Das geht vorbei.«

»Es geht nicht vorbei.« Lisas Augen waren ein einziges Sehnen gewesen. »Ich warte schon lange darauf, dass es vorbeigeht, aber es hört nicht auf.« Sie legte eine Hand auf ihr Herz. »Es tut furchtbar weh. Hier.«

»Oh mein Gott, Lisa …« Mona legte sanft einen Finger an

Lisas Wange. »Das geht nicht. Ich bin deine Lehrerin. Ich darf das gar nicht.«

Sie sah den Schmerz in Lisas Augen, und alles in ihr sehnte sich danach, sie in den Arm zu nehmen und zu trösten, wie sie es schon mit vielen Kindern getan hatte, mit vielen ihrer Schülerinnen und Schüler. Aber das hier war etwas anderes. Hier verbot sich ein solcher Trost von selbst.

Und Lisa, das sah sie, war kein Kind mehr. Sie war eine junge Frau, die mit den Gefühlen, die sie überfielen, nicht umgehen konnte. Als Lehrerin musste sie ihr dabei helfen. Das war ihre Aufgabe.

Lisa drehte den Kopf, ihre Lippen tasteten nach Monas Finger, der immer noch auf ihrer Wange lag.

»Tu das nicht, Lisa«, sagte Mona leise. »Das dürfen wir nicht.« Erst, als sie es sagte, wurde ihr bewusst, dass sie etwas für Lisa empfand, das über die Gefühle einer Lehrerin für ihre Schülerin hinausging. Bisher hatte sie sich immer geweigert, es zu erkennen, aber nun auf einmal stand es klar vor ihren Augen. Lisa hatte es vielleicht eher gespürt als sie selbst.

»Du willst es doch auch«, flüsterte Lisa und nahm ihren Finger zwischen die Lippen.

Mona schloss die Augen, als Lisa an ihrem Finger saugte, ihre Zungenspitze um die Fingerspitze herumgleiten ließ. Sie spürte, wie ihre Brustwarzen sich aufstellten, auf die Berührung reagierten, mehr wollten.

In diesem Moment zog Lisa sie zu sich heran, ließ ihren Finger los und senkte ihre Lippen auf Monas. Lisas Kuss war erst scheu und zurückhaltend, dann wurde er etwas verspielter.

Mona genoss den Kuss sehr und konnte sich selbst nicht gegen ihre Gefühle wehren. Sie wusste, dass es falsch war, aber sie spürte Lisas Anziehungskraft, erinnerte sich an den Ausdruck in ihren Augen. Eine unwiderstehliche junge Frau lag in ihren Armen, kein Mädchen, keine Schülerin, keine verbotene Frucht. Nur eine Frau, von der sie sich zu etwas hinreißen ließ, das sie nie für möglich gehalten hatte.

Bei diesem Kuss spürte Mona deutlich, dass Lisa nichts, aber auch gar nichts mit einem Teenager gemeinsam hatte.

Plötzlich schaltete sich schlagartig ihr Gehirn wieder ein.

»Nein!« Sie stieß Lisa von sich.

Lisa stand da, leicht schwankend, und starrte sie an.

Fahrig räumte Mona ihre Sachen zusammen. Als sie fertig war, drehte sie sich zu Lisa. Schaute in traurige, nicht verstehende Augen.

Sie musste schlucken. »Ich kann das nicht zulassen, Lisa«, sagte sie.

Es kostete sie große Beherrschung, Lisa nicht erneut in den Arm zu nehmen. Ihr Herz war aus dem Takt geraten. In Lisas Kuss hatte so viel Gefühl gelegen, dass sie mehr als einmal tief einatmen musste, als sie sich von Lisa abwandte. Sie konnte und durfte Lisa nicht zeigen, was der Kuss in ihr ausgelöst hatte.

»Es darf nie wieder dazu kommen. So etwas darf einfach nicht sein. Du glaubst, du liebst mich, aber ich liebe dich nicht, und das werde ich auch nie tun.« Sie hätte fast geweint, als sie Lisas Blick sah. »Ich bin deine Lehrerin. Ich habe die Verantwortung für dich und dein Wohlergehen –«

»Aber ...«

Mona hob die Hand, um Lisas Einwand zu unterbrechen. »Nein, das trägt nicht zu deinem Wohlergehen bei, glaub mir das. Das, was du jetzt empfindest, ist für dich vielleicht echt, aber ich kann dieses Gefühl nicht erwidern. Das werde ich nie. Du musst darüber hinwegkommen.«

Wieder überkam sie das Bedürfnis, Lisa in den Arm zu nehmen, sogar, sie zu küssen. Schnell nahm sie ihre Tasche und ließ Lisa einfach stehen. Unhöflich, aber sie konnte nicht anders. Lisa musste es jetzt einfach begreifen.

Nach diesem Vorfall war sie ihr nie wieder begegnet. Sie hatte die Schule nach den Ferien gewechselt.

Vielleicht bin ich schuld, dachte Mona. *Vielleicht habe ich sie damals so sehr verletzt – Aber nein, das kann nicht sein. Das ist so lange her, und es war doch überhaupt nichts zwischen uns. Die Schwärmerei eines Teenagers. Und meine nicht ganz angemessene Reaktion, weil ich damals schon ...* Sie schaute Lisa an. *Weil ich damals schon verliebt in sie war, ohne es zu wissen.*

Die Erkenntnis traf sie sehr plötzlich. Lisas Ausstrahlung, die ihr heute so selbstverständlich war, hatte sie, Mona, damals nicht ernstnehmen wollen, weil Lisa so jung gewesen war. Aber es war dieselbe Ausstrahlung. Und sie hatte sie damals schon in ihren Bann gezogen. Warum hätte sie sonst die Schule gewechselt? Sie hatte es einfach nicht mehr ertragen können, Lisa in ihrer Nähe zu wissen. Zu wissen, dass es eben nicht nur eine einseitige Schwärmerei war, sondern dass sie diese Gefühle erwiderte, auch wenn sie das vor Lisa bestritten hatte.

»Barbara hat mich betrogen«, sagte sie leise, fast unhörbar. »Sie fand irgendwann, dass ich ihr nicht mehr genügte. Ich habe mir vorgenommen, so etwas nie wieder mitzumachen.«

Lisa schaute sie an. »Ich betrüge dich nicht. Ich habe es dir von Anfang an gesagt. Du wusstest, worauf du dich einlässt.«

»Ja, wahrscheinlich wusste ich das.« Mona seufzte. »Ich mache dir ja auch gar keine Vorwürfe. Du bist eben, wie du bist. Frauen scheinen für dich eine Art ... Konsumgut zu sein.« Sie blickte Mona ernst an. »Und du für sie.«

Sie musste mit Logik gegen ihre Gefühle für Lisa angehen, das war ihre einzige Chance. Sonst würde Lisa sie wieder und wieder verletzen.

»Du bist eine ganz besondere Frau für mich.« Lisas Blick erinnerte an jenen aus vergangenen Tagen, als sie noch ein junges Mädchen gewesen war. Jenen Blick, der Mona in die Flucht geschlagen hatte. »Aber ich kann mein Leben nicht ändern. Glaub mir, ich kann es nicht. Wenn du das nicht akzeptieren kannst, muss ich damit leben.« Sie lächelte schief. »Auch wenn ich das sehr bedauern würde. Hier auf Sylt war alles so ... schön. So perfekt. Viel perfekter, als ich es mir je hätte vorstellen können.«

»Ach, Lisa ...« Mona fühlte, dass der Blick aus Lisas Augen bis tief in ihr Herz drang. Sie war einmal davor weggelaufen. Sollte sie es wieder tun? »Ich weiß nicht, ob ich das kann. Ich weiß, offene Beziehungen sind heutzutage modern, aber ich bin nicht dafür gemacht. Vielleicht bin ich zu alt dazu.«

»Du bist doch nicht alt!« Lisa lachte sie an. »Du wirst niemals alt sein.« Sie schmiegte sich an Mona. »Nicht, wenn ich es verhindern kann.«

Mona strich mit den Fingern durch Lisas Haar. »Nun ja, ich muss zugeben, ich habe mich schon älter gefühlt als jetzt«, sagte sie. »Sex hält anscheinend jung.« Es war eine etwas bittersüße Bemerkung.

»Das kann ich bestätigen«, sagte Lisa.

Mona schaute sie an. Jetzt zählte nur, dass sie hier auf der Insel waren, und das noch die ganze Nacht und den ganzen morgigen Tag. Diese Zeit wollte sie mit Lisa harmonisch verbringen. Sie wollte sich keine Gedanken mehr machen, jedenfalls vorerst nicht.

Sie atmete die herrliche Nachtluft ein. Sie spürte den Sand unter ihren nackten Füßen und dankte dem Universum dafür, dass Lisa jetzt bei ihr war. Hier herrschte nur Lisas und ihr Kosmos. Ein perfekter Moment, den sie nie mehr vergessen würde. Sie würde ihn bei sich tragen bis an ihr Lebensende.

Sie gab die Hoffnung nicht auf, dass es ein glückliches Ende für sie beide geben würde.

Als sie eine Sternschnuppe frech über sich hinweghuschen sah, wünschte sie sich, dass dieser Moment noch lange anhalten möge. Sie wollte nicht, dass er jemals endete.

Lisa musste ein Seufzen unterdrücken. Wenn sie zurück waren, würde sie mit Mona über einiges reden müssen. Das schuldete sie ihr. Mona durfte sich auf keinen Fall Hoffnung machen, dass sie zusammenbleiben würden. Mona hatte eine bessere Frau verdient. Eine Frau, die ihr immer die Wahrheit sagte, die ein anständiges und gutes Leben führte. Die keine Geheimnisse vor ihr hatte. Mona durfte nicht annehmen, dass sie sich für sie ändern würde. Denn das würde sie nicht können.

Sie fühlte einen Stich in ihrer Brust. Mona suchte eine feste Partnerin, sie konnte ihr keine sein. Sie hatte Verpflichtungen, die musste sie einhalten. Es war unmöglich, daran zu rütteln. In ihrem Leben gab es keinen Platz für Liebe. Liebe war Luxus, und den konnte sie sich nicht leisten.

Ihr Blick glitt durch die Schwärze, die sich über das Meer gelegt hatte. Sie verscheuchte ihre Gedanken, sie wollte die Zeit, die ihr mit Mona blieb, genießen.

Lange saßen sie noch eng umschlungen am Strand und sahen in die Ferne, lauschten der ruhigen Musik des Meeres, genossen ihre Zweisamkeit, liebten sich noch einmal.

Beide hatten sie das Gefühl, dass die Zeit anfing, sich schneller zu drehen. Als wollte sie dem Liebesglück ein jähes Ende setzen, bevor es zu schmerzhaft werden würde.

Als sich die Morgenröte des Sonnenaufgangs bereits am Horizont andeutete, kehrten sie ins Haus zurück und legten sich ins Bett. Fest umschlungen glitten sie in den Schlaf hinüber.

Ihrer beider Atem ging schwer, als sie sich anlächelten. Gleich nach dem Erwachen hatten sie sich geliebt. Mona bedeckte Lisas erhitzten Körper. Mit ihren Wimpern blinzelte sie langsam über Lisas Nasenspitze, wie es ein Schmetterling tun würde, wenn er auf ihrer Nase gelandet wäre. Auf und nieder, auf und nieder würde sein Flügelschlag gehen. Dasselbe tat sie auf Lisas Lippen und Augen.

»Wenn du so weitermachst, meine Süße, dann werde ich nicht mehr an mich halten können.« Lisa lächelte verschmitzt und zwinkerte Mona verspielt zu.

Monas Gesicht zierte ein breites Grinsen. »Höchst interessant.« Sie begann, Lisa fordernd zu küssen.

Lisa löste sich aus dem Kuss und grinste Mona neckisch an. »Na, wenn das so ist ... dann liege ich jetzt aber oben.« Ruckartig drehte Lisa sich auf Mona.

»Damit kann ich leben.« Mona schmunzelte.

Es dauerte nicht lange, da war der Funke der Leidenschaft wieder angesprungen und entzündete eine Flamme der Lust. Sie küssten und liebten sich erneut.

Nachdem sie wieder zu Atem gelangt waren, stützte Lisa sich auf, um Mona besser ansehen zu können.

Monas Augen glänzten, und ihr Mund war leicht geöffnet. Lisa beugte sich zu ihr, küsste sie.

Mona sah Lisa an. »Weißt du, meine Süße, was ich jetzt wirklich bräuchte?« Ihre Augen lachten Lisa an.

Lisa roch an ihr. »Eine Dusche?«

Mona lachte und schlug Lisa liebevoll auf den Arm. »Ja, das auch, aber das meine ich nicht. Ich hasse dich, wenn du so frech bist.«

»Ja, das mag gut sein, aber du liebst das hier ...« Lisa küsste Monas Hals entlang.

»Oh ja, wie wahr!« Mona stöhnte unter Lisas Berührungen.

»Aber im Augenblick bräuchte ich etwas anderes. Und zwar dachte ich da eher an eine Rückenmassage.«

Lisa lachte in Monas Hals. »Eine Rückenmassage?« Damit hatte sie nicht gerechnet.

»Ja, du forderst sehr viel von diesem alten Körper. Ich spüre jeden einzelnen Muskel.«

»Kein Thema, da kann ich helfen. Aber dein Körper ist nicht alt, da muss ich dir mal wieder widersprechen. Du solltest endlich glauben, was ich sage.«

»Doch, jedenfalls fühlt er sich so an.« Mona machte ein gespielt trauriges Gesicht.

Lisa lächelte und erhob sich. »Na dann, sei ein braves Mädchen und dreh dich auf den Bauch, damit ich deinem ach so alten Körper etwas Gutes tun kann. Schließlich wird er ja noch gebraucht.«

Mona entspannte sich unter Lisas Händen, die über Rücken, Arme, Po und Beine massierten.

Am Morgen des Abreisetages hing jede von ihnen ihren Gedanken nach.

Aus dem Radio klang die Stimme von Hans Albers: *Auf Matrosen, ohé, einmal muss es vorbei sein ...*

Birte zog den Stecker. »Beim nächsten Mal machen wir zwei Wochen Urlaub, einverstanden?« Sie sah sie alle mit einem bedauernden Gesichtsausdruck an.

»Ja, das machen wir. Meinetwegen könnte es jetzt schon wieder soweit sein«, stimmte Jule ihr zu und nahm sie in die Arme.

»Irgendwann besitze ich auch so ein Haus, und dann ist Schluss mit der Stadt.« Lisa sagte es so leise, dass nur Mona sie hören konnte.

Dass Lisa es ernst meinte, konnte Mona in ihren Augen sehen. Es überraschte sie. Wenn jemand wie eine Stadtpflanze erschien, dann Lisa. Aber es schlummerten offensichtlich Sehnsüchte in ihr, von denen Mona nichts wusste.

Sie nahm Lisas Hand und ging mit ihr noch einmal durch den herrlich duftenden Garten. Ein letztes Mal atmeten sie den salzigen Geruch des Meeres ein.

Mona drehte sich zu Lisa und gab ihr einen süßen und langen

Kuss. Sie spürte die Veränderung, die kommen würde. Doch ob diese Veränderung gut oder schlecht sein würde, konnte sie nicht sagen.

Sie liefen zum Wagen zurück, stiegen ein und verließen das Paradies.

7

Schön, dass ihr wieder da seid. Wie war euer Urlaub?« Carmen lächelte, als sie Lisa sah. Sie trat hinter dem Tresen hervor, hielt aber abrupt in der Bewegung inne, als ihr Blick auf Lisas Hand glitt, mit der sie Monas Hand umschlossen hielt.

Carmens Lachen gefror. Ihre Augen zogen sich zusammen, sie beobachtete, wie Lisa mit Mona lachend zu Jule und Birte an den Tisch gingen und sich zu ihnen setzten. Carmens gute Stimmung fiel in den Keller, als sie sah, wie zärtlich Lisa mit Mona umging. Sie unterdrückte ihre schlechte Laune, als sie an den Tisch herantrat.

»Also, wie war der Urlaub?«, fragte sie noch einmal, nicht mehr ganz so enthusiastisch. Sie warf Mona, ohne dass die das mitbekam, einen bösen Blick zu.

Lisa sah zu Carmen auf. »Sehr schön. Mona hat bestimmt die ganze Speicherkarte vollgeknipst in der einen Woche.« Sie zwinkerte Mona zu.

»So hält man Momente fest, das Leben besteht nun mal nur aus Momenten.« Mona blickte verträumt auf Lisa. »Die schönsten Bilder lasse ich auf Fotopapier abziehen, die bringe ich dann mal mit.« Sie musste sich förmlich von Lisa losreißen, um Carmen ein Lächeln zu schenken.

Dass Carmen sie am liebsten erwürgen wollte, entging ihr. Monas Gedanken schweiften nämlich gerade zurück zu Lisa, halb bedeckt auf dem Bett liegend und schlafend. Sie hatte die Schlafende heimlich fotografiert. So hatte sie Lisa für immer auf ihren Fotos festhalten können.

Nachdenklich betrachtete sie Lisa und nippte an ihrem Kaffee.

Lisa bemerkte Monas schmachtenden Blick. Ein Lächeln zauberte sich auf ihr Gesicht. »Woran hast du gerade gedacht?«, fragte sie Mona leise.

»An dich, meine Süße.« Monas Augen leuchteten. »Wie du halbnackt im Bett gelegen hast und ich meinen Blick nicht von dir wenden konnte.« Sie küsste Lisa. »Das wollte ich schon die ganze Zeit tun, seit wir meine Wohnung verlassen haben. Ich würde am liebsten nichts anderes mehr machen, als dich ununterbrochen zu küssen.«

Lisa wurde ernster. »Nicht, Mona, bitte. Es ist ...« Lisa sah für einen kurzen Moment in die Runde, dann sah sie Mona stumm an. Es würde nicht mehr lange dauern, und die gemeinsame Zeit mit Mona wäre zu Ende. »Ich muss mit dir reden.« Ihre Stimme klang kratzig. »Später, okay?« Es zerriss sie innerlich, als sie daran dachte, dass sie es beenden musste, bevor es für sie beide zu schmerzhaft werden würde.

»Sicher, ist okay.« Mona zog ihre Stirn kraus, weil sie Lisa küssen wollte und sie sich ihr verlegen entzog. *Was hat sie auf einmal? Sonst geht sie doch überall mit ihren Gelüsten hausieren. Jetzt auf einmal nicht mehr?* Sie beschlich ein mulmiges Gefühl. »Was ist los mit dir? Fühlst du dich nicht gut?«

»Nicht hier, Mona ... ich meine, lass uns das später fortführen.« Lisa sah sie bittend an. Ihr schwirrte der Kopf. Irgendwie war alles gerade zu viel für sie. Sie wusste nicht, wohin mit ihren aufgewühlten Gefühlen.

Mona nickte stumm, sie glaubte in Lisas Augen so etwas wie Schmerz zu sehen, doch der Moment war schnell vorüber.

Lisa richtete ihren Blick auf Carmen, die mit einer Schüssel in ihren Händen aus der Küche kam. Irgendetwas hatte Carmen, doch Lisa wusste nicht, was. Sie würde sie später darauf ansprechen, schließlich hatten sie sich jetzt eine Woche nicht gesehen. Und in einer Woche konnte eine Menge passieren. Das wusste sie mittlerweile nur zu gut.

»Hier.« Carmen stellte die Schüssel mit selbstgemachtem Kompott etwas zu schwungvoll in die Mitte des Tisches. Ihre Stimmung schien nicht die beste zu sein, sie wirkte fahrig, was die Schüssel fast ihr halbes Innenleben gekostet hätte, da das Kompott um ein Haar auf den Tisch geschwappt wäre. »Als

Willkommensgruß. Na ja, und weil es übriggeblieben ist. Es ist Rhabarberkompott. Greift zu, es muss alle werden. Ich habe Unmengen davon eingekocht.«

Ein merkwürdiger Ausdruck lag in Carmens Augen, die sie über Lisa und Mona wandern ließ. »So, dann lasst mich mal Revue passieren. Wie ich sehe, seid ihr alle ein Paar geworden. Sonst noch etwas, das ich wissen müsste?«

Lisas Kopf schnellte nach oben. »Was, wie ... wer ist ein Paar?«

»Na, so, wie ihr vier Turteltauben miteinander umgeht, Jule mit Birte, du mit Mona, da gehe ich doch davon aus, dass du mit Mona zusammen bist. Hat sie es tatsächlich geschafft, dich einzufangen. Ich bin glatt sprachlos.« Carmens Worte klangen hart.

Lisa sah wie ein erschrockenes Huhn aus. »Sie hat mich nicht ... wir beide sind nicht ... Nein, wir sind kein Paar.« Das Wort *Paar* hallte in ihrem Kopf wider. Ein Paar wusste alles voneinander. Mona wusste aber überhaupt nichts von ihr. Sie würde Mona auch nichts sagen. Sie schämte sich. Und das wiederum ärgerte sie. Noch nie hatte sie sich dafür geschämt. Es wurde Zeit. Sie musste Schluss machen.

Mona warf Lisa einen langen und leicht gequälten Blick zu, doch diese wich ihrem Blick aus. Sie wusste, dass sie Mona erneut verletzt hatte, obwohl sie das nicht wollte. Ein Paar, das waren immer zwei, und Mona hatte akzeptiert – jedenfalls war es Lisa so vorgekommen –, dass es diese Art der Zweisamkeit mit Lisa nicht gab. Trotzdem tat es ihr sicher weh, wenn Lisa es so schonungslos aussprach.

Mona straffte unmerklich ihre Schultern. »Wir wissen nicht, was wir haben«, sagte sie zu Carmen.

Ihre Stimme schnitt Lisa ins Herz. »Ja, das beschreibt es ganz gut«, sagte sie bewusst cool. Sie schaute Carmen an. »Du weißt, ich bin beziehungsunfähig. Und Mona weiß das auch.« Sie wich Monas schmerzerfülltem Blick aus.

Genauso, wie sie sich jetzt fühlte, wollte sie sich nicht fühlen. Sie hatte sich geschworen, ihr Herz nicht an jemanden zu verlieren. Sie wurde sich jetzt erst richtig bewusst, was die Liebelei mit Mona ausgelöst hatte. Bei ihr und bei Mona.

Wenn sie sich doch nur endlich überwinden konnte, mit Mona zu reden ... *Du bist eine ganz schöne Memme geworden in dieser Woche.* Denn ganz so spurlos waren die Ereignisse nicht an ihr vorübergegangen, wie sie sich selbst versuchte einzureden.

Monas Augen funkelten wild. *Warum tust du mir das an?* »Ja, das weiß ich.«

Ich habe mir unnötige Hoffnung gemacht. Ich habe tatsächlich vergessen, wer du bist. Dass es nur ein Spiel für dich ist. Sie nahm ihre Hand von Lisas Bein und stand auf. Die Stuhlbeine scharrten dabei etwas zu laut über den Boden. »Dann hätten wir das ja geklärt.«

Sie musste jetzt hier raus. Sie hatte gedacht, sie könnte mit Logik an die Sache herangehen, akzeptieren, was sich nicht ändern ließ, aber zu sehr hatten Lisas Worte sie verletzt, sie wollte nur noch allein sein und sich dem Schmerz hingeben. Ihre Augen füllten sich mit Tränen. Sie drehte sich um und ging zum Ausgang.

Lisa lief Mona nach und stellte sich vor sie. »Mona, es tut mir leid, bitte geh nicht.« *Das wollte ich dir nicht antun. Es tut mir schrecklich leid.*

Monas Miene blieb ausdruckslos. Betont kühl fragte sie: »Wie soll es denn jetzt deiner Meinung nach weitergehen?« Das Glück und die Freude der letzten Tage waren wie weggeblasen.

»Das weiß ich nicht.« Lisa zuckte die Schultern.

»Dann lass es einfach gut sein«, sagte Mona grob. »Dadurch wird vieles einfacher.« Sie zwang sich, Lisa noch einmal in die Augen zu sehen. »War das alles wirklich nur ein Spaß für dich?« In ihren Augen schimmerten Tränen.

»Was? Nein, natürlich nicht. Aber ...« Lisa biss sich auf die Unterlippe, sie fand die richtigen Worte nicht. Sie senkte ihren Kopf und starrte auf den Boden. Warum fiel ihr es nur so schwer, Schluss zu machen? Noch nie hatte sie Probleme gehabt, einer Frau zu sagen, dass nicht mehr aus ihnen werden würde.

Mona hob plötzlich gebieterisch ihr Kinn. »Lass gut sein. Es war nicht anders zu erwarten. Schon vergessen? Es sind die Momente, die das Leben ausmachen. Und schöne Momente hatten wir im Urlaub ja genug. Nun ist der Urlaub vorbei, du hattest deinen Spaß, und es werden genug neue schöne Momente kommen.« Ihre Stimme klang bitter, an ihren Wimpern hingen Tränen. *Ich werde dir wohl nie das geben können, was du suchst oder brauchst. Was auch immer das sein mag.*

Sie wandte sich von Lisa ab und verließ hocherhobenen Hauptes das Café. Sie wollte Lisa nicht zeigen, wie gekränkt sie war. *Sie hält mich wahrscheinlich auch nur für eine Närrin, so wie all ihre abgelegten Liebhaberinnen.*

Lisa blickte Mona hinterher. *Was hab ich nur getan?* Unglaubliche Sehnsucht machte sich in ihrem Innern breit. Am liebsten wollte sie Mona aufhalten, sie wollte sie nicht gehen lassen. Sie spürte, dass sich etwas in ihr verändert hatte. Dass Mona ihr alles gab, was sie zum Leben brauchte.

Als die Tür sich hinter Mona schloss, drehte Lisa sich um und ging mit schnellen Schritten auf Carmen zu, die hinter dem Tresen völlig unbeeindruckt ein Glas abtrocknete.

»Was sollte das gerade?«, funkelte Lisa sie herzlos an.

»Was meinst du? Hast du vergessen, was sie dir angetan hat?«

»Nein, aber warum –«

Carmen würdigte sie keines Blickes. »Sie passt doch gar nicht zu dir. Und wie ich gerade mitbekommen habe, willst du doch auch gar nicht an die Kette gelegt werden.« Sie drehte sich von Lisa weg, um das Glas in den Schrank zustellen.

»Es geht dich nichts an, was ich will oder was ich nicht will!« Lisa spürte die Wut in sich aufsteigen. »Und das eben war nicht nett und vollkommen unnötig. Ich wollte in aller Ruhe mit ihr über uns reden, das hätte sie verdammt noch mal verdient gehabt. Zügele das nächste Mal dein Temperament!« Sie kochte.

Carmen drehte sich zu ihr und blickte ihr direkt in die Augen. »Sie scheint dir ja doch einiges zu bedeuten, so, wie du dich für sie einsetzt. Das überrascht mich jetzt doch sehr. Noch nie bist du so für eine deiner Schlampen in die Bresche gesprungen. Sicher, dass du nicht doch in sie verliebt bist?« Sie spuckte die Worte herablassend heraus.

Lisa funkelte sie böse an. »Mona ist keine Schlampe, also nenn sie nicht so! Gib ihr nicht die Schuld für etwas, wofür sie nichts kann«, schmetterte sie Carmen die Worte entgegen. Sie war so sauer auf Carmen, und sie war sauer auf sich, weil sie Mona so sehr verletzt hatte.

»Sie ist nichts für dich«, erwiderte Carmen kühl.

Lisa konnte sich nicht mehr beherrschen, sie schrie Carmen an. »Das hast du ja wohl nicht zu bestimmen!«

Besänftigend hob Carmen die Hände. »Okay, ist ja gut, ich habe es verstanden. Aber du bist und bleibst eine Aufreißerin der ersten Güte. Daran wird sich nichts ändern. *Sie* wird dich nicht ändern. *Du* wirst dich nicht ändern.« Sie ließ sich nicht von Lisas Ausbruch aus der Ruhe bringen.

»Das ist nicht wahr, Carmen.« Lisa blitzte sie kalt an und drehte sich um.

Sie suchte ihre Sachen zusammen, verabschiedete sich von Jule und Birte und verließ ohne ein weiteres Wort das Café.

8

Lisa glaubte nicht, was sie gerade sah. *So schnell hat Mona sich also getröstet.* Verzweifelt klammerte sie sich an ihr Glas und starrte kurz hinein, bevor sie es austrank. Nie hätte sie gedacht, dass es sie so schrecklich schmerzen würde, Mona mit einer anderen zu sehen.

Sie hob ihren Blick und folgte Mona mit den Augen. Sie fühlte sich um Jahre gealtert. Mona hatte eine enganliegende, schwarze Lederhose an, und ihre Haare trug sie auch anders. *Verdammt, sieht sie gut aus.*

Monas Begleiterin war die kleine Abiturientin. Jetzt konnten sie sich ja offiziell zeigen. Sie war nun keine von Monas Schülerinnen mehr. *Und ich saß zu Hause und habe mir Gedanken gemacht. Mona geht es doch gut, sie hat es bestens verdaut.*

Lisa sah, wie Mona zur Tanzfläche gezogen wurde. Sie spürte ein saures Gefühl in sich aufsteigen. Und das gefiel ihr überhaupt nicht. Die Kleine himmelte Mona geradezu an. Es war offensichtlich, worauf die Kaum-aus-den-Windeln-Entsprungene aus war: Sie wollte eine verdammte Nummer mit Mona schieben. Jede hier konnte das sehen.

Und Lisa konnte es fühlen, denn genau das hatte sie damals mit Mona empfunden, als sie sie einfach stehengelassen hatte.

Und warum ließ sie diese Kleine nicht stehen, wie sie es damals mit ihr getan hatte? *Was hat sie, was ich nicht hatte?*

Am liebsten hätte Lisa die Kleine an den Haaren nach draußen geschleift. Sie sah vor ihrem geistigen Auge Monas verführerischen Körper, schmeckte ihre Küsse, spürte Monas Berührungen auf ihrer Haut. Das alles sollte nun die Kleine von ihr bekommen?

Lisa fühlte Wut in sich aufsteigen. Doch was für ein Recht hatte sie denn? Sie hatte Mona gehen lassen, hatte mit ihr Schluss gemacht. Im Grunde ging es sie also überhaupt nichts an, was Mona tat. Warum war sie also wütend?

Sie beobachtete beide. Nicht, dass das Babyface noch zu sabbern anfing, während sie Mona auf den Ausschnitt stierte. Kaum ihr Abitur in der Tasche, und schon eine auf große Verführerin machen wollen, pff.

Sie fühlte, wie sie sich selbst in der Kleinen sah. Genauso musste sie damals ausgesehen haben, genauso hingerissen, genauso völlig aus der Bahn geworfen von Monas Charme. Hatten andere sie dabei vielleicht genauso beobachtet, wie sie es jetzt mit der Kleinen tat? Hatten sie genauso über sie gedacht?

Unruhig rutschte sie auf dem Barhocker herum.

»He, seht mal. Da ist Mona.« Birte setzte sich zu Lisa, während sie Mona im Auge behielt. »Sag Lisa, was hast du mit Mona gemacht? Du scheinst auf sie abgefärbt zu haben. Sie sieht verdammt heiß aus.« Sie bestellte bei Carmen ein Bier. »Und sieh dir nur die Kleine an, die Mona im Schlepptau hat. Die würde Mona am liebsten direkt hier auf der Tanzfläche vernaschen.« Sie lachte. »Also, wenn du so auf andere abfärbst, sollten wir auch mal zusammen«, sie drehte ihren Kopf zu Lisa, »ins Bett geh-« Sie erstarrte, als sie in Lisas schmerverzerrtes Gesicht sah. »Oh, entschuldige«, schloss sie betroffen. »Ich hätte es wissen müssen. Schließlich war ich ja mit euch zusammen auf Sylt. Sie bedeutet dir etwas.«

Lisa wischte sofort den Ausdruck von ihrem Gesicht, der sich in Birtes Augen widergespiegelt hatte. »Ach, du spinnst doch. Da ist nichts.« Sie zuckte die Schultern. »Was soll ich schon gemacht haben? Nichts, was ich mit anderen nicht auch gemacht habe. Und nichts, was *sie*«, sie nickte zu Mona hinüber,

»nicht wollte.«. Sie drehte sich so, dass sie Mona nicht mehr ansehen musste.

Birte lachte leicht. »Das habe ich gehört.«

»Was will sie nur mit der ...« Lisa brach ab, bevor sie einen der üblen Ausdrücke hinzusetzen konnte, die ihr im Kopf herumschwirrten.

»Mit einer knackigen nicht mal Zwanzigjährigen? Die Frage erübrigt sich ja wohl«, sagte Birte. »Und was du dir geleistet hast, als wir gerade mal zurück waren, hat sie bestimmt nicht davon überzeugt, dass es sich lohnt, um dich zu trauern.«

»Die Trauerphase hat jedenfalls nicht lange angehalten«, stieß Lisa geringschätzig hervor. »Da kann ihre Liebe ja nicht so groß gewesen sein.« Sie erhob sich vom Hocker. »Und was weißt du überhaupt schon.« Sie blitzte Birte beleidigt an.

»Ja, ja, genau. Was weiß ich denn schon. Jeder hat so seine Dämonen, mit denen er zu kämpfen hat, weißt du? Reden hilft da meist.« Birte schaute kurz in Monas Richtung. Dann legte sie eine Hand auf Lisas Arm. »Sprich mit ihr. Ich glaube, sie reagiert einfach nur so, weil sie nicht weiß, was sie sonst tun soll mit dem Scherbenhaufen, den du ihr hinterlassen hast.«

»Pah, da gibt's nichts zu reden.« Lisa trat gekränkt hinter die Bar, nahm eine Flasche Whiskey und zwei Gläser und bahnte sich damit einen Weg durch die tanzende Menge.

Sie hatte jedoch Probleme, vorwärts zu kommen. Es war sehr voll heute. *War das immer schon so gewesen?* Sie fühlte sich erdrückt. Ihr wurde die Luft zu dünn. Mitten auf der Tanzfläche kam sie nicht mehr weiter. Sie wurde leicht zurückgedrängt und rempelte mit dem Rücken jemanden an. Sie drehte sich um, wollte eine Entschuldigung murmeln, als ihr die Worte im Halse steckenblieben.

Zwei verschiedenfarbige Augen blickten sie an. Zart schwebte Monas Duft zu ihr herüber. Just lief der Song *The Violet Hour*. Sie verdrehte in Gedanken die Augen, lauschte dem Text, während Monas Augen sie hypnotisierten.

»Alles klar bei dir?«, fragte Mona und wirkte dabei fürchterlich gelangweilt.

»Klar, wie immer.« Lisa gab sich cool, doch sie war tief beleidigt. So groß konnten Monas Gefühle für sie ja nicht gewesen sein. Sie zog sich zurück in den Kummer, der tief in ihr saß. Den sie aber nicht zeigen wollte. Er würde schon vorübergehen.

Mona wurde von ihrer Begleiterin in die Arme gezogen. Sie flüsterte ihr etwas ins Ohr, was Mona ein Lächeln aufs Gesicht zauberte. Mona hatte aber nach wie vor Lisa im Blick.

Lisa konnte sich nicht von Mona abwenden. Sie fühlte sich irgendwie hilflos. Sie versuchte, in Monas Gesicht zu lesen, was diese gerade dachte. Sie schaute ihr tief in die Augen. Sah sie in ihren Augen Sehnsucht oder Schmerz? Wahrscheinlich bildete sie sich das auch nur ein. In dem Licht hier konnte man so einiges in die Augen der anderen interpretieren. Mona hatte ihre Ablenkung in den Armen, da blieb keine Zeit für Trauer oder einsame Nächte.

Sie ließ Mona einfach stehen und bahnte sich einen Weg zum DJ-Pult. Sie musste Mona nicht beim Turteln zusehen. Wer glaubte Mona eigentlich, wer sie war? Und Em? Em sollte verdammt nochmal dieses dämliche Lied abschalten.

Lisa begrüßte Em mit einem Kuss und schenkte die goldene Flüssigkeit in die Gläser. Sie reichte Em eins. Den Inhalt kippte sie auf ex hinunter.

Dann zog sie Em zu sich und küsste sie auffällig lange. Als sie sich aus dem Kuss löste, fragte sie: »Wie lange legst du noch auf?«

Em sah sie erwartungsvoll an. »Noch eine Stunde. Aber wenn du zehn Minuten wartest, frage ich Kali, ob sie für mich einspringt.«

»Ja, mach das.« Sie zog Em erneut in ihre Arme, und beide ließen ihre Zungen einen heißen Kampf ausfechten.

Em löste sich und holte tief Luft. Schnell legte sie eine Platte auf, dann ging sie die Stufen des Pults hinunter.

Lisa schenkte sich nach und betrachtete die Frauen, die zu ihren Füßen tanzten. Ihr Blick traf auf Monas, die sie beobachtet haben musste. Beide sahen sich lange und ohne Gefühlsregung an. Die Kleine tanzte vor Mona, somit mit dem Rücken zu Lisa. Sie bekam die Blicke nicht mit, die sich Mona und Lisa zuwarfen.

Die Kleine küsste sich an Monas Hals entlang.

Lisa Blick wurde bitter, sie leerte ihr Glas erneut mit einem Zug, nur um es gleich darauf trotzig wieder nachzufüllen. *Was denkt Mona sich? So schamlos mit der Kleinen hier rumzumachen. Sie sollten besser gehen und zu Hause weitermachen.* Doch ihre Brust krampfte sich bei diesem Gedanken zusammen.

Sie spürte, wie sich zwei Arme von hinten um sie schlängelten. »Kali kommt gleich, dann können wir verschwinden,« hörte sie Ems Stimme an ihrem Ohr. »Ich kann es kaum erwarten, mit dir allein zu sein. Zu lange ist es schon her, dass wir zwei ...« Em küsste Lisas Nacken.

Lisa reichte ein Glas über die Schulter nach hinten. Em nahm es entgegen und trat an Lisas Seite, wo sie ihre Gläser aneinander stießen.

Lisa Augen wanderten von Em zurück zu Mona.

Lisa fiel auseinander. Rechts lag die eine Hälfte ihres Körpers, links die andere. Das Damoklesschwert war im Bruchteil einer Sekunde über ihrem Kopf heruntergesaust und hatte sie gespalten. *Wieso fühle ich mich nur so mies? Mona kann tun und lassen, was sie will. Sie ist frei und ungebunden. Wir sind kein Paar. Wir waren nie ein Paar. Habe ich selbst gesagt. Warum aber tut es so furchtbar weh, sie mit einer anderen zu sehen?*

Das kleine Monster küsste Monas Lippen mit Hingabe. Und Lisa Augen verzogen sich mit der gleichen Hingabe zu Schlitzen, da sie zum Zusehen verdammt war.

In dem Moment, in dem Mona sich aus dem Kuss löste, suchten und fanden ihre Augen Lisas. Eiskalt fuhr es ihr den Rücken hinunter, als sie auf Lisas stahlharten Blick traf. Sie wollte zu Lisa hinübergehen, um mit ihr zu sprechen, denn sie hatte sich die ganze Woche schlecht gefühlt. Sie vermisste Lisa schrecklich. Doch da sah sie, wie eine weitere Frau das DJ-Pult betrat und erstarrte förmlich.

Lisa nahm Em an die Hand und zog sie hinter sich her. Sie zwangen sich durch die Menge, nahmen die Treppe nach oben und verschwanden im Büro.

Monas Herz zog sich schmerzlich zusammen. Jetzt war sie sich sicher, Lisa für immer verloren zu haben. Es war aus und vorbei.

Sie nahm die Hand ihrer ehemaligen Schülerin und zog sie mit sich zum Ausgang. Freudestrahlend folgte ihr die junge Frau.

Auf dem Parkplatz drehte Mona sich zu ihr und sah sie um

Verständnis bittend an. »Hör zu, Tammy.« Ihr Blick schweifte in die Ferne, bevor sie in Tammys sehnsuchtsvolle braune Augen sah. »Das wird nichts mit uns. Es tut mir leid.«

Irgendwie erinnerte sie diese Szene an eine andere, an die sie lieber nicht mehr erinnert werden wollte.

»Der Abend ist noch jung, es gibt mit Sicherheit eine Frau, die sich über deine Gesellschaft sehr freuen wird.« Sie wollte in ihren Wagen steigen, doch Tammy hielt sie fest.

»Das ist ja wohl nicht dein Ernst«, fauchte sie sie an. »*Du* sprichst mich an. *Du* bittest mich, heute Abend mit dir hier herzugehen. Und jetzt lässt du mich einfach stehen?« Sie drängte Mona rückwärts gegen den Wagen. »Nicht mit mir, Frau Lehrerin. Wenn du etwas versprichst, musst du es auch halten.« Ihre Lippen pressten sich heiß auf Monas, und ihre Zunge zwang Monas Lippen auseinander, drang ein.

Mona atmete schwer und versuchte, Tammy von sich wegzuschieben, aber sie war zu stark. Nach einer Weile gab Tammy Monas Mund frei, aber nur, um Luft zu holen und gleichzeitig den Knopf an Monas Hose zu öffnen.

»Nicht, Tammy . . .«, flüsterte Mona. »Bitte, tu das nicht. Versteh doch –«

»Oh, ich verstehe schon«, hauchte Tammy heiser. »Du willst *sie*. Schon beim ersten Mal wolltest du sie und hast mich nur geduldet, weil du sie nicht haben konntest. Es war trotzdem schön, und ich habe es sehr genossen. Du kanntest mich nicht, und ich war scharf auf dich. Es war mir egal, wie ich dich kriege. Hauptsache, ich kriege dich. Aber diesmal ist es anders. Sie ist nicht hier. Wir sind ganz allein. Nur wir zwei. Und ich will dich. Jetzt.« Ihre Hand fuhr in Monas Hose.

Mona stöhnte auf. Tammys Finger waren hart und erbarmungslos. Sie wollte sich Tammy nicht hingeben, aber sie dachte an Lisa. An Lisa, wie sie sich einfach so genommen hatte, was sie wollte. Auf Sylt Mona, jetzt diese DJ und wer wusste, wie viele andere noch. Sie hatte Mona nicht nachgetrauert, ganz bestimmt nicht. Das kam ihr gar nicht in den Sinn. Alles, was auf Sylt gewesen war, hatte sie längst vergessen.

Mona erinnerte sich an jede Minute, an jede Sekunde. Sie waren in ihr Gedächtnis eingebrannt, aber Lisa hatte wahrscheinlich gar kein Gedächtnis. Nicht für so etwas. Da hätte sie ja eine Speichererweiterung kaufen müssen bei all den Frauen, an die sie sich hätte erinnern sollen. Nein, wenn eine Frau bei ihr abgehakt war, fiel sie einfach aus ihrem Gedächtnis heraus, wie ein Bild, das man von der Speicherkarte einer Kamera löschte. Nichts geworden. Weg damit.

Sie fühlte den Druck von Tammys Fingern auf ihrer Mitte, sie dachte an Lisa, und Tammy stöhnte auf einmal zufrieden auf.

»Na, also. Du willst doch.« Ihre Finger bewegten sich schneller, verteilten die Nässe in Monas Slip.

Mona schämte sich. Sie schämte sich fürchterlich. Noch nie hatte sie so etwas getan. Sie erinnerte sich daran, wie Lisa sie gegen die Bar gedrückt hatte. Wie sie darauf reagiert hatte. Aber das war Lisa gewesen. Lisa, von der sie geträumt hatte. Tammy kannte sie nicht einmal.

Tammy öffnete ihre eigene Hose und schob Monas Hand hinein. »Komm schon«, flüsterte sie heiß an ihrem Ohr. »Du willst genau dasselbe wie ich.«

Zuerst wollte Mona ihre Hand zurückziehen, aber sie spürte Tammys Erregung, ihren heißen Atem, ihre Brüste, die sich gegen ihre eigenen pressten. Und sah wieder Lisa vor sich. Warum sollte sie sich zurückhalten, wenn Lisa – »Langsam«, flüsterte sie. »Bitte . . . nicht so schnell . . .«

Tammy lachte rau. »Alles, was du willst, Süße. Ich wusste, dass ich mich nicht getäuscht habe.«

Doch, das hast du, dachte Mona. *Schwer getäuscht.* Aber sie streichelte Tammy, genauso, wie die sie streichelte, und sie ließ es zu, dass ihr Unterleib die Regie übernahm, sie Dinge fühlen ließ, die an ihre erste Begegnung mit Tammy erinnerten, ihren Körper in einen Orgasmus hineindirigierte.

Tammy stöhnte laut auf, als sie fast gleichzeitig mit Mona kam. Sie sanken beide zusammen, hielten sich gegenseitig fest, gegen Monas Auto gelehnt.

»Kann ich jetzt vielleicht fahren?«, fragte Mona und versuchte, sich unter Tammy herauszuwinden.

»Mann, kannst du eine Bitch sein!« Tammy lachte und stieß sich von Mona ab. »Dabei siehst du so harmlos aus. Ich sag's ja immer: Lehrerinnen . . .« Sie lachte noch einmal.

»Ich bin nicht an deiner Meinung über meinen Berufsstand interessiert«, erwiderte Mona kalt, während sie notdürftig ihre Kleidung ordnete. »Und ich wäre dir sehr verbunden, wenn du mich jetzt fahren lassen würdest.«

»Aber bitte ...« Tammy trat einen Schritt zurück und verbeugte sich wie ein Kavalier alter Schule. »Es war mir ein Vergnügen, gnädige Frau.«

»Mir nicht«, sagte Mona, stieg ein und fuhr mit quietschenden Reifen los.

Tränen traten in ihre Augen, als sie an Lisa dachte, die gerade mit Em – *Oh Lisa, du weißt ja gar nicht, wie weh du mir damit tust.* Sie wollte nicht weiter an Lisa denken. An Lisas verführerische, geübte Finger, an ihren Duft, an ihre Küsse, die sie in den Himmel hoben. Gerade fühlte sich alles nur falsch an.

Sie hatte Lisa eifersüchtig machen wollen mit Tammy. Doch das ging nach hinten los. Und zudem war sie selbst noch eifersüchtig auf Em, mit der Lisa sich sicherlich gerade wesentlich genussvoller vergnügte als sie eben mit Tammy.

Mona war sauer auf Lisa, auf Em und auf sich. Sie war verletzt und unglücklich. Sie schwor sich, Lisa nicht nachzutrauern. Sie hatte die Trennung von Barbara überstanden, sie würde auch über Lisa hinwegkommen. Es waren schließlich nur ein paar unbeschwerte Tage gewesen, die sie miteinander verbracht hatten, mehr nicht. Sie hatten kein Leben miteinander geteilt, wie sie es mit Barbara getan hatte.

Sie wischte sich die Tränen aus den Augen. Und Frauen wie Tammy würde es immer geben. Frauen, mit denen sie das haben konnte, was Lisa mit anderen Frauen hatte.

Auch wenn das Lisa sicherlich wesentlich mehr befriedigte als sie selbst.

Am darauffolgenden Tag trafen sich alle zum wöchentlichen Sonntagsbrunch in Carmens Café.

»Na, meine Kleine?«, sagte Carmen zu Lisa und nahm sie in die Arme, als Lisa verspätet auftauchte. »Lange Nacht gehabt?« Sie strich Lisa über die Wange.

»Eher kurz, wenn ich an den fehlenden Schlaf denke.« Lisa setzte sich auf den freien Stuhl am Tisch. Sie sah alle durch ihre

Sonnenbrille an und ließ ein »Moin« über ihre Lippen gleiten. Mona schenkte sie keine Beachtung.

Carmen stellte ihr eine Tasse mit dampfendem Kaffee hin.

Lisa nahm die Kaffeetasse und nippte an dem duftenden Wachmacher.

Jule beugte sich zu Lisa und zog ihr die Sonnenbrille über die Nase. »Hast wohl nicht gelernt, dass es unhöflich ist, die Sonnenbrille aufzubehalten.«

Lisa zeigte Jule den Mittelfinger.

Diese lächelte sie nur charmant an, ließ sich nicht auf Lisas schlechte Laune ein. »Wow, nett. Die Nacht war wohl nicht so befriedigend wie erwartet, was?« Jule lächelte Lisa frech an, nachdem sie ihr in die rotunterlaufenen Augen gesehen hatte. »Schon gut, kannst deine schlechte Laune behalten, bist entschuldigt.« Aus Jules Lächeln wurde ein Grinsen.

»Ich habe gestern ein wenig getrunken.« Lisa schloss kurz ihre Augen.

»Ein wenig?« Jule zog spöttisch eine Augenbraue hoch. »Aha, na dann.«

»Gut, etwas mehr als ein wenig.« Lisa griff sich an den Kopf. »Em ... Sie ist und bleibt eben anstrengend und ...« Der Rest des Satzes blieb unausgesprochen.

Mona sah Lisa mitleidslos an. So fertig hatte sie Lisa noch nie gesehen. Ihre Augen waren gerötet, ihr Haar zerzaust. »Jeder kommt einmal in das Alter, wo es Spuren hinterlässt, nicht genügend Schlaf zu –«

»Tut mir leid, dass ich dich unterbreche, aber das interessiert mich nicht im geringsten.« Lisa funkelte Mona an. »Wie war im Übrigen die Kleine? Sie scheint dir gutgetan zu haben. Frisches, junges Fleisch ist doch immer wieder was Besonderes, nicht wahr? Dir scheint die Nacht ja nichts ausgemacht zu haben.«

Mona sah sie mit ihrem Lehrerinnenblick an. »Das, meine Liebe, wird mein Geheimnis bleiben.« Sie setzte ein Siegeslächeln auf und schenkte Lisa einen ihrer süßesten Augenaufschläge. *Von mir brauchst du kein Mitleid erwarten. Und ich werde dir mit Sicherheit nicht sagen, was da war.*

»Ich hasse das, wenn du so bist«, sagte Lisa schnippisch und nippte an ihrer Kaffeetasse.

Mona lachte auf. »Musst du gerade sagen.«

Lisas Augen funkelten gefährlich. Sie öffnete ihren Mund, um zu antworten, doch Jule war schneller.

»He, was für eine heiße Atmosphäre herrscht denn jetzt auf einmal hier?«

»Keine Ahnung.« Mona beugte sich nah zu Lisa. »Vielleicht magst du es ihnen sagen?« *Und mir gleich mit. Dann weiß ich auch, was mit dir los ist und warum du dich so benimmst.*

Ihrer beider Augen schimmerten und blitzten sich an.

»Setz dich wieder hin. Du atmest mir meinen Sauerstoff weg«, grummelte Lisa.

»Sieh mal, Lisa, Mona hat die Bilder vom Urlaub mitgebracht.« Birte hielt ihr einen Stapel Fotos entgegen. Sie wollte offenbar die Stimmung retten.

Ohne von Mona wegzuschauen nahm Lisa die Fotos entgegen, dann ließ sie sich dazu herab, die Bilder zu betrachten.

Das erste Bild zeigte Mona und sie, wie sie sich anlachten. Ihr Herz fühlte sich an, als würde es zusammengedrückt. »Die sind klasse, kann ich bitte Kopien davon bekommen?« Sie blickte bei der Frage nicht hoch, sondern betrachtete ein weiteres Foto.

»Klar, kein Problem«, erwiderte Mona ohne erkennbare Emotion in der Stimme.

»Danke«, murmelte Lisa kühl.

Birte und Jule tauschten Blicke aus. Wo sollte das nur hinführen?, schienen sie sich stumm zu fragen.

Carmen brachte ein volles Tablett und stellte es vor Lisa. »Iss etwas.« Sie strich Lisa über die Hand, bevor sie wieder in der Küche verschwand.

Lisa schmierte sich Marmelade aufs Brötchen, während sich die anderen weiter die Fotos ansahen.

Nach einer Stunde, vier weiteren Kaffees, zwei Brötchen und einem weichgekochten Ei ging es Lisa wieder einigermaßen gut.

»Wollen wir am Samstag ins Kino gehen?«, fragte Birte in die Runde.

Jule und Mona nickten.

»Ich kann nächstes Wochenende nicht. Entschuldigt.« Lisa erhob sich von ihrem Stuhl. »Ich muss dann auch jetzt los.«

»Wo bist du da eigentlich? Ich weiß, mir wurde gesagt, ich

soll dich nicht fragen, aber Himmelherrgott, was machst du für ein Geheimnis daraus?«, schimpfte Mona gereizt. Ihr war es gerade so was von egal, ob sie einen wunden Punkt bei Lisa traf. »Wenn es eine Frau ist, dann sag es uns einfach. Wir kennen dich schließlich nicht anders.«

Lisa sah Mona ruhig an, doch innerlich kochte sie. Wie konnte Mona es wagen, sie so dreist vor allen zu fragen? »Ja, es geht um eine Frau. Zufrieden? Und ich mache kein Geheimnis daraus, es geht euch nur nichts an, verstanden? Und damit bitte ich dich, die Sache ruhen zu lassen.« Sie beugte sich zu Mona, bis nur noch wenige Zentimeter ihre Gesichter trennten. »Sonst bekommen wir zwei Ärger. Und ich meine richtigen Ärger.« Sie straffte ihre Schultern. »Also, lass es sein und frag mich nicht mehr.«

Lisa setzte ihre Sonnenbrille auf, drehte Mona den Rücken zu und wollte loslaufen, da sagte Mona:

»Glaub mir, Lisa, es interessiert mich nicht im mindesten, mit wem und wie du deine Wochenenden verbringst. Obwohl ich mir das *Wie* schon vorstellen kann. Das kann wohl jeder. Ziemlich viele jedenfalls.«

Lisa schien für einen Moment wie erstarrt, dann gab sie sich einen Ruck und lief mit schnellen Schritten zum Ausgang, ohne sich noch einmal umzudrehen.

»Na, zwischen euch ist ja regelrecht die Eiszeit ausgebrochen«, bemerkte Jule. »Puh!«

»Kein Wunder.« Birte hob die Augenbrauen. »Lisa benimmt sich wie das letzte –« Julc hob warnend einen Finger. »Okay, ich sage es nicht. Ich weiß, ihr seid befreundet, und du magst sie. Aber ich mag sie bald nicht mehr.« Sie schüttelte den Kopf. »Immerhin haben wir beide miterlebt, wie sie auf Sylt hinter Mona her war. Wie sie das Turteltäubchen gespielt hat. Alles nur Staffage und alles nur zu einem Zweck. Und jetzt kann sie nicht einmal mehr höflich zu Mona sein?« Ihre Augenbrauen zogen sich ärgerlich zusammen.

»Ich glaube nicht –«, setzte Jule an.

Aber Mona unterbrach sie. »Ich wäre euch sehr dankbar, wenn ihr das lassen würdet«, warf sie ausgesprochen kühl ein. »Das geht nur Lisa und mich etwas an.«

»Ich glaube, dass Lisa so geheimnistuerisch mit manchen ihrer Wochenenden ist, hat nichts mit dir zu tun«, sagte Jule. »Das war auch schon vorher so. Ich meine, bevor du wieder aufgetaucht bist.«

Ilka wahrscheinlich, dachte Mona. *Sie fordert wieder einmal eine Gegenleistung für eine ihrer* Gefälligkeiten *ein.*

Wer zum Teufel war diese Ilka? Warum lag Lisa so viel an ihr, dass sie sich wie ein Berserker aufführte, nur um nichts darüber sagen zu müssen? Was für eine *Beziehung* hatten sie? Denn davon hatte Lisa ja gesprochen. Sie, die sich selbst als *beziehungsunfähig* bezeichnete, die sich mit Händen und Füßen gegen eine Beziehung mit Mona gewehrt hatte, ihr sonst was erzählt hatte, warum es nicht ging. Aber mit Ilka ging es? Warum?

Und warum konnte sie selbst nicht aufhören, an Lisa zu denken? Sie hatte überlegt, ob sie überhaupt herkommen sollte heute Morgen zu diesem Brunch. Sie hatte sich davor gefürchtet, Lisa zu sehen.

Aber dann hatte sie sich vor dem Spiegel entschlossen selbst ins Gesicht gesehen und sich vorgenommen, Lisa nicht über ihr Leben bestimmen zu lassen.

Sie hatten nun einmal dieselben Beziehungspunkte, das *Jenseits*, das Café ... und es gab keinen Grund, dass Mona auf diese Beziehungspunkte verzichten sollte, nur weil Lisa dort war. Das wäre ja noch schöner.

Und dann gab es da noch diesen einen Punkt, den sie zumindest sich selbst gegenüber nicht bestreiten konnte: Sie sehnte sich nach Lisa. Das, was sie beide auf Sylt gehabt hatten, war etwas Besonderes gewesen. Egal, welchen Eindruck das auf Außenstehende gemacht hatte, sie hatte gefühlt, dass Lisa etwas für sie empfand. Mehr, als sie jetzt zugab.

Gefühle kommen ohne Anmeldung, dachte sie. *Und sie gehen auch nicht einfach wieder, wenn man sie darum bittet. Wenn man es sich noch so sehr wünscht.*

Lisa konnte tun, was sie wollte. Auch ihre Gefühle würden nicht einfach wieder so verschwinden. Da konnte sie Mona beschimpfen oder ihr sonst etwas androhen.

Sie wandte sich wieder den anderen zu. »Also, will jemand Fotos?«

9

Obwohl Jule und Lisa in der gleichen Firma arbeiteten, bekam Jule Lisa so gut wie nie zu Gesicht. Und wenn doch, war Lisa kurz angebunden oder schlecht gelaunt. Im Café oder im *Jenseits* war sie auch schon seit einiger Zeit nicht mehr aufgetaucht.

Jule machte sich langsam Sorgen um Lisas Zustand. So hatte sie Lisa in all den Jahren, in denen sie sich kannten, noch nie erlebt.

»Es ist wegen Mona, oder?«, fragte Jule eines Tages unvermittelt, als sie in der Mittagspause auf Lisa traf.

Lisa erschrak über die unerwartete Stimme in ihrem Rücken und ließ die Mappen, die sie auf den Armen trug, fallen. Die Blätter verteilten sich über den Boden. »Ich möchte nicht darüber reden.« Sie machte keine Anstalten, die Papiere aufzusammeln.

»Da hast du ja was angerichtet.« Jules Stimme klang sehr leise.

»Ich räume das ja gleich auf.« Lisa blickte über den Boden. *Ich muss die Blätter ja wieder sortieren, nicht du.*

»Nein, das meine ich nicht«, sagte Jule langsam. »Was ich meine, ist der Schlamassel mit Mona.«

Lisas Gesicht verschloss sich. Ohne Jule anzusehen ging sie zur Kaffeemaschine und schenkte sich einen Kaffee ein. Lustlos nahm sie einen Schluck.

Jule betrachtete ihre Freundin. »Du siehst nicht gut aus. Isst du eigentlich hin und wieder auch mal etwas?«, fragte sie in Lisas Rücken.

»Natürlich esse ich. Ich bekomme nur wie immer zu wenig Schlaf«, warf Lisa die Antwort schnippisch in den Raum.

»Ja, is' klar. Und lass den beleidigten Tonfall. Vergiss nicht, mit wem du redest.« Jule ging auf Lisa zu und blieb hinter ihr stehen. »Es lief doch so toll zwischen euch im Urlaub. Was hat sich denn nur geändert seither? Gefühle lassen sich doch nicht einfach per Knopfdruck abstellen. Dass du Gefühle für Mona hast, kannst du nicht verleugnen. Ich kenne dich zu lange.«

Lisa drehte sich zu ihr um und lehnte sich an den Tresen. »Du weißt gar nichts.« Sie umschloss die Kaffeetasse mit beiden Händen und sah dem Kaffee beim Verdampfen zu.

»So, meinst du?« Jule versuchte, Lisa ins Gesicht zu sehen. »Ich kenne dich seit so vielen Jahren. Glaubst du wirklich, du kannst mir etwas vormachen? Ich habe mich gefreut, als ich gesehen habe, was auf Sylt mit dir los war. Endlich mal.«

Lisa hielt ihren Kopf geneigt und blickte weiter in die Tasse. »So, was war denn mit mir los? Ich weiß von nichts.«

»Klar. Lisa, die Coole. Lisa, die alle Frauen flachlegt, die nicht bei drei auf den Bäumen sind.« Jule schüttelte den Kopf. »Hör doch endlich mal auf, diese Rolle zu spielen. Ich kenne dich besser.«

»Niemand kennt mich.« Lisa sah Jule trotzig an.

»Okay.« Jule seufzte. »Du bist die große Unbekannte. Meinetwegen. Aber hör endlich auf, dich zu bemitleiden und den Miesepeter raushängen zu lassen.« Sie machte sich daran, die Papiere vom Boden aufzuheben. »Mona liebt dich.«

Lisa, die sich neben Jule gekniet hatte, um ihr bei den Papieren zu helfen, hielt in ihrer Bewegung inne und blickte Jule überrascht an. »Das hat sie dir nicht gesagt!«

Jule lächelte. »Das muss sie mir nicht sagen. Ich habe es in ihren Augen gesehen. So, wie ich es in deinen sehe.«

Lisa wich Jules Blick aus. »Ich bin nicht verliebt. Ich war in meinem ganzen Leben noch nie verliebt. Und ich bin weiß Gott auch jetzt nicht verliebt. Ende und aus.« Sie öffnete ihren Mund, um noch etwas zu sagen, schloss ihn dann aber wieder.

»Oh Mann, Frau«, stöhnte Jule. »Mona wartet nur auf ein Zeichen von dir, merkst du das denn nicht?«

»Das hat sie mir schon gegeben, das Zeichen.« Lisa presste ihre Kiefer zusammen. »Du warst dabei. Sie interessiert sich nicht die Bohne für mich. Genau wie umgekehrt.«

»Und deshalb kommst du nicht mehr ins Café, nicht mehr ins *Jenseits*?«, fragte Jule. »Weil sie dir gleichgültig ist?«

Lisa zuckte mit den Schultern. »Ich habe keine Zeit.« Sie raffte die Blätter zusammen, nahm den Stapel in ihre Hände und klopfte ihn vorsichtig, um ihn in eine akkurate Form zu bringen.

Jule schüttelte den Kopf über so viel Starrsinn. »Sprich mit

Mona. Sprecht euch aus, damit ihr wieder zivilisiert miteinander umgehen könnt.«

»Hat sie dich zu mir geschickt?«, fragte Lisa giftig. »Damit du mir das sagst?«

»Ich bin deine Freundin. Niemand hat mich geschickt.« Jule seufzte. »Im Gegenteil. Birte meinte, ich sollte dir einen Tritt in den Hintern geben. Du wärst es nicht wert.«

»Das letzte Mal wollte sie noch mit mir schlafen«, murmelte Lisa.

»Was?«, fragte Jule.

»Ach nichts.« Lisa verzog einen Mundwinkel zu einem schiefen Grinsen. »Sag Birte, du hast mir den Tritt gegeben, aber es hat nichts genützt.« Sie ging zur Tür.

Jule stieß einen unterdrückten Schrei aus. »Herrgott noch mal! Was ist mit dir los? Eine Frau wie Mona findest du nicht an jeder Straßenecke. Sie ist eine unter tausend. Merkst du das nicht?«

Lisa schaute sie mit einem schmerzerfüllten Ausdruck an. »Vielleicht habe ich es gemerkt«, sagte sie. »Aber es ändert nichts.«

10

Lisa . . . ?« Mona war so überrascht, dass sie Lisa auf einmal im Kaufhaus gegenüberstand, dass sie fast keinen Ton herausbrachte.

»Mona.« Lisa schaute sie mit einem zur Maske erstarrten Gesicht an.

»Ähm.« Mona räusperte sich. »Wie geht es dir?«

»Gut. Und dir?« Lisas Gesichtsausdruck veränderte sich nicht.

Mona hörte ihr Herz laut in ihrer Brust schlagen. Lisas Anblick brachte sie aus dem Gleichgewicht. »Lange nicht gesehen«, sagte sie. »Kommst du nicht mehr ins Café?«

»Wieso?«, erwiderte Lisa giftig. »Vermisst du mich?«

Mona wusste nicht, was sie tun sollte. Sie hatte immer wieder darüber nachgedacht, was sie tun *wollte*, aber sie war zu keinem richtigen Ergebnis gelangt. Insgeheim hatte sie gehofft, dass Lisa und sie sich doch noch einmal zufällig treffen würden und miteinander reden konnten. Auch wenn es das letzte Mal nicht so ausgesehen hatte. Sie rang sich zu einer Entscheidung durch. »Ja«, antwortete sie schlicht. »Ich vermisse dich.«

Lisa starrte sie an. Dann drehte sie sich um und begann sich schnell von ihr zu entfernen.

Diesmal nicht! dachte Mona. *Diesmal kommst du mir nicht so leicht davon.* Sie ging Lisa hinterher und holte sie an einem Kleiderständer ein.

Lisa tat so, als befühlte sie die Stoffe, aber Mona konnte sich nicht vorstellen, dass sie eins dieser eleganten Kostüme kaufen wollte. Das passte gar nicht zu ihr.

»Lisa«, sprach sie sie sanft an. »Können wir denn nicht mal mehr miteinander reden? Soll es ewig so weitergehen? Dass wir uns ausweichen?«

»Du weichst mir aus?« Lisa hob die Augenbrauen. »Das wusste ich noch gar nicht.«

Mona seufzte. »Du weißt genau, was ich meine. Ich habe dich ein einziges Mal im Café bei Carmen gesehen, und da bist du schneller verschwunden, als ich überhaupt reinkommen konnte.«

»Ich habe dich nicht gesehen«, behauptete Lisa. »Ich musste wahrscheinlich sowieso gerade gehen.«

»Ja, wahrscheinlich.« Mona atmete aus. »Was ist los, Lisa? Wenn es so wäre, wie du gesagt hast, könntest du doch ins Café kommen. Und ins *Jenseits*.«

»Ich wollte dir nicht dein Revier streitig machen«, erwiderte Lisa gereizt. »Für zwei wie uns ist das Angebot glaube ich nicht groß genug.«

»Hör auf, Lisa.« Mona fühlte sich getroffen, aber sie wusste genauso gut wie Lisa, dass das nicht die Wahrheit war. »Hör auf, mir etwas vorzumachen. Ist das, was auf Sylt zwischen uns passiert ist, dir jetzt peinlich?«

Lisa hob den Blick von den Kostümen und schaute sie an. Ihre Augen wirkten leer. »Es ist nichts passiert«, sagte sie. »Wir hatten Sex, weiter gar nichts.«

»Ja.« Mona lehnte sich gegen den Ständer und versuchte, Lisas Augen festzuhalten. »Ich erinnere mich an den Sex.« Sie fixierte Lisas Augen, die sich von ihren zu lösen versuchten. »Aber ich erinnere mich auch noch an andere Sachen.«

»Dann ist dein Gedächtnis wahrscheinlich besser als meins«, sagte Lisa, drehte ab und ging an mehreren Ständern vorbei.

»Den Verdacht hatte ich schon mal, das stimmt«, sagte Mona, während sie ihr folgte. »Aber ich glaube, das ist nicht das Problem.«

»Es gibt kein Problem«, sagte Lisa.

»Du siehst nicht gut aus«, bemerkte Mona. »Dafür, dass es keine Probleme gibt, meine ich«, fügte sie hinzu, als Lisa stehenblieb und sie ansah. Sie musterte Lisas Gesicht noch genauer. Es war blass und wirkte wie von Kummer gezeichnet. Sie bot nicht gerade das Bild des blühenden Lebens.

»*Du* bist mein Problem«, erwiderte Lisa. »Im Moment.« Sie presste die Lippen aufeinander.

»Das glaube ich nicht.« Monas Hand wollte sich ganz von selbst auf Lisas Arm legen, aber sie hielt im letzten Augenblick inne. »Willst du mir nicht sagen, was los ist? Vielleicht kann ich dir helfen.« Das hätte sie gern getan, denn so, wie Lisa aussah, hatte sie Hilfe bitter nötig. Und Monas Herz öffnete sich ohne ihr Zutun und gegen besseres Wissen für Lisas Qual. Sie konnte sich nicht dagegen wehren.

Lisa blickte starr in Monas Gesicht. »Geh«, sagte sie mit kühler Stimme. »Lass mich in Ruhe. Dann geht es mir gleich besser.«

»Nein.« Mona schüttelte den Kopf. *Mich wirst du so schnell nicht los.*

»Es liegt nicht an dir, okay?« Lisa betrachtete Mona mürrisch.

»Das beruhigt mich«, sagte Mona, obwohl es das nicht tat, »aber was ist es denn dann?«

Lisa presste die Lippen aufeinander. »Es geht um eine andere Frau«, sagte sie. »Das wolltest du doch hören, oder nicht? Du musst es immer wieder hören, sonst glaubst du es nicht. Dabei solltest du doch mittlerweile wissen, dass nur das die Antwort sein kann.«

»Sollte ich.« Mona seufzte. »Aber glücklich macht dich diese

Frau nicht, so wie du aussiehst.« Ihre Augen durchdrangen Lisas. »Ist es Ilka? Was tut sie dir an? Was verlangt sie von dir?«

»Ilka?« Lisa schien völlig erstaunt. »Wie kommst du denn auf Ilka?«

Ilka ist es nicht. In Mona frohlockte es. *Ilka ist es nicht. Sie ist es nicht.* »Weil du mir von ihr erzählt hast«, sagte sie. »Auf Sylt. Wegen des Hauses.«

»Ah ja.« Lisa schien sich zu erinnern, aber es löste keine weitere Reaktion bei ihr aus.

Mona schluckte. Lisa war ihr so nah, dass sie glaubte, ihren Herzschlag zu hören. Oder war es ihr eigener? *Lass mich dich in den Arm nehmen, bitte. Ich will dich einfach nur halten.* »Lisa …«, setzte sie an.

Im gleichen Moment sah sie, wie Lisa schwankte. Sie griff fahrig in die Luft, und Mona legte schnell ihren Arm um ihre Taille, um sie zu stützen. »Meine Güte«, flüsterte sie entsetzt. »Was ist denn?«

»Mir ist …«, Lisa hob eine Hand zur Stirn, »schwindelig. Geht gleich vorbei.« Sie versuchte, sich von Mona loszumachen, aber es fühlte sich an, als wäre sie zu schwach dazu.

»Bist du krank?«, fragte Mona. »Bitte, Lisa, sag es mir doch.« Auf einmal war sie nur noch besorgt. Lisa so im Arm zu halten hatte sie sich nicht gewünscht, damit hatte sie nicht gerechnet.

»Ich bin gleich okay«, behauptete Lisa. »Geh einfach. Lass mich allein.«

»Davon träumst du ja wohl!« Mona schüttelte den Kopf. »Auf keinen Fall lasse ich dich in diesem Zustand allein. Soll ich dich ins Krankenhaus bringen?«

»Aber was …« Lisa winkte ärgerlich mit einer Hand ab. »So schlimm ist es wirklich nicht. Wenn ich wieder zu Hause bin, lege ich mich ein bisschen hin.«

»Gutes Stichwort: zu Hause«, sagte Mona. »Da bringe ich dich hin.«

Lisa öffnete abwehrend die Augen. »Nein, ich –«

»Doch«, unterbrach Mona sie energisch. »Ich will sehen, dass du dich hinlegst, und ich will wissen, was los ist.«

Lisas Mundwinkel zuckte leicht. »Ich wusste gar nicht, dass du so energisch sein kannst.«

»Jetzt weißt du's«, erwiderte Mona. Es fühlte sich gut an, Lisa zu halten, ihr so nah zu sein. Das würde sie nicht so schnell wieder aufgeben.

Sie verfrachtete Lisa in ihr Auto und fuhr aus dem Parkhaus. »Sagst du mir, wo ich hin muss?«, fragte sie mit einem Blick nach hinten, wo sie Lisa auf dem Rücksitz untergebracht hatte.

»Geradeaus«, sagte Lisa. »Und dann links.«

Mona folgte ihren Anweisungen, und nach kurzer Zeit erreichten sie Lisas Wohnung.

Sie half Lisa die breite, verschnörkelte alte Holztreppe bis in den dritten Stock hinauf. Vor der Tür blieb sie stehen und atmete tief durch. »Schlüssel?« Sie schaute Lisa an.

»Das schaffe ich schon allein.« Lisa warf einen finsteren Blick zurück. Sie fingerte in ihrer Tasche nach einem Schlüssel und versuchte aufzuschließen, was ihr nicht gelang, weil ihre Finger zitterten.

Mona nahm ihr den Schlüssel ab, steckte ihn ins Schloss und drehte ihn um.

Lisa lehnte sich an die massive Holztür. »Du kannst jetzt ruhig gehen«, sagte sie.

»Ich will sehen, dass du dich hinlegst«, erwiderte Mona. »Dabei bleibe ich.«

»Es geht mir gut«, behauptete Lisa, obwohl sie um die Nasenspitze herum so blass war, als würde sie gleich umfallen.

Mona hob nur die Augenbrauen.

»Na gut«, sagte Lisa. »Aber dann gehst du.« Sie schob die Tür auf und ging hinein.

Mona folgte ihr. Entlang der Flurwände befanden sich eingerahmte Fotos. Mona betrachtete sie, als sie langsam den Flur entlanglief. Eines der Bilder zeigte Lisa als Teenager. Mona ließ ihre Augen weiter über die einzelnen Bilder gleiten, die Lisa mal mit Birte und mal mit Jule oder Carmen zeigte.

Vor einer Flügeltür blieb Lisa stehen. Sie führte in ein riesiges Wohnzimmer. Der Kamin war gigantisch. Wie die Decken war auch er mit Stuck verziert.

Mona hatte sich Lisa immer in einer Art Studentenbude vorgestellt. Klar war ihr bewusst, dass Lisa keine Studentin mehr war, aber es hätte zu ihr gepasst und zu ihrem Lebensstil. Sie konnte sich Lisa gar nicht richtig als Geschäftsfrau vorstellen.

Der Raum wirkte leicht chaotisch. An einer Wand stapelten sich Bücher bis kurz unter die Decke. Von Regalen hielt Lisa anscheinend nicht viel. Auf der gegenüberliegenden Seite stand eine silberne, fünfstöckige Musikanlage auf einem Sideboard. Rechts und links des Sideboards versuchten Boxenständer aus Pinienholz, etwas Eleganz in das Durcheinander zu bringen.

Überall lagen Mappen und Blätter verstreut. Der einzige freie Platz, den Mona entdecken konnte, war die weiße Ledercouch in der Mitte des Zimmers, die zum Kamin ausgerichtet war. Monas Blick wanderte hinüber zu einem mit Grünpflanzen vollgestellten Erker. Er strahlte etwas Behaglichkeit aus.

Lisa ging zur Couch und setzte sich. »Zufrieden?« Sie schaute etwas unwirsch zu Mona auf.

Mona wurde bewusst, dass sie zum ersten Mal bei Lisa war. Und ihr wurde klar, dass sie Lisa gar nicht richtig kannte. Sie kannte nur das, was Lisa ihr zeigte. Und das war nur eine raue Schale, eine glitzernde Oberfläche, unter der eine völlig andere Lisa verborgen war.

»Wolltest du dich nicht hinlegen?«, fragte sie zurück.

»Meine Güte!« Lisa drehte sich und hob die Beine auf die Couch. »Kannst du dieses Lehrerinnengetue mal lassen?«

Mona lächelte. »Ist eben so drin nach all den Jahren.« Sie ging auf Lisa zu. »Geht es dir jetzt besser?« Ein wenig Farbe hatte Lisa tatsächlich bekommen.

»Es ging mir nie schlecht«, sagte Lisa unwillig.

»Richtig, das hatte ich vergessen«, erwiderte Mona in einem etwas neckenden Ton. »Kann ich dir einen Kaffee machen oder so was?«

»Das kann ich schon selbst«, sagte Lisa und stand auf. Es war, als hätte die Rückkehr in ihre eigene Wohnung ihre Kräfte wieder aufgefüllt.

»Hier entlang.« Lisa ging voran. »Siehst du? Das nennt man Küche. Kühlschrank, Spüle, Herd, Kaffeemühle, Tisch, Stühle.« Sie wies mit der Hand auf alles.

»Du hast die Spülmaschine sowie die Mikrowelle vergessen«, neckte Mona sie leicht. Lisa war aber auch einfach zu süß, wenn sie so schmollte.

Sie ließ ihren Blick über die helle Küche schweifen. Die Schränke in einem Vanille-Ton harmonierten perfekt mit der Arbeitsfläche und dem Fußboden aus Eiche.

»Nein, habe ich nicht. Ich besitze weder Spülmaschine noch Atomherd«, erwiderte Lisa gereizt.

»Du hast keine Spülmaschine?« Nun war Mona überrascht.

»Nein. Ich habe zwei gesunde Hände, die können wunderbar Geschirr spülen.« Lisa ließ ihre Finger in der Luft zappeln. »Außerdem lebe ich in einem Ein-Frauen-Haushalt, so viel fällt da nicht an.«

»Aha.« Mona nickte.

»Möchtest du auch einen Kaffee?«, fragte Lisa.

Monas Blick wich sie aus, eine Antwort wartete sie nicht ab. Sie drehte sich zur Arbeitsfläche um und suchte alles zusammen, was sie zum Kaffeemachen brauchte. Ihre Anspannung war deutlich zu sehen.

Es rührte Mona, wie sehr Lisa versuchte, ihre Schwäche vor ihr zu verbergen. Sie ging durch die Küche und lehnte sich rücklings an den Küchentisch.

Sie beobachtete Lisa. *Diese Finger,* dachte sie und erinnerte sich, wozu diese wunderbaren, langen Finger fähig waren. Ein Kribbeln kroch ihre Haut entlang und löste in ihrer Mitte ein Ziehen aus. Sie hatte ein immenses Verlangen nach Lisa. Sie wollte von Lisas weichen, roten Lippen trinken, ihr ganz nah sein.

Sie sah, wie Lisa eine Filtertüte in den Filter gab, Kaffeebohnen in die Kaffeemühle füllte und immer wieder zum Wasserkocher schaute. Nie hatte sie etwas Hübscheres und Begehrenswerteres gesehen als jene Frau, die jetzt und hier Kaffee zubereitete. Sie wollte sie in ihre Arme ziehen und sie halten, ihr sagen, sie solle mit ihr reden, und sie wollte ihr sagen, dass alles wieder gut werden würde.

Wie du wohl reagieren würdest, wenn ich dir sage, dass ich dich liebe? Du würdest mich wahrscheinlich hochkant hinauswerfen.

»Ich liebe dich, Lisa«, sagte Mona in ihren Rücken. Bevor sie weiter nachgedacht hatte, waren ihr die Worte auch schon entflohen. Sie hielt die Luft an.

Das ohrenbetäubende Geräusch, das die elektrische Mühle von sich gab, ließ Monas Worte nicht zu Lisa durchdringen. Vier, fünf Mal ließ Lisa den Motor aufheulen, um dann das frischgemahlene Pulver in die Filtertüte zu kippen. Dann goss sie das sprudelnde Wasser aus dem Wasserkocher über den gemahlenen Kaffee. Sofort strömte ein wohlriechender Duft durch den Raum.

Mona atmete aus. Sie fand es einerseits schade, dass Lisa die Worte nicht gehört hatte, andererseits war sie erleichtert, da sie nicht aus der Wohnung flog. Es fiel ihr schwer, Lisa nicht zu umarmen und sie zu fragen, was sie so quälte. Sie wollte sie zu nichts drängen. Lisa musste den ersten Schritt machen. Und wenn sie das täte, wäre sie für sie da.

Aus dem Augenwinkel nahm Mona einen Zettel wahr, der auf dem Tisch lag. Darauf standen ein Hotelname und ein Datum. Am Datum erkannte sie, dass es sich um das nächste Wochenende handelte. Das musste eines dieser bestimmten Wochenenden sein, von denen niemand wusste, was Lisa da trieb.

Sie prägte sich alles schnell ein, bevor Lisa sie dabei ertappen würde, wie sie die Notiz las.

»Keine Spülmaschine verstehe ich ja noch«, sagte sie, um ihre Nervosität zu überspielen, »aber noch nicht einmal eine Kaffeemaschine? Das ist doch eine sehr aufwendige und altertümliche Art, Kaffee zuzubereiten. Meine Großmutter hat das so gemacht.«

»Ich finde, so schmeckt der Kaffee besser.« Lisa kam zu Mona und reichte ihr eine Tasse. Ihr Blick fiel auf den Zettel auf dem Tisch. Sie stellte ihre Tasse extra auf der Notiz ab. Mona war sich jetzt sicher, dass Lisa nicht wollte, dass sie die Notiz las.

Lisa verbrachte ihre *geheimen* Wochenenden also anscheinend im Hotel. Allein das war aber doch kein Grund, seinen Freundinnen nichts davon zu sagen.

Als befürchtete Mona, Lisa könnte ihre Gedanken lesen, begann sie in ihrer Tasche zu kramen. »Ich habe die Bilder dabei. Ich trage sie seit Wochen mit mir herum. Magst du sie anschauen?«

Lisa zuckte scheinbar gleichgültig mit den Schultern.

Mona stellte ihre Tasse ab und holte ein Bündel Fotos aus ihrer Tasche. »Ich habe ein paar Fotos gemacht, während du geschlafen hast.«

Lisas Gesicht verschloss sich.

»Tut mir leid«, sagte Mona, »aber damals habe ich nicht gedacht – Ich will sie dir nicht vorenthalten.« Sie lächelte. »Ich finde sie sehr schön.« *Insbesondere das, was drauf ist,* fügte sie in Gedanken hinzu. »Wie ich gesehen habe, magst du Fotos und hängst hier und da welche auf«, fuhr sie fort. »Ich hätte dir gar nicht zugetraut, dass du so an Erinnerungen hängst.«

»Na ja«, Lisa lehnte sich an den Tisch, »das Leben besteht nun mal nicht nur aus Momenten. Eben auch aus Erinnerungen.« Sie schaute auf die Fotos in ihrer Hand. »Sie gefallen mir, sehr. Dieses hier ...«, sie hielt es Mona hin, »finde ich besonders schön.«

Es zeigte sie beide, als sie sich gegenseitig anlachten und um die Taille umschlungen hielten. Ihre Haare flogen vom Wind zerzaust locker durch die Luft.

Mona nahm es Lisa aus der Hand. »Ja, das hat Jule gut gemacht.«

Ihre Fingerspitzen berührten sich. Verstohlen sahen sie sich in die Augen. Mona räusperte sich und konzentrierte sich wieder auf das Foto. Ihr Herzschlag hatte sich massiv erhöht. Sie befürchtete, dass Lisa es ihr ansah. »Wenn du möchtest, kann ich dir das auch größer ausdrucken lassen.« Sie hoffte, dass sich ihre Stimme nicht allzu zittrig anhörte.

»Gern, das wäre toll.« Lisa lächelte matt. Sie wirkte so verletzlich, so verloren in diesem Moment.

Mona legte das Bild auf den Tisch und wandte sich nach kurzem Zögern Lisa zu. Sie sah gerade noch, wie Lisa den ominösen Zettel in ihrer Hosentasche verschwinden ließ.

»Wie kommt es, dass du nicht mehr tanzen gehst?« Mona musterte Lisas Gesicht. »Hast du ... ich meine, bist du – Wenn du mit jemandem zusammen bist, ist das okay. Ich würde es nur gern wissen.«

Lisa schüttelte den Kopf. »Ich bin mit niemandem zusammen.«

Mona wollte sich beherrschen, das wollte sie wirklich, aber ihr entfloh ein erleichterter Seufzer.

Lisa lächelte leicht schmerzlich. »Du weißt doch, dass ich keine längeren Beziehungen eingehe.«

Mona atmete tief durch. »Einmal ist immer das erste Mal.«

»Ja, so sagt man wohl.« Lisa schaute sie ernst an. »Was ist denn mit dir? Die Kleine, die so hinter dir her war ... seid ihr ...?«

Mona dachte erschauernd an ihre letzte Begegnung mit Tammy zurück. »Nein«, sagte sie. »Sind wir nicht.«

Lisa ließ sich kraftlos auf einen Stuhl fallen, als ob ihr plötzlich die Beine weggeknickt wären. Auf einmal schien eine Spannung von ihr abzufallen. »Zwischen mir und Em ist damals übrigens auch nichts passiert, an dem Abend, als – Ich konnte nicht. Seit du wieder da bist ...«

Mona setzte sich schnell auf den Stuhl neben Lisa. Lisa wirkte von Minute zu Minute verlorener. »Vielleicht war es falsch, wieder herzukommen«, sagte sie leise.

Wie eine Marionette, die an Fäden hängt, hob Lisa steif den Kopf. »Vielleicht war es das«, erwiderte sie kaum hörbar. »Bevor du aufgetaucht bist, kam ich mit meinem Leben super klar.«

Mona verzog bedauernd das Gesicht. »Dann wäre es wohl am besten, wenn ich wieder verschwinde.« Es brach ihr das Herz. Sie spürte, dass die Liebe zu Lisa immer in ihr gewesen war, die ganzen vielen Jahre. Sie war nur in den Hintergrund gerückt. Aber in dem Moment, als sie Lisa wiedersah ... und dann auf Sylt ... es war, als hätte sie ihre zweite Hälfte gefunden. Bis Lisa ihr nach ihrer Rückkehr gezeigt hatte, dass sie es nicht so sah.

»Nein!« Lisa hielt schnell ihre Hand fest und schaute Mona mit einem elenden Ausdruck in den Augen an. »Ich habe mein Leben nie in Frage gestellt. Und dann kamst du und hast mir gezeigt, dass es noch etwas anderes gibt, als das, womit ich die ganze Zeit zufrieden war. Das geht einfach nicht! Du hast ein Trümmerfeld in mir hinterlassen!«

»Oh mein Gott, Lisa!« Mona war aufs Äußerste bestürzt. Nie hätte sie sich vorstellen können, dass hinter der coolen Fassade, die Lisa stets zur Schau trug, so viel Verzweiflung steckte.

Eine Träne löste sich aus Lisas Augenwinkel und rann über ihre Wange. Sie wischte den salzigen Tropfen trotzig mit ihren Fingern fort, fast so, als sei sie sauer darüber, dass er ihr entkommen war. »Seit wir ... Nach unserem Urlaub fühlte ich mich einsam und leer. Ich dachte, wenn ich einfach ein paar

Wochen verstreichen lasse, dann wird sich alles wieder einpendeln, und ich könnte so weitermachen wie bisher. Aber –« Lisa wischte sich mit den Händen die Tränen aus dem Gesicht. »Aber so war es nicht. Nichts ist mehr wie bisher. Du hast alles durcheinandergebracht.«

Mona schmerzte es mehr, als sie sagen konnte, Lisa so aufgewühlt zusehen. Sie konnte nicht anders, sie strich Lisa über die Wange. *So weiche Haut!*

»Bitte, Mona ...« Lisa nahm Monas Hand von ihrem Gesicht, und legte sie zwischen ihre Beine. »Ich möchte dasselbe Gefühl noch einmal erleben, das wir auf Sylt hatten.« Sie nahm Monas Gesicht in beide Hände, küsste sie hart und fordernd, während Monas Hand warm zwischen ihren Schenkeln lag. »Ich fühle mich so hilflos. Ich will dich auf mir fühlen, in mir spüren, dich schmecken, dir ganz nah sein«, wisperte sie an Monas Mund.

Mona begegnete Lisas sehnsüchtigem Blick, fühlte Lisas Mund auf ihrem, während Lisa gemeinsam mit ihr aufstand und sich eng an sie presste. Ihre Brustwarzen waren hart und drückten gegen ihre Bluse. Die Reibung, die dadurch entstand, steigerte Monas Verlangen immer mehr. Sie waren aber auch so was von empfindlich.

Lisa löste sich aus dem Kuss und zog Mona die Bluse ungeduldig über den Kopf. Dann küsste sie Mona zügellos, während sie ihre Brüste massierte. Sie löste sich von Monas Lippen, nur um ihre hart hervorstehende Brustspitze tief in sich einzusaugen, um ihre Zunge wild auf ihr tanzen zu lassen.

Mona stöhnte auf, vergrub ihre Finger in Lisas Haar. Sie drückte Lisas Kopf eng an ihre Brust und ihren nach hinten an die Wand, an die Lisa sie gedrängt hatte. Sie genoss das herrliche Ziehen in ihrer Mitte, fühlte, wie die Feuchtigkeit aus ihr strömte. Sie spürte Lisas Hände, die ihre Hose öffneten, fühlte ihre Hand, die hineinglitt. Sie stöhnte kurz und richtete sich auf, gebot Lisas Hand Einhalt. Stoppte Lisa, indem sie ihre Hand festhielt.

Sie wollte Lisa in ihrer hungrigen Überstürzung nach Zuwendung bremsen, ein Stück wegdrücken, um klar denken zu können. »Lisa, was ist nur los mit dir? Du bist so aufgewühlt. Was hast du nur? Nicht, dass ich das hier nicht möchte, ganz im

Gegenteil. Aber wollen wir nicht erst –«

Lisa verschloss ihr den Mund mit einem Kuss. Als sie Monas Lippen wieder freigab, sagte sie nur: »Nein, ich will nicht reden. Ich will dich und nur dich. Bitte, verwehre dich mir nicht. Du willst es doch auch, oder nicht? Jedenfalls hast du es gerade selbst noch zugegeben.« Ihre Stimme vibrierte vor Erregung.

In ihrer ungestümen Art fummelte Lisa weiter an Monas Hose, küsste sie dabei ungehalten.

Mona ergab sich. Ihr lief ein Schauer über den Rücken. *Sie hat mich vermisst.* Ihr Herz jubelte. Wie sehr hatte ihr Lisa gefehlt, und wie sehr hatte sie sich nach ihr gesehnt. Ihr wurde immer bewusster, wie sehr sie Lisa liebte. Vergessen war, weshalb sie hier war. Wer wollte in so einer Situation schon reden?

Mona war es nun, die Lisa das Hemd ungestüm aus der Hose riss und es samt BH über ihre Brüste hob. Sie beugte sich hinunter, nahm Lisas steife Knospe in den Mund und knetete ihren Po.

»Ja, mein Liebling, komm. Ich will, dass du mir zeigst, wie sehr du mich vermisst hast«, hauchte Lisa. Zitternd ließ sie ihre Hände über Monas Rücken gleiten, dann hinauf zu ihrem Nacken, wo sie ihre Finger in Monas seidigem Haar vergrub.

Mona entließ ihre Knospe, hob den Kopf, um Lisas herrlich weiche Lippen zu liebkosen. Sie drehte sich im Kuss mit ihr herum, sodass Lisa nun mit dem Rücken zur Wand stand, zog ihr den störenden Stoff über den Kopf und warf ihn hinter sich. Nun stand Lisa mit nacktem Oberkörper vor ihr.

Lisa blickte Mona verführerisch an, während sie ihre eigene Hose öffnete, um Monas Hand einzuführen. Mona legte ihren Kopf an ihren Hals und stöhnte, als sie durch Lisas wundervolle Nässe strich, die so herrlich im Übermaß vorhanden war. Mona glitt mehrmals durch sie hindurch. Sie nahm ihren Kopf von Lisas Hals und sah ihr tief in die Augen, als sie in sie eindrang.

»Oh Mona ... jaaa ... ganz tief will ich dich in mir spüren ... jaaa, genau so.« Lisas Blick war verschleiert, ihr Stöhnen wurde dunkler. Sie betrachtete Monas weiche Lippen.

Lisas Blicke ließen Monas ganzen Körper beben. Sie entzog Lisa ihre Finger.

»Nein! Was tust du?« Lisa sah Mona flehend an.

Mona zog Lisa die Hose über den Po. »Zieh die aus, mach schnell.«

Ergeben schloss Lisa kurz die Augen, dann zog sie ihre Hose aus und warf sie achtlos mit einem Fuß durch die Küche. Nun stand sie splitternackt vor Mona. Lächelte Mona lockend an, als sie das brennende Begehren in ihren Augen sah.

Mona konnte ihren Blick nicht von Lisa lassen. Von der kläglichen Verfassung, in der sich Lisa noch vor wenigen Minuten befunden hatte, war nichts mehr zu erkennen.

Mona ging rückwärts zum Tisch, wo sie einen Stuhl hervorzog, auf dem sie sich niederließ. Sie brannte, und wie sie brannte. Sie wollte Lisa, jetzt. Sie winkte Lisa mit einem Finger zu sich. »Komm her zu mir«, bat sie mit heiserer Stimme. Beobachtete, wie Lisa langsam, aber sinnlich, fast schwebend, auf sie zukam.

Einen Moment später stand Lisa vor ihr, als hätte sie Mona mit einer unsichtbaren Schnur gezogen. »Wo waren wir gerade stehengeblieben?«, fragte Mona mit gedämpfter Stimme.

Es war so schön, Monas sehnsüchtige Stimme zu hören, in ihre verlangenden Augen zu sehen, ihren sinnlichen Mund zu betrachten. Lisa konnte von den zarten Händen, die gerade anfingen, ihren Körper zu liebkosen, nicht genug bekommen. Sie spürte die Lust wie brennende Holzpfeile, die durch ihren Körper schossen. Wüsste sie es nicht besser, hätte sie geglaubt, es seien Flammen, die auf ihrer Haut tanzten. Sie setzte sich rittlings auf Monas Schoß.

Mona öffnete ihre Beine, ließ Lisa dazwischenrutschen. Sie berührte andächtig Lisas Schultern, streichelte über ihren Rücken, küsste ihre Brüste, saugte ihre Knospen ein und spürte, wie Lisa unter ihren Berührungen zitterte. Ihre Hand wanderte über Lisas Bauch hinunter zu ihrem Schoß, strich über ihr gestutztes Haar. Wanderte weiter und glitt durch Lisas herrliche Feuchte.

»Mona, ich glühe. Bitte, erlöse mich«, presste Lisa mühsam hervor. Dann stöhnte sie laut und dunkel auf, als Mona in sie eindrang. Sie warf ihren Kopf nach hinten, fing an, sich mit langsamen, kreisenden Bewegungen auf Monas Fingern zu bewegen. Diese berührten sie an einer Stelle, die sie fast schon direkt explodieren ließ. Sie hielt sich mit einer Hand am Tisch und mit der anderen an Monas Nacken fest.

Mona fühlte Lisas Weichheit, spürte die süße Feuchtigkeit, die über ihre Hand rann. Sie stieß Lisa erst leicht, dann immer fester. Worauf Lisas Stöhnen mit jedem Stoß lauter wurde.

»Schau mich an, meine Süße«, verlangte Mona rau.

Lisa schaute sie durch verschleierte Augen an, krallte sich mit der Hand, die sie vom Tisch löste, in Monas Rücken, bewegte ihre Hüfte ungezügelt auf ihrer Hand.

Mona massierte mit dem Daumen Lisas angeschwollene, pulsierende Perle. Mit ihren Fingern in Lisa und mit der anderen Hand an ihrer Perle trieb Mona sie zum Höhepunkt.

Lisa hielt sich nicht nur an Monas Nacken und an ihrem Rücken fest, sie hielt mit ihrem Blick auch Monas Augen gefangen, als sie die Worte dunkel von sich schrie: »Mona ... ja ... ich ... jaaa ...«

Sie spürte eine gigantische Welle durch ihren Körper rasen. Sie musste ihre Augen schließen. In ihrem Kopf tanzten wilde Blitze, die ein Farbenspiel erzeugten, dem sie unmöglich folgen konnte. Ihre ganze Anspannung lud sich ab. Sie zitterte, ihre Muskeln krampften sich um Monas Hand, als wollten sie ihr nie wieder die Freiheit schenken.

Mona spürte an ihren Fingern Lisas Muskeln zucken, die sich anspannten, pochten und wieder entspannten. Ihr Daumen streichelte sanft die angeschwollene, große Perle. Ihre Augen folgten Lisas Brüsten. Lisas lustvolles Stöhnen machte sie unglaublich an. Sie beobachtete den Lustschweiß, der Lisas nackte Haut bedeckt hatte. Sie umschlang Lisas Körper, als sie das unaufhaltsame Zittern bemerkte, das über Lisa herfiel und sie in ihre Arme sacken ließ.

Lisa hob ihren Kopf und blickte in die Augen ihrer Geliebten, die sie soeben auf den höchsten Berg ihrer Gefühle gezaubert hatte. Mit sanftem Druck zog sie Mona zu sich, umschlang sie, ließ ihre Zunge verspielt über ihre Lippen streichen. Küsste sie immer und immer wieder. Sie löste sich, schaute mit verschleierten Augen in die glänzenden von Mona.

»Mein Liebling, ich will dich. Und ich will nicht länger auf dich warten. Ich würde aber einen bequemeren Platz empfehlen.« Monas Augen funkelten voller Begierde.

»Ja, der Stuhl ist mit der Zeit doch etwas unbequem.« Lisa lächelte sie aufreizend an. Sie legte ihre Hand auf Monas, die sich noch zwischen ihren Beinen befand, und hauchte: »Lass sie dort, bitte.«

Lisa dirigierte Mona durch den Flur, wobei sie nach einigen Metern erneut zum Höhepunkt kam, so empfindlich reagierte sie auf Monas Hand zwischen ihren Beinen. Entkräftet ließ sie die verebbenden Wogen der Lust über sich hinwegfegen. Mona hielt sie dabei ganz fest.

Sie erreichten das Schlafzimmer, das Bett. Lisa half Mona aus der Hose. Jeden Tag hatte sie sich nach Mona verzehrt, hatte von ihr geträumt, und jetzt stand sie hier vor ihr. Ihr Herz machte so viele Sprünge, dass sie hoffte, keine Herzattacke zu erleiden.

Eine Tasche wurde unsanft vom Bett gefegt.

Lisas Finger wanderten zwischen Monas Beine, glitten durch samtig weiches Gebiet. Mona war so unglaublich bereit für sie, dass sie ohne Probleme mit mehreren Fingern in sie eindringen konnte.

Mona nahm Lisas Finger mit einem lauten und erleichterten Stöhnen in sich auf. Sie spannte ihre Beckenmuskulatur an und entspannte sie wieder. Lisa Finger konnten so jedes Mal tiefer in sie gleiten. Ihre Finger taten das gleiche bei Lisa.

Beide stießen, streichelten und küssten sich zum Höhepunkt. Schweißgebadet sackte Mona über Lisa zusammen. Ihre Öffnung zuckte so heftig über Lisas Fingern, dass sie nicht anders konnte, als ihre Muskeln noch einmal anzuspannen, um erneut zu kommen.

Lisa zog Mona nah an sich. Diese stützte sich mit ihren Händen auf der Matratze ab. Lisa strich ihr mit der freien Hand über ihre Taille bis zu ihrem Po, den sie kurz, aber bestimmend packte. Monas nackte Haut zu spüren machte sie verrückt.

Mona biss sich auf die Lippe. Sie sah Lisa tief in die Augen. »Was geht in deinem süßen Kopf vor?«, fragte sie, als sie wieder fähig war zu sprechen.

»Willst du das wirklich wissen?«, hauchte Lisa.

»Ja«, raunte Mona und knabberte sacht an Lisas Unterlippe. »Ich will es wissen.«

Ein Schleier überzog Lisas Augen. »Ich will, dass du mich nimmst, wie du mich noch nie genommen hast.«

Lisa Schlafzimmerblick ließ Mona erzittern. In Erwartung dessen, was kommen würde, funkelten ihre Augen. Sie berührte mit ihren Lippen sanft Lisas, leckte mit ihrer Zungenspitze darüber. »Du willst, dass ich dich nehme, wie ich dich noch nie genommen habe?«

»Ja«, wisperte Lisa an Monas Mund. Mit einem Lächeln auf den Lippen sagte sie: »Ich glaube, ich bin dir hörig. Ich brauche dich wie die Luft zum Atmen.«

»Wirklich, meine Süße?« Auch Mona lächelte. »Mir geht es genauso.«

Daraufhin liebte Mona Lisa mit all ihrer unausgesprochenen Liebe, und Lisa liebte Mona mit einer ungewohnten Leidenschaft, die sie noch nie für jemanden empfunden hatte.

Nachdem sie sich stundenlang wild und zärtlich ihre gegenseitige heimliche Liebe bezeugt hatten, beschlich Lisa ein ungutes Gefühl. Sie kuschelte sich in Monas Arme. Es war an der Zeit, Mona die Wahrheit sagen. Sie glaubte, dass sie auf dem besten Weg war, sich in Mona zu verlieben. Doch wie würde Mona auf die Wahrheit reagieren? Würde sie sie verstoßen, von sich weisen? Ja, bestimmt würde sie das. Aber Lisa konnte sich auch nicht ewig vor ihr verstecken. Es war ein Dilemma, das Lisa nie gewollt hatte.

Mona schlug die Augen auf. Ihr Blick zum Fenster zeigte ihr, dass es bereits dunkel war. Sie drehte sich zur Seite und bemerkte, dass sie allein im Bett lag. Lisas Seite war leer und kalt, als sie mit ihrer Hand darüberstrich.

Sie rollte von der Matratze, ehe das Gefühl der Leere vollends Besitz von ihr ergriff, stand auf und trat hinaus in den Flur. Ihr Blick fiel auf den hauchdünnen Lichtschein, der durch den Schlitz der angelehnten Küchentür schien.

Sie bewegte sich leicht schlaftrunken zur Küche. Vielleicht hatte Lisa Gelüste nach etwas Kalorienreichem, um wieder zu Kräften zu kommen. Mona lächelte. Sie schob einen Finger zwischen den Türspalt und linste in die Küche.

Lisa saß auf einem Stuhl mit dem Rücken zur Tür, sie hatte

Monas Bluse an. Vorsichtig stieß Mona die Tür noch ein Stück weiter auf und betrat die Küche. Leise ging sie auf Lisa zu.

Lisa hatte ihre Arme vor der Brust verschränkt, hielt sich mit den Händen an ihren Schultern fest und blickte zum Fenster hinaus.

Mona räusperte sich leise. Langsam schob sie ihre Hand auf Lisas Schulter, als diese nicht auf sie reagierte. Sie hatte nicht vergessen, dass es Lisa nicht gut ging. Etwas beschäftigte sie, nur was es war, wusste sie immer noch nicht. Sie beugte sich zu ihr und gab ihr einen zarten Kuss auf die Wange. »Rede mit mir.«

Lisa schüttelte den Kopf. »Ich will nicht darüber reden, es –« Mitten im Satz brach sie ab. Sie blickte in Monas Gesicht und lächelte weich. »Ich kann nicht ... noch nicht. Gib mir noch etwas Zeit. Wenn ich soweit bin, dann erzähle ich es dir. Alles.« Ihre Augen wanderten wieder zum Fenster, hinter dem der Vollmond strahlend schien. »Im Moment verändert sich mein Leben so schnell ...« Sie blickte zu Mona. »*Du* veränderst mich.« Sie war erschöpft. *Oh Mona, ich will dich nicht verlieren.*

Mona zog ihre Hand zurück, bückte sich, hob Lisas Hemd vom Boden auf und warf es über. Sie setzte sich neben Lisa auf den Stuhl und ergriff ihre Hand. Ihre Augen lächelten Lisa verständnisvoll an. »Ist gut. Ich werde warten, bis du soweit bist.«

Lisa blickte traurig zu Mona. Sie kämpfte gerade mit den Dämonen ihrer Vergangenheit, die sie längst überwunden geglaubt hatte. »Mona? Den Mist, den man im Leben baut, kann man den je wiedergutmachen?«

Mmh ... was sollte sie darauf antworten? Mona beschlich ein seltsames Gefühl. Welchen Mist meinte Lisa? »Warum schläfst du nicht erst einmal etwas?« Ihr war nicht entgangen, wie zermürbt Lisa wieder aussah.

»Nein, ich brauche nur einen Kaffee. Dann bin ich wieder wach.«

»Ja? Und was machst du, wenn der Kaffee seine Wirkung verliert?« Mona schaute sie besorgt an. Sie hatte nicht das Gefühl, dass Kaffee Lisas Probleme beseitigen konnte.

»Dann trinke ich noch einen.« Ein schiefes Lächeln breitete sich über Lisas Gesicht aus.

»Ich glaube, Schlaf wäre jetzt besser für dich.« Mona lächelte zärtlich. »Und mich auch. Denkst du nicht?« Sie wusste, dass sie Lisa jetzt nicht drängen sollte. Sie musste von selbst zu ihr kommen.

»Warum sind Lehrerinnen nur immer so vernünftig?«, fragte Lisa mit tadelnd hochgezogenen Augenbrauen.

»Das liegt uns im Blut«, erwiderte Mona. »Liegt wohl daran, dass die Kinder immer so unvernünftig sind.« Sie strich sanft über Lisas Wange. »Manchmal auch dann noch, wenn sie gar keine Kinder mehr sind.«

Lisa griff nach ihr, zog sie in ihre Arme und küsste sie. »Ich liebe es, unvernünftig zu sein.«

»Ich auch«, flüsterte Mona. »Mit dir.« Sie lachte leise. »Aber vorzugsweise im Bett. Da ist es bequemer.«

Lisa schüttelte den Kopf. »Oma.«

»Sag ich doch.« Mona grinste. »Du willst es ja nicht glauben.«

»Na, das werden wir noch sehen«, erwiderte Lisa, stand auf und zog Mona mit sich ins Schlafzimmer.

11

Mona hörte die Dusche rauschen, als sie erwachte. Sie streckte sich und fühlte, was sie ihrem Körper abverlangt hatte. Sie lächelte. Sie war genauso unersättlich wie Lisa. So lange, wie sie sich nicht gesehen hatten, war das aber ja auch kein Wunder.

Sie schaute noch einmal in Richtung Bad, lauschte kurz, ob sie das Wasserrauschen der Dusche hörte, und drehte sich um. Für einen Moment hatte sie überlegt, zu Lisa in die Dusche zu steigen, aber sie fühlte sich zu schwach dazu.

Ihr fiel eine Tasche auf, die neben dem rot schimmernden Mahagoni-Futonbett lag. Sie erinnerte sich dunkel, dass Lisa sie gestern Nacht voller Ungeduld beiseitegefegt hatte. Aus der Tasche ragten teure Stoffe.

Was auf dem Kleiderständer im Kaufhaus, vor dem Lisa und sie sich getroffen hatten, hing, hatte ähnlich ausgesehen, aber niemals hätte sie angenommen, dass Lisa so etwas tatsächlich besaß. Sie angelte nach der Tasche und befühlte die edlen Kostüme, die darin lagen. Lisa hatte sie noch nie in solch einem Kostüm gesehen. Sie musste irre sexy darin aussehen. Wann und wo trug sie nur solche Sachen? Wie viele Geheimnisse verbarg Lisa noch?

Nachdem Mona erneut über die Schulter gesehen hatte, um sich zu vergewissern, dass sie allein war, fiel ihr ein Bild auf der Kommode auf, das sich zwischen all den anderen Bildern hervorhob. Es zog sie magisch an. Sie stand auf, ging zur Kommode und betrachtete es näher.

Das Bild zeigte ein fünfzehn, vielleicht sechzehn Jahre altes Mädchen. In den Armen des Teenagers hatte es sich ein Kleinkind gemütlich gemacht. Beide hatten die gleichen blauen Kulleraugen, die von dichten, schwarzen Wimpern umschlossen wurden. Das Kind strahlte übers ganze Gesicht. Das musste Lisas kleine Schwester Elisa sein. Unglaublich, diese Ähnlichkeit.

Mona betrachtete die anderen Bilder. Da war Lisa mit Elisa als Einschulkind sehen. Lisa hatte sie auf ihre Beine gesetzt, und beide lachten sich an. Da musste Lisa Anfang zwanzig gewesen sein.

Dann erstarrte sie förmlich. Sie nahm das eingerahmte Foto in ihre Hände, sah Lisa so, wie sie Lisa von heute kannte, und sah eine um einige Jahre jünger geklonte Lisa. Sie wollte gerade mit einem Finger über das Bild streichen, als –

»Was machst du da?« Lisas Stimme hallte durch das Zimmer.

Mona zuckte zusammen. Sie hätte beinahe den Bilderrahmen fallenlassen, als sie Lisas Stimme hinter sich vernahm. Sie drehte sich zu ihr um.

Lisa nahm Mona das Bild aus der Hand und legte es verkehrt herum auf die Kommode. Dann ging sie zum Bett, stopfte die Sachen in die Tasche und verschloss sie.

»Tut mir leid, Lisa«, stammelte Mona etwas überrascht. Es schien, als hätte Lisa sich zurückverwandelt. »Ich wollte nicht –«

»Doch, wolltest du.« Lisa stand wie eine Rachegöttin vor ihr, nackt mit verschränkten Armen. »Ich habe dir doch gesagt, ich bin noch nicht soweit.«

»Ich wusste nicht –« Mona schluckte und atmete dann tief

durch. »Sei mir nicht böse. Ich weiß im Grunde genommen so gut wie nichts von dir, und ich sehe, dass dich etwas quält. Ich wusste nicht, dass es etwas mit diesen Bildern zu tun hat.« Sie blickte hinter Lisa auf die Tür. »Ich gehe jetzt wohl besser duschen.«

Die Tage vergingen, ohne dass Lisa preisgab, welche Dämonen aus ihrer Vergangenheit sie quälten. Welche Geheimnisse sie vor Mona verbarg.

Mona drängte sie nicht, ließ ihr die Zeit, die sie brauchte. Doch innerlich zerriss es sie fast. Sie sah Lisa leiden, aber sie konnte sie nicht trösten, wenn sie nicht wusste, warum sie litt. Stumm bat sie immer wieder, Lisa möge endlich reden, sie würde Lisa alles verzeihen, alles. Doch Lisa blieb verschlossen.

Schließlich nahte das geheimnisvolle Wochenende. Lisa verabschiedete sich von Mona und fuhr davon, ohne Mona mitzuteilen, wohin sie fuhr.

Doch da war diese Notiz auf dem Zettel gewesen. Mona hatte sie nicht vergessen.

Das Datum stimmte, also war es wohl ziemlich klar, wohin Lisa fuhr. Wenn Mona auch nicht wusste, warum. Lisa hatte jeden auch nur fragenden Blick von Mona abgewehrt, so hatte sie gar nicht erst versucht, sie mit Worten zu fragen.

Die letzten Tage waren von so viel Nähe angefüllt gewesen, von so viel Zärtlichkeit, dass Mona gehofft hatte, Lisa würde sich mehr öffnen. Aber sie öffnete sich nur auf eine Art: beim Sex mit Mona. Reden wollte sie nicht.

Auch wenn Mona das Gefühl gehabt hatte, sie setzte immer wieder dazu an. So wie damals in der Küche. Sie war der Meinung, sie hätte Mist gebaut. Ja, du meine Güte, tat das nicht jeder mal? Das war doch ganz normal. Was konnte an Lisas *Mist* so Besonderes sein? Warum erzählte sie es Mona nicht?

Immer, wenn sie zusammen waren, spürte Mona, dass Lisa sich mehr und mehr fallen ließ, dass sie Mona immer mehr vertraute. Sie gab sich ihr so rückhaltlos hin, dass es Mona manchmal fast erschreckte. Als ob Mona der Strohhalm wäre, der Lisa vor dem Ertrinken rettete, an den sie sich klammerte, um nicht unterzugehen.

Aber dann waren diese Momente vorbei, und Lisa zog sich in ihr Schneckenhaus zurück. Zeitweise war es ein gemeinsames Schneckenhaus, aber immer noch gab es zwei Zimmer. Und Lisa bestand darauf, die Verbindungstür von Zeit zu Zeit zu schließen.

Heute hatte sie das ganze Schneckenhaus geschlossen. Sie war mit einem letzten Blick auf Mona davongefahren, als ob sie den Schlüssel wegwerfen wollte.

Als Mona sie fragte, ob sie mitkommen könne, hatte Lisa mit einem ungläubigen Lachen geantwortet: »Nein. Nein, du kannst wirklich nicht mitkommen.« Dann hatte sie Mona zärtlich lächelnd über die Wange gestrichen. »Glaub mir, das ist nichts für dich. Ich bin bald zurück.« Und sie hatte sie geküsst.

In diesem Kuss hatte so viel Sehnsucht gelegen wie selten. Als ob sie sich kaum von Mona trennen konnte. »Wirst du auf mich warten?«, flüsterte sie. »Bist du noch da, wenn ich zurückkomme?« Und es hatte fast ängstlich geklungen. Wie bei einem kleinen Kind.

Mona hatte den Ernst des Augenblicks empfunden und genauso geantwortet. »Ich werde immer auf dich warten, Lisa.«

»Ich –« Lisa hatte sie mit einem gequälten Blick angeschaut, war dann schnell eingestiegen und abgedüst. Sie hatte ziemlich aufs Gas getreten, als ob sie alles hinter sich lassen wollte, auch Mona.

Aber dann hätte sie sie wohl kaum gefragt, ob sie noch da sein würde. Mona seufzte. Aus Lisa sollte einer klug werden.

Mona fühlte die Unruhe in sich. Am liebsten wäre sie Lisa nachgefahren. Sie war neugierig, was sie vor ihr verbarg. Aber sie wollte Lisas Vertrauen nicht enttäuschen.

Dieses Vertrauen war erst ein ganz zartes Pflänzchen, das zwischen ihnen gewachsen war, es konnte leicht zerstört werden. Darauf herumzutrampeln wäre das Falscheste gewesen, was sie jetzt tun konnte.

Sie nahm ihren Wagen und fuhr aus der Stadt hinaus wie eine Getriebene. Am Waldrand stellte sie das Auto ab und lief los.

Was sollte sie tun? Einerseits drängte es sie, die Adresse des Hotels nachzuschlagen und hinzufahren, andererseits wollte sie Lisas Entscheidung respektieren. Und Lisa hatte entschieden,

Mona in ihre Geheimnisse noch nicht einzuweihen.

Aber was, wenn Lisa nie darüber reden würde? Wenn sie es nie fertigbrachte, Mona endlich alles zu beichten? Dann würde dieses Unausgesprochene stets wie eine Mauer zwischen ihnen stehen. Wie lange würde ihre Beziehung das aushalten?

Sie hatte Lisa versprochen zu warten. Und sie wollte, dass Lisa ihr vertraute. Wenn sie ihr Versprechen jetzt brach, dann ... dann würde sie alles aufs Spiel setzen. Wollte sie das wirklich riskieren?

Monas Gedanken kreisten immer weiter. Bis eine Idee von ihr Besitz ergriff, die absurd und unheimlich war, die sie aber nicht mehr losließ.

Sie eilte zum Wagen zurück und fuhr in die Stadt.

Das Hotel, in dem Lisa wohnte, stellte sich als das prächtigste und luxuriöseste der ganzen Gegend heraus. Mona stand förmlich der Mund offen, als sie langsam daran vorbeifuhr.

Sie parkte in einer Seitenstraße und blieb erst einmal im Auto sitzen. Dass Lisa einen gutbezahlten Job hatte, wusste sie, aber das hier?

Sie stieg aus und schlenderte auf die Hauptstraße zurück, wo sie so unauffällig wie möglich den Hoteleingang beobachtete.

Die Tür ging auf, und ein älterer Mann, nein, ein verdammt alter Mann kam heraus, eine junge, gutaussehende Frau an seiner Seite.

Mona erschrak. Vor ihrem geistigen Auge erschien Lisa, Lisa im sexy Kostüm an der Seite einer ... alten, aber ganz sicher reichen Frau ... Ilka ...

Nein, das konnte nicht sein, Lisa hatte ihr versichert, dass es nicht Ilka war. Das war nicht Lisas Geheimnis, bestimmt nicht. So war Lisa nicht ... oder doch?

In diesem Moment fuhr Lisas Wagen vor.

Mona sprang in den Schutz eines Hauseingangs, um nicht gesehen zu werden.

Lisa stieg aus dem Wagen und übergab dem Mann vom hoteleigenen Parkservice ihren Schlüssel, nahm ihre Tasche aus dem Kofferraum und betrat das Hotel.

Monas Blick fiel auf die Tasche, die Lisa in der Hand hielt. Jene Tasche, die Mona das erste Mal in Lisas Schlafzimmer gesehen hatte. Dieselbe Tasche, die achtlos zu Boden fiel, als sie sich mit Lisa auf dem Bett geliebt hatte.

Sie verließ den Hauseingang und lief zum Hotel hinüber. Hinter der Glasdrehtür fand sich in einer riesigen Lobby wieder. Sie konnte noch beobachteten, wie die Empfangsdame Lisa eine Schlüsselkarte überreichte und wie Lisa telefonierend im Fahrstuhl verschwand.

Sie ließ sich im Foyer in einem Ledersessel nieder. Irgendwann musste Lisa das Hotel ja wieder verlassen. Hoffte sie jedenfalls.

Es bestand aber auch die Möglichkeit, dass sich Lisa hier mit jemandem traf. Vielleicht doch mit der großzügigen Ilka? Immer wieder spukte ihr dieser Name im Kopf herum, und sie erinnerte sich an das Gespräch auf Sylt mit Lisa. *»Ilka ist eine wundervolle Frau. Wir treffen uns hin und wieder, und das wird sich auch nicht ändern. Wir haben Spaß, und es stört mich nicht.«*

Das wird sich auch nicht ändern, klang es in ihr nach. Es hatte Lisa damals nicht gestört, wie sehr sie Mona mit einer solchen Aussage verletzte, warum sollte es sie heute stören, es zu tun, wenn sie Spaß haben wollte?

Haben wir nicht genug Spaß? überlegte sie bitter. *Welche Art Spaß meint sie?*

So sehr sie sich auch gegen diese Vorstellung zu wehren versuchte, auszuschließen war es nicht, dass Lisa sie belogen hatte, dass sie sich hier mit Ilka traf. Aber selbst dann, auch wenn es sie unglaublich schmerzen würde, hätte sie Gewissheit über das, was Lisa tat.

Lisa hatte ihr gesagt, dass sie dieser Frau einiges zu verdanken hatte. Auch wenn es eine merkwürdige Form darstellte, Dankbarkeit in Sex auszudrücken, Lisa *war* merkwürdig. Es konnte sein, dass selbst jetzt noch, wo sie mit Mona zusammen war –

Mona brach ihren Gedankengang ab. Sie wusste ja gar nicht so genau, ob sie mit Lisa tatsächlich fest zusammen war. Was, wenn die Frau darauf bestand, dass Lisa einmal im Monat ein Wochenende mit ihr verbrachte?

Fragen über Fragen, die Mona verrückt machten. Wollte sie überhaupt noch wissen, was auf sie zukam? Ja, sie wollte! Sie musste! Andererseits hoffte sie aber sehr, dass Lisa vielleicht doch aus einem anderen, viel harmloseren Grund hier war. Was allerdings mehr ihrem Wunschdenken entsprach. So einfach würde es wohl nicht sein.

Ab jetzt hieß es also Stellung halten und warten, warten, bis Lisa wieder auftauchen würde.

Mona hörte ein *Bing*. Sie schaute zum tausendsten Mal zum Fahrstuhl. Und dieses Mal hatte sie Glück. Sie sah kurz auf ihre Uhr. Geschlagene drei Stunden hatte sie auf Lisa warten müssen, nun war es soweit. Sie versteckte sich hinter ihrer Zeitung und sah, wie Lisa durch das Foyer zum Ausgang ging. In ihrer rechten Hand die Tasche.

Mona folgte ihr mit größerem Abstand. Sie sah, wie Lisa in ein Taxi stieg.

Mona lief schnell zu einem der Taxis, die in unmittelbarer Nähe des Hotels parkten. Sie sagte dem Fahrer, dass er dem gerade davonfahrenden Taxi unauffällig folgen sollte, als sie sich auf die Rückbank setzte. Der Mann musterte sie kurz durch den Rückspiegel, dann nickte er.

Mona kam sich jetzt wie in einem Agententhriller vor. Aber einen für Arme.

Sie war überrascht, dass die Fahrt aus der Stadt hinaus führte. Nach zwanzig Minuten bog das Taxi, in dem Lisa saß, in einen Schotterweg ein. Und an dessen Ende auf einen Parkplatz.

Mona klopfte dem Fahrer auf die Schulter. »Bitte, halten Sie hier an. Die letzten Meter möchte ich gern laufen.« Sie drückte ihm einen Schein in die Hand und stieg aus.

Mit langsamen Schritten ging sie den Weg entlang und sah dem leeren Taxi, in dem Lisa eben noch gesessen hatte, nach, als es an ihr vorbeifuhr. Im matten Licht der Abenddämmerung ließ sie ihren Blick über den Parkplatz wandern. Hier parkten überwiegend Autos, die sie sich nie würde leisten können.

Ihr Blick fiel auf das zweistöckige Gebäude, das sich inmitten dieser Einöde befand. Die blinkenden, roten Leuchtbuchstaben über dem Eingang, die in kurzen Intervallen den Namen *Club Elegance* erscheinen ließen, nahmen sie gefangen.

Ein Club also. Lisa, Lisa, wo führst du mich hin … Unsicher nahm sie die Treppe nach oben. Am Treppenende angekommen, sah sie sich noch einmal vorsichtig um, ließ ihren Blick über den fast dunklen Parkplatz gleiten. Die Sonne war gerade untergegangen.

Lauschige Jazztöne drangen an ihr Ohr. Sie drehte sich und ging drei Schritte. Als sie jetzt vor der Tür stand, klopfte ihr das Herz vor Aufregung bis zum Hals. Und ihre Hand, die sie nach der Türklinke ausstreckte, zitterte.

Langsam öffnete sie die Tür, die sie ins Innere des Clubs führte. Vorsichtig tauchte sie ihr Gesicht in den Türspalt und warf einen Blick hinein. Als sie über die Schwelle trat, fiel die Tür mit einem lauten Knall hinter ihr ins Schloss. Sie zuckte zusammen und blieb erst einmal stehen.

Von innen sah alles sehr vornehm und edel aus. Von außen betrachtet hatte der Club eher einen billigen und normalen Anschein gemacht.

Mona ging den langen, mit dickem roten Teppich ausgelegten Gang entlang. Die Musik drang immer lauter zu ihr. Sie stand jetzt vor einem schweren Vorhang. Mit beiden Händen teilte sie ihn in der Mitte und schlüpfte hindurch.

Die Luft im Club war verqualmt. Ihre Augen brauchten eine Weile, um sich an den Nebel und die Dunkelheit zu gewöhnen. Sie blickte geradewegs auf eine Bühne. Links davon spielte eine Liveband. Das Saxophon, der Bass und das Klavier beendeten gerade einen Blues. Nach kurzer Pause setzte das Schlagzeug zu einem neuen Lied an, und die Gitarre begleitete es. Dann stiegen die anderen Instrumente mit ein. Sie riefen und sie antworteten sich. Mona bekam Gänsehaut.

Sie fragte sich, wo Lisa war. Denn hier war sie nicht zu sehen. Sie setzte sich an einen der kleinen, runden Tische, die auf einem Podest in den hinteren verdunkelten Ecken standen. Sie hatte von dort nicht nur einen guten Überblick über die Bühne, die Bar und die anderen Gäste, sie würde auch nicht so schnell Gefahr laufen, von Lisa entdeckt zu werden. Hoffte sie jedenfalls. Schließlich kannte sie Lisas Aufgabe hier im Club nicht.

Größtenteils wurde der Nachtclub von Männern dominiert, die an Zigarren pafften und aus edlen Cognacgläsern tranken. Alle trugen sie Anzüge. Manche sahen aus, als seien sie direkt aus einem alten Hollywoodklassiker entsprungen.

Mona erblickte Fred Astaire, der sich angeregt mit James Stewart unterhielt. Sie sah Clark Gable, der mit Daumen und Zeigefinger über seinen Lippenbart strich. Sie erblickte die Musiklegenden Louis Armstrong und Benny Goodman, die an der Bar standen. Dann fiel ihr Blick auf zwei Pärchen, die es sich auf einer roten Ledercouch bequem gemacht hatten. Die Frauen sahen aus wie Marlene Dietrich. Selbst ihre Gesten und ihre Haltungen waren stimmig.

Da hatte Mona ja geradezu Glück gehabt mit ihrem Hosenanzug, den sie trug. Er passte perfekt in dieses Milieu.

Die einzige wirkliche Weiblichkeit, die es hier zu geben schien, kam geradewegs auf sie zu. Sie trug ein enges, gut geschnürtes schwarzes Korsett. Monas Blick fiel auf endlos lange Beine, die von wundervollen dunklen Strapsen bedeckt wurden. Hochhackige, rote Pumps trugen den ansehnlichen Körper zu ihrem Tisch. Die Oberweite der Dame sprang Mona fast ins Gesicht, als sie sich zu ihr herunterbeugte.

»Hallo, schöne Greta. Was darf ich dir bringen?« Die Bedienung sprach Mona mit einer höchst interessanten Stimme an, dunkel und sehr sexy klang sie.

Mona konnte nicht glauben, wer vor ihr stand. Hatte sie etwa eine Zeitreise gemacht? »Was? Ich bin nicht … Sie meinen … Sie finden, ich sehe aus wie die Garbo?«

Ein breites Lächeln breitete sich auf Bettys Gesicht aus. Ihre Kellnerin war definitiv Miss Boop. »Also, was darf ich der hübschen Lady bringen?«

Monas Blick, der sich auf die herrlichen Hügel vor ihrem Gesicht geheftet hatte, richtete sich nun langsam auf Bettys Augen. Sie musste schlucken. »Einen Martini … ohne Oliven … bitte … Und danke.«

Bettys Vorbau machte sie ganz wirr. Sie wollte nicht auf die Brüste starren, doch ihre Augen versuchten immer wieder, den Kontakt mit ihnen aufzunehmen. Es gab aber auch keinen Spielraum zwischen ihr und Miss Boops Brüsten, so nah, wie Betty sich zu ihr gebeugt hatte. Diese Frau wusste ganz genau, wie sie ihre Gäste um den Finger wickeln konnte. Und offensichtlich spielte es keine Rolle, ob sie Männlein oder Weiblein vor sich hatte.

»Gerührt?« Betty hauchte das Wort rau. Und dabei ließ sie ihren Oberkörper sexy Runden kreisen. »Oder geschüttelt?«

Monas Augen folgten Bettys Brüsten, die auf und nieder hopsten.

»Geschüttelt.« Monas Stimme hörte sich wie Schmirgelpapier an.

Betty schenkte ihr ein Lächeln. Sie zog sich mit einer eleganten Bewegung zurück und ging federnd in Richtung Bar.

Mona beobachtete den aufreizenden Körper, der elegant davonschwebte. Sie schluckte schwer. Ihr war heiß.

Betty kehrte kurz darauf zurück, legte eine kleine Cocktailserviette auf den Tisch, stellte den Martini darauf ab und ließ Mona einen Luftkuss zukommen, bevor sie ihre Aufmerksamkeit dem Gast am Nebentisch schenkte.

Mona nahm das Glas und kippte den Martini förmlich hinunter. Freiwillig wäre sie nie in solch einem Etablissement gelandet.

Sie lauschte der wundervollen Musik. Und schaute sich immer wieder nach Lisa um. Konnte sie jedoch nicht ausfindig machen.

Als Betty ihr einen zweiten Martini brachte, fragte sie sie, ob sie eine Lisa kannte.

Betty verneinte, sagte aber zu ihr: »Wenn du möchtest, kann ich Lisa sein.« Sie schenkte Mona ein aufreizendes Lächeln.

Mona bemerkte, wie sie Bettys Busen erneut anstarrte. Verlegen schüttelte sie den Kopf und schaute in Bettys Augen. Sie räusperte sich. »Nein, so habe ich es nicht gemeint.«

Die Kellnerin beugte sich gefährlich nah an Monas Gesicht und flüsterte an ihrem Mund: »Schade! Wirklich schade!«

Monas Augen weiteten sich, und sie sah überrascht in Betty Boops Augen.

Betty zwinkerte ihr zu und entschwand Richtung Bühne. Mona wurde es heiß, und das kam nicht von den Martinis. Nicht nur, dass Betty mit ihr geflirtet hatte, sie hatte ihr auch unmissverständlich ein unmoralisches Angebot gemacht.

Wo war sie hier nur? Und was war Lisas Rolle hier, in diesem Theater? Sie konnte sich Lisa nicht unbedingt als Kellnerin vorstellen. Vor allem, warum sollte Lisa kellnern? Mona wurde zunehmend nervöser.

Mittlerweile war es sehr spät geworden, doch immer noch hatte Mona Lisa nicht zu Gesicht bekommen. Sie glaubte langsam, dass Lisa gar nicht mehr hier war.

Betty brachte ihr einen weiteren Martini, dazu eine kleine Schüssel Erdnüsse. Ohne ein Wort, jedoch mit einem noch verführerischeren Lächeln als zuvor, blickte Betty ihr tief in die Augen, bevor sie wieder ihrer Arbeit nachging.

Sie sollte langsam aufhören, die Martinis wie Wasser zu trinken. Alte Gewohnheiten ließen sich aber auch schlecht ablegen. Ein Martini war für Mona, was für andere Schokolade war. Sie trank selten Martini, aber wenn doch, konnte sie nicht so schnell von dem Getränk lassen. Leider stieg es ihr auch schnell zu Kopf.

Es war schon immer so, dass sie nach ein paar Martinis ziemlich heiß auf Sex wurde. Manchmal hatte Barbara sie abends mit einer Flasche überrascht. Martini war ihr Viagra.

Sie beschloss, dass dieser Martini hier ihr letzter an diesem Abend sein würde.

Sie nahm ein paar Erdnüsse und warf sie sich einzeln in den Mund.

Die Band hörte auf zu spielen, die Musiker setzten sich an die Bar.

Das Licht wurde gedämpft, aus den Lautsprechern ertönte Musik, und die Lichtspots tauchten die Luft in verschiedene Farben, was Monas Blick zur Bühne wandern ließ. Umhertanzende Lichter kündigten eine Attraktion an. Die Männer begannen zu pfeifen und zu klatschen. Die wenigen Frauen begaben sich vor zur Bühne.

Beinahe wäre Mona an einer Erdnuss erstickt, die sich in ihre Luftröhre verirrt hatte, als sie vor Schreck tief Luft holte. Der Schock ging ihr durch Mark und Bein. Durch den lauten Applaus ging ihr Hustenanfall unter. Niemand nahm Notiz von ihr. Alle Augen waren auf die Frau in dem aufreizenden Kostüm auf der Bühne gerichtet. Wenn man noch Kostüm zu dem wenigen Stoff sagen konnte, der den Körper so gut wie nicht bedeckte.

Die ganze Show war auf Lisa ausgerichtet. Jeder Takt passte exakt zu jeder Bewegung. Sie tanzte unglaublich aufreizend, machte alle Leute verrückt, zog sie in ihren Bann. Sie war ein Star, und was für einer.

Mona war fasziniert von der halbnackten Frau auf der Bühne. Sie wurde genauso gefangengenommen wie alle anderen auch, wieder einmal.

Doch dieses Mal musste sie ihre Liebe und Leidenschaft mit all den fremden Menschen teilen.

Sie verfolgte die Show wie durch einen Schleier.

Lisa hatte fünf Auftritte in fünf verschiedenen Outfits getanzt. Sie trug mal weiße, mal rote, mal schwarze Strapsstrümpfe. Sie tanzte mal an der Stange, mal tanzte sie mit einer oder zwei Partnerinnen erotisch, sexy, verführend.

Nach den Tanzeinlagen mit den Frauen folgte eine ganz andere Darbietung. Lisa erwählte nach jedem Tanz einen Mann aus dem Publikum, der sich dann in der Mitte der Bühne auf einen Stuhl setzte.

Es musste eine Regel geben, die den Männern untersagte, Lisa zu berühren. Mona erblickte eine sehr große Gestalt, die halb im Verborgen stand. Der Mann von einem Schrank stand im Schatten des Bühnenaufgangs. Seine dunkle Kleidung verschmolz mit dem Schatten. Nur seine Augen schienen im Dunklen zu leuchten. Sein Blick allein warnte die Männer, Lisa ja nicht anzufassen. Dieser Hüne wäre sofort zur Stelle, wenn sich einer nicht daran halten würde und Lisa begrapschen oder ihr sonst irgendwie nahe kommen würde.

Kein einziger wagte es, Lisa zu berühren, egal, wie nah sie ihnen mit ihrem Körper kam, und egal, wie heiß sie die Männer machte. Mona entging nicht, was für eine Anstrengung es die Männer kostete, Lisa nicht zu berühren, nicht über ihren Körper herzufallen.

Mona hatte unglaublich mit sich zu kämpfen, um nicht auf die Bühne zu springen und Lisa da runterzuholen. Sie wusste nicht, was sie von der Show und dem ganzen Club halten sollte.

Warum nur tat sie das?

Zwei Männer hatten ihre Hände gehoben, um Lisa zu berühren, zogen sie aber schnell wieder zurück, als sie sahen, dass der Koloss aus dem Schatten trat. Nur eins war erlaubt: große Scheine unter Lisas Strumpfband zu stecken. Wozu Lisa immer wieder reichlich Gelegenheit bot.

Nachdem das Schauspiel zu Ende war, verließ Lisa die Bühne über den Seitenausgang und entfernte die Scheine aus ihrem Strumpfband und Slip. Eine Frau trat auf Lisa zu und hielt ihr einen Kimono auf, in den sie hineinschlüpfte, nachdem sie Miss Boop lächelnd ihre Scheine in die Hand gedrückt hatte.

Mona wusste nicht, was sie tun sollte. Zu Lisa hingehen oder nach Hause fahren?

Bevor sie sich weiter Gedanken machen konnte, hörte sie, wie ein Mann sagte: »Was meinst du, wer wird heute das Glück haben, von ihr eine private Vorstellung zu bekommen?«

Mona wurde schlagartig blass. Sie wandte ihren Blick von Lisa ab und ließ ihre Augen durch die schummrige Lufthülle gleiten. Sie erkannte schemenhaft zwei Personen, die in ihrer unmittelbaren Nähe standen und nun näher an ihren Tisch herantraten.

»Na ja, ich würde mal meinen, wie immer derjenige, der am meisten zahlt. Mit meiner Gehaltsklasse kann ich leider nicht mithalten. Wie gern würde ich mal in den Geschmack kommen, einen Privat Dance von ihr zu kriegen. Sie ist unglaublich sexy.« Es betrachtete Lisa mit begierig geöffneten Lippen, fuhr sich mit der Zunge darüber.

Schnell lenkte Mona ihre Aufmerksamkeit wieder auf Lisa. Nicht ohne die gerade gehörten Worte im Geiste zu wiederholen. Sie verstand nichts mehr. Hatte Lisa noch einen Auftritt? Und wenn ja, wann? Und wo? Und wollte sie das eigentlich wirklich wissen?

Sie sah, wie die fremde Frau, die Lisa den Kimono gebracht hatte, ihr einen Kuss aufdrückte. Sie nahm Lisa am Arm und verließ durch einen dicken Stoffvorhang, der sich auf der anderen Seite befand, mit ihr den Raum.

Mona musste ihnen folgen. Sie hatte schon einige Männer durch diesen Ausgang den Raum verlassen sehen. Was würde sie jetzt noch erwarten? Sie hatte mehr als nur ein mulmiges Gefühl. Sie glaubte zu wissen, dass es ihr nicht gefallen würde, was sie eventuell zu sehen bekäme. Doch jetzt, wo sie schon mal da war, würde sie keinen Rückzieher machen.

Sie ging zu Betty Boop, um ihre Martinis zu bezahlen, bekam Stielaugen, als sie die Rechnung sah, gab aber dennoch ordentlich Trinkgeld. Bettys Boops waren es wert.

Eilig lief sie zum Vorhang und blieb davor stehen, blickte sich nervös um. Würde sie jemand daran hindern hindurchzugehen? Sie hatte das Gefühl, sie wollte gehindert werden, dann hätte sie einen Grund, jetzt diese Lokalität zu verlassen. Doch niemand nahm von ihr Notiz.

Sie huschte schnell hindurch und war froh, dieses Hindernis überwunden zu haben.

Doch nun stand sie vor einer weiteren Hürde. Vor ihr, in einem Meter Entfernung, tat sich eine Metalltür auf.

Was jetzt? Diese Tür schien förmlich *Eintritt verboten* zu schreien. Eine Türklinke oder so etwas gab es nicht.

Da ertönten Stimmen hinter der Tür, Mona trat zur Seite, im nächsten Moment sprang die Tür auf, und ein Pulk Männer kam heraus. Mona schlüpfte unbemerkt hinter ihnen hindurch und stand in einem dunklen Gang. Sie schluckte. Die Tür schloss sich hinter ihr.

Langsam lief sie den Gang hinunter, wo eine weitere Tür auf sie wartete. Diesmal mit Klinke. Vorsichtig öffnete sie die Tür und fand sich staunend in einer großen, ja fast riesigen Halle wieder. Ein Casino. Und was für eins. Wie ein Nobelcasino in Las Vegas.

Sie ging langsam durch den Saal und schaute sich nach Lisa um. Elegant gekleidete Menschen standen oder saßen an Spieltischen: Roulette, Black Jack, Baccara ... Die Männer trugen alle durch die Bank weg Maßanzüge. Und alles, was Brüste hatte, war in einen engen und anzüglichen Stoff gewickelt.

Dann erblickte sie Lisa. Sah auch diese fremde Frau bei ihr. Schnell versteckte sie sich hinter einer der vielen Marmorsäulen, die bis unters Dach reichten.

Vorsichtig, um sich nicht verdächtig zu machen, schlich sie von einer Säule zur nächsten. Bis sie nah genug war, um dem Gespräch, das Lisa mit der Fremden führte, zu lauschen. Die um jede Säule arrangierten Grünpflanzen boten ihr genügend Schutz, um nicht gesehen zu werden.

Was sich Mona nun allerdings darbot, brachte ihr Blut zum Kochen. Eine Hitzewelle voller Zorn stieg in ihr auf. Am liebsten hätte sie laut geschrien und sich auf die Frau gestürzt.

Mit einem lüsternen Aufblitzen in den Augen blickte die Frau Lisa an, ihre Hand strich dabei über Lisas Po. Ohne jegliche Scham begrapschte sie Lisa, ließ ihre Hand unter den Kimono wandern. Mit der anderen Hand zog sie Lisa zu sich und küsste sie innig.

Mona schnaufte. Warum ließ Lisa das zu? War denn alles vergessen, was sie auf Sylt gemeinsam hatten? Hatte sie die letzte Woche vergessen, in der sie sich so nah waren und sich geliebt hatten? Sollte diese Frau am Ende am höchsten für Lisa geboten haben? Und wenn das der Fall war . . . wofür?

Monas Augen blitzen die Frau böse an. Sie wollte ihr am liebsten an die Gurgel springen. Tränen stiegen in ihren Augen auf über das, was sie jetzt zu hören bekam. Es waren erotische Dinge, die allerhöchstens in ein Schlafzimmer gehörten. Das war zu viel für sie. Durch verschleierte Augen sah sie dann auch noch, wie Lisa mit der Frau durch die Tür verschwand, auf der *Privaträume* stand.

Mona drehte sich wütend und verletzt auf dem Absatz um und stürmte hinaus in den dunklen Gang. Riss die metallene Tür auf, die von dieser Seite einen Griff hatte, schob den roten Vorhang zur Seite, setzte sich auf einen Barhocker und bestellte einen doppelten Scotch. Kippte ihn sofort in einem Zug hinunter. Sie bestellte gleich noch einen. Der Barkeeper nickte und füllte das Glas neu auf. Mona nahm es in ihre Hand, schwenkte die goldene Flüssigkeit, bevor sie einen Schluck nahm.

Sie sah ihr Gesicht im Barspiegel.

Sie schlafen jetzt miteinander. »Pff.« Sie trank einen Schluck. Immer wieder drangen die Worte, die sie gehört hatte, in ihr Gedächtnis vor, brachten ihre Augen dazu, feucht zu werden.

Sie ließ das Gespräch, das sie zwischen Lisa und der Frau belauscht hatte, noch einmal Revue passieren.

»Lisa, ich kann es kaum erwarten, mit dir allein zu sein. Du hast mich wie immer ganz verrückt gemacht. Ich will nicht länger auf dich warten. Es ist so wundervoll, dich zu berühren. Ich will dich genießen. Es ist schon viel zu lange her. Ich will dich schmecken und dich verwöhnen. Du weißt, welche Dinge, ich noch mit dir machen möchte. Also komm, lass mich nicht länger warten.«

Die Fremde hatte Lisa einen Klaps auf den Po gegeben, dann

stolz gelächelt. Dann waren sie in die Privaträume verschwunden. Sie hatte ausgesehen, als bekäme sie gleich etwas Leckeres zu knabbern. Lief das immer so ab nach der Show?

Mona wurde schlecht bei dem Gedanken. Sie umklammerte ihr Glas, trank es leer und stellte es etwas unsanft auf die Theke. Sie winkte den Barkeeper zu sich und lallte leicht, als er vor ihr stand. »Noch einen, bitte.« Und schob ihm das Glas entgegen.

Ihre Gedanken schweiften zurück nach Sylt. Vielleicht war es ein Fehler gewesen, sich dort auf Lisa einzulassen. Das hatte alles in Gang gesetzt. Sex war nie ein Problem für Lisa, und auf Sylt ... auf Sylt waren so viele Dinge hinzugekommen, die einfach nicht real waren. Die Brandung und der Sternenhimmel waren romantisch gewesen, aber nicht Lisa. Das hatte sie, Mona, sich nur eingebildet.

Lisa hatte es ihr nach ihrer Rückkehr deutlich genug gezeigt. Sie hatte sich nicht umsonst als beziehungsunfähig bezeichnet. Sie waren kein Paar, würden es auch nie werden. Die Beziehung, die sie miteinander teilten, bezog sich lediglich aufs Körperliche, das wurde ihr gerade nur zu deutlich klar.

»Pff, egal ... nehm ich halt das«, sagte sie laut. *Aber das will ich doch gar nicht. Ich will Lisa, und ich will sie nicht teilen müssen. Schon gar nicht so.*

Sie nahm einen weiteren Schluck Scotch.

Sie wollte Lisa jetzt halten, sie küssen, sie streicheln, sie bei sich haben. Wenn diese großen, blauen Augen sie ansahen, schmolz sie dahin. Lisa brauchte sie nur zu berühren, sie zart, ganz sanft zu küssen, und schon war es um sie geschehen. Wenn Lisa ihr mit heißem Atem ins Ohr flüsterte, was sie von ihr wollte, war sie ihr ausgeliefert.

Und genau das ... genau das würde Lisa nun mit dieser Fremden machen. Was bildete sich diese Frau eigentlich ein? Wenn sie dieser Frau erneut begegnen würde, würde sie ihr die Augen auskratzen, danach würde sie sie teeren und federn, sie vierteilen und den Bluthunden zum Fraß vorwerfen. Genau! Sie würde gleich heute Nacht mit den Vorbereitungen anfangen.

Der Gedanke daran tat ihr gut. Wenn sie die Frau erledigt hatte, würde sie die Männer rannehmen. Jeden einzelnen, einen nach dem anderen. Jawohl, so würde es ablaufen. Denn die

Männer würden sich Lisa bestimmt nicht in einem Ski-Anzug mit Moonboots vorstellen. Sie würde sie alle eliminieren.

Sie würde Lisa zur Rede stellen. Sie musste es, es ging nicht anders.

Sie bat den Barkeeper, ihr ein Taxi zu rufen, kippte die letzte Flüssigkeit in ihrem Glas mit einem Schluck hinunter, zahlte, wankte hinaus, wartete, bis das Taxi kam und ließ sich zu ihrer Wohnung fahren.

Als sie am nächsten Morgen erwachte, erinnerte ihr Brummschädel sie daran, dass sie weder Martini noch Scotch wirklich gut vertrug. Schon gar nicht in solchen Mengen.

Stöhnend legte sie ihre Hände an die Schläfen. Hatte sie das, was sie in schemenhaften Träumen verfolgt hatte, wirklich gesehen? Oder war alles nur ein Traum gewesen?

Sie wankte ins Bad und suchte nach Aspirin. Eine Tablette würde wohl nicht reichen, also löste sie mehrere in einem Glas Wasser auf und schüttete die milchige Flüssigkeit mit Todesverachtung hinunter. Das hatte sie verdient, dass es ihr jetzt so dreckig ging. Warum war sie nicht einfach zu Hause geblieben? Was gingen sie Lisas Wochenenden an? Was gingen sie fremde Frauen an, mit denen sie schlief? Das hatte doch alles überhaupt keine Bedeutung. Für Lisa war das wie Essen und Trinken. Sex bedeutete ihr gar nichts, der mit Mona auch nicht.

Sie stöhnte erneut auf, diesmal weniger von dem Schmerz in ihren Schläfen als dem in ihrem Herzen.

Sie hatte sich einfach etwas vorgemacht. Sie hatte ihre eigenen Vorstellungen auf Lisa übertragen. Ihre Vorstellungen von Zweisamkeit, von einem Leben als Paar, Treue, Vertrauen, gegenseitige Zuneigung, jetzt und für immer.

Das war aber nicht Lisas Vorstellung. Sie hatte ihr vorgeworfen, dass Monas Vorstellungen ihr Leben zu einem Trümmerfeld gemacht hatten. Und wer wollte schon in einem Trümmerfeld leben? Also baute sie ihr altes Leben wieder auf, räumte die Trümmer weg und machte da weiter, wo sie Mona getroffen hatte. Bevor Mona ihr irgendwelche kleinbürgerlichen Ideale überstülpen konnte.

Ich hätte überhaupt nicht mit ihr schlafen sollen. Nie. Nicht mal einmal. Denn das ist, was sie mit allen tut. Im Jenseits, *im* Club Elegance *... mit dieser Frau und mit tausend anderen wahrscheinlich.*

Mona spürte Tränen in ihre Augen steigen. *Lisa. Lisa. Warum nur?*

Sie konnte sich diese Frage nicht beantworten. In den letzten Tagen, die sie mit Lisa verbracht hatte, war diese Frage gar nicht aufgekommen. Sie hätte nie gedacht, dass sie überhaupt wieder aufkommen könnte. Sie hatte gedacht, das wäre vorbei. Sie hatte gedacht, Lisas Geheimnis, der *Mist*, den sie gebaut hatte, wäre lange vorbei.

Das war der größte Irrtum ihres Lebens gewesen. Was Lisa sagte, was sie ihr in heißen Stunden versprach, und was Lisa tat, das waren zwei so verschiedene Dinge, dass sie nicht einmal in dieselbe Tasche passten.

Die Tasche ... diese Tasche. Die hätte sie misstrauisch machen sollen. Kein Mensch trug solche Kostüme einfach so.

Ich muss mit ihr sprechen.

Muss ich das?

Langsam begannen die Tabletten zu wirken, und ihr Kopf wurde klarer. Hatte es überhaupt irgendeinen Sinn, mit Lisa zu sprechen?

Das erste, was Lisa sagen würde, war garantiert: »Was hattest du da zu suchen? Wieso bist du mir gefolgt? Hatte ich dich nicht gebeten, auf mich zu warten?« Und dann würden ihre Augen vor enttäuschter Wut funkeln, und sie würde Mona hinauswerfen.

So einen Vertrauensbruch steckte sie ganz sicher nicht einfach so weg.

Aber war es nicht auch ein Vertrauensbruch Mona gegenüber, dass Lisa so geheimnisvoll getan hatte? Dass sie ihr verschwiegen hatte, was sie an diesem Wochenende tun wollte? Was sie an wer weiß wie vielen anderen Wochenenden getan hatte, nach denen sie niemand fragen durfte?

Heute war Sonntag. Heute Abend würde Lisa zurückkommen, das hatte sie angekündigt, aber erst am Montag wollten sie sich wiedersehen, nach der Arbeit, denn sie würde am Sonntag erst mitten in der Nacht zurückkommen. Warum wohl?

Ich halte das nicht aus! Ich muss mit ihr sprechen! Mona vergrub ihren Kopf in den Händen.

Ich muss mich beruhigen. Ich darf nicht daran denken, was sie jetzt in diesem Club macht. Ob sie immer noch mit dieser Frau im Bett liegt. Haben sie dort überhaupt Betten in diesen ... Privaträumen?

Sie hätte am liebsten laut geschrien, so sehr stach ihr das Bild ins Herz, das sich vor ihr inneres Auge schob. Diese Frau, wie sie Lisa den Kimono auszog ...

Und Lisa? Was tat Lisa? Sie lächelte sie an, wie sie Mona angelächelt hatte, ließ sich von der Fremden begrapschen.

Steckte sie ihr dafür auch ein paar große Scheine ins Strumpfband?

Mona wusste nicht, was sie tun sollte. Die Eifersucht zerriss sie.

Sie musste sich von Lisa trennen, sie musste damit aufhören, Hoffnungen in Lisa zu setzen, die nichts als Illusionen waren. Lisa war nicht die Frau, für die sie sie hatte halten wollen. Sie war keine zuverlässige Partnerin, keine Frau fürs Leben.

Sie war eine Frau für eine Nacht.

12

Monas Telefon klingelte. Sie beäugte es eine Weile misstrauisch, dann nahm sie ab

»Kommst du heute noch?«, hörte sie Lisas Stimme fragen. »Ich warte auf dich. Wir waren doch verabredet.«

»Der Tag war anstrengend«, sagte Mona. Ihre Stimme klang abweisend.

»Was passiert?« Lisa wirkte arglos.

Nein, gar nichts, dachte Mona. *Nur du.*

Ihre Gedanken drehten sich im Kreis, wie sie es schon den ganzen Tag getan hatten, das ganze Wochenende. Sie hatte sich fest vorgenommen, mit Lisa zu sprechen, aber das würde unausweichlich zu einem Streit führen. Lisa würde es alles andere als gefallen, wenn sie erfuhr, dass Mona ihr hinterherspioniert hatte. Aber was war die Alternative? Sie schluckte hart und räusperte sich. »Tut mir leid. Es ist nur ... Ich hatte eine schlechte Nacht und habe nicht besonders gut geschlafen.« Was nicht einmal gelogen war. Diese Nacht und die Nacht davor waren der reinste Horror gewesen.

»Na, das will ich auch meinen. Schließlich soll es doch auffallen, wenn ich nicht bei dir sein kann.« Lisas Stimme schien zu lächeln.

Nein, das war nicht der Grund, warum ich nicht schlafen konnte. Es waren ihre Gedanken an Lisa und diese Frau gewesen, die sie nicht hatten schlafen lassen. Sie fühlte sich, als hätte sie nichts anderes mehr im Kopf als diese Bilder.

»Ja, das fällt auf«, bestätigte sie wortkarg.

»Was ist los?« Lisa konnte es nicht verborgen bleiben, wie anders Mona war. »Soll ich zu dir kommen? Damit du nicht fahren musst? Wenn du müde bist . . .« Sie wartete einen Moment auf Monas Antwort, und als die nicht kam, fuhr sie mit einer tiefen, dunklen Stimme fort: »Ich habe dich schrecklich vermisst, meine Süße.«

Das glaube ich, dachte Mona sarkastisch. *Zwischen all den Händen, die an dir rumgegrabscht haben, hast du an nichts anderes als mich gedacht. Und obwohl du die ganze Zeit Sex hattest, hast du schon wieder Lust auf Sex? Für dich ist* unersättlich *gar kein Ausdruck.*

»Ja«, erwiderte sie.

»Du hast doch was.« Jetzt war Lisa mehr als irritiert. »Nun sag schon.«

Mona schluckte, setzte zu einer Antwort an, schluckte wieder. »Ich kann nicht!«, stieß sie dann hervor und legte auf. Als das Telefon erneut klingelte, hob sie nicht ab.

Es war ihr klar, dass auf diese Aktion eine Reaktion folgen musste, und die kam auch. Eine Weile später klingelte es an der Tür.

Sie wollte nicht aufmachen, aber nachdem es ein paarmal geklingelt hatte, klopfte es. Offenbar hatte jemand Lisa ins Haus gelassen. »Mona? Mona, was ist denn?«

Sie antwortete nicht.

»Mach doch auf«, kam es von der Tür. »Lass mich rein, bitte.«

Mona wusste, dass jedes auch noch so leise Wort durch den ganzen Hausflur schallte. Und sie wusste, dass es Nachbarinnen gab, die das sehr genossen. Sie konnte keine Unterhaltung mit

Lisa durch die Tür führen.

Sie ging zum Eingang und machte auf, drehte sich um, ging ins Wohnzimmer zurück.

Lisa kam ihr nach, berührte sie sanft an der Schulter, ging um sie herum, zog sie zu sich heran und verschloss ihr den Mund mit einem Kuss. Sie löste sich und sah Mona an. »Was ist? Küsst du nicht mehr gern?«

Mona wand sich schnell aus Lisas Umarmung. »Ich ... Mir ist gerade nicht so danach.«

Lisa sah sie unsicher an. »Wieso?«

Ich würde es nicht ertragen können, wenn deine Hände jetzt über meinen Körper streichen. Nicht, nachdem ich weiß, wo sie gestern noch waren, hätte sie Lisa am liebsten an den Kopf geworfen. Stattdessen sagte sie schwach: »Ich habe die Nacht sehr schlecht geschlafen, und der laute Alltag der Schule heute. Morgen dasselbe. Ich muss mir meine Kraft aufsparen.«

»Das war aber doch sonst nie ein Problem für dich.« Lisa schmunzelte ein wenig.

»Aber jetzt habe ich ein Problem damit«, erwiderte Mona gereizt. Sie strich sich durch ihr Haar. »Es ist nur ...« Sie blickte Lisa an. »Ich habe die letzte Zeit schon nicht viel Schlaf bekommen, dazu hast du ja auch einen großen Teil beigetragen, deshalb ... geht es mir nicht so gut.« Sie versuchte, Lisa ein echtes Lächeln zu schenken.

»Ich verstehe das Problem nicht. Sag das doch.« Lisa lächelte. Sie versuchte, Mona erneut in den Arm zu nehmen.

Mona stand da wie eine Puppe und ließ sich von ihr küssen. Die Vorstellung, jetzt mit Lisa ins Bett zu gehen, nach dem, was sie zu sehen bekommen hatte, schnürte ihr das Herz zusammen.

Sie schloss kurz die Augen. Sie spürte erneut Wut in sich aufsteigen. »Es wäre besser, du gehst wieder. Ich muss wirklich schlafen.« Sie löste sich nun ganz aus Lisas Umarmung, gab ihr einen flüchtigen Kuss und begab sich zu Haustür.

»Mona, jetzt warte doch mal.« Lisa kam ihr nach und stellte sich vor sie. »Du hast doch was. Sprich mit mir.«

Mona öffnete die Tür. »Außer chronischem Schlafmangel habe ich nichts.« Sie sah, dass ihr Lisa nicht so recht glaubte. Doch das war ihr jetzt egal. Sie musste erst einmal Abstand zu der ganzen Sache gewinnen. Und dazu durfte sie Lisa nicht in ihrer Nähe haben.

»Du glaubst doch nicht, dass ich jetzt einfach so gehe.« Lisa verschränkte die Arme vor der Brust. »Nicht, bevor du mir nicht gesagt hast, was los ist. Als ich weggefahren bin, war doch noch alles in Ordnung.«

Mona verzog die Lippen. »So, war es das?«

»Aha.« Lisa drückte die Tür zu und lehnte sich von innen dagegen. »Es hat mit dem Wochenende zu tun.«

Mona ging wieder ins Wohnzimmer zurück. »Deine Wochenenden gehen mich nichts an.«

»Da hast du verdammt Recht.« Lisa kam ihr nach.

Mona ging zum Fenster und drückte ihre Stirn dagegen. Ihr war so heiß, sie fühlte sich kurz vor dem Explodieren, sie musste sich abkühlen. Wie sollte sie mit der ganzen Situation nur umgehen? Und wie sollte sie Lisa beichten, dass sie Bescheid wusste? Da hatte sie sich in einen schönen Schlamassel geritten.

Wie würde sie selbst in Lisas Situation reagieren? Wie würde sie sich fühlen, wenn sie von Lisa bespitzelt worden wäre und es würde herauskommen?

Und immer wieder die Kernfrage von allen: Warum tat Lisas das, was sie da tat?

Sie hatte so viele Fragen, dass ihr der Kopf rauchte.

Sie vermisste Lisa mit jeder Faser ihres Körpers. Sie fühlte, wie sie sich nach ihr sehnte, wie sie die Berührungen, als Lisa sie umarmt hatte, immer noch fühlte. Ihren Kuss auf ihren Lippen. Sie wollte nicht auf Lisa verzichten und musste es doch.

Sie drehte sich um. »Möchtest du ein Bier?« Und ohne Lisas Antwort abzuwarten, ging sie in die Küche.

Lisa folgte ihr. »Mona, was ist los? « Sie versuchte, Monas Augen zu erreichen.

Doch Mona gewährte ihr keinen Einblick in ihre Seele. Immer wieder wich sie ihrem Blick aus. Mit zittriger Hand füllte sie ein Glas.

Lisa ging zu ihr und nahm ihr das Glas ab. »Lass mich das machen, du bist ja der reinste Tattergreis.«

»Ich glaube, ich habe was Falsches gegessen«, flüsterte Mona schwach. Lisas Gegenwart brachte sie fast um den Verstand.

»Dann musst du dich hinlegen.« Lisa wirkte sofort besorgt. »Was hast du denn gegessen? Soll ich dir einen Tee machen?«

»Nein, ich glaube ...« Monas Stimme krächzte. »Ich glaube, Tee nützt da nichts.«

Sie fühlte sich furchtbar. Lisa sah aus wie das blühende Leben. Offenbar hatte ihr das Wochenende – im Gegensatz zu Mona – gutgetan. Anscheinend hatte sie ihr Zusammensein mit dieser Frau sehr genossen.

Die Eifersucht überfiel sie mit voller Wucht. Was hatte sie schon alles mit Lisa mitgemacht? Was hatte sie ihr schon alles vergeben? Ihr unmögliches Verhalten, ihre Rücksichtslosigkeit, die ganzen Verletzungen, die sie Mona zugefügt hatte. Und das war der Dank?

Auf einmal sprudelte es nur so aus ihr heraus. »Ich weiß, was es mit deinen Wochenenden auf sich hat, Lisa. Ich bin dir gefolgt. Ich habe dich gesehen.« Sie nahm einen Schluck aus ihrem Glas.

Lisa erstarrte. Sie wich einen großen Schritt zurück. »Du bist mir gefolgt?« Sie klang bitter. »Ich wusste gar nicht, dass du unter die Agentinnen gegangen bist.«

»Das ist nicht witzig, Lisa.« Monas Stimme bebte.

Lisas Gesicht war zur Maske erstarrt. »Nein, witzig sollte es auch nicht sein.« Sie starrte Mona an. »So hältst du deine Versprechen? Ich hatte dich gebeten, diese Wochenenden meine Angelegenheit sein zu lassen, und das hast du akzeptiert.«

Mona fühlte das Zittern immer noch. Es hörte nicht auf. »Ich wusste nicht, was ich akzeptiere.«

»Das geht dich auch nichts an.« Lisas Blick war zu Eis gefroren. »Warum konntest du nicht alles so lassen, wie es war? Wir hatten doch eine schöne Zeit.«

»Wie du mit dieser Frau? Im *Club Elegance*?«, fragte Mona beißend. »Hattet ihr auch *eine schöne Zeit*?«

»Ich habe dich nicht betrogen, falls du das meinst.« Lisa wirkte wie mit einem undurchdringlichen Kokon umgeben, der nichts an sie heranließ.

Mona musste sich setzen, sie sank auf einen Stuhl am Küchentisch. Ihr war schwindelig. »Hast du nicht? Diese Frau hat dich von oben bis unten betatscht. Sie hat dich nicht gerade wie eine

Nonne behandelt. Und dann seid ihr in den *Privaträumen* verschwunden. Ich wage nicht, mir vorzustellen, was das ist.«

»Du hast uns gesehen? Wie bist du da reingekommen? Das ist nur für spezielle Gäste.« Lisa schien verwirrt.

»Ja, die habe ich gesehen, die *speziellen Gäste*«, höhnte Mona. »Auf der Bühne durften sie dich nicht anfassen, aber dahinten geht es dann freizügiger zu, nicht wahr? Wie viele *Gäste* hast du denn so an einem Wochenende?«

Lisa erstarrte. »Das diskutiere ich nicht mit dir«, entgegnete sie kalt. »Du hast kein Recht, dich derart in mein Leben einzumischen. Ich hätte das überhaupt nie zulassen sollen. Du hast schon genug angerichtet mit deinen ... spießigen Ansichten. Mein Leben ist nun einmal nicht so spießig. Ich kann tun und lassen, was ich will. Nur weil wir ein paarmal miteinander geschlafen haben, hast du noch lange keinen Alleinanspruch auf mich. Und schon gar keinen Anspruch, mich an die Kette zu legen. Was wäre als nächstes gekommen? Heirat? Nur zu zweit bis ans Lebensende? Dafür bin ich nicht die Richtige. Ich bin ein freier Mensch.« Ihre Augen spuckten Feuer aus dem Eis.

»Ja, sehr frei.« Mona atmete tief durch. Sie versuchte, sich zu beruhigen. Jetzt war es raus. Jetzt war alles klar. Lisa hatte ihre schlimmsten Befürchtungen bestätigt. »Das war von Anfang an klar. Ich habe es nur nicht sehen wollen. Ich dachte, jeder Mensch sehnt sich nach ein bisschen Zweisamkeit, nach einem Menschen, dem er vertrauen, bei dem er sich geborgen fühlen kann. Manchmal kam es mir so vor, als würdest du dich auch danach sehnen. Aber da habe ich mich wohl getäuscht.«

Lisa lachte trocken auf. »Vertrauen? Du sprichst von Vertrauen? Du hast mir nachspioniert, meine Privatsphäre verletzt, jegliches Vertrauen, das ich in dich gehabt haben könnte, enttäuscht. Du bist wirklich toll. Wie könnte ich dir jemals wieder vertrauen?«

»Und du?«, fragte Mona. »Warum hast du das alles vor mir verheimlicht? Warum hast du nicht gleich gesagt, dass du –« Sie brach ab.

»Dass ich was?« Lisa beugte sich vor. Ihre Augen funkelten. »Sprich es ruhig aus. Für was hältst du mich?«

»Das weißt du besser als ich.« Mona fühlte sich erschöpft.

Dieser Streit laugte sie aus. Das war schlimmer als alles, was sie sich vorgestellt hatte.

»Ich weiß vor allen Dingen eins«, sagte Lisa und richtete sich wieder auf. »Dass du nicht in mein Leben passt. Du willst mich ändern, mein Leben deinem anpassen. Genauso langweilig und spießig wie du soll ich werden, dann könntest du mich vielleicht akzeptieren. Aber das bin dann nicht mehr ich. Es ist eine völlig andere Frau, die du suchst und brauchst. Deshalb ist es wohl besser, wenn ich mich an dieser Stelle verabschiede.« Sie hob eine Hand zur Stirn und grüßte wie Hans Albers, wenn er das Schiff verließ.

Sie drehte sich um, und ihre eiligen Schritte verklangen im Flur, bis die Tür ins Schloss fiel.

Mona brach in der Küche zusammen.

13

Lisa brach erst zu Hause zusammen, bis dahin hielt sie sich aufrecht. Als sie ihre Wohnung betrat, begannen ihre Knie plötzlich zu zittern, und sie schaffte es gerade noch so auf die Couch. Sie hatte das Gefühl, sie kam soeben aus dem furchtbarsten Albtraum, den sie je erlebt hatte. Und dabei hatte sie schon vieles erlebt.

Mona war ihr gefolgt. Sie war im Club gewesen, im Casino, im Eingangsbereich zu den *Privaträumen*. Sie hatte sie mit Ilka gesehen. Und ihre Schlüsse daraus gezogen.

Dabei war doch alles ganz anders. Ja, Ilka hatte auf sie gewartet, sie hatten sich eine Weile nicht gesehen, und normalerweise hätte Lisa mit ihr geschlafen. Aber diesmal ... diesmal hatte sie Ilka gesagt, dass die Zeit der Shows für sie vorbei war. Dass sie sich nicht mehr treffen würden. Nicht auf diese Art. Und sie hatte nicht mit ihr geschlafen.

Wegen Mona. Sie hatte sich gefreut, dass dies das letzte Wochenende sein würde, das sie ohne Mona verbrachte, die letzten Auftritte. Sie brauchte das Geld, aber sie würde eine andere Lösung finden. Sie würde Mona alles sagen, dann mit Mona gemeinsam eine Lösung finden. Mona war eine Frau, mit der sie sich das vorstellen konnte. Die erste Frau, für die sie je daran gedacht hatte, ihr Leben so radikal zu ändern. Die Konsequenzen dieser Änderung auf sich zu nehmen.

Warum war Mona ihr bloß gefolgt? Sie bedeckte ihr Gesicht mit den Händen. Mein Gott, es war das letzte Mal! Warum hatte sie nicht einfach warten können, bis sie zurückkam und ihr alles erklärte, wie sie es hatte tun wollen?

Ein Schluchzen entrang sich ihrer Kehle. *Mona. Mona.* Wie kalt sie sie angesehen hatte mit diesem vernichtenden Blick. So kalt, dass Lisa gar nichts anderes übrig geblieben war, als genauso kalt zu antworten. Sonst wäre sie zusammengebrochen. Sie hatte Mona die Wahrheit gesagt. Sie hatte sie nicht betrogen. Nie mehr, seit sie mit Mona zusammen war, seit sie von Sylt zurückgekommen waren, hatte sie mit einer anderen Frau geschlafen. Aber Mona hatte es nicht geglaubt.

Ihr wurde kalt, als sie wieder ihre eigenen Worte hörte, die Worte, die sie zu Mona gesagt hatte. Verletzende Worte. Worte, die ihre eigene Verletzung verstecken sollten. Sie hatte aufgeheult wie ein waidwundes Tier und Mona gebissen, obwohl sie gekommen war, um sie zu küssen, um ihr nah zu sein.

Jetzt war alles verloren. Das würde Mona ihr nie verzeihen. Zumal sie noch nicht einmal wusste, dass Lisa beschlossen hatte, alles für Mona aufzugeben.

Sie weinte leise vor sich hin. Jetzt hatte sie in Monas Armen liegen wollen, mit ihr lachen wollen, Zukunftspläne machen. Genau das, was sie in ihrem Wutausbruch so vehement bestritten hatte.

Mona würde vermutlich nie mehr mit ihr reden wollen, das war aussichtslos. Und sie konnte nicht damit leben, Mona in ihrem Schmerz so verletzt zu haben. Sie musste ihr alles erklären.

Sie ging zum Schreibtisch, nahm Papier und einen schön geformten Füllfederhalter heraus und setzte sich hin.

Sie begann zu schreiben.

Liebe Mona

Sie schaute auf das Papier und strich die Wörter durch.

Liebste

schrieb sie stattdessen.

Ich weiß nicht, ob du diesen Brief lesen wirst, wenn du siehst, dass er von mir kommt, aber ich hoffe, es ist noch nicht zu spät, dir alles zu erklären. Es tut mir leid, was ich gesagt habe. Du bist nicht spießig. Du bist überhaupt nicht spießig. Und schon gar nicht bist du langweilig. Du bist die wunderbarste Frau, die ich je getroffen habe.

Ich weiß, das entschuldigt mein Verhalten nicht, nichts kann das entschuldigen, aber ich möchte Dir nur sagen, dass dieses Wochenende das letzte Wochenende dieser Art war. Und ich habe nicht mit Ilka geschlafen. Wirklich nicht. Ich habe ihr gesagt, dass wir uns nie mehr wiedersehen werden. Ich werde die Shows aufgeben. Und seit ich Dich kenne, habe ich die Frauen aufgegeben.

Ich würde hier gern einen Smiley machen, aber ich möchte nicht, dass Du das falsch verstehst, als ob ich einen Witz meinte. Also mache ich keinen. Ich habe Dich nicht betrogen, nicht ein einziges Mal.

Ich würde Dir gern noch so viel mehr erzählen, denn vieles ist nicht so, wie Du denkst. Es gibt für alles eine Erklärung. Aber ich weiß nicht, ob Du die hören willst. Also, wenn ich nichts von Dir höre, weiß ich, dass es vorbei ist. Dass ich Dir zu weh getan habe, als dass Du mir verzeihen könntest.

Das würde ich verstehen.

Deine Lisa

Sie nahm den Brief und fuhr zu Monas Haus, steckte ihn dort in den Briefkasten. So wusste sie, dass er ankommen würde. Und wenn Mona nicht antwortete, wusste sie Bescheid.

Die nächsten Tage schaute sie jedes Mal zuerst in den Briefkasten, wenn sie nach Hause kam, aber außer Rechnungen und Werbung fand sich nichts darin.

»Gehst du noch mit auf ein Bier?«, fragte Jule kurz vor Feierabend. »Wir wollen noch rüber zu Tino.«

Lisa schaute sie verständnislos an. Erst nach ein paar Sekunden verstand sie, was Jule gesagt hatte. »Nein, ich glaube nicht –«

»Ach, komm schon.« Jule setzte sich zu ihr auf den Schreibtisch. »Du verkriechst dich hinter deiner Arbeit, gehst nicht mehr aus, sitzt bis Mitternacht hier im Büro – so kann es doch nicht weitergehen. Das bist nicht du.«

Lisa hätte fast gelacht. »Das bin nicht ich?«

»Nein«, sagte Jule. »Ich kenne dich lange genug, um das beurteilen zu können. Es ist, als wärst du nur ein Schatten deiner selbst. Das Original ist irgendwie verschwunden.«

»Und du denkst, mit Bier kannst du es wieder hervorholen?« Lisa hob zweifelnd die Augenbrauen, musste aber gleichzeitig schmunzeln.

Jule beugte sich zu ihr. »Es gibt nichts, was die richtige Frau nicht geradebiegen kann«, wisperte sie verschwörerisch.

Lisa runzelte die Stirn. »Jule, auch wenn wir schon so lange befreundet sind –«

»Ich meine doch nicht mich!« Jule lachte und sprang vom Schreibtisch. »Birte würde mich umbringen! Nein, ich dachte eher an die neue Kollegin aus der Buchhaltung. Ich finde sie ziemlich süß, aber ich glaube, sie findet *dich* noch süßer.« Ihre Augen zwinkerten vergnügt. »Ich denke, sie kann dich unter die Lebenden zurückbringen.«

Lisa schüttelte mit einem wehmütigen Gesichtsausdruck den Kopf. »Nein, Jule, ich glaube, das ist keine gute Idee. Ich bin nicht auf Frauensuche.«

»Sag ich doch, du bist nicht du selbst.« Jule betrachtete sie besorgt. »Wie lange hattest du keinen Sex? Das tut dir nicht gut.«

»Jule, wirklich …« Lisa rollte die Augen. »Sex ist nicht alles.«

»Und das von dir?« Jule schaute sie erstaunt an. »Den Tag muss ich mir rot im Kalender anstreichen. Also kommst du nun mit?«

»Nein.« Lisa wies auf ihren Schreibtisch. »Es ist noch so viel zu tun.«

In diesem Moment rief vom Gang vor Lisas Büro jemand nach Jule. »Ja, ich komme!«, rief sie zurück. »Wenn du es dir noch anders überlegst, du weißt ja, wo du uns findest.« Sie warf noch einen auffordernden Blick auf Lisa, dann winkte sie und ging hinaus.

Lisa lehnte sich in ihrem Bürostuhl zurück und rieb sich über die Augen. Sie hatte zu lange auf den Bildschirm geschaut. In ihren Schläfen pochte ein dumpfer Schmerz.

Aber sie mochte nicht nach Hause gehen. Und Leute sehen

wollte sie auch nicht. Nicht privat jedenfalls.

Wenn sie nach Hause kam, erwartete sie nur der leere Briefkasten. Sie zögerte den Moment jeden Tag länger hinaus, die Enttäuschung.

Aber was hatte sie erwartet nach allem, was sie zu Mona gesagt hatte? Mona hatte viel Geduld bewiesen, doch irgendwann war auch ihre Geduld erschöpft. Und der Club hatte ihr den Rest gegeben. Konnte sie ihr das verdenken?

Sie arbeitete noch eine ganze Weile, bevor sie ihr Büro verließ. Sie fühlte sich wie tot. Als ob sie ihr Leben bei Mona zurückgelassen hatte in dem Moment, als sie ging.

Sie stellte ihren Wagen in einer Nebenstraße ab – direkt vor ihrem Haus hatte es mal wieder keinen Parkplatz gegeben – und suchte in ihrer Tasche nach dem Schlüssel, während sie um die Ecke bog.

»Lisa.« Die Stimme war so leise, dass sie sie zuerst kaum hörte.

Dann trat Mona aus dem Schatten des Hauseinganges heraus. »Ich dachte, du kommst nicht mehr.«

Lisa war stehengeblieben und schaute Mona nun an. Ungläubig, als wäre sie eine Erscheinung. Erst nach einer Ewigkeit, wie ihr schien, räusperte sie sich. »Mona.« Es war fast nur gehaucht.

»Ich habe deinen Brief bekommen«, sagte Mona.

»Ja . . . ich . . . ja.« Lisa nahm den Schlüssel aus der Tasche und ging auf den Hauseingang zu. Sie schloss auf, und ohne ein weiteres Wort gingen sie gemeinsam die Treppe hinauf.

Erst in der Wohnung sprach Mona wieder. »Komme ich zum falschen Zeitpunkt?«

»Nein.« Lisa drehte sich um. »Nein, überhaupt nicht. Ich habe nur lange gearbeitet heute.«

»Wenn du müde bist, gehe ich wieder«, sagte Mona.

»Gegen Müdigkeit hilft Kaffee.« Lisa lächelte angedeutet. »Willst du auch einen?«

»Willst du reden?«, fragte Mona zurück.

Lisa verzog die Mundwinkel. »Wie viel Zeit hast du?«

Monas bislang angespannter Gesichtsausdruck löste sich in ein erleichtertes Lächeln auf. »Alle Zeit der Welt.«

Sie gingen in die Küche, und Lisa war froh, dass sie hier keine

Kaffeemaschine hatte. Im Büro wäre der Kaffee innerhalb von Sekunden aus der Maschine gekommen, hier konnte sie sich eine Weile mit den Vorbereitungen beschäftigen.

»Kaffee nach Großmutterart«, sagte sie, als sie Mona die Tasse reichte.

»So mag ich ihn am liebsten«, erwiderte Mona leise und schaute Lisa an.

»Gehen wir ins Wohnzimmer«, schlug Lisa vor und ging voraus.

Da alles andere belegt war, setzten sie sich nebeneinander auf die Couch. Lisa lehnte sich mit ihrer Kaffeetasse in der Hand in die Polster zurück. »Ich bin so froh, dass du gekommen bist«, sagte sie unsicher lächelnd.

»In den letzten Tagen habe ich mehrmals überlegt, ob ich es tun soll«, sagte Mona. »Aber dann …« Sie musterte Lisas Gesicht. »Ich habe dich so vermisst.«

Lisa schluckte. »Ich dich auch.«

»Es tut mir leid.« Mona schaute sie mit schief verzogenem Gesicht an. »Es tut mir leid, dass ich dir gefolgt bin. Aber du hast so ein Geheimnis daraus gemacht …«

»Ja, ich weiß.« Lisa seufzte. Am liebsten wäre sie Mona in die Arme gefallen, hätte sich von ihr streicheln und küssen lassen und alles andere vergessen. »Glaubst du mir, was ich geschrieben habe? Dass es das letzte Mal war? Dass nichts passiert ist?«

Mona lehnte sich ebenfalls in die Polster zurück. »Ich habe darüber nachgedacht, warum du das überhaupt getan hast.«

Lisa holte tief Luft. »Das ist eine lange Geschichte.«

Mona nickte nachdenklich. »Das dachte ich mir schon.«

»Ich war noch nicht einmal dreizehn, als meine Eltern starben«, sagte Lisa. »Bei einer Bootsfahrt. Die einzige Verwandte, die ich hatte, war meine Tante, die Schwester meiner Mutter. Ich musste zu ihr.« Sie holte tief Luft. »Sie mochte mich nie. Frag mich nicht, warum. Vielleicht, weil sie sich mit meiner Mutter auch nie verstanden hatte, ihrer eigenen Schwester. Vielleicht erinnerte ich sie an meine Mutter. Jedenfalls – unser Zusammenleben war nicht sehr angenehm.« Sie lachte trocken auf. »Das ist milde ausgedrückt. Es war die Hölle.«

»Lisa …« Mona beugte sich vor.

Lisa schaute sie an. »Ich habe das, was ich dir jetzt erzähle, noch nie jemandem erzählt. Ich wollte das nie mit jemandem teilen.«

»Danke, dass du es mit mir teilst«, sagte Mona. Ihre Augen schienen feucht zu werden.

Lisa stockte, die Worte auszusprechen fiel ihr schwer. »Sie hat es mich jeden Tag spüren lassen, dass ich unerwünscht war. Wie ein Parasit, den sie nicht los wurde.« Sie schluckte. »So versuchte ich, möglichst viel Zeit nach der Schule außer Haus zu verbringen. Ich ging nur zum Schlafen zu ihr. Ich hatte schon vorher, als meine Eltern noch lebten, einen besten Freund, Daniel. Er war drei Jahre älter, und wir hingen immer zusammen ab. Wir verstanden uns super. Er mochte meine Eltern mehr als seine eigenen. Er verbrachte viel Zeit bei uns. Er war wie eine Verbindung zu meinem alten Leben mit meinen Eltern. Er war mein einziger Trost.«

Lisa blickte aus dem Fenster. Seltsam, sie hatte angefangen, darüber zu sprechen, und schon fiel es ihr plötzlich nicht mehr so schwer. Eher das Gegenteil war der Fall. Sie fühlte sich auf eine Art erleichtert.

»Dann kam mein vierzehnter Geburtstag. Daniel fand einen gemütlichen Platz im Wald. Er hatte Essen und Trinken besorgt und eine Decke, die er ausbreitete. Wir stießen auf meinen Geburtstag an. Ich glaube, ich habe ihn geliebt. Nicht wie einen Partner, nein, das nicht, sondern wie jemanden, den man ins Herz geschlossen hat.« Sie sah zu Mona, die aufmerksam ihren Worten lauschte. »Dann haben wir miteinander geschlafen. Es war okay, nicht schlimm oder unangenehm. Ich wusste nur danach, dass ich es nicht brauchte, es hat mir nichts bedeutet. Es war das erste und das letzte Mal, dass ich mit Daniel schlief. Oder überhaupt mit einem Mann.« Sie lachte kurz und hell auf. »Und ausgerechnet dieses eine Mal sollte nicht ohne Folgen bleiben.«

Sie trank und schaute zum Fenster hinaus.

»Als sich herausstellte, dass ich schwanger war, war alles aus. Meine Tante verbot mir jeglichen Umgang mit Daniel. Seine Eltern schickten ihn auf ein Internat, nachdem meine Tante mit ihnen gesprochen hatte. Ich sah ihn nie wieder.«

Sie stellte ihre Kaffeetasse ab und stand auf. »Ich glaube, ich brauche jetzt was Stärkeres.« Sie ging zum Schrank, nahm eine Flasche Rotwein heraus und kam mit zwei Gläsern zur Couch zurück. Sie öffnete die Flasche und schenkte sich und Mona ein. Dann lehnte sie sich mit dem Glas in der Hand erneut in die Polster. Sie starrte blicklos in die Luft, als ob sie vergessen hätte, dass Mona da war.

»Die Bilder ...«, sagte Mona nach einer Weile. »Die Bilder von dir und diesem Kind, das dir so ähnlich sieht ...«

»Ja.« Lisa nickte. »Elisa ist meine Tochter.«

Mona griff nach dem Weinglas und nahm einen großen Schluck. »Das heißt, als wir uns kennenlernten ... als du meine Schülerin warst ... da warst du schon Mutter.« Sie konnte es offensichtlich nicht glauben.

»Ja«, sagte Lisa. »Da war Elisa schon zwei Jahre alt.«

Mona schüttelte den Kopf. »Hättest du doch nur etwas gesagt.«

»Das konnte ich nicht«, sagte Lisa. »Meine Tante hatte es mir verboten. Sie hätte mir Elisa weggenommen ...« Sie schluckte. »Die einzige Chance, die ich hatte, war, selbst für Elisa sorgen zu können. So biss ich die Zähne zusammen. Ich ging tagsüber zur Schule, wenn ich nach Hause kam, sorgte ich für Elisa. Als ich dann endlich den ersehnten Abschluss in der Tasche hatte, war ich tatsächlich so naiv zu glauben, dass ich für Elisa und mich allein sorgen könnte. Doch ich wurde eines Besseren belehrt.«

Sie nahm einen Schluck Wein.

»Was will eine Neunzehnjährige ohne Arbeit und ohne Geld mit einer Fünfjährigen anfangen, meinte meine Tante nur.« Sie lachte bitter auf. »Es ging ihr nur ums Geld. Sie hatte für mich Vollwaisenrente kassiert, solange ich bei ihr wohnte, dann noch das Kindergeld für mich und Elisa. Ich war volljährig, ich hätte Elisa mitnehmen können, aber sie drohte mir an, dass sie vor Gericht gehen würde, dass sie um das Sorgerecht streiten würde. Schließlich war ich schon mit dreizehn eine ...«, sie schluckte und fuhr zögernd fort, »eine Hure gewesen, hatte mich mit Jungs rumgetrieben und diesen – wie sie es nannte – Bastard bekommen. Das Gericht würde mich bestimmt nicht als gute Mutter betrachten. Sie würde das Sorgerecht behalten.«

Mit Augen, die ganz weit zurück in die Erinnerung schauten, starrte sie in die Luft. »Ich konnte es keinen Tag länger bei ihr aushalten. Und Elisa war noch so klein. Sie hielt mich für ihre große Schwester. Also sagte ich ihr, dass ich Geld verdienen muss, und ging weg.«

Sie verzog gequält das Gesicht. Es war egal, wie viel Zeit ins Land ging, der Schmerz schien niemals wirklich zu verblassen. »Ich habe immer für sie gesorgt, sie so oft wie möglich gesehen. Sie weiß nicht, dass ich ihre Mutter bin. Ich weiß nicht, wie sie reagieren würde, wenn sie Bescheid wüsste. Oder was es in ihr auslösen würde, wenn sie erfahren würde, dass ihre Mutter nicht tot ist, sondern all die Jahre an ihrer Seite gelebt hat, als ihre Schwester. Dazu bin ich eine Schwester, die sie mit der Tante alleinließ. Selbst als Schwester habe ich versagt. Somit habe ich sie quasi zweimal im Stich gelassen.«

Mona glitt zu Lisa herüber, zog sie in ihre Arme. »Du hast sie nicht im Stich gelassen. Du konntest nichts anderes tun. Ist sie immer noch bei deiner Tante?«

Lisa schüttelte den Kopf. »Ich gab meiner Tante so viel Geld, wie ich konnte. Ich behielt nichts übrig. Aber sie wurde immer gieriger. Sie drohte, Elisa zu sagen, dass ich ihre Mutter wäre, mit dem Hinweis, dass ich sie nie gewollt hatte, dass ich mich für sie schämte, dass ich sie abtreiben oder zur Adoption freigeben wollte. Dass nur die *gute* Tante mich daran gehindert hätte. Ich wusste nicht, was ich tun sollte.« Sie schluckte schwer. »Als Elisa dann eines Tages zu mir kam und mir sagte, wie unglücklich sie bei der Tante wäre, wusste ich, dass ich mehr tun musste. Sie musste weg von der Tante. Aber die Tante würde nie zulassen, dass ich sie zu mir nahm. Schon aus reiner Bösartigkeit nicht. Sie drohte mir erneut, vor Gericht zu gehen. Also suchte ich nach einem Internat für Elisa.«

Sie atmete tief durch. »Weißt du, wie teuer Internate sind? Und dann war da ja immer noch meine Tante. Sie wollte Geld für ihr Schweigen, Geld für ihre Schulden. Die ich bis heute noch zahle, und die auch nicht weniger werden. Geld, Geld, Geld. Ich wusste nicht mehr, wo ich es hernehmen sollte.« Sie kuschelte sich in Monas Arm. »Eine Bekannte erzählte mir, dass in einem Club Tänzerinnen gesucht würden. Am Wochenende. Und das würde gut bezahlt. Ich hatte immer gern getanzt, ich konnte mich gut bewegen, ich dachte, es wäre nichts dabei, damit auch Geld zu verdienen.« Sie seufzte. »Leider konnte man mit Tanzen allein nicht so viel Geld verdienen, wie ich brauchte. So kamen diese privaten Shows hinzu. Dort konnte ich Unmengen mehr verdienen. Ich konnte Elisa das Leben ermöglichen, das ich mir für sie gewünscht habe. Jetzt ist sie siebzehn.«

»Siebzehn.« Mona schaute sie an. »Du hast eine siebzehnjährige Tochter. Es fällt mir schwer, das zu glauben.«

Lisa richtete sich auf. »Ist das ein Problem für dich?«

Mona runzelte die Stirn. »Das nicht.«

»Aber die Shows.« Lisa stand auf und entfernte sich etwas von der Couch. »Die privaten Shows.«

Mona wirkte gequält, während sie sie ansah. »Ich war da. Ich habe gesehen, wie Ilka dich angefasst hat –«

»Das ist vorbei«, unterbrach Lisa sie. Sie wünschte sich, damit könnten sie das Thema abschließen. Aber wenn sie Mona gegenüber ehrlich sein wollte, musste sie ihr alles sagen. »Die vergangenen Jahre kann ich nicht ungeschehen machen«, fügte sie leise hinzu. »Ich kann dir nur versprechen, dass ich es ab jetzt nicht mehr tun werde.«

»Was?«, fragte Mona gequält. »Was hast du in den vergangenen Jahren in diesen privaten Shows getan?«

Lisa drehte sich von Mona weg. »Warum willst du das wissen? Warum willst du dir das antun?«

Mona schluckte. »Du sagtest, du hast nach Daniel mit keinem Mann mehr geschlafen. Aber diese Männer im Club ... sie sprachen darüber, dass derjenige dich bekommt, der am meisten für dich bietet.«

»Das ist auch so«, bestätigte Lisa und wandte sich ihr wieder zu. »Das *war* so.«

»Ein Mann, der so viel für eine Frau bezahlt«, Mona fuhr sich durch die Haare und sah Lisa nicht an, als sie mit stockender Stimme fortfuhr, »der will doch auch etwas dafür.«

»Ja«, bestätigte Lisa. »Ich habe Carlo, dem Besitzer des Clubs, gesagt, dass ich nicht mit Männern schlafe. Dass ich nur Paare annehme und dass ich nur für sie tanze. Zuerst hat er mich ausgelacht, konnte sich nicht vorstellen, dass das funktionieren würde, aber ich kam sehr gut an bei den Leuten, ich war eine Zugnummer, also hat er mir dieses Zugeständnis gemacht. Wenn ein Paar mich nach der Show buchte, gingen wir in einen der Privaträume. Dort habe ich zuerst für sie getanzt, nackt, beide heiß gemacht. Das Paar hat sich, während ich für sie getanzt habe, nach und nach entkleidet, und dann haben sie miteinander geschlafen. Wobei sie mich genauso wie ich sie beobachtet haben. Da die Männer mich nicht auf der Bühne anfassen durften, konnten sie mich jetzt unbekleidet beim Tanzen ansehen, während sie mit ihren Frauen schliefen. Mit ihren Frauen so schliefen, wie sie es wohl gern mit mir getan hätten.« Sie atmete tief ein.

Sie versuchte, in Monas Augen zu erkennen, was sie jetzt dachte, schluckte und fixierte einen Punkt an der Wand. »Manchmal schlief ich mit den Frauen, und die Männer sahen uns dabei zu. Es machte sie an, wenn sie zusehen konnten, wie ihre Frau mit einer andern Frau schlief. Was auch sonst. Mir war das egal. Ich konzentrierte mich ganz auf die Frau, schaltete die Männer aus. Es war ein Job, nichts weiter.«

Mona atmete tief ein. »Und so eine Frau war Ilka?«

Lisa nickte. »Ilka war damals mit ihrem Mann zu einer der Shows gekommen, seither hatte sie einen Narren an mir gefressen. Als sie erfuhr, dass man mich auch nach der Show buchen konnte, wurde es zur Routine, dass sie mich nach der Show buchte. Sie bot immer am meisten für mich. Dank Ilka war ich alle anderen los. Und ich dankte ihr dafür –«

Mona unterbrach sie. »Mit Sex.« Die Worte klangen hart.

»Ja!« Lisa warf verzweifelt den Kopf in den Nacken. »Es war aber doch nichts weiter als ein Geschäft, ein Deal. Eine Abmachung, mit der ich sehr einverstanden war. Doch das ist nun vorbei. Und sie weiß es. Ich habe es ihr gesagt.« Sie blickte Mona in die Augen.

»Oh Lisa . . .« Mona seufzte. »Wenn ich das alles gewusst hätte . . .«

»Was dann?«, fragte Lisa. Sie fühlte sich elend. Sie wusste es.

Mona würde sie verlassen. Sie war mit ganz anderen Erwartungen zu Lisa gekommen, als eine Geschichte wie diese zu hören. »Schon gut«, sagte sie müde. »Ich verstehe, wenn du jetzt gehen willst. Ich hätte es dir nicht erzählen sollen, aber ich dachte … ich dachte, ich wäre es dir schuldig. Du solltest wissen, warum –« Sie füllte ihr Glas bis zum Rand und trank es in einem Zug aus. »Geh ruhig«, sagte sie. »Ich nehme es dir nicht übel.«

»Lisa …« Mona trat auf sie zu und sah sie an. »Du denkst wirklich, ich könnte jetzt gehen? Nachdem du mir dein ganzes Vertrauen geschenkt hast? Hältst du mich für so grausam?«

Sie griff nach der Weinflasche und füllte sich selbst und Lisa nach. »Lass uns anstoßen«, sagte sie. »Darauf, dass uns das Leben nie unterkriegen wird. Nicht wenn …«, sie zögerte, dann fuhr sie entschlossen fort, »nicht wenn wir zusammen sind.« Sie hob ihr Glas. »Gemeinsam sind wir stark. Wenn du das willst.«

Lisa starrte sie an. Automatisch stieß sie mit Mona an, trank einen Schluck. Sie fühlte sich, als hätte sie vom Boden abgehoben, als beobachtete sie aus der Entfernung eine Szene, die nichts mit ihr zu tun hatte.

Langsam stellte sie ihr Glas ab, zog Mona in ihre Arme und küsste sie. »Ich will«, flüsterte sie.

Mona entließ einen erleichterten Seufzer in ihren Mund, küsste sie zurück, umarmte sie, streichelte sie. »Oh Lisa, mein Schatz«, wisperte sie. »Das habe ich mir so gewünscht.«

Lisa lehnte sich ein wenig zurück und suchte ihre Augen. »Weißt du, was ich mir jetzt wünsche?«

Mona lachte leicht. »Das kann ich mir schon vorstellen.«

»Dann komm«, hauchte Lisa, nahm ihre Hand und zog sie ins Schlafzimmer.

»Wie soll es jetzt eigentlich weitergehen? Mit dir, mit Elisa … mit uns?«, fragte Mona leise, als sie am nächsten Morgen sich gegenseitig im Arm lagen, sich zärtlich streichelten.

Lisa bedeckte ihr Gesicht mit den Handflächen. »Ich weiß es nicht … ich weiß es wirklich nicht …« Sie atmete tief durch. »Als allererstes muss ich mir Gedanken darüber machen, wo ich jetzt das Geld für meine Tante herkriegen soll.«

Mona schüttelte zweifelnd den Kopf. »Wäre es nicht vielleicht auf Dauer besser, du würdest endlich reinen Tisch machen? Damit deine Tante dich nicht mehr –«

»Bist du verrückt? Das ist völlig unmöglich. Das kannst du vergessen.«

»Nein, Lisa, bitte, lass mich mal ausreden. Ich glaube, du steckst in dem ganzen Schlamassel viel zu tief drin. Jetzt hör mir mal zu.«

»Du hast keine Ahnung von meinem Leben, das ist alles nicht so einfach, wie du vielleicht denkst.«

»Dass es einfach wäre, habe ich nicht gesagt. Aber für mich als Außenstehende deutet sich eine Alternative an, über die wir reden sollten. Über all die Jahre warst du mit einem riesigen Berg an Problemen ganz allein, konntest mit niemandem darüber reden. Jetzt bin ich da, und ich möchte dir helfen.« Mona strich eine Haarsträhne aus Lisas Gesicht. »Pass auf. Elisa ist mittlerweile alt genug, um die Wahrheit zu vertragen.«

Lisa wollte gerade protestieren, da hielt Mona ihr mit einer energischen Handbewegung den Mund zu. »Lass mich bitte ausreden. Du kannst protestieren, wenn ich fertig bin. Okay?«

Lisa nickte zerknirscht. »Okay.«

»Ich denke nämlich jetzt mal in die Zukunft, und zwar in die fernere Zukunft. Möchtest du dein ganzes Leben damit verbringen, für Schweigegeld zu schuften? Du wirst nicht jünger, Lisa. Es wird immer schwerer werden, das Geld aufzubringen. Und glaube mir, deine Tante wird nicht kürzer treten, im Gegenteil. Das ist eine teuflische Spirale, in der du steckst, die für alle garantiert nicht gut ausgehen wird. Das böse Ende kommt bestimmt. Sicher, du kannst versuchen, es so lange wie möglich hinauszuzögern, aber ich fürchte, je weiter du es hinausschiebst, umso schlimmer wird es am Ende werden.«

»Ich schaff das alles einfach nicht mehr ...«, schluchzte Lisa.

Mona nahm sie in die Arme. »Ich bin da. Ich helfe dir. Du bist jetzt nicht mehr allein.«

Lisa stand auf, um sich ein Taschentuch zu holen.

»Es gibt nur eine Möglichkeit, Lisa, du kennst das Sprichwort: Lieber ein Ende mit Schrecken als ein Schrecken ohne Ende. Du musst Elisa endlich die Wahrheit sagen. Sag ihr, dass du nicht ihre Schwester bist. Vielleicht wird sie wütend sein, vielleicht wird sie dich erst mal hassen, aber ich bin davon überzeugt, sie wird dir verzeihen. Und deine Tante jagst du zum Teufel. Das ist schwer, das ist verdammt schwer, aber du musst zugeben, dass das auf Dauer nicht nur die beste, sondern auch die einzige Lösung ist.«

Lisa schwieg eine Weile, dann murmelte sie: »Du hast Recht. Aber allein kann ich das nicht. Du musst mir helfen, versprich mir, dass du mir hilfst.« Ihre Augen flehten Mona an.

»Natürlich helfe ich dir. Dafür bin ich da ... und wenn du das Gefühl hast, die ganze Welt bricht über dir zusammen, kannst du jederzeit zu mir kommen und dich ausweinen. Hm?«

»Oh Mona, was würde ich ohne dich tun ...« Lisa warf sich in Monas Arme und umarmte sie fest, ganz fest. »Du darfst mich nie mehr verlassen, hörst du, nie mehr ...«

»Ich werde dich nicht verlassen. Zusammen stehen wir das durch. Du wirst das schaffen, ich weiß es.«

Am Tag nach diesem Gespräch versuchte Mona, gleich nach der Arbeit Lisa anzurufen, doch diese ging nicht ans Telefon. Auch ihr Handy meldete immer nur *Teilnehmer nicht erreichbar*.

Mona kam ins Grübeln. War Lisa jetzt überstürzt allein losgezogen, um die Sache mit ihrer Tante zu klären? So hatte sie am Tag zuvor nicht ausgesehen, aber bei Lisa konnte man nie wissen. Und warum hat sie nicht Bescheid gesagt? *Will sie jetzt die Heldin spielen?*

Schließlich griff sie erneut zum Telefon und rief Carmen an.

»Ich wüsste zwar nicht, was dich das angeht, aber sie ist im *Jenseits*. Lisa hört gern mal laute Musik, und zwar *allein*. Und wenn sie dir nicht gesagt hat, wo sie ist, will sie auch nicht gestört werden.«

Mona stutzte. Carmen hatte das Wort *allein* etwas zu sehr betont. Sie hatte keine Ahnung, was mit Lisa los war und welche Probleme sie plagten, führte sich aber auf wie eine gekränkte Geliebte.

Kopfschüttelnd stand Mona auf und machte sich auf den Weg ins *Jenseits*.

Über den Nebeneingang gelangte sie ins Gebäude. Laute Musik drang aus dem Inneren. Dann erblickte sie Lisa, die allein auf der Tanzfläche ihren Körper zur Musik bewegte.

Mona lehnte sich an einen Pfosten und beobachtete Lisa eine Zeitlang. Ihre Augen begannen zu leuchten, sie fühlte eine unglaubliche Sehnsucht nach ihr. Das Verlangen, sie zu umarmen, sie festzuhalten, sie zu streicheln, zu lieben, wurde immer stärker.

Sie stieß sich vom Pfosten ab und ging langsam auf Lisa zu.

Überrascht hielt Lisa inne, als sie Monas Schatten auf sich zukommen sah.

»Wenn du lieber alleinbleiben möchtest, dann ...« Mona fühlte sich plötzlich wie ein Eindringling.

»Nein, bitte bleib. Es ist schön, dass du gekommen bist. Eigentlich wollte ich allein sein, aber ... so ist es besser. Lass uns tanzen.«

Mona lächelte und schmiegte sich an Lisa, ihre Körper verschmolzen und wurden eins mit der Melodie. Zärtlich begegneten sich ihre Lippen zu einem Kuss, der schnell intensiver und fordernder wurde.

Sie sanken gemeinsam auf die Tanzfläche, rissen sich gegenseitig die Kleider vom Leib und liebten sich im Glauben, allein zu sein ...

Doch im Schutz der Dunkelheit wurden sie beobachtet.

Zwei zu Schlitzen verengte Augen wandten sich angewidert ab. Die Lippen zusammengepresst huschte ein Schatten schnaubend davon.

14

Ich versuche seit Stunden, dich zu erreichen ... *hicks*. Dass du undankbar bist, weiß ich ja. Dass du dich für etwas Besseres hältst, sowieso ... *hicks* ... Dass ich dich aufgenommen habe, nachdem deine Eltern einfach abgekratzt sind, hast du mir nie gedankt ... Nicht, dass ich dafür Dank erwarte ...«

Lisa stieg Zornesröte ins Gesicht. Wäre sie doch bloß nicht ans Telefon gegangen. »Hallo Tante.« Sie verdrehte ihre Augen. »Was willst du denn diesmal? Ist der Herd kaputt? Oder der

Fernseher? Für was brauchst du nun schon wieder Geld?« Der Anruf hatte Lisa völlig überrumpelt. Sie fiel in ihre Rolle als unerschöpfliche Geldquelle zurück. Sie war noch nicht so weit, um ihrer Tante jetzt und hier den Geldhahn zudrehen zu können.

»Nein! Nein, so ist es doch gar nicht, Kind«, drang die schwammige und schleimige Stimme ihrer Tante aus dem Hörer. »Du weißt, ich bitte dich nur um Geld, wenn ... *hicks* ... es nicht anders geht. Ich hab nun mal Ausgaben, die gedeckt werden müssen. Elisa kostet Geld!«

»Als ob das Geld, das ich dir monatlich überweise, nicht ausreichen würde für alles. Und was soll das heißen, Elisa kostet dich Geld? Seit Elisa im Internat ist, komme ich doch für alle Kosten auf. Also, wenn es dieses Mal nicht wegen des Geldes ist, weswegen dann?«, fragte Lisa ungeduldig.

Ihre Tante schnaufte in den Hörer. »Na, wegen Elisa, der undankbaren Göre.«

Lisa zuckte zusammen. Fast hätte sie den Hörer fallengelassen. »Was ist mit Elisa? Geht es ihr gut?« In ihrer Stimme schwang Besorgnis mit. Sie konnte durch das Telefon hören, wie ihre Tante etwas trank. »Sag schon, was ist mit Elisa?«

»So, wie es aussieht, muss ich sie wieder aufnehmen. Sie haben sie von der Schule geworfen. Da sieht man es wieder ... *hicks* ... der Apfel fällt nicht weit vom Stamm ... *hicks*.«

»Du bist doch wieder sturzbetrunken. Und wieso von der Schule geworfen?« Lisa Unruhe wuchs. Es wäre nicht das erste Mal, dass ihre Tante ihr Lügen erzählte, nur um sie aufzuregen. Es kam keine Antwort. »Nun sag schon!«, schrie sie ins Telefon.

»Ist ja gut. Sie muss ihre Sachen packen und morgen das Internat verlassen, meinte jedenfalls die Direktorin, die mich angerufen hat. Also schätze ich mal ... *hicks* ... dass Elisa sich noch dort herumtreibt.«

»*Du* wurdest angerufen? Ich hatte doch ausdrücklich gesagt, sie sollen sich mit allem, was Elisa betrifft, an mich wenden. Schließlich zahle ich das Schulgeld für sie. Ich bin verantwortlich für sie, auch wenn sie glauben, ich sei nur die große Schwester.«

»*Hicks*, ach Kind ...«

»Nenn mich nicht so«, flüsterte Lisa bissig.

»Ich habe der Direktorin gesagt, dass es besser wäre, bei einer erwachsenen, und ...« Ein widerwärtiger Hustenanfall kam durch die Leitung geschossen. Für einige Sekunden hielt Lisa den Hörer außer Hörweite. »... einer erwachsenen und *normalen* Frau anzurufen, sollte es mal Schwierigkeiten mit Elisa geben.«

Lisa konnte nicht mehr an sich halten. Mit jedem Satz wurde ihre Stimme lauter, bestimmender. »Und du bist normal, oder was? Die reden lieber mit einer Alkoholikerin als mit einer Lesbe? Willst du das damit sagen? Für meine Schecks scheine ich euch ja gut genug zu sein.«

»Was erlaubst du dir ... *hicks* ... und welchen Ton schlägst du mir gegenüber an? Selbstverständlich. Die Direktorin hatte absolutes Verständnis dafür, mir anstatt dir, einer ... *hicks* ... sagen wir mal, einer Frau, die eine abartige Art hat, ihr Leben zu führen, Bescheid zu geben.«

Lisa atmete ruhig und tief. In all den Jahren, die sie bei ihrer Tante gelebt hatte, hatte sie gelernt, sich nicht von ihr herausfordern zu lassen. Sich nicht so schnell aus der Fassung bringen zu lassen, egal womit die Tante sie beschimpfte oder beleidigte.

»Na dann, wie auch immer. Wir werden ja sehen. Ich werde mich jetzt auf den Weg zu Elisa machen. Wollen doch mal sehen, wer hier von der Schule fliegt.«

Ohne ein Wort des Abschieds legte Lisa auf.

Sie rief das Internat an, um ihr Erscheinen für den nächsten Tag anzukündigen, und rief noch Mona an, um ihr mit wenigen Worten die Situation zu erklären.

Sie packte schnell einige Sachen, schnappte sich ihren Autoschlüssel und machte sich auf den Weg.

Kurz vor Mitternacht betrat Lisa eine kleine Pension, in die sie immer einkehrte, wenn sie Elisa besuchte.

Völlig erschöpft fiel ins Bett. Ihre Gedanken kreisten um Elisa. Was mochte wohl vorgefallen sein, dass Elisa aus der Schule flog? Was wollte ihre Tante andeuten, als sie ›der Apfel fällt nicht weit vom Stamm‹ gelallt hatte? War Elisa womöglich schwanger? So wie sie damals? Hoffentlich nicht!

Sicher war nur, dass der große Moment der Wahrheit noch warten musste. Diesen Schock konnte sie Elisa jetzt nicht zumuten.

Lisa stand auf und ließ sich ein Bad ein. Das warme Wasser würde hoffentlich für etwas Entspannung sorgen. Es nützte nichts, sich jetzt den Kopf zu zerbrechen, morgen würde sie erfahren, welche Probleme sich Elisa eingehandelt hatte.

Lisa hasste kaum etwas mehr als Büros von Schulen. Besonders die von Direktorinnen. Sie straffte die Schultern und klopfte an.

»Herein«, rief eine mürrische Stimme.

Lisa betrat das Büro.

Die Direktorin, die am Fenster stand, winkte sie mit einer harschen Handbewegung zu sich. »Machen Sie die Tür zu«, bellte sie Lisa an.

Sie behandelt mich wie eine ihrer Schülerinnen, dachte Lisa. *Nicht wie eine erwachsene Frau.*

Dennoch tat sie, wie ihr geheißen. Ihr Herz klopfte bis zum Hals. War das Panik, die in ihr hochkroch? Plötzlich glaubte sie nicht mehr, dass es einfach werden würde, Elisa vor dem Rauswurf zu bewahren.

»Nehmen Sie Platz.« Die Direktorin drehte sich um und kam zum Schreibtisch.

Ihr Gesicht zierte eine Katzenbrille, die in den Siebzigern mal modern war. Dazu trug sie ein hellgraues Kostüm. Das Klischee einer ledigen, alten Fregatte war absolut gut getroffen. Der harte, beinah finstere Ausdruck in ihrem Gesicht ließ darauf hindeuten, dass die Frau Direktorin nicht viel in ihrem Leben gelacht hatte.

Des Drachens Finger, die auf dem Schreibtisch über eine Akte strichen und sie dann aufklappten, waren denen von Spinnenbeinen nicht ganz unähnlich. Nur farbloser, und irgendwie gruseliger.

Lisa schüttelte es unmerklich. Ihr Gegenüber räusperte sich. Lisa blickte in zwei eiskalte, kleine, giftgrüne Augen.

»Wie Sie von Ihrer Tante ja bereits unterrichtet worden sind, sehen wir uns gezwungen, Elisa der Schule verweisen zu müssen.«

Lisa öffnete den Mund, um etwas zu sagen, wurde jedoch von einem diabolischen Blick in die Schranken verwiesen. *Bin ich hier in* Mädchen in Uniform *geraten?*, dachte sie und schloss ihren Mund wieder. *Bitte sehr, Frau Drache, speien Sie noch eine Weile Feuer.*

»Wir haben Elisa in einer Situation vorgefunden, in der ... na, lassen Sie es mich mal so formulieren, eine Situation, wie man sie aus nicht jugendfreien Filmen kennt, die erst nach Mitternacht gezeigt werden dürfen.« Grüne Augen blitzten Lisa böse an.

Lisas Stirn legte sich automatisch in Falten. *Was?* Sie verstand nicht ganz. *Filme? Nicht jugendfrei nach Mitternacht? Hatte Elisa sich etwa ein Hexenbord ausgeliehen und ist blutbeschmiert um ein Lagerfeuer gesprungen?*

»Wir fanden sie in einer misslichen Lage vor. Dabei war sie unbekleidet und ...« Satansmutter faltete ihre Spinnenfinger zusammen und legte sie auf die Akte.

Lisa, die ihren Blick auf die arachnoiden Finger gerichtet hatte, schüttelte das Bild einer nackt ums Feuer tanzenden Elisa ab. *Nein, nicht Elisa.*

Grüne Augen fixierten sie. »... sie war nicht allein.«

Vor Lisas geistigem Auge erschienen mehrere ums Feuer tanzende Nackte. »Was?«, krächzte sie. Sie räusperte sich. »Bitte, was wollen Sie mir denn jetzt eigentlich genau sagen?«

»Wir erwischten Elisa, während sie sich einer sexuellen Handlung hingab.«

Lisa brauchte einen Moment, um zu begreifen, wovon die Frau Oberin sprach. Dann biss sie sich auf die Unterlippe, um nicht loszuprusten. *Ich habe eine Zeitreise gemacht, es ist 1910 und gleich kommt Lilli Palmer herein ...* Sie konnte jedoch nicht verhindern, dass ihr Gegenüber ihr wohl ansah, dass sie weder betroffen noch schockiert war.

»So! Sie finden das also amüsant? Ihre Tante erzählte mir ja schon, dass man nicht mit Ihnen ernsthaft reden könnte.«

»Was wollen Sie mir denn damit sagen? Wir waren alle mal jung, und jede, ich sag mal fast jede, hatte in diesem Alter schon Sex. Haben Sie mal die Jahreszahl auf Ihrem Kalender angesehen? Sie stellen es ja gerade so hin, als hätte Elisa wer weiß was

Satanisches getan.« Elisa war siebzehn, sie liebte einen Jungen … das war doch kein Grund, sie gleich von der Schule zu werfen.

Das graue Monster sprang vom Stuhl. Lisa erschrak. Die Stimme der Frau Direktorin hallte grell und laut durch den Raum. »Ich rede von dieser Art Sex, den man als abartig bezeichnen könnte.« Grüne Augen bissen sich in Lisa fest.

Abartig? Eine weitere Lagerfeuervariation wollte sich vor Lisa aufbauen, doch sie schob sie gleich wieder zur Seite. Was hatte die Frau nur für ein Problem? »Na entschuldigen Sie bitte, wie glauben Sie, kommen denn die Babys zustande? Der Storch bringt sie nicht, dass kann ich Ihnen schriftlich geben.«

»Seien Sie still!«, schrie der hochrote Kopf hinter dem Schreibtisch. Mit beiden Händen stützte Frau Direktor sich auf dem Tisch ab. »Sie betrieb keine Unzucht mit einem Jungen … sondern … sondern mit einem *Mädchen*!« Das Wort *Mädchen* kreischte sie fast.

Lisa presste die Lippen zusammen. Ihre Tochter war lesbisch? Am liebsten hätte sie gelacht, laut gelacht. Doch sie fürchtete, der hochrote Kopf vor ihr würde explodieren. Sie schluckte den Lachanfall hinunter. Die Lage war ernst, sehr ernst.

»Und deswegen werfen Sie Elisa vom Internat? Weil sie Sex hatte? Mit einem Mädchen? Verstehe ich das richtig?«

Der mittlerweile purpurne Kopf nickte.

»Wenn Elisa Sex mit einem Jungen gehabt hätte, dürfte sie bleiben? Verstehe ich das auch richtig?«

Der Kopf, der sich durch seine lila Farbe vom Grau abzeichnete, nickte, dann verneinte er langsam.

Luft holen wäre jetzt nicht schlecht, fuhr es Lisa durch den Kopf, immer noch den Blick auf die Direktorin gerichtet. »Wie ich das sehe, hatten hier zwei normale Teenager normalen Sex. Kein Grund, jemanden der Schule zu verweisen. Für so einen drastischen Schritt gäbe es genügend andere Gründe, aber nicht das.« Sie blickte die Direktorin scharf an. »Wenn Sie den Verweis nicht zurücknehmen, sehe ich mich gezwungen, Sie und Ihr Internat zu verklagen. Wegen Diskriminierung, Demütigung und wegen Zerstörung eines Lebens.«

Lisa stand auf. Sie beugte sich über den Tisch. Die Direktorin wich schlagartig zurück, als hätte sie sich zu nah ans Feuer gewagt.

»Elisa erwartet ein Stipendium, wenn sie ihr Abitur in der Tasche hat. Wenn sie Elisa jetzt von der Schule verweisen, kann sie das Stipendium vergessen. Und das werde ich zu verhindern wissen. Darauf können Sie Gift nehmen! Sie und Ihre mittelalterlichen Vorstellungen von Kindeserziehung, fertigmachen werde ich Sie!«

»Sagen Sie mal, was erlauben Sie sich eigentlich? Sie wissen wohl nicht, wen Sie vor sich haben!«

»Ich weiß ganz genau, wen ich vor mir habe! Ein preußischen Oberfeldwebel, einen verknöcherten, den habe ich vor mir! Aber keine Direktorin eines modernen Internats! Wir sehen uns vor Gericht!«

Lisa drehte sich um und marschierte aus dem Büro. Hinter ihr schnaubte es. Offensichtlich waren dem Drachen die Worte im Halse steckengeblieben vor so viel Impertinenz.

Im Flur blieb Lisa stehen und atmete tief durch. Sie hatte ja wirklich mit allem gerechnet, aber das hier ... das war schon fast zu absurd, um wahr zu sein. Sie kramte ihr Handy aus der Tasche und rief kurzerhand Ilka an, deren Mann Anwalt war.

15

Lisa wartete vor dem Internat ungeduldig auf Elisa. Endlich ging das Tor auf, und Elisa kam reichlich bepackt heraus. Sie erblickte Lisa und setzte eine grimmige Miene auf.

»Hallo meine Süße, komm, lass dich drücken.« Lisa schenkte ihr ein dickes Strahlen.

Sie wollte sie gerade in die Arme schließen, als Elisa ohne ihr einen Blick zu würdigen an ihr vorbeistampfte.

Mehr als ein »Was willst du denn hier?« zur Begrüßung gab es nicht.

Auweia. Das schien doch komplizierter zu werden als gedacht. »Was *ich* hier will?« Lisa folgte ihr. »Ich glaube, du weißt sehr wohl, warum ich hier bin.« Sie holte Elisa ein, hielt sie am

Arm und zwang sie so, ihr Tempo zu drosseln. »Elisa, warte doch bitte. Erzähl mir, was los ist. Du kannst mit mir doch über alles reden.«

Elisa blieb ruckartig stehen. »Ja, das dachte ich auch immer«, brummte sie, ohne Lisa anzusehen. Sie machte Anstalten weiterzugehen.

Lisa hielt ihre Hand fest. »Was soll das heißen?« Sie verstand nicht. War denn noch etwas anderes vorgefallen? Es passte überhaupt nicht zu Elisa, wegen des Rauswurfs ihr gegenüber die beleidigte Leberwurst zu spielen.

»Ach Scheiße! Ist doch auch egal«, schnappte Elisa.

Lisa rollte die Augen. *Teenager!* »Egal? Nichts ist hier egal. Ich will endlich wissen, was los ist. Mit deinem Tête-à-Tête hat das nichts zu tun hat, oder?«

Elisa zog ihre Hand aus Lisas Griff und marschierte weiter Richtung Wagen, den Lisa vor der Einfahrt des Internats geparkt hatte. »Selbst wenn, du bist schließlich nicht meine Mutter. Also was geht's dich an?«

Autsch! Das saß. Lisa musste fest schlucken. »Du hast dich verändert«, stellte sie fest, als sie den Kofferraum öffnete und Elisa ihre Sachen achtlos hineinwarf.

Ohne Lisa anzusehen, brummte Elisa: »Tja, das soll schon mal vorkommen. So oft sehen wir uns ja schließlich nicht. Wie willst du da mitbekommen, was ich für Veränderungen durchmache?«

Was für eine Laune, Lisa verdrehte in Gedanken nur noch die Augen. War sie als Teenager auch so zum … so zum Würgen gewesen? Bislang hatte sie gehofft, Elisa würde von solchen Phasen verschont bleiben. Nun stand sie da mit einem bockigen Teenager und ärgerte sich, keine Erziehungsratgeber gelesen zu haben.

»Elisa, jetzt hör mir mal zu. Ich kann für den Schlamassel hier nichts. Den hast du dir ganz allein selbst eingebrockt. Dafür kannst du mir nicht die Schuld geben, das ist nicht gerecht. Und du musst da auch nicht allein durch. Deswegen bin ich hier. Ja, wir haben uns in letzter Zeit selten gesehen, doch das hat uns noch nie davon abgehalten, uns alles zu erzählen.«

Elisa schnaufte und schlug die Tür zu, die sie eigentlich zum Einsteigen geöffnet hatte. »GERECHT? Scheiße! Das ist *dir* gegenüber nicht gerecht? Das glaube ich jetzt nicht! War es etwa gerecht, mich bei der Tante allein zu lassen? Oder war es etwa gerecht, dass du allein fortgezogen bist, ohne mich mitzunehmen?«

Lisa wollte etwas sagen, kam aber nicht dazu, da sich Elisa in Rage schaukelte.

»Ist aber auch egal. Ich werde sowieso nicht wieder in diesen doofen Bunker namens Internat zurückgehen.«

Lisa musste ihrem Gehirn erst einmal den Befehl geben, jetzt nicht auszurasten über Elisas Vorwürfe. »Ach, und wie stellst du dir das vor? Und was soll mit dem Stipendium werden? Oder hast du vor, Nonne zu werden?«

Elisa weinte kurz auf. »Du bist doof und alles andere als witzig.«

»Autsch. Wo ich doch so gern witzig bin.« Lisa ging auf Elisa zu, um die Lage zu entschärfen. Bisher hatte sie es immer geschafft, Elisa zum Lachen zu bringen, war die Situation auch noch so bedrückend gewesen. Doch als sie Elisa jetzt ansah, fühlte sie, dass es dieses Mal nicht so einfach werden würde. Sie spürte, wie sich ein stechender Schmerz rasend schnell um ihr Herz legte, als sie die Tränen ihrer Tochter sah, die ihr über die Wangen liefen.

Elisa ging einen Schritt zurück und blickte Lisa fest in die Augen, als sie schrie: »Lisa, hör auf damit! Ich brauche jetzt niemanden, der witzig ist! Und die Tante brauche ich auch nicht. Die soll sich ihr verdammtes Schulgeld dort hinschieben, wo die Sonne nie hinscheint. Und bevor ich wieder in dieses Gefängnis gehe, in das ihr mich mit zehn Jahren gesteckt habt, werde ich eher unter einer Brücke schlafen und auf der Straße leben!«

»Weil das Leben dort so einfach und luxuriös ist, oder wie darf ich das verstehen?« Sie konnte Elisa nicht auch noch sagen, dass sie das Schulgeld für sie bezahlte. Sie belog Elisa schon genug wegen ihrer Herkunft. »Findest du nicht, dass du ein wenig undankbar bist? Andere würden einen Arm geben, um dein Leben führen zu können. *Das*, ich wiederhole, *das* nicht gerade billig ist, was du wüsstest, wenn du es selbst bezahlen müsstest.«

Lisa war verdammt sauer über so viel Undankbarkeit. Doch

Elisa wusste ja nicht, was sie alles auf sich genommen hatte, um ihr dieses Leben zu ermöglichen.

»Na und, was interessiert es dich? Du bist auch nicht *diejenige,* die es zahlt.«

Das saß – schon wieder. Lisa schluckte schwer. »Ich denke, wir sollten jetzt erst einmal in die Pension fahren. Dort beruhigen wir uns, und dann erzählst du mir, was dich bedrückt. Okay? Vergiss nicht, dass ich immer für dich da bin. Ich liebe dich und würde alles für dich tun.« Lisa wollte erneut auf Elisa zu gehen, aber diese sah sie nur bissig an.

»Hmm, genau! Wie all die Jahre auch«, brummte Elisa trotzig.

Lisa spürte, wie sie langsam zu kochen begann. Wie lange würde sie die Fassung noch behalten? Sie wollte diesen Streit nicht hier auf der Straße fortführen. Schließlich trafen gerade zwei fast identische DNA-Stränge aufeinander. Das konnte wie ein Sprung ohne Fallschirm aus einem Flugzeug werden. Schnell, schmerzlich und ohne Chance, etwas rückgängig zu machen. Und wie sehr Worte einen verletzen konnte, wusste Lisa nur zu gut aus Zeiten, als sie bei der Tante wohnen musste.

»Elisa, steig jetzt bitte ein, wir reden später weiter, wenn du dich beruhigt hast.«

»Ich will mich aber nicht beruhigen. Und ich werde mich auch nicht beruhigen. Und bei dir möchte ich auch nicht sein.« Elisa weinte los. »Soll ich dir mal was verraten?«

Lisa zuckte unmerklich zusammen, als sie den Schmerz in Elisas Gesicht sah.

»Die Tante hat mich vor einiger Zeit angerufen. Ich weiß alles! Und streite ja nichts ab.« Sie funkelte Lisa böse an.

Lisa wurde schlagartig kreidebleich.

»Ich weiß es, ich weiß alles!«, schrie Elisa.

Ein feuchter Schleier legte sich über Lisas Augen. »Was weißt du? ... Ich meine, wie ...« Ihr fehlten die Worte.

Elisa wischte sich die Tränen von der Wange. »Die Tante hat mich vor einigen Wochen total besoffen angerufen. Sie hat mir dann so ziemlich alles an den Kopf geschmissen, was sie loswerden wollte. Ich wusste erst nicht, was das sollte, und habe versucht ihr zu erklären, dass ich sie nicht verstand. Später wurde mir dann klar, dass sie wohl dich anstatt mich anrufen wollte.

Sie hat wohl in ihrem Suff die Nummern vertauscht. Kann bei unseren Namen ja auch schon mal vorkommen.« Sie schniefte. »Ich hab erst mal alles sacken lassen, und sie ein paar Tage später zurückgerufen. Ich habe gefragt, ob das alles so stimmen würde, was sie am Telefon gesagt hatte. Sie meinte nur, dass sie mich nie angerufen hätte und ich fantasieren würde. Ja, und da war es mir dann klar.«

Lisa konnte nicht glauben, was sie da gerade hörte. »Das hat sie nicht getan«, sagte sie leise.

»Oh doch. Hat sie.«

Elisa war so aufgewühlt und so völlig außer sich, dass Lisa sie in den Arm nehmen wollte, um sie einfach nur zu halten. Um ihr zu zeigen, dass sie nicht allein ist. Um ihr einen Teil des Schmerzes zu nehmen. Doch dazu hatte sie keine Chance.

»Weißt du aber, was das Schlimmste für mich ist?« Elisa schluchzte und ging einige Meter rückwärts. »Nicht, dass die Tante es mir gesagt hat, nein. Ich kann es *dir* nicht verzeihen, dass *du* nichts gesagt hast. Und ich weiß nicht, ob ich *dir* je verzeihen kann, dass ich es so erfahren musste.« Elisa schrie jetzt. »All die Jahre habe ich gedacht, meine Eltern seien bei einem tragischen Unfall ums Leben gekommen, und deshalb hätten wir so ein schlechtes Los gezogen. Aber dass ich mit einer derartigen Lüge erzogen und groß wurde, OBWOHL ich eine Mutter hatte, verzeihe ich dir nie!« Elisa drehte sich wütend auf dem Absatz um und rannte so schnell sie konnte in Richtung Wald, um kurz darauf darin zu verschwinden.

Lisa ließ sich erschöpft in ihren Wagen nieder. Über eine Stunde war sie jetzt im Wald herumgelaufen, um Elisa zu suchen. Doch von ihrer Tochter war keine Spur zu sehen. Elisa kannte den Wald und konnte überall und nirgends sein.

Vielleicht war sie auch gar nicht mehr im Wald. Vielleicht war sie durch den Wald irgendwohin gelaufen. Zu einem Ort, den Lisa nicht kannte.

Sie warf ihr Handy auf den Beifahrersitz, als ob das Gerät daran schuld wäre, dass Elisa ihres nicht abnahm.

Seufzend nahm sie es doch wieder in die Hand und tippte zum hundertsten Mal auf das Elisa-Icon auf dem Bildschirm.

Da ertönte Musik dumpf hinter ihr. *Oh nein,* dachte sie. Sie stieg aus, um den Kofferraum zu öffnen. Elisas Rucksack spielte irgendeinen modernen Popsong.

Diverse Schimpfwörter von sich gebend warf Lisa die Kofferraumklappe zu und stieg wieder ein.

Sie kam sich gerade schrecklich hilflos vor. Wie sollte sie Elisa finden? Sie wusste weder, wo ihre Tochter gern hinging, noch wen sie hier kannte. *Und wenn ihr etwas zugestoßen ist, kann sie mich nicht mal anrufen,* schrie es in ihrem Innern.

Lisa Sorgen wuchsen und wuchsen. Gleichzeitig stieg auch die Wut über ihre Tante in ihr, sodass sie am liebsten auf etwas eingeschlagen hätte. Dieses gottverdammte Miststück, sie konnte einfach nicht damit aufhören, ihr Leben zu ruinieren. Dass Elisa die Wahrheit auf diese Art erfahren musste, das hatte sie einfach nicht verdient. Warum musste das immer ihr passieren, warum?

Lisa startete den Wagen und gab Stoff. Mit durchdrehenden Reifen schoss sie auf die Straße, ignorierte hupende Autofahrer und raste in Richtung Pension.

Sie parkte den Wagen und hoffte, dass Elisa vielleicht bereits hier war und auf sie wartete. Das war allerdings das Wunschdenken einer Mutter, denn in ihrer derzeitigen Verfassung würde Elisa erst zuallerletzt zu ihr kommen.

Die Trauer und Sorge über ihre verschwundene Tochter wurden bald wieder abgelöst von der Wut auf ihre Tante. Kaum auf ihrem Zimmer angekommen, zerrte sie das Handy hervor und wählte deren verhasste Nummer.

»Hallo?«

Da war sie wieder, diese schleimige Stimme.

»Ich bin's, Lisa.«

»Lisa? Aber ... Was gibt's denn, Kind?« Die aufgesetzte Freundlichkeit triefte förmlich aus der Leitung.

»Was es gibt?« Lisas Stimme begann zu beben. »Was es gibt? Ist das dein Ernst?«, schrie sie ins Handy.

Sie konnte es nicht glauben. Hatte ihre Tante tatsächlich schon vergessen, was los war? Dass Elisa in der Klemme steckte? Was in Anbetracht der Situation das geringste Übel war. Hatte sie vergessen, was für eine seelische Grausamkeit sie Elisa angetan hatte? Hatte der Suff sämtliche noch vorhandenen Gehirnzellen aufgefressen?

»Du hast Elisa erzählt, dass ich ihre Mutter bin. Hast du überhaupt eine Vorstellung davon, was du dem Kind angetan hast?«, schrie Lisa weiter.

»Was? Was behauptest du da? Die Kleine lügt doch, sobald sie den Mund aufmacht, das undankbare Balg.«

»Halt deinen Mund, oder ich stopfe ihn dir.«

»Was erlaub. . .«

»Ich erlaube mir, was ich will. Und wage es nicht aufzulegen, sonst bekommst du ab heute keinen Cent mehr von mir.« Denn das wusste Lisa nur zu gut. Bei dem Wort *Geld* machte ihre Tante Männchen. Und sie sollte gefälligst noch so lange Männchen machen, bis sie mit ihr fertig war.

»Lisa, was ... ich meine, nein, natürlich lege ich nicht auf. Das ... *hicks* ... würde ich dir nie antun.«

Aha. Zwischen all den mit Alkohol gefüllten Hirnwindungen schienen ein oder zwei noch funktionierende Zellen herumzuschwimmen, die jetzt Alarm schlugen.

Lisas Stimme hallte durch das Zimmer und wurde mit jedem Satz lauter. »Wie kann man nur so undankbar sein? Verrat mir das! Nach allem, was ich für dich getan habe. Und vor allem, wie konntest du Elisa so verletzen? Sie hat dir nie, aber auch nie etwas getan. Ganz im Gegenteil. Wie oft musste Elisa für dich einkaufen gehen, kochen, waschen und dich aus deiner Kotze holen? Na? Daran mal gedacht? Mal daran gedacht, was das in einem Kind auslöst?«

Tränen traten ihr in die Augen, als sie all die Bilder im Kopf vorbeisausen sah, Elisa verschmutzt und abgemagert, wenn Lisa unangemeldet vor der Tür stand. Und wie oft hatte sie sich zurückhalten müssen, um nicht Amok zu laufen. Wie hatte sie das Amt gehasst, das immer nur mit angekündigten Terminen bei ihrer Tante erschienen war. Und alles picobello sauber und ordentlich vorgefunden hatte.

Lisa schrie ihre Tante weiter an, um sich Luft zu machen. »Macht dir das Spaß, andere zu quälen und zu tyrannisieren? Das würde ich mal gern wissen. Meine Mutter hatte ja nicht umsonst keinen Kontakt zu dir. Ich habe dir mein Leben geopfert.« Schon so lange hatte ihrer Tante die Meinung geigen wollen, aber immer hatte sie sich zusammenreißen müssen. Endlich war damit Schluss.

»Was du für mich ... *hicks* ... getan hast? Oh, du undankbares Miststück. Ich hätte dich schon viel früher aus der Wohnung schmeißen sollen! Und deinen missratenen Balg gleich hinterher. Mehr als ein Klumpen am Bein wart ihr Kinder nie gewesen. War es nicht eher andersherum? Wer hat dich denn großgezogen und dir ... und dir das ermöglicht, was du jetzt hast? ... *hicks* ...«

»Sauf dich doch einfach tot.« Und nach einer kurzen Pause sagte Lisa vergleichsweise ruhig: »Die Zahlungen, und zwar *alle* Zahlungen, werden ab heute eingestellt. Ich wünsche dir ein schmerzhaftes, elendes und langes Dahinsiechen. Und wenn du es wagen solltest, auch nur in die Nähe von Elisa zu kommen, dann sei dir gesagt, dass du die erste Frau in meinem Leben sein wirst, der ich eine reinhaue. Eine gebrochene Nase wäre noch das Harmloseste, was ich dir antun würde.«

Am anderen Ende der Leitung rang es schwer nach Atem.

Ein zufriedenes Lächeln legte sich auf Lisas Gesicht. »Von deinem jetzigen Lebensstandard kannst du dich verabschieden. Und deine ganzen Schulden kannst du von nun an selbst abzahlen. Zu schade, dass ich nicht miterleben werde, wenn du in dein neues Zuhause einziehen wirst ... wird es das Obdachlosenheim? Oder gleich die Brücke? Mich wirst du auf jeden Fall nie wiedersehen.« Lisa legte auf.

Sie würde gleich morgen neue Handynummern für Elisa und für sich besorgen.

Lisa fühlte sich jetzt schon viel besser. Der riesige, erdrückende Knoten in ihrer Brust begann sich aufzulösen. Die Bürde, die sie all die Jahre mit sich herumgeschleppt hatte, wurde leichter. Auf eine Art war sie froh, dass ihre Tante ihr die Entscheidung über den Zeitpunkt der Offenbarung abgenommen hatte. Sie konnte jetzt alles hinter sich bringen.

Wenn sie nur wüsste, wo Elisa steckte.

Es war kurz nach vierzehn Uhr, als es klopfte. Lisa sprang auf, eilte zur Tür und riss sie fast aus den Angeln, um Elisa in die

Arme zu schließen. Ihre Euphorie wurde allerdings jäh gebremst, denn vor ihr stand der Mann, dessen Frau sie hin und wieder zu einigen Höhepunkten verholfen hatte.

Dieser Mann sollte ihre letzte Hoffnung im Kampf gegen den Oberfeldwebel vom Internat sein. Sie bat Ilkas Mann, den Anwalt, herein.

Er ließ sich über den Sachverhalt aufklären und sah gute Chancen, den Fall schnell zu klären. »Bestimmt besteht die Möglichkeit, sich außergerichtlich zu einigen.« Er nickte ihr zuversichtlich zu. »Das wird schon«, versuchte er Lisa zu beruhigen, die unruhig hin und her lief.

Lisa machte sich jedoch ganz andere Sorgen. Warum meldete sich dieser verdammte Dickkopf nicht?

»Jetzt würde ich gern noch mit Elisa sprechen. Kommt sie auch gleich?«

»Nein. Sie ist ... Sie wissen ja, wie Teenager sind. Versuchen Sie mal einen in so einem Pensionszimmer zu halten.« Lisa versuchte zu lächeln. Doch die Angst um Elisa ließ sie nicht los.

»Es langt vollkommen, wenn ich sie morgen für ein paar Minuten dazu befragen kann.« Er lächelte Lisa aufmunternd zu. »Wer ist eigentlich der Vormund von Elisa?«

»Das bin ich.« Erleichtert klopfte sie sich innerlich dafür auf die Schulter, vor drei Jahren die Vormundschaft erkämpft zu haben.

»Also, nur, dass ich das richtig verstehe: Sie sind Elisas Mutter, aber Sie haben sich bislang als ihre Schwester ausgegeben? Und auch das Internat weiß nicht, dass Sie die Mutter sind?«

Lisa nickte.

»Das verkompliziert war einiges, aber mit dem völlig weithergeholten Grund für den Rauswurf hat das nichts zu tun.« Der Anwalt stand auf. »Dann werde ich mich mit dem Internat in Verbindung setzen. Ich halte Sie auf dem Laufenden.« Er reichte Lisa die Hand und ging zur Tür. »Und übrigens, das geht pro-bono. Ich habe Ihnen ... meine Frau schuldet Ihnen auch noch was. Schade, dass Sie Ihren Zweitjob aufgegeben haben.« Mit diesen Worten öffnete er die Tür und ging hinaus.

Lisa blieb etwas verwirrt zurück. Bislang hatte sie immer angenommen, Ilkas Mann würde nichts von ihrer ... *Beziehung* wissen. Stattdessen musste er sogar bei ihren *Shows* dabeigewesen sein … Sie fuhr sich mit der Hand durch die Haare. Darüber konnte sie jetzt nicht nachdenken. Denn ihre Tochter war immer noch verschwunden.

Lisa sah auf die Uhr und atmete erleichtert durch. Endlich konnte sie Mona anrufen, die vor zehn Minuten Schulschluss hatte. Wer außer Mona könnte ihr jetzt tröstend zur Seite stehen? Außerdem kannte Mona sich mit Jugendlichen aus. Vielleicht konnte sie ihr mit der Gefühlswelt von Pubertierenden weiterhelfen. Und vielleicht käme ihr eine Idee, wo sie ihre Tochter suchen könnte. Sie tippte auf das Mona-Icon auf dem Handy und wartete ab.

16

Mona genoss das herrliche Wetter und die Sonnenstrahlen, als sie zum Schulparkplatz lief. Sie lächelte, als sie an Lisa dachte und ihr Handy hervorholte, um es anzuschalten. Sie war gespannt, ob Lisa ihr schon eine Nachricht hinterlassen hatte.

»Mona?«

Sie war gerade im Begriff, ihre PIN einzutippen, als sie von einer bekannten Stimme aus ihren Gedanken gerissen wurde.

»Mona, sag mal, bist du im letzten Jahr taub geworden, oder warum hörst du mich nicht?« Ein breites Lächeln strahlte sie an. »Ich habe dich jetzt das dritte Mal gerufen.«

Monas Augen weiteten sich vor Überraschung. Dieses Lächeln kannte sie nur zu gut. Dieses lachende Gesicht und die hellen Augen, die ihr entgegenstrahlten, hatte sie schon lange nicht mehr gesehen. Es dauerte eine Weile, bis sie einen klaren Gedanken fassen konnte.

Völlig unerwartet stand sie ihrem alten Leben gegenüber.

»Barbara! Hallo! Was … was machst du … ich meine … Wie kommst du hier her … woher weißt du, wo du mich finden kannst?« Sie war perplex.

Barbara hatte sich verändert. Nicht viel, doch etwas war anders.

»Das spielt doch keine Rolle.« Barbara schenkte ihrer Ex ein strahlend weißes Lächeln. »Ist mir die Überraschung gelungen?«

Mona, die, wie ihr schien, einer jüngeren Barbara gegenüberstand, fehlten die Worte. »Mhm, ja ... ich meine ... was willst du hier?«

»Na sag mal, du freust dich wohl gar nicht, mich zu sehen? Ich wollte dich nur mal besuchen kommen. Ich hatte in der Nähe zu tun.« Barbara lächelte sie an.

Monas Gesichtsausdruck entspannte sich leicht. »Also, was machst du hier? Du hättest vorher anrufen können. Meine Handynummer ist dieselbe geblieben.« Sie ging weiter.

»Warum bist du denn so komisch? Vergessen? Wir haben zwölf Jahre zusammen gelebt, da werde ich ja wohl mal ohne Anmeldung bei meiner Ex-Geliebten, Ex-Partnerin oder Ex-Frau vorbeischauen dürfen. Oder störe ich dich?« Barbara blieb stehen und sah sie wie ein trotziges Kind an. »Sag mir jetzt nicht, dass ich den weiten Weg umsonst gekommen bin. Schickst du mich etwa weg?«

»Was? Nein! Klar darfst du ...« Nun konnte Mona sich auch ein Lächeln abringen. »Wie ich sehe, beherrschst du immer noch diesen Ausdruck.« Barbara war unglaublich süß, wenn sie so dreinschaute.

»Komm schon, lass dich drücken.« Sie zog Mona an sich und umarmte sie. Etwas länger als nötig hielt sie Mona im Arm.

Mona löste sich und sah ihre Ex intensiv von oben bis unten an. »Irgendwas ist anders. Hast du was ... du hast was machen lassen, gib's zu. Nicht, dass du es nötig hattest.«

Barbara grinste frech. »Ja. Schön, dass du es ansprichst. Ich habe ein wenig nachgeholfen. Du siehst aber auch unglaublich aus. Jünger, schmaler, gesünder, frischer und ja, ich sage es nicht gern, aber auch irgendwie erregt, erhitzt.« Barbara lachte laut. »Als ich das letzte Mal diese Röte bei dir gesehen habe, hatte ich dir gerade was Schmutziges ins Ohr gehaucht. Und das dürfte ja wohl schon ein paar Tage her sein. Freust du dich etwa so, mich zu sehen?« Sie fixierte Monas Augen, versuchte, in ihnen zu lesen. »Was geht in deinem süßen Kopf vor? Los, sag es mir. Ich möchte es wissen. Bitte!«

»Dir scheint es echt gutzugehen, Barbara. Und nein, ich habe nichts an mir machen lassen. Ich fühle mich einfach nur gut. Und was in meinem Kopf vorgeht, geht nur mich etwas an.« *Warum sage ich ihr nichts von Lisa? Dass es Lisa zu verdanken ist, dass sie mich so gut aussehen lässt.* Und ihre Röte kam daher, weil sie, bevor Barbara aufgetaucht war, an Lisas nackten Körper gedacht hatte. Das konnte und wollte sie ihr nicht sagen.

Barbara strahlte Mona an. »Darf ich dich zu einem Kaffee einladen?«

Mona nickte. »Sicher, warum eigentlich nicht.«

Barbara hakte sich bei Mona unter, und sie gingen zu Monas Auto. Fast ohne Luft zu holen erzählte Barbara, was sich alles verändert hatte. Vor allem, was sich bei ihr verändert hatte, seit sie sich getrennt hatten.

Mona konnte nicht anders, als sich von der guten Laune, die Barbara verströmte, anstecken zu lassen. Sie freute sich jetzt sogar, Barbara wiederzusehen und steckte das Handy, das immer noch auf die Eingabe der PIN wartete, in ihre Tasche.

17

Enttäuscht drückt Lisa auf den Beendenknopf. Vielleicht hatte Mona noch eine extra Schulstunde, von der sie nichts wusste. Sie würde es später noch einmal versuchen.

Müde und ausgelaugt ließ sie sich rücklings aufs Bett fallen. Sie streckte die Arme aus und starrte zur Decke. *Wo bist du nur? Und wo soll ich anfangen, dich zu suchen?* Sie merkte erst jetzt, dass sie im Grunde nicht wirklich viel von Elisa wusste. Mit wem sie befreundet war, was sie in ihrer freien Zeit gern unternahm oder wo sie gern hinging.

Elisa hatte bestimmt eine beste Freundin, der sie alle geheimen Teenager-Belange anvertrauen konnte. Nur wie sollte sie herausfinden, wer das war? Klar könnte sie ins Internat spazieren und herumfragen, doch wie würde das aussehen? Die ach so fürsorgliche Schwester hat bereits nach wenigen Minuten ihren Schützling verloren. Das wäre Wasser auf die Mühlen der Direktorin.

Sie spürte einen immensen Stich, der sich von der Stirnmitte einen schmerzlichen Weg seitlich nach hinten suchte. Sie schloss für kurze Zeit ihre Augen, um entspannt durchzuatmen. Sie spürte ihre Erschöpfung wie eine Decke aus Blei, die sich langsam auf ihr auszubreiten begann.

Sie rannte Elisa hinterher, die nur wenige Zentimeter vor ihr herlief. Doch jedes Mal, wenn sie Elisa zu fassen glaubte, blieb nichts weiter als ein Stück Stoff von ihrem Shirt in der Hand, das sich wie von Geisterhand aufzulösen begann.

Eine grässliches *trrr, trrr* zwang sie dazu, mitten in ihrem Lauf stehenzubleiben. Genervt schaute sie sich um. Wütend darüber, aufgehalten worden zu sein, trat sie einen Baum um. *Trrr, trrr* ...

Dann, auf einmal, erwachte Lisa mit wildem Herzschlag und suchte mit der Hand neben sich den Platz ab. Sie richtete sich schlaftrunken auf und fand ihr Handy. Schnell drückte sie auf den Knopf.

»Elisa? Elisa, bist du das?« Sie hatte nicht auf das Display geschaut. »So sag doch was. Ich komme dich sofort abholen, egal, wo du bist.«

Lisas Herzschlag machte keine Anstalten, sich zu beruhigen. *Wenn ihr nun etwas zugestoßen und das Krankenhaus am Telefon ist? Womöglich versuchte jetzt eine Schwester, ihr schonend beizubringen, dass Elisa einen schweren Unfall hatte.*

Lisa sprang auf und fiel gleich wieder rücklings aufs Bett. Ihr Kreislauf wollte von so viel Action nichts wissen. Das aufkommende Schwindelgefühl und der rasende Herzschlag trieben sie beinah an der Rand der Verzweiflung. Schlucken fiel ihr irgendwie verdammt schwer, als hätte ihr jemand Klebstoff in den Hals geschüttet.

»Lisa? Lisa, ich bin's. Mona!«

Mona? MONA! Jetzt fühlte sie auch noch etwas Feuchtes auf ihrem Gesicht.

»Lisa, bitte sprich mit mir. Was hast du denn? Lisa, bitte nicht weinen. Komm schon, erzähl mir, was los ist. Hast du Schmerzen? Ist Elisa etwas zugestoßen?« Große Besorgnis schwang in Mona Stimme mit.

Bei dem Wort *zugestoßen* schluchzte Lisa nur noch mehr.

»Hey, mein Schatz. Ruhig. Ganz ruhig. Hol erst mal tief Luft, und dann versuch mir zu erzählen, was bei dir los ist. Ich mache mir Sorgen. Du hörst dich so verzweifelt an, dabei hast du nicht mal etwas gesagt. Lisa? Ich setze mich gleich in den Wagen und komme zu dir. Sag ein Wort, und ich nehme mir morgen frei. LISA!«

Lisa schniefte. »Elisa ist weg«, schluchzte sie. »Und ich weiß nicht ... *schnief* ... wo sie sein könnte. Sie weiß es, Mona.« Lisa schaute sich durch den feuchten Schleier auf ihren Augen im Zimmer um. Sie suchte nach etwas, mit dem sie sich die Nase putzen konnte. Auf dem Nachttisch fand sie ein Päckchen Zellstoff.

»Was weiß sie?«

»Dass ich es bin, Mona. Das weiß sie ... *schnief*.« Lisa fingerte sich ein Papiertuch aus der Verpackung.

»Dass du es bist? Lisa, hör doch auf, in Rätseln zu reden.«

Plötzlich war es totenstill in der Leitung.

»Mona?« Lisa putzte sich schnell die Nase. »Hallo?«

»Du meinst ...«

»Ja. Das meine ich. Und sie kommt damit so gar nicht klar. Sie ist verdammt sauer auf mich. Und jetzt weiß ich nicht, wo ich sie suchen soll. Wenn ihr was zugestoßen ist, werde ich mein Leben lang nicht mehr froh.« Erneut ließen sich die Tränen, die ihr über die Wange liefen, nicht aufhalten.

»Wie? Ich meine, wer hat es ihr denn gesagt?«, fragte Mona baff.

»Meine Tante, wer sonst.« Und da war sie wieder, die Wut auf ihre Tante. »Du wirst nicht glauben, wie die Dinge sich ändern werden. Meine Tante bekommt keinen Cent mehr von mir. Das ist ein für alle Mal vorbei. Sie soll sehen, wie sie jetzt ohne uns zurechtkommt. Du hattest Recht mit allem, aber dass das jetzt so schnell gehen musste, hätte nicht sein müssen. Ach Mona, ich bin so froh, deine Stimme zu hören.«

Lisa und Mona unterhielten sich eine Ewigkeit. Mona konnte Lisa ein wenig die Angst um Elisa nehmen.

»Mona, entschuldige bitte. Ich bekomme gerade ein Klopfzeichen.« Lisa drückte den Knopf, um das ankommende Gespräch entgegenzunehmen. »Hallo?«

»Hallo. Spreche ich da mit Elisas Mutter?«

Eine fremde Frau fragte, ob sie Elisas Mutter sei? Lisa wurde ganz schlecht. Bevor sie sich aber wieder von Neuem ausmalte, was Elisa zugestoßen sein könnte, fragte sie schnell: »Mit wem spreche ich denn? Und geht es Elisa gut?«

»Ja, ja. Machen Sie sich keine Sorgen. Elisa ist hier bei uns. Und das schon den ganzen Tag«, sagte die nette Stimme. »Leider ist sie erst jetzt mit der Sprache herausgerückt. Mein Name ist Berger. Ingrid Berger. Ich bin die Mutter von Ina Berger. Eine Freundin ihrer Tochter.«

»Kann ich mit Elisa sprechen?«

»Wie wäre es, wenn sie vorbeikommen würden und sie abholen kommen? Ich glaube nämlich, dass sie schon sehr gern bei Ihnen wäre. Aber wie Teenager nun mal sind, zugeben würde sie das nie.« Ein Lächeln schwebte mit der sanften Stimme zu Lisa.

Frau Berger gab Lisa die Adresse und verabschiedete sich dann. Lisa drückte schnell auf den Knopf, der ihr Mona zurückbrachte.

»Mona? Bist du noch da?«

»Sicher, ich will doch wissen, was ist.«

»Elisa ist bei ihrer Freundin. Ihre Mutter hat mich gerade angerufen. Ich kann sie dort abholen. «

»Na dann, worauf wartest du noch? Geh und hol deine Tochter zurück.« Monas Lächeln steckte Lisa an.

»Ja, das mach ich. Tschüss und bis dann.« Lisa schnappte sich den Zettel mit der Adresse und düste los.

Überglücklich nahm Lisa ihre Tochter in den Arm. Nachdem sie Elisa fast zu Tode gedrückt hatte, entließ sie sie aus ihrer Umarmung und strich ihr eine Strähne aus dem Gesicht. »Ich habe mir große Sorgen um dich gemacht.« Sie drückte Elisa noch einmal. »Wollen wir dann jetzt in die Pension fahren? Lass uns reden, okay?«

Elisa, die sich ihre Wut und ihren Schmerz anscheinend auch schon von der Seele hatte reden können – sie sah nämlich genauso verweint, verquollen und müde aus wie Lisa –, nickte nur still und umarmte Lisa erneut.

Frau Berger nickte Lisa beruhigend zu, und so gingen beide zum Wagen.

»Ich bin eine Enttäuschung für dich, stimmt's?« Unsicher

blickte Elisa ihre Mutter an. »Erst der Rauswurf aus dem Internat, und dann bin ich einfach abgehauen, ohne dir ein Wort zu sagen.«

»Na ja, nett war das nicht. Aber ich kann dich gut verstehen.« Lisa schenkte ihrer Tochter ein beruhigendes Lächeln. »Außerdem müsste ich das eigentlich von mir sagen, dass ich eine Enttäuschung für dich bin.«

»Inas Mutter und auch Ina haben mit mir darüber gesprochen. Sie meinten, bevor ich so sauer auf dich sein sollte, sollte ich dich doch wenigstens erst mal anhören. Und ich kann mir jetzt auch gut vorstellen, dass du nicht anders konntest, so, wie sich unsere Tante aufgeführt hat. Und nein. Du bist keine Enttäuschung. Nicht für mich. Es ist nur so ... so seltsam, dich als Mutter statt als Schwester zu betrachten.«

»Du musst ja nicht gleich *Mama* sagen. Lisa reicht.« Sie zwinkerte ihrer Tochter aufmunternd zu. »Außerdem hört sich *Mama* so alt an. Und das bin ich schließlich noch nicht. Vielleicht hilft es dir ja, wenn ich dir sage, dass wir mit der Tante nie wieder etwas zu tun haben werden. Wir sind jetzt unsere eigene, kleine Familie. Na, was hältst du davon? Nur du und ich.«

Elisa lächelte. »Ja. Das klingt gut.« Ein erleichtertes Aufseufzen war zu hören.

Lisa strich Elisa eine Haarsträhne aus dem Gesicht, klemmte sie ihr hinters Ohr. »Ich kann mir nicht vorstellen, dass du für irgendwen eine Enttäuschung bist.«

Beide stiegen in den Wagen.

»Jetzt steht aber noch ein anderes Problem an. Ich hoffe, das war nicht ernstgemeint, als du gesagt hast, du würdest nie wieder aufs Internat zurückwollen?«

Elisa schüttelte unmerklich den Kopf. »Nein, ich weiß ja, Abitur und so.«

»Für dieses *und so* wirst du mir eines Tages noch dankbar sein. Hoffe ich jedenfalls. Ich muss jetzt aber über diesen *Vorfall* alles wissen. Dann schauen wir, wie wir dich da raushauen können, damit du deinen Abschluss machen kannst.« Sie bemerkte im Augenwinkel, wie Elisa etwas in den Sitz versank. »Ich habe einen Anwalt genommen, der dich morgen zu deinem Rauswurf befragen will.« Lisa schüttelte ihren Kopf. »Mensch, wie konntest du dich nur erwischen lassen? Ich hoffe wenigstens, es war die Sache wert.«

»Jepp, und ob«, Elisa hörte sich schon wieder reichlich frech an. »Ein Anwalt?«, folgte zerknirscht. »Ist das nicht recht teuer?«

Lisa lächelte. »Für dich setze ich Himmel und Hölle in Bewegung, wenn es sein muss.« Sie entschied, dass Elisa noch zu jung war für den Grund, weshalb der Anwalt kostenlos war. »Na komm, meine Süße. Wir fahren jetzt in die Pension. Dort essen wir was, und du klärst mich über alles auf. Und du kannst mich alles fragen, was du von mir wissen möchtest.«

Sie hatten eine Menge Platz auf dem riesigen Doppelbett, um Chips, Erdnüsse, Gummibärchen nebst Baguettes, Käse, Pommes mit Currywurst und dem chinesischen Essen darauf zu verteilen, das sie sich schnell besorgt hatten.

»Also dann, ich höre. Und lass bloß nichts aus.« Lisa schob sich eine Pommes in den Mund, nachdem sie die Fritte vorher in der Currysoße ertränkt hatte.

Elisa, deren Pommes das gleiche Schicksal widerfuhr, kaute und fragte: »Du meinst ... erstens, seit wann ich weiß, dass ich lesbisch bin? Und zweitens, wie es zu dem Rauswurf kam?« Sie grinste Lisa an.

Lisa nickte eifrig und führte eine volle Gabel chinesischen Essens in den Mund. Sie war unglaublich froh, dass sich das Blatt mit Elisa so schnell gewendet hatte.

Ihr jüngeres Abbild hüstelte gekünstelt. »Dass ich lesbisch bin, weiß ich, seit mir die wundervolle Annabelle ... Du musst dir einen Traum aus langen, schwarzen Haaren vorstellen, unglaublichen hellen Augen, weichen, zarten Lippen, die zu einem Mund gehören der, wenn er dich anlächelt ... ich kann dir sagen ... dich einfach nur so dahinschmelzen lässt.« Elisa schloss kurz ihre Augen.

Ich habe eine Romantikerin auf die Welt gebracht, eine lesbische noch dazu. Wer hätte das gedacht. Lisa verdrehte lächelnd ihre Augen.

Elisa öffnete ihre Augen wieder. »Annabelle, ach allein schon, wie ihr Name sich anhört, einfach wunderschön.« Sie zerfloss geradezu.

»Hallo! Erde an Elisa! Annabelle kriegt den Titel *Miss Universum*, das habe ich schon kapiert. Und was ist nun passiert?«

»Ja, ja, schon gut. Jedenfalls hatte Annabelle sich meine Milchschnitte geschnappt, als ich gerade im Begriff war, hineinzubeißen, und aß sie auf. Danach hatte sie mich keck angegrinst. Tja, da war es um mich geschehen. Es war, als hätte mich ein Pferd getreten.«

»Aha, ein Pferd«, sagte Lisa kauend. »Ich trete dich auch gleich, wenn du nicht sofort auf den Punkt kommst.« Erst jetzt bemerkte sie, wie furchtbar hungrig sie war.

Elisa atmete tief ein. »Da war ich fünf oder so.« Sie nickte. »Ja doch, fünf.«

Lisa lachte und hielt sich die Hand vor den Mund. »Fünf? Du Frühzünderin.« Sie hielt sich den Bauch. »Fünf, unglaublich, du veräppelst mich doch?«

»Nein, ganz ehrlich. Ich schwöre.« Elisa leckte sich über Zeige- und Mittelfinger und hielt sie dann in die Luft. Die andere Hand legte sie sich auf die Brust. »Mit zehn haben wir uns aus den Augen verloren, welch tragisches Schicksal. Da fuhr sie dahin ... meine große Liebe ... in einem roten Opel, gen Süden, in eine andere Stadt.«

Lisa kam aus dem Lachen nicht mehr heraus. »Komm wieder runter, ich glaube dir ja. Ich wusste ja gar nicht, wie dramatisch dein lesbisches Leben begonnen hat. Wieso hast du nie was gesagt? Mir hättest du dich doch wirklich anvertrauen können.«

Elisa zuckte die Schultern und schluckte ihren Bissen hinunter. »Ach, ich weiß auch nicht. Entschuldige. Ich schätze, es hatte keine Bedeutung, es ist so normal, ich kenne es nicht anders. Tja, und zum Rauswurf kam es, als die Rothenburger uns, also Ina und mich, in unserem Versteck erwischt hat.« Sie räusperte sich. »Den Kopf von Ina in meinem Schoß, wie ich gerade gekommen bin und die Worte *Oh Gott, ich komme!* in keinem Kirchengesang von mir gab.«

Lisa, die gespannt gelauscht hatte, holte tief Luft. »Das gab bestimmt ein großes Donnerwetter.«

Elisa winkte ab. »Ach was. Die Rothenburger ist auch eine Schwester. Könnte ich jedenfalls drauf wetten. Die hat jetzt bis zu ihrem Lebensende etwas, wovon sie träumen kann. Schlimm war es aber bei der Direktorin, die musst du mal erleben, wenn sie ausflippt. Willkommen in der Hölle, sag ich da nur.«

Lisa nickte, sie wusste genau, was Elisa meinte. »Mensch Kinder, das ist ja alles schön und gut, aber verdammt, hättest du nicht vorsichtiger sein können? Was ist, wenn unser Anwalt dich da nicht herausboxen kann? Daran mal gedacht? Ein Jahr, und du hättest alles in der Tasche gehabt. So leichtsinnig darfst du nicht noch mal sein, bitte versprich mir das.«

»Ja, ich weiß, und es tut mir schrecklich leid, dass ich Mist gebaut habe. Doch die Hormone sind schuld. Gerade in der Pubertät, musst du wissen, sind die nicht einfach zu kontrollieren.« Elisa lachte spitzbübisch. Sie beugte sich etwas vor und ließ einen Finger über Lisas Schläfe streichen. »He, ist das dort eine Falte, die ich da sehe?«

»Charmant wie eh und je. Ich verstehe gar nicht, wie du es geschafft hast, dass jemand diesem Charme widerstehen konnte.«

Lisa lächelte. Sie zog ihre Tochter fest in ihre Arme und weinte überglücklich darüber, das Elisa unbeschadet wieder bei ihr war und dass die Geheimniskrämerei endlich ein Ende gefunden hatte.

Lisa schlug erholt die Augen auf. Das erste, was ihr an diesem Morgen in den Sinn kam, war, die Bank anzurufen. Sie wollte möglichst schnell alle Zahlungen, die sie für ihre Tante übernommen hatte, einstellen.

Nachdem sie mit Elisa neue Handynummern besorgen war, fuhr sie ihre Tochter zum Anwalt. Von ihm erfuhr sie, dass bereits am nächsten Tag ein Treffen mit einem Richter angesetzt war.

Als sie wieder im Pensionszimmer waren, war es bereits später Abend.

Lisa bemerkte nicht zum ersten Mal an diesem Tag, dass Elisa übernatürlich agil war.

»Kannst du nicht mal fünf Minuten ruhig sitzenbleiben? Du machst mich verrückt mit deinem Treiben.«

Ständig lief Elisa von einer Ecke in die andere und tippte ununterbrochen auf ihrem Handy herum.

»Wenn du irgendwohin gehen oder du dich mit jemandem treffen möchtest, dann tu das. Aber bitte gib mir und meinem Herzen eine Auszeit. Was uns nämlich auf Dauer vergönnt sein wird, wenn du jetzt nicht aufhörst, ständig hin- und herzulaufen und dabei dein Handy zu tyrannisieren. Und wenn du so weiter vor dich hinmurmelst, bekommst du noch einen Bart. Gönne deiner alten Mutter mal ein paar Minuten Ruhe.« Lisa musste grinsen. Aber Ruhe bräuchte sie jetzt definitiv.

»Och.« Elisa wand sich unschuldig. »Ich wüsst' schon, wen ich gern treffen würde. Aber ich kann meine alte Mutter ja schlecht alleinlassen. Nicht, dass dich das am Ende in eine Depression führ...« *Klatsch.* Elisa wurde von einem fliegenden Kissen zum Schweigen gebracht. »Das ist gar nicht nett, wenn Mütter ihre Kinder mit totem Federvieh zur Geräuschlosigkeit zwingen. Was steht nochmal auf Kindesmisshandlung?«, erwiderte Elisa frech.

»Dir scheint es ja wirklich wieder besser zu gehen, schön, das freut mich. Freut mich wirklich. Ehrlich! Wollen wir doch mal schauen, ob es dir und deinem losen Mundwerk morgen vor dem Richter auch noch so gut gehen wird.« Das Grinsen auf Lisas Gesicht ließ sich nicht abstellen.

»Ja ja. Schon gut.« Elisa legte den Kopf schief. »Aber du bist irgendwie auch anders. Ich seh doch, wie du trotz meines Schlamassels strahlst. Sag bloß ... oh mein Gott, ich glaube es jetzt nicht. Du bist verliebt!« Elisa machte große Augen, als sie sah, dass Lisa ihrem Blick auswich. »Die Königin der Wochenenden ist verliebt!«

Lisa verdrehte kurz die Augen. »Sieht man mir das tatsächlich an? Ist das so offensichtlich?«

»Oh ja, das ist es. Es gibt wahrhaftig eine Frau, die dich eingefangen hat? Mann, ich werd bekloppt. Die muss ich kennenlernen.« Elisa lachte.

»Ich erzähle dir später von ihr. Jetzt verschwinde zu deiner Ina.« Lisa lächelte. »Oder meinst du, du mir wäre entgangen, wie ihr zwei euch gegenseitig angeschmachtet habt?« Lisa räusperte sich kurz. »Wenn du mir versprichst, dein Abi zu machen, lasse ich dich schweren Herzens ziehen. Gen Süden. Mit Ina, deiner ersten Frau. Sie ist doch deine erste, oder?« Lisa hob demonstrativ eine Braue in die Höhe.

»Ja. Ina ist meine erste *Frau.*« Elisa lächelte und ging auf Lisa zu. »Du bist die Beste.« Sie gab ihr einen Kuss auf die Wange. »Ich bin spätestens um Mitternacht wieder hier. Ehrenwort!« Sie drückte Lisa kurz und verschwand.

»Na, wie läuft es?«, fragte Mona ohne Umschweife, als sie Lisas Stimme durch den Hörer vernahm.

Lisa lächelte. »Bestens. Wirklich. Morgen wird es bestimmt noch einmal anstrengend, aber ich hoffe, dass wir mit einem blauen Augen davonkommen werden. Sag, wie geht es dir ohne mich? Fehle ich dir? Wenigstens ein bisschen?« Lisa sprach ohne Punkt und Komma. Seit sie Monas Stimme in sich aufgenommen hatte, überzog ein Kribbeln ihren ganzen Körper. Sie spürte, wie die Anspannung der letzten Zeit von ihr abfiel.

Mona konnte das Lächeln auf Lisas Gesicht durch den Hörer hören, so glücklich schien Lisa. Sie beschloss erneut, Lisa nichts über Barbaras Besuch zu erzählen. Sie wollte die Stimmung nicht kippen. Lisa könnte Barbaras Auftauchen völlig falsch verstehen.

»Ich vermisse dich.« Lisa atmete schwer.

»Ja, ich dich auch. Ich hoffe, du kommst schnell wieder nach Hause? Ich vermisse dich nämlich ungemein.« Es folgte eine kurze Pause. »Bist du allein auf dem Zimmer?«

»Ja, Elisa hat eine Verabredung. Sie wird vor Mitternacht nicht hier sein. Sie genießt gerade den ungeplanten Unter-der-Woche-Urlaub.« Lisa lachte leicht.

Mona dämpfte ihre Stimme. »Was hast du an?«

»Einen Bademantel. Ich war gerade duschen.«

»Und . . . darunter?« Monas Stimme klang rau.

»Nichts. Ich bin auf dem Weg ins Bett.« *Hat sie etwa Angst, ich würde noch ausgehen wollen?*

»Na, dass passt ja wirklich wunderbar. Ich wollte auch gerade ins Bett gehen. Also, nichts?«

»Bitte?« Lisa verstand nicht.

»Du hast nichts unter dem Mantel an?«

Lisa schüttelte den Kopf. »Nein, nichts.« *Will sie mich testen? Sie weiß doch, weshalb ich hier bin.*

»Weißt du, was ich anhabe?«, drang Monas Stimme verführerisch an Lisas Ohr.

»Nein, wie denn auch? Ich weiß nicht …« Lisa hielt mitten im Satz inne und zog ihre Augenbrauen hoch. Die Schaltung hatte lange gedauert. Sie verstand nun, worauf Mona hinaus wollte. Ein Ziehen in ihrer Mitte machte sich bemerkbar. »Du bist nackt, stimmt's?« Die Frage verließ sehr anzüglich ihren Mund.

»Ja«, hauchte Mona.

»Du willst … Ich meine, deutest du mir gerade an, dass wir Telefonsex haben sollen?«

»Warum nicht? Das habe ich zwar noch nie gemacht, aber du selbst hast zu mir mal gesagt, dass ich zwei gesunde Hände hätte, die das genauso gut könnten, wie deine. Ich bin so heiß auf dich und vermisse dich. Wenn du jetzt bei mir wärst, würde ich dich so lange verwöhnen, bis du schreien und um Gnade winseln würdest.«

Lisa war perplex. Mona überraschte sie immer wieder aufs Neue. »So, du bist also gerade verrückt nach mir? Und ich würde um Gnade winseln? Große Worte für so ein kleines Mädchen.« Sie lachte leicht auf. »Schade, dass ich nicht bei dir sein kann. Ich würde dich so gern berühren, dich küssen, dich schmecken.« Ihr wurde immer heißer.

»Ja, sehr schade. Aber zum Glück fällt mir da eine Lösung ein. Würdest du bitte zum Bett gehen? Aber leg dich noch nicht hin«, hauchte Mona durch den Hörer.

Lisa lief mit schnellen Trippelschritten zum Bett.

»Bist du am Bett?«, fragte Mona begierig.

»Ja.« Lisas Herz schlug ihr bis zum Hals.

»Dann genieße jetzt, was ich mit dir mache.« Mona war sehr erregt. »Ich öffne deinen Bademantel … schiebe in langsam zur Seite … Oh Lisa, du bist so wunderschön«, flüsterte Mona.

Lisa öffnete den Mantel und lauschte Monas Flüstern.

»Ich streife ihn dir langsam über deine Schultern … er fällt zu Boden.«

Lisa ließ den Mantel zu Boden fallen, während sie das Handy mit der Wange an ihrer nackten Schulter festhielt.

»Leg dich auf den Rücken. … Liegst du?«

»Ja«, wisperte Lisa, die sich aufs Bett gelegt hatte. Das Handy wieder mit einer Hand an ihrem Ohr, während sie Monas Stimme, die sie überall zu streicheln schien, genoss.

»Schließ deine Augen und stell dir vor, wie ich mich nackt auf dich setze ... spürst du mein Gewicht auf deiner Mitte?«

»Ja ...«, hauchte Lisa.

»Ich beuge mich zu dir hinunter. Nehme deine harte Brustspitze in meinen Mund und knabbere leicht mit meinen Zähnen daran.« Mona entfuhr ein Stöhnen, als würde sie wirklich Lisas Nippel in den Mund aufsaugen. Dabei drückte sie mit ihrem Finger eine ihrer Brustwarzen.

»Mona was ... was tust du nur mit mir? Du machst mich verrückt. Ich kann nicht anders ... als mich unter deinen Berührungen zu winden«, raunte Lisa, die ihre Knospe mit ihren Fingern liebkoste.

»Ja, mein Liebling, das gefällt dir, nicht wahr?«

»Ja, und wie es das tut.«

»Spürst du meine Hände auf dir, wie sie über deine Brust streichen?«

»Oh Mona ... ja, ich kann dich ganz genau spüren.« Lisas Hand tat genau das, was Mona ihr ins Ohr flüsterte. Und in ihrer Vorstellung sah sie, wie Mona über ihre Brust strich. »Ich umspiele deine Brüste mit meinen Händen, beginne sie sanft zu massieren. Du hast so tolle Brüste, Mona.« Lisa stöhnte leicht. Die Vorstellung, dass Mona sie berührte und verführte, ließ die Erregung aus ihrer Mitte fließen und ihre Perle pulsieren.

Mona stöhnte. »Ich umkreise deine Brust hart mit meiner Zunge. Deine Brustwarzen sind so schön steif, durch ihre rosige Farbe bilden sie einen herrlichen Kontrast zu deiner Bräune.«

Lisa stöhnte auf. »Deine Stimme ist Erotik pur. Bitte Mona, ich möchte kommen. Ich bin schon ganz feucht zwischen meinen Beinen. Bitte berühre mich dort, ich möchte dich in mir spüren, wenn ich komme.« Lisas Atem wurde immer schwerer. »Ich möchte, dass *du* mich in dir spürst, wenn du kommst ... wenn wir zusammen kommen.«

»Du möchtest mich in dir spüren?«, fragte Mona heiß an Lisas Ohr.

»Ja ... ja das will ich, mehr als alles andere. Bitte komm,

komm zu mir, mein Engel.« Lisa stöhnte. Monas Stimme und die Vorstellung, Mona würde sie gleich nehmen, trieben sie langsam in den Wahnsinn. Sie würde nicht mehr lange warten können. »Bitte, mach schnell. Ich kann ... ich kann nicht mehr ... will nicht länger auf dich warten.«

»Ich spreize deine Beine, lege mich dazwischen und lasse meine Zunge durch deine geschwollenen Lippen gleiten ... weiter zu deiner Perle ... die ich fest mit meiner Zunge liebe ... sie in meinem Mund einsauge. Ich werde jetzt in dich eindringen, ich kann es kaum mehr erwarten.«

Lisa hörte Monas Erregung und musste bei ihren Worten aufstöhnen. »Ja, mein Liebling, nimm mich.«

»Mein Finger streichelt deinen wundervollen Eingang ... ich tauche langsam in dich ein ... streichle dich von innen, genauso, wie du es liebst.« Mona stöhnte. In ihrer Vorstellung drang sie gerade in Lisa ein. In Wirklichkeit drang sie gerade in sich selbst ein. »Das ist so schön.«

»Ja, oh ja ... das ist es. Ich spüre dich, Mona«, kam es heißer von Lisa. Die ebenfalls in sich eindrang.

»Spürst du, wie ich dich immer schneller nehme? Ich fülle dich noch ein wenig mehr aus.« Mona Stimme wurde rau und rauer. Sie stöhnte laut auf. »Du bist so herrlich feucht.«

»Spürst du, wie ich dich mit meinen Fingern von innen locke?«, raunte Lisa Mona zu.

Mona stöhnte. Sie war soweit, jeden Moment würde sie explodieren.

Die Vorstellung, wie Mona sich gerade selbst befriedigte, löste eine gigantische Welle in Lisa aus. Sie stieß sich immer und immer schneller. Ihre Finger glitten hinein, glitten hinaus. »Mona ... ich ... ich komme.« Mit einem langen, dunklen Aufstöhnen begann die Reise zu einem wundervollen Ort, an den nur Mona sie führen konnte, sei sie noch so viele Kilometer entfernt.

Lisas Stöhnen und die Vorstellung, wie Lisa sich selbst befriedigte, erregten Mona unaufhörlich. Sie kam, und das so gewaltig, dass sie Lisas Namen immer und immer wieder von sich gab. Bis sie gemeinsam im Rhythmus stöhnten und erschöpft zuckend zum Erliegen kamen.

Mona fand als erste wieder ihren Atem und flüsterte in den Hörer: »Eine rollige Katze könnte nicht williger sein.« Sie lachte auf. Sie fühlte sich etwas scheu, sie konnte es einfach nicht glauben, was sie alles mit Lisa erlebte. Lisa tat ihr unglaublich gut.

Lisa sprach leise und mit einem Lächeln, das ihr Gesicht zierte. »Williger könnte eine rollige Katze nicht sein? Ich hatte ja überhaupt keine Ahnung, was für ein verkommenes Frauenzimmer du doch bist. Das hat noch keine zu mir gesagt.«

Mona legte eine Hand auf ihr Gesicht, sie spürte, wie sie vor Verlegenheit rot wurde. Ihr Gesicht glühte. »Am Telefon sagt sich so etwas ja auch leichter«, gab sie schüchtern zu.

»Jederzeit, immer wieder gern.« Lisa lachte nun laut, sie fühlte sich so leicht und befreit.

»Wie gern würde ich dich in meinem Arm halten.« Mona atmete tief ein.

»Ja, und ich dich.« Lisas Mund umspielte ein Lächeln.

18

Der Gerichtssaal war wesentlich kleiner, als Lisa sich das vorgestellt hatte. Der Richter hatte sie in diesem Raum versammelt, weil er hoffte, dass eine außergerichtliche Einigung möglich sein würde.

Er blickte in die Runde, dann sah er die Direktorin an. »Sie verzichten auf einen Anwalt, Frau Bieder-Grau?«

»Da das hier nur eine informelle Anhörung ist, sehe ich nicht ein, Internatsgelder für einen teuren Advokaten zu verschwenden.« Verächtlich musterte sie Lisas Anwalt, Herrn Herbst.

»Hm. Nun gut. Es geht hier also darum«, der Richter schob einige Papiere hin und her, »dass Sie eine Schülerin des Internats verweisen wollen wegen . . .«

»Unzucht mit Minderjährigen«, fiel ihm Frau Bieder-Grau ins Wort.

Der Richter blickte sie über seine Lesebrille etwas verärgert an. »Von Unzucht ist nur dann die Rede, wenn einer der beteiligten volljährig ist. Wenn ich die Aktenlage aber richtig sehe, dann waren beide ... Schülerinnen minderjährig.«

»Es ist mir völlig egal, wie Sie das nennen, ich nenne es abartig und unmoralisch. Das wirft ein ganz schlechtes Licht auf unsere angesehene Einrichtung.«

Nachdem der Richter die Direktorin mit einem intensiven Blick durchbohrt hatte, wandte er sich an den Anwalt. »Was genau ist denn nun vorgefallen? Können Sie mir das bitte schildern?«

»Wieso fragen sie das ihn? Er war doch gar nicht dabei!«, erboste sich Frau Bieder-Grau.

»Er scheint mir aber der einzige hier in der Runde, der mir die Ereignisse sachlich vortragen kann«, konterte der Richter.

Lisa und Elisa feixten sich an. Eins zu null für sie.

Der gute Herr Herbst trug also gespickt mit juristischen Fachausdrücken vor, weshalb Elisa von der Schule fliegen sollte. Der Richter hörte geduldig zu und blätterte immer wieder in den Papieren herum, die vor ihm auf dem Tisch lagen.

Nach dem Ende des Vortrags wandte er sich wieder an die Direktorin. »Trifft das alles soweit zu? Haben Sie dem noch etwas hinzuzufügen?«

Frau Bieder-Grau holte tief Luft. »Das wird hier alles so harmlos dargestellt, als würde es sich hier nur um eine Bagatelle handeln. Die Schülerin Elisa Falke stellt eine Gefahr für die gesunde moralische Gemeinschaft unserer Schule dar. Sie ist ...«

»Ja, das sagten Sie bereits«, schnitt der Richter ihr erneut das Wort ab. »Wenn ich Sie so reden höre, komme ich mir zurückversetzt in Vorkriegszeiten vor. So, wie ich das sehe, ist nichts, aber auch absolut nichts passiert, was eine dermaßen drastische Maßnahme rechtfertigen würde. Oder wollen Sie wegen jedes hormongesteuerten Teenagers bei mir vor Gericht erscheinen?«

Frau Bieder-Grau öffnete den Mund, um etwas zu sagen, blieb jedoch stumm.

»Ich habe hier Ihre Hausordnung vorliegen. Darin finde ich jedoch keinen Punkt, der sexuelle Handlungen zwischen Schülern explizit verbietet.«

»So etwas muss nicht in der Hausordnung stehen, das versteht sich von selbst, dass so etwas nicht vorkommt!«, erboste sie sich.

»Darüber kann man geteilter Meinung sein. Meine Meinung ist hier, dass es keinen Verstoß gegen die Internatsregeln gegeben hat und demnach auch kein Grund für eine Entlassung vorliegt. Daher empfehle ich dringend, dass Sie die Sache mit einer Verwarnung auf sich beruhen lassen. Herr Anwalt, wären Sie damit einverstanden?«

Herr Herbst schaute seine Mandantinnen an. Lisa nickte.

»Wir sind einverstanden«, sagte er.

»Aber ... das ist ... das kann ich nicht ... das geht doch nicht!« Die Direktorin wirkte etwas aus dem Takt geraten.

»Gute Frau, Sie können selbstverständlich darauf bestehen, dass diese Angelegenheit ganz offiziell vor Gericht ausgetragen wird, aber ich kann Ihnen sagen, dass mein Richterspruch nicht anders lauten wird. Und der eines Kollegen auch nicht. Wenn Sie also Ihre Einrichtung vor unnötigen finanziellen Ausgaben bewahren wollen, dann stimmen Sie einer Verwarnung zu.«

Frau Bieder-Grau knirschte förmlich mit den Zähnen, als sie ein undeutliches »Einverstanden« murmelte.

Schließlich wandte sich der Richter an Elisa. »Und Sie, junge Frau, halten Ihre Triebe noch so lange unter Kontrolle, bis Sie Ihren Abschluss in der Tasche und das Internet verlassen haben. Sie kennen Ihre Direktorin nicht erst seit gestern und hätten wissen müssen, was auf Sie zukommt. Alt genug sind Sie, Hormone hin oder her.« Er sammelte die Papiere ein und legte sie in eine Aktenmappe. »Damit wäre die Sache dann ja wohl geklärt.« Er stand auf.

Der Anwalt bedankte sich, dann gab er Lisa und Elisa ein Zeichen, dass sie den Saal verlassen könnten.

Auf dem Flur schüttelte er Lisa die Hand. »Das ging ja leichter, als ich dachte. Meine Arbeit ist dann hier erledigt. Ich denke, nun sind wir quitt.« Er zwinkerte kurz. »Viel Spaß wünsche ich noch ... und falls Sie doch mal wieder in den Club ...«

»Nein«, sagte Lisa energisch. »Das ist ein für alle Mal vorbei.«

»Schade.« Der Anwalt verzog den Mund, drehte sich um und ging.

»Was für ein Club?«, fragte Elisa.

Lisa wurde rot. »Das … das … nicht wichtig. Weißt du was? Unseren Sieg müssen wir feiern! Ich habe hier in der Nähe ein Eiscafé …«

Elisas Augen weiteten sich vor Entsetzen. »Eis? Ich bin kein Kind mehr!«

Lisa seufzte. »Ja, wo sind diese Zeiten hin … also gut, wir gehen einen Sekt trinken. Aber nur einen, klar?«

»Das ist meine Mutter«, sagte Elisa mit gespielt tiefer Stimme.

»Mutter?«

Sie hatten die Direktorin nicht bemerkt, die gerade an ihnen vorbeigehen wollte.

Lisa erschrak. Wenn sie das jetzt erfuhr, könnte das vielleicht doch ein Grund für den Rauswurf sein. Sie lachte gekünstelt. »Ach, das ist so ein Spiel zwischen uns, weil ich so viel älter bin, nennt Elisa mich manchmal *Mutter*.« Sie blickte Elisa verschwörend an.

»Klar, Schwester. Schwester-Mutter.« Elisa schien nur mit Mühe ein Lachen verkneifen zu können.

Irgendetwas in ihren nicht vorhandenen Bart grummelnd marschierte die Direktorin davon.

19

Mona stand von der Couch auf und ging zur Tür. Sie konnte sich nicht vorstellen, wer sie heute Abend besuchen wollte. Sie erwartete niemanden. Lisa blieb mit Elisa noch über Nacht in der Pension.

Dem Klingeln nach zu urteilen, war da jemand ziemlich ungeduldig.

»Ich komme ja schon. Immer langsam.« Sie öffnete.

»Hallo, meine Hübsche. Ich habe uns etwas zum Kochen mitgebracht. Ich habe nämlich vor, uns etwas Tolles zu zaubern.« Barbara lächelte sie an und hob zwei Einkaufstaschen in die Luft. Sie zwängte sich an Mona vorbei und stolzierte in die Wohnung, als sei es das Normalste der Welt.

Mona, von Barbaras Auftauchen, vor allem von ihrem Auftreten ziemlich überrumpelt, schloss entgeistert die Tür. Sie ging auf den unerwarteten Besuch zu, der im Flur stand und sich umschaute.

»Wir sind kein Paar mehr, Barbara. Du kannst hier nicht einfach auftauchen und dich wie zu Hause fühlen.«

Barbara drehte sich mit einer hochgezogenen Augenbraue zu ihr. »Ach, kann ich nicht?« Sie beugte sich zu ihr und gab ihr einen Kuss auf die Wange. »Ich glaube schon, dass ich das kann. Wo ist die Küche?« Sie drehte sich und sah sich suchend um. »Schöne Wohnung, groß vor allem. Fünf Zimmer, oder?«

Mona legte verärgert ihre Stirn in Falten. *Was denkt sie sich?* »Ja, kommt hin.« Sie zeigte im selben Moment, in dem Barbara ihr einen ungeduldigen Blick zuwarf, auf die dritte Tür links, dort befand sich die Küche. Ihr blieb nichts anderes übrig, als Barbara zu folgen, die wie eine Hausherrin vorauslief.

Ja, du fühlst dich hier wie zu Hause. Es ist aber nicht dein Zuhause. Es ist mein Zuhause, und nur meins. Sie ärgerte sich ein wenig über Barbara, die einfach über sie und ihren Willen bestimmte. Wieder einmal. Barbara hatte es noch nie groß interessiert, was sie wollte oder nicht wollte. Das hatte in ihrer Beziehung die letzten Jahre überhandgenommen. Das war einer der Gründe, warum sie sich von Barbara getrennt hatte.

Barbara stellte die Einkaufstaschen auf den Tisch und begann den Inhalt aus den Tüten zu räumen. Sie legte frische Champignons, Käse, Trauben und Knoblauch auf den Tisch, Scampi, Lachs, Spinat und Salat auf die Arbeitsplatte. Aus dem Kühlschrank holte sie Sahne, Eier und Joghurt. Aus dem Regal über dem Herd nahm sie das Olivenöl und einige Gewürze. Dann öffnete sie einige Schubladen. Mit einem Messer in der Hand ging sie zum Fenstersims und bediente sich an den frischen Kräutern. Sie legte sie auf der Spüle ab, ging zurück zum Tisch und holte etwas aus der Einkaufstasche.

Mona konnte nicht erkennen, was es war. Sie konnte nur staunen über Barbaras Verhalten. Es kam ihr alles so vertraut vor.

Barbara drehte sich zu ihr um. In der Hand hielt sie eine Flasche Martini. »Eiswürfel und Limetten habe ich ebenfalls besorgt.« Sie deutete auf den restlichen Inhalt, der sich noch in der Einkauftüte befand. »Damit können wir uns einen gemütlichen Abend machen, so wie früher, und gemeinsam tratschen. Schließlich ist es doch schon ziemlich lange her, dass wir einen gemütlichen Abend zusammen verbracht haben.« Sie lächelte Mona süffisant an.

Mona hatte Zweifel, was Barbaras Auftauchen betraf. So ganz traute sie ihr nicht. »Barbara, was bezweckst du mit deinem Besuch«, sie zeigte auf die Lebensmittel, »mit dem Essen«, sie wies mit ihrem Kopf auf die Flasche, »dem Martini?«

Unschuldig blickte Barbara sie an. »Ich bezwecke überhaupt nichts damit. Wir waren sehr lange ein Paar, du bist meine beste Freundin, meine intimste Partnerin«, sie zuckte mit den Schultern, »mehr auch nicht.«

Sie blickte Mona eindringlich an. Dann grinste sie anzüglich, als sie sich Mona näherte. Sie machte eine ihrer vertrauten Grimassen, die sie immer gemacht hatte, wenn sie Mona angesehen hatte, dass sie miesgelaunt oder angespannt gewesen war. Barbara versuchte Mona zu lockern, und es gelang ihr.

Mona musste gegen ihren Willen lächeln.

»Es ist doch nichts dabei, wenn zwei alte Freundinnen einen netten Abend miteinander verbringen.« Barbara stand ganz nah bei ihr. »Ich verführe dich schon nicht. Jedenfalls werde ich nichts tun, was du nicht willst.«

Mona nahm Barbara die Flasche aus der Hand. Barbara hatte es immer noch drauf, sie aufzumuntern. »Na dann, Eis und Limetten bitte. Ich mache uns die Drinks, während du dich um das leckere Essen kümmerst. Deine Kochkünste fehlen mir schon, ab und zu. Eigentlich immer, wenn ich zu faul bin, um zu kochen.«

»Nur mein Essen? Was ist mit mir? Fehle ich dir denn auch manchmal? Du fehlst mir jedenfalls sehr.« Barbaras Stimme klang sinnlich. Sie strich zärtlich über Monas Wange.

»Barbara, nicht.« Mona sah sie unsicher an. »Glaub ja nicht, dass etwas zwischen uns laufen wird. Ich bin … Wir sind Freundinnen, kein Paar mehr.« Sie wollte ihr nichts von Lisa erzählen. Barbara würde sie nur mit Fragen löchern, und dazu hatte sie absolut keine Lust.

»Auch Freundinnen können Sex haben.«

Mona verdrehte ihre Augen und schmunzelte über die Frechheit ihrer Ex. »Nein, können sie nicht. Jedenfalls nicht wir.« Sie sah Barbara auf eine liebenswürdige Art genervt an.

»Gut, also keinen Sex. Schade aber auch. Du siehst zum Anbeißen aus.« Barbara warf Mona einen Luftkuss zu und begann das Essen vorzubereiten.

Mona dachte an Lisa. Wenn sie ehrlich zu sich war, bestand ihre Beziehung nach wie vor nur aus Sex. Wenn sie sich sahen, taten sie meist nichts anderes, als miteinander zu schlafen. Selbst wenn sie sich nicht sahen, hatten sie Sex miteinander. Was würde passieren, wenn die sexuelle Lust aufeinander verebben würde? Was blieb zwischen ihnen? Lisa liebte den Sex, und Lisa liebte die Frauen. Lisa war nie in einer Beziehung gewesen, die länger als ein Wochenende hielt. Was, wenn sie irgendwann genug von ihr hatte? Würde es so laufen wie beim letzten Mal? Jede würde wieder ihrer Wege gehen?

Es schauerte Mona bei dem Gedanken. Nein, sicher würde es nicht so sein. Was sie hatten, ging weit über Sex hinaus.

Sie blickte auf Barbara, die all die gewohnten Dinge tat. Wann würde sie das bei Lisa erleben? Diese Art der Vertrautheit? Sie schloss die Augen, schob die Gedanken beiseite. Sie würde einfach einen schönen Abend mit Barbara verbringen, und daran war ja schließlich nichts auszusetzen.

Nach dem Essen machten sie es sich auf der Couch bequem. Barbara hielt Mona einen weiteren Martini entgegen.

»Nein, für mich nicht mehr, danke. Ich weiß genau, was du bezweckst, also lass es. Ich durchschaue dich«, sagte Mona mit einem gespielt ernsten Ton. Sie merkte, dass sie zu viel getrunken hatte. Das war gar nicht gut.

Barbara winkte ab. »Ach komm schon, ich habe überhaupt nichts vor. Und ich werde bestimmt nicht allein trinken.« Sie reichte Mona den Martini. »Also komm, leiste mir Gesellschaft. Allein trinken macht traurig.« Barbara sah Mona mit einem süßen, dahinschmelzenden Blick an, mit dem sie einem Hundewelpen Konkurrenz machen konnte.

Mona nahm gespielt genervt das Glas entgegen. »Nein, um

Himmelswillen, jetzt nur nicht traurig werden.« Sie schenkte Barbara ein Lächeln.

Ihre Finger berührten sich. Mona blickte auf und sah, wie Barbara sie eingehend betrachtete. Mona räusperte sich verlegen, lehnte sich in die weichen Kissen der Couch zurück, nippte an ihrem Martini, leckte sich unbedacht über die Lippen.

Barbara lehnte sich neben sie, nahm einen Schluck aus ihrem Glas und beäugte sie in aller Ruhe weiter.

Mona wurde zunehmend nervöser. Sie merkte, wie Barbara sie anstarrte. Sie trank einen guten Schluck. Sie wusste nicht einmal, warum sie so nervös war.

Sie würde Barbara jetzt einfach bitten zu gehen, sie fand, dass es Zeit war.

Barbara indes nutzte das kleine Zeitfenster. Sie hatte Mona angesehen, dass sie mit der Situation überfordert war, und rutschte näher an sie heran. Ihre Oberschenkel berührten sich.

Barbara neigte sich zu Mona und raunte ihr ins Ohr: »Du bist so süß. So süß wie eh und je.«

Mona spürte Barbaras feuchte, warme Lippen, als sie ihr einen Kuss auf das Ohrläppchen gab.

»So süß wie damals, als wir uns das erste Mal begegnet sind.«

»Barbara, nein, lass. Es geht nicht. Ich bin ...« Mona neigte ihren Kopf zur Seite und blickte Barbara an. *Hatte sie schon immer diesen Glanz in den Augen?* Barbaras Augen streichelten sie.

»Ich wüsste nicht, was dagegenspricht.« Barbara nahm Mona das Glas aus der Hand und stellte beide Gläser zur Seite.

Mona wusste, dass sie Barbara in ihrem leichten bis mittleren Alkoholrausch zuviel gestatten würde. Deshalb wollte sie aufstehen, um es zu verhindern. »Oh doch, ich wüsste sehr wohl, was dagegen ...«

Schnell war Barbara ihr ganz nah und zwang sie wieder zurück auf die Couch.

Mona war verwirrt. Sie würde Barbara jetzt ganz bestimmt sagen, dass sie gehen soll. »Ich möchte, dass du ...« Mona hatte nicht den Hauch einer Chance, den Satz zu Ende zu bringen.

Barbara legte Mona einen Finger auf den Mund, fixierte sie mit ihren Augen, tauschte den Finger gegen ihren Mund aus und löste sich wieder aus dem kurzen Kuss, um nah an Monas Lippen zu flüstern: »Du gehörst zu mir, Mona. Jede von uns hatte ihre Abenteuer. Doch jetzt wird es Zeit, dass du wieder nach Hause kommst. Zu mir. Du glaubst nicht, wie sehr ich dich vermisst habe.« Barbara küsste Mona, drückte sie auf die Couch, wobei Monas Hemd etwas nach oben rutschte und ein Stück ihrer Haut freilegte.

Barbara löste sich aus dem Kuss, ihr Augen entdeckten die Stelle. Sie strich mit ihrem Finger über die nackte Haut, lenkte ihren Blick von Monas Bauch zu ihren Augen, lächelte sie begierig an, legte sich auf sie.

Sie nahm ihr die Luft zum Atmen. Mona drehte ihren Kopf. »Barbara, nein ... ich kann nicht.« Sie spürte ihren fünften Martini. Er begann zu wirken.

Barbara begann Monas Ohr zu liebkosen. Der Rausch, der nun von Mona Besitz ergriff, kam angeflogen wie ein Pfeil, der ins Schwarze traf. Alles begann sich leicht zu drehen. Mona stöhnte auf, was Barbara veranlasste weiterzumachen.

»Ich bin zurück.« Barbara lächelte zufrieden. »Ich wusste, dass es dir gefallen würde. Alte Gewohnheiten legt man nicht so schnell ab. Mir machst du nichts vor.«

Barbaras Hand wanderte unter Monas Shirt, berührte nackte Haut, rieb über Brustspitzen, die sich ohne Monas Willen aufrichteten. Monas Körper reagierte einfach. Zu sehr kannte er die Hände, die nicht vergessen hatten, wie sie ihn stimulieren konnten, wussten, wo seine empfindlichsten Stellen waren.

»Barbara bitte, ich kann nicht. Und ich will das nicht. Ich bin zu betrunken. Geh jetzt, bitte.« Mona bäumte noch einmal ihre letzte Willenskraft auf. *Es ist noch Zeit, mach dich nicht unglücklich.*

»Mmh, *kann nicht* heißt nicht, dass du nicht willst.« Barbara lächelte Mona überlegen an. »Du bist so süß in diesem Zustand, weißt du das? Und dein Körper zeigt mir sehr wohl, dass du willst. Die Martinis haben dich früher auch nicht davon abgehalten, mit mir zu schlafen. Ganz im Gegenteil sogar. Ich weiß doch, wie du abgehst, wenn du etwas getrunken hast.« Barbara küsste sie, drang mit ihrer Zunge in sie ein, was ihr Blut schneller durch ihre Adern fließen ließ.

Mona stützte ihre Hände gegen Barbaras Brust, wollte sie so auf Abstand halten. Sie fühlte Barbaras schnellen Herzschlag unter ihrer Handfläche, sah in Barbaras Augen ein Glühen, sah die Obsession in ihnen. Sie musste Barbara stoppen, sonst würde sie gegen sie verlieren, wie so oft in ihrer Beziehung. Sie würde sich ihr einfach hingeben. Sich ihr ergeben.

Eins musste man Barbara lassen: Sie wusste, wie sie es einer Frau besorgen konnte.

Mona musste Barbara *jetzt* stoppen. »Okay, ich will nicht.« Doch ihre Worte kamen leise, ohne wirkliche Abwehr. »Barbara, lass doch bitte. Ich möchte nicht ... nein ...«

Barbara drückte Mona fester in die Couchkissen. »Es macht mich an, wenn du dich so sträubst. Du gehörst zu mir. Das ist dir nur entfallen in der Zeit, in der wir uns nicht gesehen haben.« Barbara streichelte sie ungeniert weiter. »Dabei wissen wir doch beide ganz genau, dass du es willst.«

Mona blickte in vertraute Augen. Barbara konnte so einnehmend sein mit diesem verheißungsvollen Blick. Mona verstand sich selbst nicht mehr. Jetzt wusste sie wieder, was sie an Barbara damals so anziehend gefunden hatte. Barbara konnte unglaublich besitzergreifend sein. Das hatte sie früher immer sehr angetörnt. Barbara war stark und entschlossen.

Barbara, unbeeindruckt von Monas Versuchen der Gegenwehr, schob ihr das Shirt weiter nach oben über ihre Brüste. Sie stierte auf Monas Brust, die entblößt vor ihr lag. Es war ihr ein Leichtes, gegen Monas Widerstand anzukämpfen.

Sie nahm Monas Hände von ihrer Brust und legte sie ihr über den Kopf, hielt ihre Handgelenke mit einer Hand fest umschlossen. Sie lächelte anzüglich, bevor sie Monas Mund verschloss und sie fordernd küsste.

»Nein Barbara ... nicht ... bitte.« Mona versuchte sich zu lösen und drehte ihren Kopf zur Seite. Der Alkohol benebelte ihre Sinne. Doch ihr Körper sendete eindeutige Signale, dass ihm das, was Barbara mit ihm tat, gefiel.

Barbara küsste Mona weiter über den Hals. Grinste, als sie sah, wie Monas Brustwarzen unter ihren Berührungen anschwollen. »Du machst mich ganz wild, Mona.«

Mona wollte nicht, aber sie konnte nichts dagegen tun. Ihr Körper reagierte wie mechanisch auf Barbaras Küsse und Berührungen. Sie stöhnte unkontrolliert, als Barbara ihre Brustwarze mit ihrem Mund umschloss.

Barbara wusste, das Mona sich vor Lust wälzen würde, wenn sie sie erst mal nahm. »Mona, mein Schatz, wie habe ich mich danach gesehnt, dir wieder nah sein zu können. Du glaubst nicht, wie sehr du mir fehlst.« Sie zog Mona das Shirt ganz aus. Hielt wieder mit einer Hand Monas Handgelenke gefangen, als sie merkte, dass Mona sie von sich schieben wollte.

»So wehrhaft kenne ich dich gar nicht. Warum bist du früher nicht auf diese Idee gekommen? Das macht mich total an, wenn du versuchst, dich zu wehren.« Barbara blitzte Mona an und küsste sie ungehalten.

Mona stöhnte auf, aber weniger, weil ihr das gefiel, was Barbara tat, sondern weil sie einfach zu grob zu ihr war.

»Du bist so empfindlich«, murmelte Barbara. »Das gefällt mir.«

Mona spürte Barbaras tastende Hände auf ihren Körper. »Hör doch, ich kann nicht ... ich bin in einer ...« Ihre Stimme zitterte.

Barbara kümmerte sich nicht um Monas gestammelten Protest. »Ja, so ist es gut, komm. Ich weiß, wie du es gern magst, mein Schatz.« Barbara senkte ihren Blick auf Monas Hosenbund. Strich mit ihren Fingerspitzen darunter, küsste Mona erneut leidenschaftlich. »Du bist so weich, so unglaublich zart.« Sie öffnete den Knopf an Monas Hose, zog den Reißverschluss hinunter, glitt mit ihrer Hand hinein.

»Was soll das? Bist du verrückt?« Für einen kurzen Moment war Mona wieder nüchtern.

»Mona«, sagte Barbara heißer, »ich liebe dich, dass musst du doch wissen. Ich werde dir beweisen, wie sehr ich dich liebe.« Sie verschloss Monas Lippen und drang mit ihrer Zunge in ihren Mund.

Mona konnte ein Stöhnen nicht unterdrücken. Sie löste sich, sah Barbaras Blick, der ihr zeigte, wie heiß sie auf sie war. Wie sehr sie sie wollte. Sie spürte ihre Stärke an den Handgelenken, fühlte ihre Hand in der Hose, merkte, wie der Alkohol sie benebelte und willig machte.

Barbara strich durch Monas Nässe, die von geschwollenen Schamlippen gefangengehalten wurde. Sie rieb ihre empfindliche Perle. Dann drang sie ohne Vorwarnung schnell und tief in sie ein. Stöhnte laut, als sie Monas Weichheit auf ihren Fingern spürte. Die Tiefe, die sie so lange nicht mehr hatte nehmen können, schaukelte sie hoch.

»Du bist eine fantastische Geliebte. Bitte komm zu mir zurück, Baby. Du darfst mich nicht für immer verlassen.« Barbara rieb sich an Monas Seite, blickte auf ihren nackten Oberkörper, und hielt weiter ihre Handgelenke fest in der Hand.

Mona konnte ein Stöhnen nicht unterdrücken, sie schloss ihre Augen. Sie wusste, dass es falsch war, wusste, dass Barbara ohne ihr Einverständnis Sex mit ihr hatte. Doch sie konnte auch nicht sagen, dass das, was Barbara mit ihr tat, ihr nicht gefiel.

»Bereue es nicht, gib dich mir hin, wie du es früher auch getan hast«, hauchte Barbara über ihr. Sie entfernte sich aus ihr, zog mit gekonnter Hand Monas Hose über ihren Po, schob sie über ihren Oberschenkel hinunter zu ihren Knöcheln und drang erneut in sie ein. Mit Blick auf Monas Mitte füllte Barbara sie nach kurzer Zeit noch etwas mehr aus.

Mona fühlte sich gut und schlecht zugleich. Sie trug einen Kampf in ihrem Innern aus. Lust überkam sie, weil ihr gefiel, was Barbara tat. Qual überkam sie, da sie Barbara nichts entgegenzusetzten hatte und wusste, dass es falsch war, Barbara nicht aufzuhalten.

Der Alkohol hatte sie nun vollends eingelullt, sie hatte die Grenze überschritten. Sie war völlig wehrlos, was ihre Leidenschaft betraf.

Barbara küsste sie, leckte sie, nahm sie.

Vorsichtig schlug Mona die Augen auf. Sie hatte einen unangenehmen Geschmack im Mund. Ihr war übel, und der Kopf tat ihr weh. Sie strich sich mit einer Hand über die Stirn. Langsam lichtete sich der Nebel, nach und nach fiel ihr der gestrige Abend wieder ein.

Ihr Herz raste, als sie etwas Schweres auf ihrem Bauch fühlte. Sie tastete mit ihrer Hand danach, erfühlte einen Arm. *Nein, oh nein, bitte nicht, ich träume das Ganze nur.*

Sie blickte zur Seite und war augenblicklich hellwach. Sie drehte ihren Kopf wieder zurück und starrte an die Decke. Was hatte sie nur getan? Wie hatte sie das nur geschehen lassen können?

Mit der flachen Hand klopfte sie mehrmals auf den Arm, der sie umklammert hielt. »Wach auf, Barbara! Komm schon! Wach endlich auf!« Ihre Stimme war kaum mehr als ein einziges Kratzen.

Verzweiflung kroch in ihr hoch. Das Klopfen half nicht. Sie drehte sich und schüttelte Barbara an der Schulter. Doch die brummte nur.

Mona rutschte unter dem Klammergriff hervor und stand vom Bett auf. Musste sich aber gleich wieder setzten. Ihr war kurz schwarz vor Augen geworden. Übelkeit kroch von ihrem Magen hinauf zu ihrem Hals, und ein furchtbares Stechen machte sich in ihrem Kopf breit.

Sie erhob sich auf ein Neues, jetzt etwas langsamer als das erste Mal, und ging hinüber ins Bad. Da sie nackt war, zog sie sich ihren Bademantel über. Sie öffnete den kleinen Schrank, der neben dem Spiegel hing, nahm die Tablettenschachtel heraus, ließ Wasser in den Zahnputzbecher fließen und schluckte zwei Pillen, um den Schmerz zu vertreiben.

Sie sah sich im Spiegel und schaute dann beschämt zur Seite. *Oh Gott! Wie soll ich Lisa gegenübertreten? Wie soll ich ihr das erklären?*

Sie verließ das Bad, ging ins Wohnzimmer und erblickte ein Chaos. Die Kissen der Couch lagen überall verteilt im Raum, als ob sie durch die Luft geworfen wurden. Doch daran konnte sie sich nicht erinnern. Die Martinigläser lagen auf dem Boden, der Tisch war verschoben, Klamotten lagen durcheinander auf den Möbeln, auf dem Boden und sogar auf der Stehlampe.

Mein Gott, wieso erinnere ich mich nicht mehr? Nie wieder Martini, schwor sie sich. Wütend sammelte sie Barbaras Kleidung auf, ging zurück ins Schlafzimmer und warf sie der gerade Erwachten hin.

Ihre Augen blitzten Barbara an, ein Funken Wut glomm in ihren Pupillen auf. Sie zwang sich mit Gewalt zu einem freundlichen Ton. »Zieh dich an und verlass sofort mein Schlafzimmer.«

»Mach mal halblang. Es gehören immer zwei dazu, wenn ich dich daran erinnern darf.« Barbara wusste genau, warum Mona so schlechte Laune hatte. »Außerdem war es klasse. Du hast eine Menge Neues gelernt. Wenn ich auch nur den Hauch einer Ahnung gehabt hätte, was alles in dir steckt, dann wäre unser Sexleben nicht so schnell verebbt. Ich hätte nichts dagegen, alles nachzuholen. Ich weiß gar nicht, warum du dich so aufregst.« Sie setzte sich auf, wobei ihr die Decke über ihre runderneuerten Brüste rutschte. Sie lächelte Mona verführerisch an. »Komm und setz dich zu mir.« Sie klopfte auf die Matratze neben sich. »Wir können da weitermachen, wo wir gestern aufgehört haben.«

Obwohl Monas Kopf noch wehtat, spürte sie, wie Hass in ihr hochstieg. »Ich wiederhole mich nur ungern, also verschwinde. Ich will nicht, ich betone, *ich will nicht,* dass du noch mal hier auftauchst. Wir sind kein Paar, werden auch nie wieder eins sein. Verschwinde aus meinem Leben und lass mich in Ruhe.« Sie wusste nicht, über wen sie wütender war, über Barbara oder über sich.

»Sollten Frauen nicht entspannter sein, wenn sie Sex hatten? Ich verstehe dich nicht. Was hast du denn nur auf einmal? Wo ist die friedliche, sexy Mona von heute Nacht?« Barbara schlug die Decke zurück, setzte sich auf den Bettrand, fingerte nach ihrem Hemd und zog es sich über.

Mona fuhr sich mit beiden Händen durchs Haar. »Du hast gesagt, du wirst mich in Ruhe lassen.«

»Ah ah ah, ich habe gesagt, ich tue nichts, was du nicht auch willst. Das ist ein Unterschied. Und ich glaube, du hast alles genauso gewollt, wie ich es gewollt habe. Also, wo ist das Problem?«

Mona musste insgeheim zugeben, dass Barbara Recht hatte. Langsam erinnerte sie sich, zumindest teilweise. Aber zugeben würde sie das definitiv nicht. »Kannst du dich nicht schneller anziehen?«, fuhr sie Barbara ungehalten an.

»Wenn du wüsstest, wie süß du im Moment . . .« *Rumms.*

Mona hatte das Schlafzimmer verlassen und die Tür hinter sich zugeknallt. Sie konnte Barbaras Anzüglichkeiten nicht mehr länger ertragen.

Ich habe ja solchen Mist gebaut. Ich verstehe nicht, weshalb ich das getan habe. Ich hatte absolut keinen Grund, Lisa zu betrügen. Sie legte ihren Kopf in beide Hände.

Barbara kam angekleidet aus dem Schlafzimmer und strich Mona über den Arm. Sie senkte den Kopf und sah Mona gespielt zerknirscht an.

»Nein«, schrie Mona. »Fass mich nicht an. Sieh zu, dass du aus meiner Wohnung verschwindest, sonst ... sonst vergesse ich mich.« Sie sah Barbara wütend und hasserfüllt an.

Barbara grinste schief. »Ach, da hätte ich nichts dagegen. Heute Nacht hast du dich auch vergessen, so habe ich dich in unserer ganzen Beziehung noch nie erlebt. Schade, sehr schade. Dieser Pepp hatte uns zum Schluss gefehlt. Was aber nicht war, kann ja jetzt noch werden.« Barbara zog Mona zu sich in die Arme.

Mona hatte endgültig genug. Sie scheuerte Barbara eine. Die taumelte völlig überrascht zurück.

»He, was ist denn jetzt los? Kannst du keinen Spaß mehr vertragen?« Barbara hielt sich die brennende Wange.

»Spaß ich kann sehr wohl vertragen, aber das hier ist keiner mehr. Ich meine alles so, wie ich es sage. Ich will, dass du gehst. Und ich will das nicht noch einmal wiederholen müssen.«

»Komm schon, Mona. Wegen dem bisschen Sex auf der Couch brauchst du doch nicht so auszuticken. Obwohl es mich verrückt gemacht hat, als du mit allem nach mir geworfen hast, was du finden konntest. Das hat mich ganz schön angeheizt. Leider bist du dann ins Bett gegangen. Nach Hause fahren konnte ich nicht mehr, also habe ich mich etwas später zu dir gelegt. Der Sex allein wird dich ja wohl nicht so aus der Bahn geworfen haben. Ich weiß gar nicht, was du hast. Komm, wir vertragen uns wieder.«

Ratlosigkeit stand in Monas Gesicht geschrieben. Was sollte sie denn noch tun und sagen, damit Barbara endlich begriff? »Verzieh dich doch einfach, Barbara. Es macht es nicht besser, wenn wir darüber reden. Hast du wirklich geglaubt, du könntest hier einfach so reinspazieren, und alles wäre wieder wie früher? Wie konntest du dir nur so was denken?«

Barbara blickte Mona ernst an. »Das hat sich am Telefon aber anders angehört.« Sie durchbohrte Mona förmlich mit ihrem Blick. »Wir sind noch nicht fertig.« Dann drehte sie sich um und machte Anstalten, die Wohnung zu verlassen.

Mona brauchte eine Sekunde. »Was … welches Telefon?«, fragte sie verwirrt.

»Das solltest du deine beste Freundin fragen«, rief Barbara im Hinausgehen, »die sich wohl völlig unnötig um dich sorgt.«

Die Tür fiel ins Schloss.

Mona ließ sich aufs Sofa fallen. Was denn für eine beste Freundin? Jemand hatte Barbara angerufen und sich als ihre beste Freundin ausgegeben? Und Barbara dazu veranlasst, bei ihr aufzukreuzen? Wer machte denn so was? Jule? Birte? Nein, niemals.

Und wie ist dieser Jemand an Barbaras Nummer gekommen?

Mona grübelte. Zugegeben, zu ihrer Handtasche hatten eine Menge Leute Zugang. Leute in der Schule, im Café oder auch im *Jenseits*. Jeder hätte sich ihr Handy kurz schnappen und nach der Nummer suchen können. Sie sollte vielleicht doch mal eine Passwortsperre einrichten.

Das war aber alles keine Entschuldigung dafür, dass sie mit Barbara geschlafen hatte. Diese Erkenntnis traf sie wie ein Blitzschlag. Wie sollte sie Lisa das nur beibringen?

Sie ging ins Schlafzimmer und setzte sich aufs Bett. Sie konnte ihre Tränen nicht mehr zurückhalten und ließ ihnen freien Lauf.

Nach einigen Minuten sprang sie auf, zog wütend das Bett ab, zerknüllte alles und lief ins Bad. Sie stopfte die Bettwäsche in die Waschmaschine und stellte sie an.

Wie hatte sie sich nur auf Barbara einlassen können? Wie sollte sie Lisa das erklären, ohne sie zu verlieren? Sie war doch sonst immer eine Frau mit Verstand.

Ihr wurde gerade schmerzlich bewusst, dass sie drauf und dran war, Lisa zu verlieren. Sie setzte sich auf den Wannenrand und schluchzte vor sich hin. Die Sehnsucht nach Lisa war jetzt noch unerträglicher für sie.

20

Elisa wurde vor dem Internat von ihren Freundinnen johlend in Empfang genommen.

»Na, du hast es dem alten Drachen aber mal richtig gezeigt,

was?«, rief Ina.

»Ja, und wir wollen jetzt ganz genau wissen, was da im Gericht los war«, meldete sich ein anderes Mädchen.

Elisa genoss es sichtlich, so im Mittelpunkt zu stehen. »Mädels, ich erzähle euch ja alles.« Sie wandte sich um zu Lisa. »Kann ich noch eine halbe Stunde haben, bevor wir fahren?«

Lisa verdrehte die Augen. »Ja, verschwindet ruhig, aber nur eine halbe Stunde!«

»Ich habe nämlich ein paar Tage schulfrei bekommen«, erklärte Elisa ihren Freundinnen stolz, »ich fahre heute erst mal nach Hause.«

Die Truppe schlenderte davon.

Lisa wusste, dass es nicht bei einer halben Stunde bleiben würde. Sie lief ein Stückchen in den angrenzenden Wald und setzte sich auf eine Bank am Wegesrand. Ihr Blick in den sonnenklaren Himmel gerichtet, legte sich ein Lächeln aufs Gesicht.

Ihre Gedanken gingen auf eine imaginäre Reise. Auf einen Ausflug in eine Welt, in der nur Mona und sie vorkamen. Sie sah Monas Augen vor sich und tauchte in einen klaren Bergsee ab. Was sie für Mona fühlte, bescherte ihr Glückseligkeit. Sie versank immer mehr in einen Taumel aus wahrer Liebe zu Mona.

Die Sonne streichelte warm ihre Haut. Noch nie war sie so glücklich gewesen, wie sie es zur Zeit war. Es schien, als würde sich gerade ihr ganzes Leben zum Guten wenden. Sie strahlte, sie strahlte nicht nur von innen, sie konnte auch spüren, wie sich auf ihrem Gesicht ein Strahlen ausbreitete. Sie konnte es nicht mehr abwarten, Mona zu umarmen und einfach nur zu halten.

Sie spürte, dass Mona sie mit Glück ausfüllte und dass sie ihre Nähe allmählich brauchte wie die Luft zum Atmen.

Sie war auch gespannt, wie Jule, Birte und Carmen die Wandlung Elisas von Schwester zu Tochter aufnehmen würden. Aber ihre Bedenken hielten sich diesbezüglich in Grenzen. Mit Mona an ihrer Seite war alles zu schaffen, das wusste und fühlte sie, wie sie die Sonnenstrahlen fühlte, die ihre Haut erwärmten.

Es kam etwas Wind auf, der die Baumwipfel streichelte und sie leicht zum Tanzen brachte, während er sein Lied zwischen ihren Ästen pfiff.

Lisa sah dem Schauspiel zu, dann schloss sie ihre Augen. Nie hätte sie angenommen, dass es doch so vergleichsweise leicht sein würde, mit ihrem Leben aufzuräumen.

Kurz tauchte eine Empfindung auf, die ihr Unbehagen bescherte. Sie huschte wie ein Schatten über sie hinweg. Wie eine Wolke, die den Weg der Sonnenstrahlen zur Erde schnitt.

War vielleicht alles zu einfach? Lief hier momentan nicht alles ein bisschen zu glatt?

Aber, warf Lisa in Gedanken ein, dachte man nicht automatisch, dass etwas Schlechtes passieren musste, wenn es gerade gut lief? Weil man nicht glauben konnte, dass es so einfach sein konnte, das Glück? Gehörte zum Glück nicht auch das Unglück?

Doch so schnell, wie das ungute Gefühl sie ergriffen hatte, so schnell ließ es auch wieder von ihr ab. Sie verdrängte die negativen Gedanken und die negativen Gefühle, denn schönere hatten Vorrang.

Sie hatte ein Überraschung für Mona geplant. Sie wartete zwar nur noch auf ein Okay, das sie bislang noch nicht hatte, doch sie war sich ziemlich sicher, dass alles klappen würde. Die Freude auf Monas Gesicht, wenn sie ihr davon erzählen würde, ließ sie noch mehr strahlen.

Nach einer sehr langen halben Stunde kam Elisa mit ihren Freundinnen zurück. Sie verabschiedeten sich, dann stieg sie mit Lisa in den Wagen, und sie fuhren los.

Einige Stunden später erreichten sie Lisas Wohnung. Lisa war froh, wieder in ihren eigenen vier Wänden zu sein, freute sich auf Mona, die sie sogleich anrief, um ihr mitzuteilen, dass sie wieder im Lande sei. Da es schon spät war, würden sie sich heute nicht mehr sehen können. Lisa rief außerdem noch Birte, Jule, und Carmen an, um sie für den nächsten Tag einzuladen.

Mona war die erste, die Elisa Hallo sagte. Erneut konnte sie nur über die Ähnlichkeit der beiden Frauen staunen.

Lisa ließ die Schelte, die zehn Minuten später von Carmen über sie hereinbrach, weil sie kein Wort über Elisa gesagt hatte, geduldig über sich ergehen. Lange konnte Carmen ihr sowieso nicht böse sein.

Nachdem auch Jule mit Birte eintraf, wurde Elisa mit Fragen bombardiert.

Lisa lehnte am Türrahmen und beobachtete das Treiben. Sie war so bewegt, dass ihre Lippen zitterten, als sie lächelte. Sie war gerührt und erfreut, dass ihre Freundinnen Elisa so herzlich aufnahmen. Sie fragte sich, warum sie um Elisa so ein Geheimnis gemacht hatte.

Ihr Blick streifte Mona, und ihr Herz machte einen Sprung.

Sie nahm die Gunst der Stunde wahr. Sie ging zu Mona, nahm ihre Hand und zog sie mit sich in die Küche. Sie hatte bislang noch keine Zeit gefunden, um Mona richtig zu begrüßen. Das wollte sie jetzt nachholen.

Mona plagte ein unglaublich schlechtes Gewissen. Sie dachte immer wieder an den Abend mit Barbara und fragte sich, wie sie Lisa gegenübertreten sollte.

Sie hatte es nicht wirklich eilig, mit Lisa allein zu sein. Sie hatte Angst, dass Lisa ihr ansah, dass etwas nicht stimmte. Sie konnte und sie wollte jetzt nichts von Barbara erzählen. Es war der falsche Zeitpunkt. Sie wollte die harmonische Stimmung nicht zerstörten. Zu glücklich sah Lisa aus. Was die Sache nicht besser machte.

Nicht nur, dass sie Lisa betrogen hatte, sie belog sie jetzt auch noch, indem sie nichts sagte. Nichts sagen konnte. Mona wusste, dass es ein Fehler war, nichts zu sagen, doch ihre Angst, Lisa zu verlieren, brachte sie zur Verzweiflung. Es brach ihr das Herz.

Mona wäre am liebsten ferngeblieben von der heutigen Zusammenkunft. Doch damit hätte sie sich erst recht verdächtig gemacht. Lisa hätte gleich bemerkt, dass etwas nicht stimmte. Lisa hätte den Grund ihres Fernbleibens wissen wollen.

Also musste Mona gute Miene zum bösen Spiel machen. Doch sie hatte berechtigte Angst, dass es in nächster Zeit anders sein würde.

Es hätte alles perfekt sein können, wenn sie nur nicht mit Barbara geschlafen hätte. Warum hatte sie Barbara nicht in ihre Schranken weisen können? Warum hatte sie sich nicht genug gewehrt? Doch das Warum war im Grunde egal. Schlimm war die Sache an sich. Betrügen war betrügen, mit oder ohne Alkohol.

Mona versuchte ihre Traurigkeit so gut es ging zu unterdrücken.

Sie nahm auf dem Küchenstuhl Platz.

Lisa setzte sich auf Monas Schoß. »Erinnert dich das an was?« Sie zog verführerisch eine Augenbraue hoch.

»Wie könnte ich das vergessen.« *Ich habe es vergessen, als Barbara da war.* Mona schenkte Lisa ein schüchternes Lächeln.

»Ich kann es kaum erwarten, mit dir allein zu sein, mein Engel.« Lisa beugte sich zu Mona und gab ihr einen leidenschaftlichen Kuss.

Mona verkrampfte sich innerlich. *Es tut mir so leid, Lisa. Ich bin alles andere als ein Engel.* Sie konnte nichts sagen.

Lisa löste sich mit einem zufriedenen Stöhnen. Streichelte mit ihren Fingern Monas Nacken entlang. »Wir werden uns leider in Geduld üben müssen. Mehr als das hier wird es die nächsten Tage nicht geben, also genieße, bevor es vorbei sein wird. Elisa wird nicht ewig erzählen können.« Sie kam Monas Mund lächelnd wieder näher, küsste sie, forderte erneuten Einlass mit ihrer Zunge.

Monas Augen schlossen sich, sie stöhnte, als Lisas Zunge ihre verführte. Es war wundervoll, Lisa zu schmecken, sie hier auf ihrem Schoß zu haben, der heiß unter ihrem Gewicht brannte. Wie verfluchte sie das Geschehene mit Barbara. Sie umklammerte Lisa, drückte sie fest an sich, wollte sie nie wieder loslassen. Sie küsste Lisa hart. Als ob sie mit diesem Kuss alles loswerden könnte.

Lisa stöhnte vor Überraschung und leichtem Schmerz auf. Der immense Druck, der auf ihrem Mund lastete, war überwältigend. Mona ließ nicht von ihr ab. Sie fühlte Monas Hände auf ihrer glühenden Haut, die sich unter ihr Hemd gemogelt hatten. Bald würde sie keine Luft mehr bekommen.

Ein Räuspern zerriss die Luft.

Lisa wollte sich lösen, doch Mona entließ sie nicht. Wie im Rausch wurde sie von Mona geküsst.

Noch ein Räuspern, nun etwas lauter, trennte die ineinander

verschlungenen Liebenden.

Lisa holte tief Luft und sah Mona fragend an.

»Es tut mir leid.« Monas geflüsterte Worte kamen kaum bei ihr an, so leise waren sie. Mona wich ihrem Blick aus.

Überrascht von der Gewalt, die in diesem Kuss lag, leckte sie sich kurz über ihre schmerzende Unterlippe. Versuchte Mona in ihre ausweichenden Augen zu sehen.

Mona hatte sie noch nie so geküsst. Und wieso sah Mona sie nicht an?

Für mehr Gedanken blieb keine Zeit. Ein erneutes Räuspern drang zu ihnen herüber.

Beide sahen zur Tür. Erblickten Elisa, die locker an der Tür lehnte und sie frech angrinste.

Lisa stand von Monas Schoß auf und zog sich ihr Hemd am Rücken herunter.

»Ihr habt das Bitte-nicht-stören-Schild vergessen anzubringen.« Elisa lachte. »Von euch kann ich bestimmt eine Menge lernen. So verliebt wie ihr zwei seid. Wenn ihr wollt, kann ich Jule oder Birte fragen, ob sie mir Unterschlupf gewähren, dann hättet ihr eure Liebeshöhle zurück.«

Lisa ging auf Elisa zu. »Erstens, Bitte-nicht-stören-Schilder sind in meiner Wohnung verboten. Zweitens, die Liebe bringst du dir gefälligst selbst bei. Was nicht heißen soll, dass wir für Fragen nicht offen währen. Drittens, ich werde dich die wenigen Tage, die wir zwei noch haben, nicht zu meinen Freundinnen schicken. Dann hätte ich ja nichts von dir. Und wenn du wieder im Internat bist, holen Mona und ich die paar Tage umso intensiver nach.« Sie musste sich unweigerlich über ihre schmerzende Lippe lecken. Sie drehte sich zu Mona. »Nicht wahr?« Lisas fragende Augen trafen auf die ausweichenden von Mona.

Mona nickte, und ein verrutschtes Lächeln huschte über ihr Gesicht. Zu groß war der Schmerz, den sie Lisa zufügen würde. Sie konnte ihr nicht aufrichtig in die Augen sehen. Sie wich Lisas Blick aus, stand auf und wollte Elisa in den Flur folgen.

Lisa hielt sie jedoch am Arm fest und wartete, bis Elisa ins Wohnzimmer eingebogen war. Sie stellte sich vor Mona und lächelte sie an. »Wow, du scheinst mich ja ganz schön arg vermisst zu haben. Du warst gerade … mmh … ganz schön fordernd.« Sie versuchte Mona zu lesen, die sie nun verlegen ansah.

»Es tut mir leid, dass ich dir wehgetan habe, Lisa. Ich verspreche, das kommt nicht wieder … vor.« Mona Augen suchten einen Weg an Lisa vorbei. *Das ist wohl ein leeres Versprechen.*

Lisa entdeckte die Traurigkeit in Monas Augen. »Mona, du hast doch was?«, fragte sie. »Möchtest du darüber reden? Dann gehen wir kurz spazieren. Die kommen gut ohne uns klar.« Besorgt sah sie Mona an. *Irgendwas stimmte doch nicht.*

Mona winkte ab. Straffte sich. »Nein, es ist nichts. Ich bin nur so froh, dass du wieder da bist. Ich habe dich wahnsinnig vermisst, das ist alles. Außerdem sollst du jede freie Minute mit deiner Tochter verbringen.« Sie beugte sich zu Lisa, gab ihr einen sanften Kuss auf den Mund und setzte ein Strahlen auf. »Na komm. Sonst bleibt uns nichts mehr vom Essen.« Sie zog Lisa mit sich.

21

Lisa lag entspannt auf der Couch, als das Telefon klingelte. Hatte Elisa etwas bei ihr vergessen? Sie bewegte sich langsam von der Couch. Die lange Fahrt zum Internat und zurück lag ihr noch in den Knochen.

»Lisa? Carmen hier. Könntest du eben mal ins Café kommen? Bitte.«

An Carmens Tonfall merkte Lisa, dass etwas nicht stimmte. »Muss das jetzt sein? Kann das nicht bis morgen warten?« Einen Versuch war es wert. Mona wollte schließlich bald bei ihr sein.

»Bitte Lisa, es ist wichtig. Glaub mir!«

Lisa atmete tief durch. »Sicher. Kein Thema. Ich bin auf dem Weg.« Eigentlich hatte sie sich noch etwas ausruhen wollen, bevor Mona kam.

Lisa begrüßte Carmen, die hinter dem Tresen an der Espressomaschine hantierte. »Hallo. Also, was gibt es denn so Dringendes?«

Carmen blickte sie ernst an. »Es ist wegen Mona. Ich wollte dir das ja erst ersparen, doch wenn du es nicht von mir hörst, dann von jemand anderem.« Ein Blick, der sagte, *ich habe es doch gewusst,* traf Lisa.

Lisa sah sie fragend an. Sie verstand nicht, was Carmen ihr damit sagen wollte. »Was soll ich von wem hören? Und was ist mit Mona?«

Carmen blickte sie mitfühlend an. Sie legte eine Hand auf Lisas Arm. »Es ist sehr bedauerlich. Und es tut mir wirklich sehr leid für dich. Doch ich bin deine Freundin, deshalb kann dich nicht ins Messer laufen lassen.« Sie unterstrich ihre Anteilnahme mit einem hörbaren Schlucken. »Mona ... sie ist, sie ist hier. Und sie ist nicht allein.«

Carmen machte eine kleine Bewegung mit ihrer Hand über Lisas Schulter, die Lisa jedoch nicht wahrnahm. Dann wurde Lisa von Carmen an den Schultern herumgedreht.

Carmen wies mit einer Hand auf Mona, die sich im hinteren Bereich des Cafés befand. »Es ist auch nicht das erste Mal, dass man die beiden zusammen sieht. Bedauerlicherweise.« Sie strich über Lisas Arm.

»Ja, wie bedauerlich«, antwortete Lisa mechanisch, »für Mona.« Sie blickte durch einen feuchten Schleier, der sich rasend schnell über ihre Augen gelegt hatte. Sie verspürte eine so schreckliche, bedrückende Enttäuschung, dass sie am liebsten geweint hätte.

Sie sah, wie Mona eine Frau küsste.

Mit einem schnellen Ruck drehte Lisa sich um, sie wollte das Elend nicht länger ansehen müssen. Sie blinzelte vermehrt, um klar sehen zu können. Die Erkenntnis, dass Mona sie betrog, erschütterte zutiefst ihre Seele.

»Warum tust du mir das an, Carmen? Musste das sein?« Lisa blitzte Carmen durch den feuchten Nebel böse an. »Dass du sie nicht leiden kannst, war mir von Anfang an klar, aber dass du mir jetzt so wehtun musst, verstehe ich nicht.« Eine Träne schaffte es, sich aus ihrem feuchten Gefängnis zu befreien.

Carmen sah sie mitfühlend an. »Du bist verletzt, das verstehe ich. Doch ich bin nicht diejenige welche. Lass deine Wut nicht an mir aus. Ich habe dich gleich vor ihr gewarnt. Doch du, du wolltest nicht hören. Die Frau ist nichts für dich. Sie war doch nur auf Sex mit dir aus. Du warst nur ein Abenteuer für sie. Aber ich, ich liebe dich, und das schon all die Jahre. Sieh nur, was sie dir angetan hat, ich könnte dir das nie antun.«

»Was redest du da?« Lisa verstand immer weniger, was gerade hier ablief.

Carmen machte einen Schritt auf sie zu. »Aber es ist die Wahrheit, Lisa. Was denkst du, warum ich deine Sexabenteuer toleriere? So kann ich ein Teil davon sein, ein Teil von dir. Ich dachte, irgendwann ... Ich hatte so gehofft, dass du irgendwann genug von all der Herumhurerei hast und zu mir findest. Ich liebe dich, Lisa.«

Sie wollte Lisa am Arm berühren, doch diese wich zurück. Sie sah sie völlig entgeistert an. Carmen war in sie verliebt? Mona traf sich mit einer anderen Frau? War das ein böser Traum, aus dem sie gleich erwachen würde?

Sie brauchte ein paar Sekunden, um ihre Sprache wiederzufinden. »Ich hatte ... du warst doch immer ... immer meine beste Freundin, aber doch nicht ... Nein, Carmen, wir werden nie ... nein, nie. Es tut mir leid. Ich mag dich, ja, aber nicht auf diese Art.«

Lisas Augen konnten die Tränen nicht mehr halten. Fluchtartig verließ sie das Café.

In dem Moment, in dem sie auf die Straße trat, vibrierte das Handy in ihrer Hosentasche. Sie fingerte es hervor und schaute aufs Display. *Der Deal geht klar, du hast den Zuschlag bekommen,* stand dort geschrieben.

Lisa konnte sich nicht darüber freuen. Jetzt nicht mehr. Es wäre eine gute Nachricht gewesen, eine tolle Überraschung für Mona, wenn sie mit Mona noch zusammen wäre. Was sich gerade erledigt hatte. Sie war bereit gewesen, ihr ganzes Leben zu ändern, doch jetzt brach alles über ihr zusammen. Die Nachricht machte sie nur noch trauriger.

Sie schluchzte kurz. Was war das nur für ein bestialischer Schmerz in ihrer Brust? Sie glaubte ihn nicht aushalten zu können. Ihre Gedanken kreisten und kamen nicht zum Stillstand. Der Himmel brach gerade über ihr zusammen. Die Geigen, die eben noch dort oben hingen, lagen nun zersplittert vor ihr auf dem Boden.

Mona hat eine andere, und wer weiß, wie lange schon.

Sie hatte also gar nicht verkehrt gelegen mit ihrer Vermutung, dass Mona etwas beschäftigte. Es war diese fremde Frau. *Sie hat an diese Frau gedacht, als sie mich in der Küche geküsst hat.* Automatisch legte sie ihre Finger auf die Lippe.

Mona fuhr zweigleisig. Das hätte sie ihr nie zugetraut. Hatte Mona Schluss machen wollen, und nur weil Elisa da war, hatte sie es verschoben? In der Öffentlichkeit hatte sie sich ja schon mit dieser Frau gezeigt, wenn sie Carmens Worten Glauben schenkte. Und warum sollte Carmen sie deswegen anlügen?

Hatte Mona sich die Trennung für heute Abend aufgehoben? Womöglich, nachdem sie mit dieser Frau im Bett gewesen war? *Schnell ein Quickie und dann zu mir?* Wollte Mona vielleicht sogar noch mal mit ihr ins Bett? Und dann, volle Breitseite! Ein Schlag ins Gesicht! *Lisa, der Sex zwischen uns war grandios, aber mehr auch nicht.* Sex, Sex, Sex. Warum wollten alle immer nur Sex von ihr? War sie für mehr wirklich nicht gut?

Sie ließ ihren Blick kurz über die Straße schweifen. Der Abend war dunkel und feindselig.

Sie steckte das Handy ein und lief zum Wagen. Brach beinah den Schlüssel ab, weil ihre zitternden Hände das Zündschloss nicht fanden. Dann drückte sie das Gaspedal durch. Nahm einem Wagen die Vorfahrt und ignorierte das wilde Hupen und die hellen Lichter. Sie war zu beschäftigt, mit ihren Händen die Tränen aus den Augen zu wischen.

Kurz nach Mitternacht betrat Lisa ihre Wohnung. Sie zog die Jacke aus, ließ sie zu Boden gleiten und warf nachlässig ihre Schlüssel auf das Flurschränkchen.

In der Küche nahm sie ein Bier aus dem Kühlschrank, langte nach dem Flaschenöffner, der mit einem *Flop* den Kronkorken von der Flasche löste, und sah dem goldenen Verschluss zu, wie er auf dem Boden ein paar Kreise zog, bevor er zum Stillstand kam. Sie nahm einen Schluck aus der Flasche.

»Lisa? Lisa, bist du da?« Monas müde Stimme klang durch die Wohnung. Sie betrat verschlafen die Küche. »Ich warte seit Stunden auf dich. War noch was mit Elisa? Kommst du deshalb erst jetzt? Ist sie gut angekommen? Dein Handy ist auch aus. Ich habe mir Sorgen gemacht.« Sie kam näher.

»Ja, ist sie.« Lisa nahm noch einen langen Schluck.

»Wo warst du?«, fragte Mona und wollte Lisa umarmen.

»Was willst du hier, Mona?« Lisa wich zurück und sah Mona eisig an.

Mona rührte sich nicht. »Was? Ich verstehe nicht. Wir waren doch verabredet.« Sie sah Lisa unsicher an. »Stimmt etwas nicht? Du bist so seltsam.« Sie versuchte erneut, Lisa in den Arm zu nehmen.

Lisa umgriff Monas Handgelenk hart, hielt Mona davon ab, sie zu berühren. »Fass mich nicht an.« Die Worte waren hart und bissig. Dann ließ sie Monas Arm los.

»Lisa, was ist denn mit ...« Mona erschrak. Der wütende und kalte Ausdruck in Lisas Augen ließ ihr Blut gefrieren.

»Du kannst tun und lassen, was du willst. Wir sind kein Paar. Gefehlt habe ich dir anscheinend auch nicht.«

Mona sah Lisa verwirrt an. »Was? Wie – kein Paar? Ich dachte ... Natürlich hast du mir gefehlt. Was soll das alles?«

Verächtlich spuckte Lisa die Worte von sich. »Der Kuss im Café, war das etwa ein Versehen? Bist du auf das Flittchen gestolpert?« Lisa Augen funkelten vor Schmerz und Ekel.

Fassungslos starrte Mona sie an. »Du hast uns gesehen?« Ihre Augen nahmen einen gequälten Ausdruck an. Sie sackte förmlich in sich zusammen.

»Ob *ich* euch ... Pff, die ganze Lesbenschaft hat euch gesehen.« Lisa gab die Worte verächtlich von sich, sie war betäubt vor Schmerz.

»Du warst da? Du hast uns gesehen? Aber wie ...«

»Carmen hat also nicht gelogen, was euch beide betrifft.«

»Carmen? Was hat Carmen denn damit ... Oh, Carmen!« Mona riss die Augen auf. »Jetzt verstehe ich ... Lass mich erklären Lisa, bitte.«

»Was willst du erklären? Du brauchst nichts zu erklären, die Bilder haben für sich gesprochen. Wer sie ist, interessiert mich allerdings schon. Ich habe sie hier noch nie gesehen. Sie sieht nicht schlecht aus, das muss ich dir lassen.«

Mona blickte beschämt zu Boden. »Die Frau war ... Barbara, meine Ex.« Ihre Stimme klang kratzig, war kaum zu hören.

Lisa hob interessiert eine Augenbraue, dann nickte sie verstehend und grinste verachtend. Sie schüttelte ihren Kopf über ihre eigene Dummheit. »Barbara, na dann.« Sie nahm einen Schluck aus der Flasche. »Mit dem, was ihr gemeinsam hattet, kann ich natürlich nicht mithalten, ich versteh schon.« Sie lehnte sich mit dem Rücken cool an den Kühlschrank. Eine Hand lässig in der Hosentasche, in der anderen die Bierflasche.

»Hör doch Lisa, was hätte ich denn tun sollen? Barbara hat mich von einem Moment auf den anderen geküsst. Ich war so perplex, dass ich viel zu spät reagiert habe. Hättest du uns lange genug beobachtet, hättest du mitbekommen, dass Barbara mich geküsst, ich aber nicht … sie war plötzlich einfach da, und …« Mona vollendete ihren Satz nicht.

Lisas Hand krampfte sich um die Flasche, bis die Haut über ihren Fingerknöcheln ihre Farbe verlor. Sie hörte Mona nicht wirklich zu. Die Hand in ihrer Hosentasche spannte sich schmerzhaft zur Faust.

Der Schmerz saß zu tief. Das Bild, wie Mona die fremde Frau küsste, hatte sich in ihre Gehirnwindungen für immer eingebrannt.

»Ich war wohl nichts weiter als ein feines Abenteuer für dich, was? Ist dir wieder eingefallen, was du an deiner langjährigen Beziehung hattest? Sag, seit wann geht das mit euch? Hast wohl ein doppeltes Spiel mit mir gespielt? Bist du zweigleisig gefahren? Ich würde das schon gern wissen. Ist echt kein Problem für mich, ich halte das aus.«

Lisa führte die Flasche zum Mund und lachte auf.

»Scheiße Mona, ich habe dich so was von unterschätzt. Ich war so blöd und habe es nicht gemerkt. Da sieht man es wieder, Liebe macht blöd.« Sie trank die Flasche fast leer. »Hättest nur was sagen brauchen, wir hätten uns auf ein Sexabenteuer einlassen können, und es hätte dich nicht mal was gekostet. Mit dir hätte ich es auch umsonst getrieben, ehrlich!«

Sie war so verletzt. Alles in ihr brannte.

Mona sah den Schmerz, der Lisa quälte, und wollte auf sie zugehen. Sie in den Arm nehmen, sie von ihren Leiden befreien. Alles auf sich nehmen, nur damit es Lisa wieder besser ging.

Die Spannung, die sich in Lisa aufgebaut hatte, entlud sich.

»Stopp!«, schrie sie und streckte Mona eine Hand entgegen. Mit gepresster Stimme fügte sie hinzu: »Komm mir nicht zu nahe! Ich kann diese Barbara bis hierher an dir riechen, mir wird ganz übel bei diesem Geruch. Wie kann man nur auf so ein billiges Parfüm abfahren.« Lisa kam die Küche gerade ziemlich klein vor.

»Hör mir doch zu.« Monas Stimme versagte. Sie war überrascht, mit so einem Ausbruch hatte sie nicht gerechnet. »Lisa, bitte, ich will dich nicht verlieren. Ich habe Barbara gesagt, dass sie mich in Ruhe lassen soll. Habe es ihr immer wieder gesagt. Dann hat sie mich geküsst. Ich wollte das nicht. Nachdem ich mich aus ihrer Umarmung befreien konnte, redete sie noch einige Minuten auf mich ein, doch ich wollte nichts davon hören. Ich bin gegangen. Und direkt hierhergekommen. Ich wollte mit dir über Barbara sprechen. Ich wollte dir sagen, dass sie da war. Aber du warst nicht hier. Lisa, bitte, es tut mir leid. Ich habe ihr gesagt, dass Schluss ist, ach, was rede ich da, es gab nichts zum Schlussmachen.« Mona strich sich nervös durch ihre Haare.

»Ich dachte echt, mit dir hätte ich meine wahre Liebe gefunden. Mit dir durfte ich erleben, was andere ihr Leben lang suchen und es nie erfahren. Zum ersten Mal hat sich alles richtig angefühlt. Und du, du machst alles kaputt«, gab Lisa bissig und verletzt zurück.

»Es gibt keine Entschuldigung für das, was ich dir angetan habe. Es war nur so, dass ich ... Barbara tauchte so überraschend auf. Sie wollte mich besuchen, mir Neuigkeiten mitteilen. Sie hatte dieses Auftreten wie damals, als ich mich in sie ... verliebt hatte. Wir waren Kaffee trinken, haben nur geredet. Dann stand sie vor meiner Tür, sie hat etwas gekocht, wir tranken Martinis, und dann ... Ich bat sie zu gehen, wollte nicht, dass sie mich küsst, doch ... der Alkohol ... ich wollte ... Bitte Lisa, was nützt mein Gerede, es macht nichts ungeschehen. Es tut mir unendlich leid. Ich wünschte ... ich wünschte, ich könnte den Abend, die Nacht ungeschehen machen.«

Mona war mit ihren Nerven am Ende. Tränen nahmen ihr die Sicht. Sie fühlte, dass es zu spät war, sie sah es in Lisas Augen. Sie hatte ihr Vertrauen missbraucht. Sie hintergangen. Sie betrogen.

Nichts konnte schlimmer sein.

»Du wünschtest dir, du könntest es ungeschehen machen?« Lisa lachte auf, stieß sich vom Kühlschrank ab und stellte die leere Flasche in die Spüle. Dann holte sie sich ein neues Bier und öffnete es. Sie dreht sich nicht zu Mona um. Kühl sprach sie weiter. »Habt ihr es mit einander getrieben? Hast du es ihr so besorgt, wie du es mir besorgt hast? Hier in der Küche, im Schlafzimmer und im *Jenseits*?«

Mona schnaufte. »Du verurteilst mich? Was aber ist mir dir? Wie sieht es mit dir aus? Was war mit deinen Wochenenden?«, verteidigte sie sich.

Lisa drehte sich ruckartig um. Ihre Augen blitzten Mona böse an. »Das ist der Punkt, Mona. Diese Wochenenden waren einmal. Sie waren *vor* deiner Zeit. Und ich habe sie beendet. Aber bei dir ... Ah, verstehe. Du warst im Nachhinein so geschockt davon, dass dich das in die Arme deiner Ex getrieben hat. Ja, das ist logisch. Kann man verstehen. Alles meine Schuld.« Lisa nahm einen Schluck, ließ Mona dabei nicht aus den Augen.

Monas Mund stand offen. »Oh nein, so nicht. Du bist hier nicht das alleinige Opfer. Stell mich nicht als Sünderin dar.« Sie funkelte Lisa ebenfalls giftig an.

Lisa sah Mona herablassend an. Abscheu und Schmerz überwältigen sie, ein bitteres Lachen stieg aus ihrer Brust. »Sünderin? Sünderin ist gut. Sünderin gefällt mir. Dann war sie also eine Sünde wert, cool! Da muss sie ja echt etwas Besonders sein.«

Mona trat einen Schritt auf Lisa zu. »Sei still, Lisa. Hör auf und sei still. Du hast keine Ahnung. Du weißt ja nicht, was du von dir gibst.« Mona bekam erneut feuchte Augen. Der Schmerz, den sie in Lisas Augen sah, wurde zu ihrem.

»Ich habe dich nicht betrogen, Mona, kein einziges Mal.« Lisa atmete tief durch. Sie wurde mit einmal ganz ruhig. »Es ist wohl das Beste ... Das Beste wird es wohl sein, wenn wir dort weitermachen, wo wir uns das erste Mal begegnet sind. Und so tun ... so tun, als wenn nichts geschehen wäre. Das mit uns war nur ein Traum. Ich gehe wieder meinen Weg, und du kannst deinen wieder mit deiner Ex gehen. Du hast mich betrogen, das kann man auch nicht mit Wünschen rückgängig machen.« *Nie hätte ich angenommen, dass es mich so sehr verletzt.*

Lisa schmerzte die Unterhaltung zunehmend, ihr Gesicht zeigte es deutlich. Mona war ihr so nah, und doch war sie so weit weg wie nie zuvor. Lisa wollte nichts mehr von albernen Gefühlen wissen, genau davor hatte sie sich immer schützen wollen.

Mona baute sich vor Lisa auf. Sie wollte es nicht wahrhaben. Und sie wollte Lisa nicht aufgeben. »Soll es das jetzt tatsächlich gewesen sein? Es wird kein *uns* mehr geben?« Monas rollte eine Träne über die Wange. »Das kann nicht dein Ernst sein! Was wir hatten, kann man nicht einfach auslöschen oder rückgängig machen!« Sie ballte ihre Hände zu Fäusten.

Lisa sah Mona ohne eine Gefühlsregung an. »Sieht aber ganz danach aus. Und es fühlt sich auch genauso an.« Sie sprach ruhig und sachlich weiter. »Du hattest dein Sexabenteuer. Was also willst du noch hier? Noch eine letzte Runde Sex, bevor du wieder in deinen Alltag mit Barbara trottest? Ist es das, was du suchst? Und bei mir gefunden hast, bist du deswegen hier? Das ist doch das, was ihr alle wollt. Und ich habe es euch gegeben. Es war nur Sex. Es war immer nur Sex.« Lisa fixierte Mona mit scharfem Blick. Der Schmerz raubte ihr beinah den Verstand, er ließ sich leichter ertragen, wenn sie wütend war, stellte sie fest. Kalter Hass zog durch ihren Körper.

»Sex«, schmetterte Mona ihr das Wort ins Gesicht, »nein, meine Liebe, es war nicht nur Sex.« Das wollte und konnte sie nicht auf sich sitzen lassen.

»Liebe«, zischte Lisa durch ihre Zähne, »aber auch nicht.« Ihre Lippen zogen sich zu einem zynischen Lächeln zusammen. »Es ging doch nur um Befriedigung. Um das einfache Stillen sexueller Befriedigung. Und das hatten wir.« Sie funkelte Mona mit einem finsteren Blick an.

Mona wurde es zuviel. Wie konnte Lisa nur so auf ihren Gefühlen herumtreten? Sie hatte es doch nicht gewollt oder mit Absicht getan. Sah Lisa das denn nicht? Lisa stempelte sie einfach ab. Brandmarkte sie mit einem Zeichen, das Mona zuwider war. Lisa schob sie auf dieselbe Schiene wie all die anderen. All die Frauen und Männer aus dem Nachtclub, all ihre Liebhaberinnen, alle, die nur das eine von ihr wollten: Sex und Befriedigung.

Lisa dreht Mona erneut den Rücken zu und sagte: »So, und nun verlasse bitte meine Wohnung. Leg die Schlüssel auf den Tisch und geh.«

In Lisa brannte alles. *Was tat sie hier gerade? Warum musste sie Mona so verletzen?*

»Wir sind hier aber noch nicht fertig. Ich gehe erst, wenn ich dir alles gesagt habe, wenn –«

»Nein! Nichts will ich mehr hören! Ich habe deine Lügen satt! Verdammt, raus mit dir!«

Mona erschrak. So wütend hatte sie Lisa noch nie erlebt. Sie taumelte zurück. Und in diesem Zustand würde Lisa auch nichts wirklich verstehen können. Sie hatte sich in eine Rage hineingesteigert, die sie blind machte. Es war für den Moment tatsächlich das Beste, sie würde gehen.

Nachdem sie ihr den Schlüssel verächtlich vor die Füße geworfen hatte, verließ Mona die Wohnung.

Lisa hatte das Gefühl, in einen bodenlosen Abgrund zu stürzen. Ihr ganzer Körper begann zu zucken, dicke Tränen rollten über ihre Wangen. Es schüttelte sie bei dem Gedanken, dass Mona mit Barbara im Bett war.

Sie konnte Mona nicht hassen. Was aber blieb, war ein Gefühl tiefer Traurigkeit. Sie sackte auf dem Boden zusammen, zog die Beine eng an ihren Körper, umschloss sie mit den Armen und senkte den Kopf in ihren Schoß.

Der Schmerz in ihrer Brust zerriss sie. Es gab Menschen, die an gebrochenem Herzen starben, sie glaubte gerade, dasselbe Schicksal zu erleiden, denn so, da war sie sich sicher, musste es sich anfühlen.

Mona starrte gedankenverloren in ihren Kaffee, der bereits ebenso kalt war, wie sie sich fühlte. Sie schaute aus dem Fenster und beobachtete einen kleinen Sperling, der auf der gegenüberliegenden Straßenseite immer und immer wieder um denselben Punkt auf der Bordsteinkante herumsprang und mit seinem Schnabel auf den Boden pickte.

Du bist ganz schön ausdauernd, du kleiner Kerl.

Monas Blicke wanderten über das Fensterbrett, auf dem verwelkte Kräuter standen. Dann weiter über den Küchentisch, auf dem sich einige Krümel vom gestrigen dürftigen Frühstück befanden. Schließlich fixierte sie wieder die Kaffeetasse.

Die gemeinsame Zeit mit Lisa lief wie ein Film vor ihrem geistigen Auge ab. Wie ein wunderschöner Film. Und wenn er zu Ende war, fing er wieder von vorn an.

Müde schlossen sich ihre Augenlider, nur um sich kurz darauf wieder mühsam zu öffnen. Die ganze vergangene Woche hatte sie so gut wie nicht geschlafen. Wenn sie mal einschlief, dauerte es nicht lange, bis sie wieder schweißgebadet aufschreckte, da die Hand, die sie festhalten wollte, ihr immer wieder entglitt. Verstört und hilflos versuchte sie, nach ihr zu greifen, was ihr aber nicht gelang. Es war Lisas Hand, die sie nicht halten konnte.

Sie schluckte schwer und kämpfte gegen die Tränen an, die ihr in die Augen stiegen.

Dann stand sie auf, ging zur Spüle hinüber, schüttete den kalten Inhalt ihrer Tasse hinein und füllte sich aus der Kanne frischen Kaffee nach. Sie warf ein Stück Zucker hinein und schlürfte ins Wohnzimmer, wo sie sich ans Fenster stellte.

Ihre ganze Brust schmerzte. Sieben Tage hatte sie Lisa nicht gesehen. Sieben Tage, mit denen sie ihr die Zeit geben wollte, Abstand zu der ganzen Sache zu gewinnen. Eine Zeit, die sie auch für sich gebraucht hatte.

Doch je mehr Zeit verstrich, umso schwerer wurde es für sie, auf Lisa zuzugehen. Sie hatte Angst, große Angst. Sie glaubte zu wissen, dass Lisa sie nicht anhören, geschweige denn sehen wollte. Immer und immer wieder ging sie in ihren Gedanken durch, was sie Lisa sagen wollte. Immer wieder fragte sie sich, wie sie dazu fähig gewesen war, Lisa so wehzutun. Zum Fremdgehen gehörten immer noch zwei. Sie konnte Barbara nicht die alleinige Schuld zuweisen.

Sie wollte Lisa sagen, dass sie sie liebte, dass sie alles für sie bereit war zu tun, ihr sagen, dass sie ohne sie nicht sein wollte.

Eine Träne lief über ihre Wange.

Manchmal, wenn sie die Augen schloss, glaubte sie Lisa zu spüren. Lisas Lippen, die ihre berührten. Lisas weiche Haut, über die ihre Fingerspitzen strichen, und Lisas Duft, den sie einatmete. An alles erinnerte sie sich sehnsuchtsvoll.

Es war an der Zeit, endlich etwas zu tun. Nur was, und wie sollte sie es anstellen, ohne Lisa noch mehr zu verletzen? Was wäre das Richtige, um Lisa zurückzugewinnen? Sollte sie zu ihr gehen und zu Kreuze kriechen? Oder würde Lisa das auch nur wieder völlig falsch verstehen?

Mona seufzte. Es gab nur einen Weg, das herauszufinden.

Sie schnappte sich ihre Schlüssel und fuhr zu Lisa.

Mona klingelte an Lisas Haustür Sturm. Bekam jedoch keine Antwort. Damit hatte sie gerechnet.

Es war gerade halb acht morgens. Gleich würde bestimmt der eine oder andere auf Arbeit gehen. Diese Chance wollte sie nutzten, um ins Haus zu gelangen.

Und tatsächlich, die Tür öffnete sich, und sie stürmte an dem jungen Mann, der sie erschrocken ansah, vorbei ins Haus. Sie lief mit schnellen Schritten nach oben. Immer zwei Stufen auf einmal nehmend. Das Brennen in ihrer Lunge ignorierte sie dabei.

Sie klopfte wie eine Wilde gegen Lisas Tür. Nichts. Sie haute ihre Faust fest auf das Holz. Nichts. Sie lauschte, ob sie Schritte oder sonst ein Geräusch aus der Wohnung hören konnte. Nichts. Sie schlug erneut gegen die Tür.

»Lisa, ich gehe hier nicht eher weg, als bis du endlich die Tür aufmachst!«, schrie sie. Doch nichts geschah.

Ein beklemmendes Gefühl legte sich auf ihre Brust. Wo war Lisa nur um diese Uhrzeit? Etwa schon im Büro? Noch einmal klopfte sie energisch an Lisas Tür.

»Hallo! Junge Frau!«

Mona drehte sich um und erblickte eine ältere Frau, die ihren Kopf durch die Tür der gegenüberliegenden Wohnung steckte.

»Sie wollen bestimmt zu Frau Falke, stimmt's?«

Mona nickte und ging auf die Frau zu.

»Da muss ich Sie leider enttäuschen. Frau Falke wohnt hier nicht mehr.«

»Was? Wie bitte?« Mona erstarrte. »Was heißt das, Lisa wohnt hier nicht mehr? Seit wann? So schnell zieht man doch nicht aus seiner Wohnung. Wissen Sie denn, wohin Frau Falke gezogen ist? Haben Sie eine Adresse? Eine Telefonnummer? So sagen Sie doch endlich mal was!« Sie war ganz außer sich.

Die ältere Frau wartete geduldig, bis das Fragenbombardement aufhörte. »Ja, es ging alles sehr schnell. Schade, wirklich. Frau Falke war eine sehr nette und ruhige Person. Hat viele Jahre hier gewohnt, wissen Sie?«

Mona atmete tief ein, um sich zurückzuhalten. »Das glaube ich Ihnen gern, doch wo ist sie?«

»Frau Falke hat die ganze Woche damit verbracht, ihre Wohnung auszuräumen. Es waren eine Menge Leute hier, die …«

»Wissen Sie, wo Frau Falke hinwollte?« Mona sagte es laut und ungehalten.

»Sie haben es aber eilig, junge Frau. Diese jungen Leute heutzutage … keine Zeit mehr … keine Zeit …« Die ältere Frau schüttelte den Kopf. »Ich weiß nicht, wo Frau Falke hingezogen ist. Hat sie mir nicht gesagt. Sie ist aber erst vor einer Viertelstunde weg.«

»Was???« Mona hätte schreien mögen, weil sie Lisa so knapp verpasst hatte. Und nun noch weitere kostbare Minuten hier vertrödelt hatte.

Sie ließ die Frau stehen und rannte die Treppe hinunter. Unterwegs zerrte sie ihr Handy aus der Tasche und rief Jule an.

»Wo ist Lisa?«, brüllte sie, kaum, dass Jule abgenommen hatte.

»Wir sind hier im Café, was …«

Mona legte gleich wieder auf, sprang in ihren Wagen und raste los.

Nach zwanzig Minuten erreichte sie das Café, sah Lisas Wagen am Straßenrand und atmete erleichtert auf, doch es gab keine Parkmöglichkeit. So parkte sie ihren Wagen in einer kleinen Seitenstraße.

Auf dem Weg ins Café überlegte sie, was sie Lisa sagen wollte. Und Lisa war nicht allein. Sie müsste sich nicht nur ihr, sondern auch all den anderen stellen. Aber das war ihr egal. Lisa musste ihr zuhören, ihr eine Chance geben. Unter keinen Umständen durfte Lisa die Stadt verlassen.

Eine Wohnung aufzugeben bedeutete, einen Schlussstrich zu ziehen unter dem bisherigen Leben. Mona hatte Angst, Lisa nie wiederzusehen. Sie beschleunigte ihr Tempo. Mit jedem Schritt, den sie tat, verstärkte sich ihr Unbehagen. Es war eine Mischung aus Trauer und Angst.

Schwere, dunkle Wolken waren am Himmel aufgezogen.

Mona begann zu rennen. Sie musste Lisa aufhalten. Wenn sie jetzt zu spät kam, würde sie Lisa für immer verlieren.

Sie rannte um die Ecke auf die Straße, in der sich das Café befand.

Ein Auto hupte, sie sprang erschrocken zur Seite und blickte dem Wagen hinterher, der sie beinahe überfahren hätte. Ihr Atem ging schwer, als sie wieder geradeaus zum Café schaute.

Sie erblickte eine Frau, die das Café verließ. Die Frau hatte den Kopf gesenkt und suchte etwas in ihrer Tasche. *Nein, das ist sie nicht.* Doch ihre Angst wuchs mit jeder Sekunde. Der Tränenschleier, der sich auf ihre Augen gelegt hatte, nahm ihr die Sicht. Sie blinzelte mehrmals. Dann erkannte sie, wer das war: Lisa! Vor Schreck blieb ihr fast das Herz stehen.

Mona beschleunigte ihre Schritte, als sie sah, wie Lisa in ihren Wagen stieg. Nun sah sie Birte, Jule und Carmen, die Lisa, wie sie glaubte, zum Abschied winkten. *Nein, oh nein! Lieber Gott, bitte lass mich nicht zu spät kommen.* Sie stürmte ohne Rücksicht auf den Verkehr los.

Mona trommelte auf die Heckscheibe, als sie Lisas Wagen erreichte, mit tränenerstickter Stimme schrie sie: »Lisa, ich muss mit dir reden, bitte, fahr nicht weg!«

Doch der Wagen wurde schneller, laute Musik drang aus dem Innern.

Mona, die nicht mehr weiterrennen konnte, blieb außer Atem auf der Straße zurück.

Panik stieg in ihr hoch. Es konnte einfach nicht sein, nein, es durfte doch nicht sein, dass eine Liebe wie die ihre so endete.

Sie schrie dem Wagen hinterher. »Bitte Lisa, lass mich nicht allein, bitte Lisa. Lisa!« Doch alles Schreien half nichts. Völlig außer Atem gab sie auf.

Lisa sah noch, dass Mona etwas schrie, hörte aber nicht, was es war. Sie wischte sich die Tränen aus den Augen, damit sie klare Sicht auf die Straße hatte. Dann bog sie in die Seitenstraße ein, die auf die Autobahn führte. Ihr waren die Tränen in Monas panikerfülltem Gesicht nicht entgangen. Aber sie wollte nicht mehr reden, auch nicht mehr mit Mona. Worte halfen nicht weiter.

Ihre ganze Beziehung, wenn es denn eine war, hatte unter keinem guten Stern begonnen. Ab dem Zeitpunkt, in dem Mona in ihre Leben getreten war, hatte ihre ganze Gefühlswelt Kopf gestanden.

Sie musste neu anfangen, wieder zu sich finden. *Ich liebe dich Mona, aber es ist vorbei. Leb wohl.*

Lisa fuhr auf die Autobahn. Drückte das Gaspedal durch und fuhr so schnell, wie es der Wagen zuließ, weg von dem Ort, der ihr so viel Freude aber noch viel mehr Leid zugefügt hatte.

Mona starrte noch eine Weile in die Richtung, in der sich Lisas Wagen entfernt hatte. Dann schloss sie ihre Augen und atmete tief durch. Sie wartete darauf, dass das Rauschen in ihren Ohren nachlassen würde. Ihr Herz raste, und es dauerte eine Weile, bis das Schwindelgefühl endlich abnahm.

Mit zittrigen Finger strich sie sich ihr Haar zurück. Erst, als sie eine Berührung auf ihren Arm spürte, zuckte sie leicht zusammen.

»Mona, es tut mir leid. Lisa hat uns gebeten, dir nichts zu sagen.« Jule stand etwas bedripst neben ihr.

»Ja, schon klar«, schluchzte Mona.

In diesem Moment begann es in Strömen zu regnen.

»Komm mit rein, du erkältest dich sonst noch.« Jule zerrte Mona am Arm Richtung Café.

Als ob das jetzt noch einen Unterschied machen würde, dachte Mona, doch sie ließ sich von Jule ins Café ziehen.

»Du hast es wahrhaft geschafft, Lisa aus der Stadt zu vertreiben«, wurde sie von Carmen begrüßt.

Mona sah sie verdattert an.

»Ich habe von Anfang an gewusst, dass du Ärger bedeutest«, schrie Carmen. »Lisa hat deinetwegen die Stadt verlassen. Du bist Schuld, dass sie weg ist. Du hast sie betrogen und bist zu deiner Ex zurück.«

»Wenn du mir einfach nur sagen könntest, wo sie hingezogen ist ...« Mona war Carmens Wut völlig egal.

»Einen Dreck werde ich.« Carmen sah Mona kalt an. »Hättest deine Barbara halt nicht in deine Wohnung lassen sollen. Und dann triffst du dich auch noch hier bei mir mit ihr, wo du doch genau wissen musstest, dass Lisa dich sehen würde. Pff. Du bist selbst schuld«, sagte Carmen zynisch.

»Lisa wollte zu Hause auf mich warten. Sie wusste gar nicht, dass Bar-« Monas Augen weiteten sich. »Du!« Sie ging auf Carmen zu. »Du warst es, nicht wahr? Gib es zu! Du hast Barbaras Nummer aus meinem Handy geholt und sie angerufen. Ihr gesagt, wo sie mich finden kann. Hast ihr eine Lüge erzählt, von wegen ich würde sie vermissen. Und dann hast du unser Zusammentreffen hier arrangiert, damit Lisa uns sehen kann ... Oh du ...«

Mona wollte auf Carmen losgehen, wurde aber von Jule am Arm zurückgehalten.

»Schon immer, von Anfang an warst du in Lisa verliebt. Aber sie wollte dich nicht, sie wollte mich. Das konntest du nicht ertragen. Nicht ich habe sie aus der Stadt gejagt, nein, das warst du mit deiner fiesen Intrige! Ich sage nicht, dass mich keine Schuld trifft, aber das, was du getan hast ist ... ist ... Sie hat dir vertraut!«, schrie sie Carmen entgegen.

»Du hast ihr Vertrauen missbraucht und ihr Herz gebrochen. Nicht ich«, gab Carmen arrogant zurück.

»Das ging dich nichts an!«, schrie Mona aus vollem Halse.

»Es ging mich sehr wohl etwas an. Seit ich Lisa vor meinem Café aufgelesen hatte.« Carmen stand die Abneigung, die sie für Mona empfand, ins Gesicht geschrieben.

»Du hast dich da in was verrannt, Carmen. Du bist eine Heuchlerin.« Mona zerrte an ihrem Arm, doch Jule hielt sie weiter fest.

»Das spielt doch keine Rolle mehr. Ich habe dich nicht gezwungen, mit deiner Ex ins Bett zu gehen, dass hast ganz allein du verbro-«

»Du hast Barbara aufgehetzt,« fiel Mona ihr ins Wort. »Du

hast Lisa in eine Falle gelockt, als du sie ins Café gerufen hast … und mir hast du eine Falle gestellt, in die ich selbst gelaufen bin. Und dabei hast du immer behauptet, nur das Beste für Lisa zu wollen. Aber Freundinnen tun so etwas nicht.«

Mona war mit ihren Kräften am Ende. Sie ließ sich von Jule auf einen Stuhl ziehen und sackte in sich zusammen.

Carmen verschwand in der Küche.

»Ihr werdet mir wohl auch nicht sagen, wo Lisa hingefahren ist, habe ich Recht?«, sagte Mona müde.

»Wir können dir gar nicht sagen, wo Lisa hin ist, wir wissen es nämlich auch nicht. Sie hat es uns nicht gesagt.« Jule strich über Monas Arm. »Es tut mir schrecklich leid für euch beide. Ich dachte, ihr seid füreinander geschaffen.«

»Ihr seid nicht böse auf mich?«

Birte schwieg weiterhin, doch Jule antwortete: »Doch, irgendwie schon. Aber nach dem, was wir gerade hier gehört haben …«, sie tauschte einen Blick mit Birte, »… ist Carmen ja wohl nicht ganz unschuldig an dem ganzen Schlamassel. Die knöpfen wir uns vor, da kannst du Gift drauf nehmen.«

»Ich möchte nach Hause«, murmelte Mona und stand auf.

»Kannst du denn fahren?«, fragte Jule besorgt.

»Wird schon gehen. Ich muss jetzt allein sein.«

Mona verließ das Café und lief wie ferngesteuert die Straße entlang.

Sie hatte alles verloren, was ihr lieb und teuer war. Sie fühlte sich unsichtbar, allein und ohne Hoffnung. Sehnsucht nach Lisa machte sich in ihrem Innern breit, wie ein Tsunami, der mit Brachialgewalt über das ganze Land hinwegfegte. Eine Wassermasse, die ohne jegliche Gnade alles mit sich riss, was lebte. Ohne Rücksicht auf Verluste zerquetschte die Flut alles zu einem Hauch von Nichts.

Mona rempelte eine Frau an, deren Tasche dadurch zu Boden fiel. Die Frau beschimpfte sie. Ein Radfahrer musste ihr unfreiwillig ausweichen, weil sie, ohne drauf zu achten, auf dem Radweg ging. Erst das Hupen eines Wagens holte Mona kurz aus ihrer Lethargie zurück. Sie hatte nicht bemerkt, dass sie bei Rot über die Ampel gegangen war. Der Fahrer brüllte sie an und fuhr mit quietschenden Reifen um sie herum.

Mona weinte. Sie ging zu ihrem Wagen, setzte sich hinein und ließ ihren Gefühlen freien Lauf. Wütend auf sich selbst und wütend auf die Ungerechtigkeit des Schicksals.

Sie saß am Frühstückstisch und dachte nach.

In dem Traum, den sie letzte Nacht geträumt hatte, ging sie in John-Wayne-Manier auf Lisa zu. Statt einer Pistole zückte sie einen Blumenstrauß. *Na los, Süße, spring auf und lass uns in den Sonnenuntergang reiten. Gib mir aber all deine Adressen und Telefonnummern. Sollte ich nämlich mal riesigen Mist bauen, muss ich doch wissen, wo ich dich finden kann.*

Mist verdammt, das ist nicht witzig! So einfach wird es nicht werden. Und Lisa würde nicht den ersten Schritt machen, dass stand außer Frage. Oder vielleicht doch? *Klar doch. Die Gehängte geht zur Henkerin, um ihr zu sagen, dass sie die Entschuldigung annimmt.*

»Ach, Lisa.« Mona schlug die Hände vors Gesicht. »Ich werde einen Weg finden, um dich zu finden. Gib uns nicht auf. Bleib bei mir.«

Aber wo sollte sie Lisa suchen?

23

Lisa blinzelte ins Sonnenlicht. Sie erblickte ihre Freundinnen, die neben einem Stapel aus Taschen standen. Sie musste lächeln, winkte ihnen zu.

Elisa rannte auf Lisa zu und erdrückte sie fast mit ihrer Umarmung. Als sie wieder losließ, musterte sie sie von oben bis unten. Dann strahlte sie und setzte ein freches Grinsen auf. »Ist das eine neue Falte, die ich da sehe?«

»Ja, na und?« Lisa lächelte. »Komm du erst mal in mein Alter!« Lisa zwickte sie in die Wange, nahm sie in den Schraubstockgriff und deute an, sie abknutschen zu wollen.

»Hilfe, nein, lass das!« Elisa lachte laut.

Lisa entließ ihre Tochter aus der Umarmung, als Birte auf sie zukam und sie ebenfalls herzlich drückte.

»Mensch Lisa, Süße, du siehst aber nicht besonders erholt aus. Man sollte doch annehmen, dass es dir hier gutgeht. Meer, Sonne, Sand, frische Luft.«

»Mir geht es gut! Jetzt, wo ihr alle hier seid, noch um einiges besser.« Lisa lächelte. Doch ohne jeden Glanz in ihren Augen.

»Schläfst du überhaupt?« Nun wurde sie von Jule gedrückt.

»Ich schlafe genug. Macht euch keine Gedanken. Na, Mädels, nun aber los, rafft die Röcke, oder in eurem Fall die Taschen. Einige von euch werden den Weg in meine bescheidene Bleibe kennen.«

»Bescheiden nennst du das?« Elisa sah sich staunend um.

»Und das hast du uns ein Jahr lang vorenthalten? Mensch, was hätten wir hier Feste feiern können. Weihnachten, Ostern und überhaupt.« Birte sah Lisa gespielt strafend und mit erhobenem Zeigefinger an. Dann sprach sie mit Befehlston: »Dass mir das kein zweites Mal vorkommt, ist das klar, junge Frau?« Ihre Augen strahlten.

Lisa lachte. »Ist angekommen.«

»Hier hast du dich also verkrochen.« Jule staunte.

Lisa nickte und öffnete das weiße Gartentürchen. »Ja.« Sie beobachtete, wie Elisa auf dem Weg zum Haus ihre freie Hand durch die hohe, wilde Wiese fahren ließ. Sie knickte einen Grashalm ab und steckte ihn sich in den Mund.

Lisa atmete die Meeresbrise tief in sich ein. Eine Erinnerung drängte sich ihr auf. Eine Erinnerung an eine glückliche Zeit, eine Zeit mit Mona. Eine Zeit, die es nicht mehr gab, sondern nur noch Erinnerung war.

Sie schloss das Gartentürchen.

Lustlos stocherte Lisa in ihrem Salat, ehe sie die Gabel beiseitelegte und einen Schluck aus ihrem Weinglas nahm.

»Sag, Lisa …«, Birte stellte ihr Glas auf dem Tisch ab und blickte Lisa einfühlsam an, »… du bist mit keiner, ich meine, bist du … Hast du jemanden?« Im selben Moment wurde sie von Jules Ellbogen in die Seite gestoßen und von Elisa unter dem Tisch getreten. »Was denn? Ihr seid doch genauso neugierig wie ich.« Birte sah mit hochgezogenen Augenbrauen von Elisa zu Jule.

»Ja, sind wir. Doch etwas mehr Taktgefühl wäre wohl angebracht.« Jule schaute entschuldigend zu Lisa.

Lisa lachte jedoch. Wie hatte sie ihre Freundinnen vermisst. »Ich bin froh, dass ihr da seid. Dass ihr Fragen habt, war mir schon klar. Schließlich habe ich euch verlassen und mit keiner Silbe erwähnt, wohin ich gehen werde.« Sie nahm einen Schluck aus dem Weinglas. Dann richtete sie ihren Blick auf Birte. »Nein, ich habe niemanden. Nach ... nach Mona ... ich weiß nicht.« Sie zuckte mit den Schultern. »Ich komme klar. Ich vermisse nichts.« *Nur Mona!*

»Pff. Ach komm schon, wer's glaubt. Du warst die Frau, die ohne Sex ... Aua!« Birte wurde erneut gestoßen und getreten. »Hört ihr zwei mal auf, mich dauernd zu malträtieren? Das tut weh.« Birte zog eine Schnute, rieb sich über das Schienbein und blickte Jule beleidigt an.

Lisa stellte ihr Glas ab. »Ganz genau, *warst*. Vergangenheitsform!«

»Wir haben so viele Fragen, wir wissen gar nicht, wo wir anfangen sollen.« Jule sah Birte eingehend an, die immer noch eine Schnute zog, dann sah sie zu Lisa.

Lisa atmete tief ein. »Na, ich denke mal, dass ich am Anfang beginnen sollte. Wie es dazu kam, dass wir nun alle hier sitzen.« Sie räusperte sich und lehnte sich zurück in den Stuhl. »Das schmucke Häuschen hier stand zum Verkauf. Es stand schon zum Verkauf, als wir hier Urlaub machten. Es wurde immer nur von Freunden und Bekannten der Eigentümerin genutzt. Ich kenne die Besitzerin und habe ihr erzählt, wie schön ich diesen Ort finde. Sie sagte mir, dass sie das Haus verkaufen möchte, da sie eh nie die Zeit findet, mit ihrem Mann hier Urlaub zu machen. Sie hat mich gefragt, ob ich eventuell das Haus kaufen wollte. Sie würde es mir sogar günstiger anbieten. Tja, erst habe ich gezögert, aber dann hat mir der Gedanke gefallen, ein Häuschen auf Sylt zu besitzen. Ich hatte etwas Geld gespart und konnte einige Zeit später an teuren Ausgaben sparen.«

Lisa schaute zu Elisa, die genau wusste, dass die Zahlungen an ihre Tante gemeint waren.

»Und dann später ...« Lisa senkte den Kopf und faltete die Hände in ihrem Schoß. »Durch den Verkauf meiner Altbauwohnung hatte ich dann das Geld komplett, sogar noch etwas über. Es sollte eine Überraschung für ... Mona werden.«

Sie hob ihren Kopf und schaute zum Fenster hinaus, strich sich dabei die störende Haarsträhne, die sich aus dem Pferdeschwanz gelöst hatte, aus dem Gesicht und klemmte sie sich hinters Ohr.

Nach einigen Sekunden der Abwesenheit richtete sie ihren Blick wieder zurück in die Runde und lächelte ihre Freundinnen unsicher an.

Sie stand auf und nahm ihr Glas in die Hand. »Ich habe hier ein neues Leben begonnen. Könnt ihr verstehen, dass ich meine Zeit gebraucht habe?«

Alle nickten und sahen sie mehr oder weniger verstehend an.

»Hier arbeite ich dreimal in der Woche in einem Immobilienbüro. Es macht mir Spaß und ist auch weniger hektisch.«

Birte sah zu Elisa. »Du hättest uns ruhig mal in all den Jahren von deinem Spatz hier erzählen können. Ich hätte sie gern heranwachsen sehen, unsere Kleine«, flachste sie.

»Ja ...« Lisa hob die Schultern. »Im Nachhinein erscheint es mir auch als dumm, nichts gesagt zu haben, besonders da ich ja nun weiß, dass alles hätte einfacher sein können.« Lisa nahm die Flasche vom Tisch und schenkte sich Wein nach.

»Du bist doch jetzt nicht unter die Alkoholiker geraten, oder?« Elisa zog besorgt eine Augenbraue hoch und sah zu Lisa.

»Nein, meine Süße, hab da mal keine Angst.« Lisa stellte ihr Glas zur Seite, ohne daraus getrunken zu haben.

»Seit du weggegangen bist, hast du keinen Kontakt zu Mona mehr gehabt?«, fragt Elisa vorsichtig.

Birte und Jule beäugten Lisa misstrauisch.

Lisa schüttelte ihren Kopf, wobei ihr die Haarsträhne wieder ins Gesicht fiel. »Nein. Seit damals habe ich nichts mehr von Mona gehört. Wie auch? Sie wusste genausowenig wie ihr, wo ich zu finden bin. Ich wollte mich bei ihr melden ... doch tat es nicht. Ich konnte nicht. Und je mehr Zeit verstrichen war, umso mehr habe ich gedacht, dass es so wohl am besten ist.« Lisa strich sich die Haarsträhne hinters Ohr und setzte sich wieder.

Für eine kleine Weile war es totenstill.

Dann durchdrang Jules Stimme die Stille. »Das hättest du mal machen sollen. Dass Mona dich verloren hat, hat ihr ungemein wehgetan. Sie war fix und fertig gewesen deswegen.«

Alle Augen richteten sich auf Jule.

»Mona hatte so sehr gehofft, dass du dich bei ihr meldest. Nun ist es dafür zu spät. Sie ist weggezogen. Seit ein paar Wochen wohnt sie nicht mehr in der Stadt.« Jule blickte Lisa leicht tadelnd an.

»Woher … ich meine … Du hattest Kontakt zu Mona?«, fragte Birte verwundert.

Jule entließ Lisa aus ihrem Blick und schaute Birte an. »Ja, das hatte ich.« Sie machte eine entschuldigende Geste. »Mensch, sie hatte doch niemanden. Und der Schmerz über Lisas Verlust hat ihr das Herz gebrochen. Sie brauchte eine Freundin.«

Birte sah Jule liebevoll an. »Du hättest es mir doch ruhig erzählen können. Warum hast du das nicht getan?«

Jule hob die Schultern. »Ihr beide, du und Carmen, wart nicht gerade gut auf Mona zu sprechen. Als ich Mona besuchen ging, um zu sehen, wie es ihr geht, na, da dachte ich mir, es muss ja niemand erfahren. Und Mona war es auch nur recht. Sie hat sich furchtbar geschämt.« Sie schaute zu Lisa, diese wiederum wich ihrem Blick aus und nahm ihr Glas in die Hand.

Jule fixierte immer noch Lisa. »Mensch, jeder macht Fehler. Mona hat gelitten, und wie sie unter der Trennung gelitten hat. Sie war nur noch ein Häufchen Elend, so wie du immer noch eins bist.«

»Sie hat gelitten?« Lisa nahm einen Schluck und verfiel in eine depressive Stimmung, die sich nicht aufhalten ließ. *Mona ist fortgezogen.* Sie sah Jule an. »Weißt du … Hat sie dir gesagt, wo sie hin ist?«

Jule bewegte ihren Kopf leicht hin und her. »Nein, tut mir leid.« Bedrückt fügte sie hinzu: »Das scheint eine ganz neue Macke zu sein, Freunde einfach zu verlassen, ohne ihnen zu sagen, wo man hingeht. Hättet ihr nicht noch mal reden können? Ihr habt euch so geliebt, das hat jeder sehen können.«

Lisas Herz schmerzte. Sie hatte kaum zugehört. *Warum habe ich Mona nur solche Vorwürfe gemacht?* Tränen brannten in ihren Augen, doch sie kämpfte sie wacker zurück. »Lass gut sein, Jule, es ist nun mal aus und vorbei. Weder sie noch ich wissen, wo wir hingezogen sind. Wir werden uns nie wiedersehen. Und ich möchte jetzt nicht mehr über sie reden.« *Zu sehr vermisse ich sie.*

Bislang hatte Lisa immer gedacht, eines Tages vielleicht, wenn die Wunden nicht mehr bluteten, wenn die Narben verheilt wären, würde sie zu Mona gehen und … Das war nun vorbei. Aber was hätte das auch gebracht? Es war zu spät. Zu spät für alles.

Lisa fühlte einen unglaublichen Schmerz in ihrem Inneren. Sie hätte nicht gedacht, dass da noch etwas wehtun könnte.

Sie hatte Mona für immer verloren.

Eine einsame Träne stahl sich aus Lisas Augenwinkel und nahm ihren Weg über Lisas Wange, über die Lippe hinunter zum Kinn, um dann über ihrem Herzen abzutauchen und darin zu versiegen. Die Einsamkeit begann sie aufzufressen.

24

Barfuß liefen sie über den weißen Sand, der ihre Füße kitzelte.

Lisa schrie spitz auf, ließ sich in den Sand fallen und fluchte leise vor sich hin. Seit der Tag ihr heute Morgen Hallo gesagt hatte, war sie gereizt und wusste nicht warum. Es war einer dieser Tage, an denen sie am liebsten im Bett geblieben und sich unter der Decke verkrochen hätte. Jetzt musste sie noch in eine Muschel treten.

»Blöde Muschel! Was hat die hier auch so herumzuliegen? Die sollte im Meer bleiben, wo sie hingehört.« Lisa sah sich ihren Fuß näher an. Tränen des Schmerzes und der Wut traten in ihre Augen. Sie schmollte dazu wie ein kleines Kind. »Alles Mist!«

»Du bist so dramatisch untervögelt, da reagiert man schon mal über, ist doch klar. Aber die Muschel kann da nichts für.« Jule setzte sich neben Lisa in den Sand und sah sie von der Seite an.

Lisa schaute sie mit offenem Mund an. Dann lachte sie. »Du bist bescheuert, Jule, hat dir das schon mal jemand gesagt?«

Sie winkte ab. »Ist egal. Du hast gelacht, und das ist das Wichtigste.« Sie nahm Lisa in den Arm und drückte sie.

»Ach Jule, ich habe euch so vermisst. Und unsere gemeinsame Zeit.« Lisa wischte sich die feuchten Wangen trocken.

»Ja, ich weiß, mir ging es nicht anders. Leider kann man die Zeit nicht zurückdrehen. Es werden neue und schönere Zeiten kommen, wirst schon sehen. Na komm, du Schwerverletzte, lass uns weitergehen.« Jule stand auf und hielt Lisa die Hände hin, um sie hochzuziehen. Lisa ergriff sie, dann setzten sie ihren Weg fort.

Lisa bekam nicht wirklich mit, was sich Jule und die anderen erzählten, zu sehr hing sie ihren Gedanken nach, die mit Mona zu tun hatten. Immer, wenn sie einen Spaziergang am Meer machte, wünschte sie, Mona wäre bei ihr.

Sie seufzte, blieb stehen und ließ ihren Blick übers Meer gleiten. Wenn sie sich doch nur nicht immer so unsinnige Hoffnungen machen würde. Erst recht jetzt, wo sie Mona nie wiedersehen würde. Mona war fort, für immer.

Lisa schluckte schwer, der Druck auf ihrer Brust war kaum auszuhalten. Mit unsicheren Bewegungen ging sie weiter. Sie fühlte sich wie eine Marionette, die an Fäden hing und sich aus eigenem Antrieb nicht bewegen konnte.

»Hallo, Lisa.«

Lisa lief ein Schauer über den Rücken. Sie blieb stehen. Ihr war, als hätte sie Monas Stimme gehört. Seit sie hier war, hatte sie immer wieder geglaubt, Monas Stimme zu hören, und stets hatte sich das als pure Einbildung herausgestellt. Also schüttelte sie den Kopf, blickte sie geradeaus, straffte die Schultern, atmete tief ein und setzte ihren Weg fort.

»Lisa . . . bitte, bleib stehen.«

Nun war sie sich sicher, es war Monas Stimme, die sie hörte. Kein Hirngespinst diesmal.

Lisa fiel auf einmal auf, dass ihre Freundinnen nicht mehr neben ihr liefen. Seit wann war sie denn allein weitergelaufen? Seit wann waren die anderen nicht mehr bei ihr? Und warum?

Sie traute sich nicht, sich umzudrehen. Sie hatte Angst, dass, sobald sie sich umdrehen würde, Mona sich in Rauch auflösen und mit dem Wind verwehen würde.

»Lass mich bitte nicht so dumm hier stehen«, flüsterte Mona verzweifelt.

Mona war tatsächlich da! Lisa löste sich aus der Starre, drehte sich um und atmete tief ein, als sie Mona vor sich sah. Sie kniff die Augen zusammen, fest davon überzeugt, einen Fiebertraum zu haben. Doch sie täuschte sich. Sie hatte keinen Fiebertraum.

Regungslos blieb sie stehen, sie konnte sich einfach nicht rühren. Ihr Körper war wie gelähmt. Ihre Muskeln versagten ihren Dienst.

Sie glaubte, ein Leuchten in Monas Augen aufblitzen zu sehen. Ihr kam alles gerade sehr unwirklich vor, als würde sie träumen. Doch es war kein Traum, sondern Wirklichkeit.

Mona war hier.

Lisas Stimme klang heiser. »Mona, du bist hier …« Ihre Stimme versagte kurz. »Wenn es dich tröstet«, sie räusperte sich, »du bist nicht die einzige, die gerade dumm herumsteht.« Lisa schluckte, sie wusste nicht, wie sie reagieren sollte.

Die Zeit verschmolz zu einem winzigen Klumpen ohne Anfang und Ende. Es war eine kleine Ewigkeit her, dass sie Mona gesehen hatte, aber jetzt, da sie vor ihr stand, war es, als ob sie keinen Tag getrennt gewesen wären.

»Ich habe dich schrecklich vermisst«, sagte Mona leise. Sie musterte Lisa. »Du siehst so aus, wie ich mich fühle.«

Im Moment sahen beide ziemlich verloren aus.

Mona sah Lisa verlegen an. »Ich weiß nicht genau, was ich sagen soll.« Sie sah zu Boden und spielte mit dem Fuß im Sand. Dann sah sie wieder Lisa an. »Ich habe euch am Strand gesehen. Erst habe ich euch nicht erkannt, ich habe ja auch nicht mit euch gerechnet. Aber dann bist *du* mir aufgefallen. Ihr seid immer näher gekommen, die anderen haben sich unterhalten, doch du hast immer nur aufs Meer geschaut.«

Lisa lauschte Monas Stimme. Wie hatte sie die wohltuende Klangfarbe vermisst. Es kam ihr vor, als würde sie zärtlich gestreichelt.

Mona fuhr fort: »Dann hat Jule mich entdeckt. Sie hat Birte und Elisa am Arm festgehalten und in meine Richtung gezeigt. Da sind sie stehengeblieben. Jule hat mir zugenickt und auf dich gezeigt. Du warst einfach weitergelaufen, hast nicht einmal bemerkt, dass du allein warst.« Mona atmete tief ein und vergrub die Hände in ihrer luftigen Stoffhose. »Tja, und hier bin ich nun und weiß nicht, was ich tun soll. Ich weiß nur, dass ich mich sehr freue, dich zu sehen. Wer hätte gedacht, dass ich heute so ein Glück haben würde nach all ... nach all der langen Zeit.«

Mona wollte Lisa in ihre Arme nehmen, sie fühlen, sie berühren, ihren Duft einatmen und ihre Lippen mit den ihren vereinen. Ihr endlich wieder ganz nah sein.

»Ich bin wirklich überrascht, dich hier zu sehen.« Lisas Stimme klang neutral.

Mona konnte nicht wirklich erkennen, ob Lisa sich über sie freute. »Wollen wir ... ich meine ... möchtest du mit mir ein Stück am Strand entlang laufen?«, fragte sie leise und fast schüchtern.

Lisa blickte Mona lange Zeit in die Augen. Der Zauber, der von diese Augen ausging, dem Lisa schon immer verfallen war, hatte sich nicht verändert. Eher das Gegenteil war der Fall. Die Faszination, die von diesen Augen ausging, fing sie erneut ein, und das noch intensiver als jemals zuvor.

Sie nickte. »Ja, das möchte ich.«

Sie liefen langsam und schweigend, Seite an Seite, den Strand entlang. Beide ließen ihre Blicke über das Meer schweifen und atmeten die duftende Meeresbrise ein. Das Rauschen der Wellen hörte sich wie Musik in ihren Ohren an. Wenn das Meer ausatmete, überspülte es ihre nackten Füße, wenn es einatmete, hinterließen sie tiefe, feuchte Fußspuren im Sand.

Lisa wusste nicht, wie lange sie schon so still nebeneinander herliefen. Sie blieb plötzlich stehen, blickte über ihre Schulter und drehte sich ganz um. Sie hatte Birte, Jule und Elisa völlig vergessen.

Mona folgte Lisas Blick und sah, wie die drei nur wenige Meter hinter ihnen Löcher in die Luft guckten oder in den Boden. Wie sie mit ihren Füßen im Sand herumstocherten und so taten, als suchten sie etwas. Sie taten so auffällig unauffällig, dass es eindeutig war, dass sie ihnen folgten.

»Geht bitte«, rief Lisa ihnen zu, »lasst uns allein. Wir sehen uns später.« Lisas Mund verzog sich zu einem Lächeln. Schmunzelnd drehte sie sich wieder Mona zu. »Lass uns weitergehen.«

Nach einigen Metern drehte Lisa sich noch einmal um und

ging ein paar Schritte zurück. Sie erblickte Elisa, die ins Meer rannte, und sah Jule, die Birte von hinten umarmte.

»Die beiden geben ein sehr schönes Paar ab.« Mona schaute zu Lisa. Dann runzelte sie die Stirn. »Wenigstens haben die beiden ihr Glück halten können.«

Lisa blieb stehen. »Ja, wie es scheint, sind sie sehr glücklich miteinander.« Sie wandte sich Mona zu. »Mona?«

Sie sahen sich in die Augen.

»Was machst du hier? Wie kommt es ... dass wir uns hier begegnen? Jule erzählte mir, dass du die Stadt verlassen hast. Sag ...« Lisa blickte zu Boden, dann wieder zu Mona. »Du und Barbara, seid ihr beide ... seid ihr wieder ...«

»Nein!« Unterbrach Mona sie schnell. »Sind wir nicht. Und werden wir auch nicht. Seit wir ... nein, ich lebe allein.« Traurig wandte sie sich ab.

Lisa nickte nur und beobachtete Mona.

Mona schaute zum Himmel und sah einer vorbeifliegenden Möwe nach. »Ich habe hier einen Job auf dem Gymnasium ergattern können. Ich wohne in einer Pension. Eine Wohnung zu finden ist nicht so einfach auf die Schnelle.«

»Du wohnst und arbeitest hier? Aber ... Warum? Ich meine ... das ist schön. Das freut mich für dich.« Lisa war sehr überrascht. *Mona lebt hier!* Ihr Herz machte unkontrollierte Freudensprünge. Es geriet fast aus dem Takt.

»Ich hatte hier meine schönste Zeit und ... ach, ich weiß auch nicht. Es hat mich hierher gezogen. Ich musste weg aus der Stadt. Ich dachte, hier ...« *... bin ich dir nah,* beendete sie den Satz in Gedanken. Sie zog die Schultern hoch. »Und du? Wo wohnst du? Ich dachte, Jule wüsste nicht, wo du zu finden bist. Und nun, nun macht ihr zusammen Urlaub?«

Lisa sah sich nach den anderen um, dann sagte sie: »Wir telefonieren seit einiger Zeit wieder regelmäßiger miteinander. Ich habe sie eingeladen. Sie wussten bis vor ein paar Tagen nicht, wo ich wohne ... nämlich auch hier.« Sie blickte Mona an und versuchte herauszufinden, was diese Aussage bei Mona hervorrief.

Mona starrte sie mit aufgerissenen Augen an. Die Freude, die in ihr tobte, sah man in ihren Augen. Ihr Herz machte einen riesigen Sprung. Doch sie nickte stattdessen nur.

Sie gingen langsam weiter. Beide warteten darauf, dass die Spannung, die noch immer zwischen ihnen herrschte, vorüberging.

»Lisa?« Mona blieb stehen und hielt Lisa leicht am Arm. »Können wir nicht von vorn anfangen?« Sie blickte Lisa flehend an.

Oh ja, bitte. Lisa konnte nicht antworten.

Mona fuhr sich mit der Hand durchs Haar und drehte sich halb von Lisa weg. Sie schaute kurz übers Meer, dann schaute sie Lisa in die Augen. »Wenn ich könnte, würde ich dir meine ganze Liebe geradewegs auf die Brust tackern. Vielleicht ginge dir dann endlich ein Licht auf.«

Lisa sah Mona von unten an. »Du liebst mich?«

»Ich habe seit unserer ersten Begegnung nie mehr damit aufgehört.« Mona sah sie mit all ihrer Liebe an.

Lisa spürte eine Hitze in sich aufsteigen, von der sie dachte, sie für immer verloren zu haben. »Das hast du mir nie gesagt. Woher sollte ich das wissen? Selbst bei unserem Streit in der Küche, als ich dir sagte ...« Sie runzelte die Stirn. Zerknirscht sprach sie weiter. »Nein, ich habe dir auch nie gesagt, dass ich dich liebe. Ich sagte: Liebe macht blöd. Das ist nicht dasselbe wie *Ich liebe dich*.«

»Nein, nicht wirklich dasselbe.« Mona schenkte ihr ein Lächeln. *Sie liebt mich.* Ihr Herz schlug hart und schnell. Sie ging auf Lisa zu und umarmte sie von hinten. Sie legte den Kopf auf ihre Schulter, und Lisa schmiegte sich an sie. Zusammen ließen sie ihre Blicke über das Meer schweifen.

Lisa spürte in diesem Moment zum ersten Mal die Wärme wieder, die sie so vermisst hatte.

Mona traten Tränen in die Augen. »Nichts war mehr echt. Das letzte Jahr war so unwirklich. Ich habe dich jeden Tag schrecklich vermisst.«

»Ich weiß, was du meinst. Nichts war mehr echt.« Lisa lief eine Träne über die Wange. So schön war Monas Nähe und Wärme. Das vergangene Jahr war nur ein schlimmer Albtraum gewesen, ein Albtraum, in dem die Zeit stehengeblieben war. Aber seit ein paar Minuten hatte die Welt begonnen, sich weiterzudrehen.

25

Mona fühlte sich, als wäre sie ins Paradies zurückgekehrt, als sie vor dem Häuschen stand. Die roten Backsteine, die süßen, weißen Fenster, das Reetdach, der wilde Garten – alles war wie vor einem Jahr. Der Duft der wilden Gräser gemischt mit der Brise des Meeres, dazu der azurblaue Himmel und eine kreischende Möwe gaben ihr das Gefühl, endlich dort zu sein, wo ihr Herz zu Hause war. Es wartete nur noch darauf, von Lisa abgeholt zu werden.

Mona erinnerte sich an Lisas Worte, damals, als sie zum ersten Mal hier stand. *Es ist ein Gefühl des Ankommens, ein Gefühl, zu Hause zu sein.* Und genauso war es. Sie schluckte und unterdrückte eine Träne.

Sie öffnete das Gartentürchen, ging langsam durch den Garten und klopfte mit pochendem Herzen an die Tür. Gleich würde sie Lisa sehen, sie zum Essen ausführen. *Aber wer braucht schon Mittagessen. Ich brauche was ganz anderes.* Es kam ihr wie eine Ewigkeit vor, bis Lisa die Tür öffnete.

Lisa blickte Mona an, und ihr Herz galoppierte doppelt so schnell. *Wer will schon Mittagessen. Ich brauche was ganz anderes.*

Beide sahen sich tief in die Augen. Strahlten sich von ganzem Herzen an und wussten, sie hatten sich auf ein Neues gefunden und würden sich nie wieder verlieren. Es war bestimmt, dass ihre Seelen zusammengehörten, jetzt und für immer.

Lisa nahm Monas Hand und zog sie ohne ein Wort zu sagen ins Haus. Führte Mona die Treppe hoch. Öffnete die Tür zum Schlafzimmer und drehte sich zu ihr. »Ich liebe dich, Mona, und ich werde nie mehr damit aufhören. Die Vergangenheit ist unwichtig, was zählt, ist die Zukunft.« Tränen traten in ihre Augen. Vorsichtig beugte sie sich zu Mona, berührte mit ihrem Mund ganz vorsichtig und sacht ihre Lippen.

»Und ich liebe dich, Lisa.« Auch Monas Augen waren feucht vor Glück.

Ihre Augen schlossen sich, um sich ganz der Empfindung hinzugeben. Das Kribbeln auf ihren Lippen war so betörend, dass ihre Knie nachgaben.

Mit diesem Kuss schienen alle Wunden für immer geheilt. Nie wieder wollten sie aus diesem wundervollen Traum erwachen, wollten ihn für immer träumen. Sie verstärkten den Druck und genossen die weichen und wohlschmeckendem Lippen. Beide konnten ein Stöhnen nicht unterdrücken.

Mona legte ihre Hände auf Lisas Taille, zog sie sanft zu sich. »Lisa, ich liebe dich.« Sie drang vorsichtig, als wäre es das erste Mal, dass sie Lisa küsste, mit der Zunge in ihren Mund.

Lisa legte sanft ihre Hände auf Monas Gesicht. »Und ich liebe dich.«

Ihr Kuss wurde leidenschaftlicher. Sie ließen sich aufs Bett nieder.

»Wo sind die anderen?«, fragte Mona.

»Die sind nach Westerland gefahren. Vor heute Abend werden sie nicht wieder da sein.« Lisa lächelte verschmitzt.

Beide versanken in einen nicht enden wollenden Kuss. Ihre erhitzten Körper pressten sich eng aufeinander, ihre Hände streichelten über nackte Haut, und sie liebten sich stundenlang, als gäbe es kein Morgen.

ENDE

Weitere Titel bei édition el!es

Terry Waiden: Diesmal für immer

Roman

Josi wähnt sich glücklich in ihrem Leben allein, da holt ihre Vergangenheit sie plötzlich ein: Ihr Pflegevater liegt im Sterben. Sie kehrt in die alte Heimat zurück und stellt entsetzt fest, dass Sonja, die Tochter ihres Pflegevaters, sie immer noch liebt. Aber Josi will nicht erneut enttäuscht werden und weist Sonja zurück, doch die lässt diesmal nicht mehr los …

Julia Schöning: Mit Herz und Skalpell

Roman

Die neue Assistenzärztin Linda verliebt sich im Krankenhaus in die unnahbare Oberärztin Alexandra. Obwohl Alexandra keine Beziehung eingehen will, kommen sie sich näher. Der Kampf um die Stelle als Leitende Oberärztin und Alexandras Ex stehen jedoch wie eine Mauer zwischen ihr und Linda – aber Linda gibt nicht auf, um Alexandras Liebe zu kämpfen …

Anne Wall: Immer diese Sehnsucht

Roman

Kerstin und Andrea scheinen ein glückliches Paar zu sein, doch die Beziehung kriselt: Andrea lebt nur für ihre Arbeit, und Kerstin vermisst die Zweisamkeit. Da tritt die braungebrannte Abenteurerin Pat in Kerstins Leben und schenkt ihr die Aufmerksamkeit, die sie von Andrea vermisst. Nach einem schrecklichen Streit von Andrea tief verletzt folgt Kerstin Pat nach Südafrika, wo sie ein neues Leben beginnt; Andrea bleibt ahnungslos zurück. Doch unter der heißen Sonne Afrikas wächst in Kerstin die Sehnsucht nach Andreas Liebe …

Laura Beck: Der letzte Liebesdienst

Roman

Lara und Maja sind ein ebenso glückliches Paar wie Anke und Fiona. Doch das Schicksal entreißt Lara und Fiona ihre geliebten Frauen und lässt sie trauernd zurück. Sowohl Fiona als auch Lara glauben, nie wieder lieben zu können.

Nach ihrem Hinscheiden gerät Maja in eine Zwischenwelt, in der sie Anke trifft. Sie stecken dort fest, denn sie haben noch eine Aufgabe zu erfüllen: Ihre Frauen sollen wieder glücklich werden, und zwar miteinander. Und so versuchen die beiden (noch nicht ganz) Verblichenen ihre zurückgebliebenen Frauen miteinander zu verkuppeln, was sich als schwieriger erweist, als es zunächst den Anschein hat …

Claudia Lütje: Über den Wolken fand ich dich

Roman

Petra und Anja, Stewardess und Pilotin bei derselben Fluggesellschaft, lernen sich im Dienst auf einem Flug nach Miami kennen und verbringen im Hotel intensive Stunden miteinander. Es könnte der Anfang einer wunderbaren Beziehung werden, wenn Anjas Ex-Freundin Beate nicht wäre: Denn die heckt einen gemeinen Plan aus, um die beiden Liebenden auseinanderzubringen, indem sie ihnen Schmuggelware unterjubelt. Doch die Anstrengungen, Anjas Karriere zu retten, schweißen Petra und Anja nur noch mehr zusammen – auch wenn Beate weiterhin nichts unversucht lässt, Anja zurückzugewinnen …

Ina Sembt: Im Garten der Gefühle

Roman

Für eine brisante Reportage erhält Alexandra den Auftrag, undercover intime Details über die Mode-Magnatin Susanne von Saalfeld herauszufinden. Alexandra gibt sich als Gartenarchitektin aus und kommt Susanne näher als geplant. Doch noch bevor Alexandra ihren wahren Beruf beichten kann, prangen bereits skandalträchtige Schlagzeilen in der Boulevardpresse – Susanne zieht sich wütend zurück. Alexandra versucht verzweifelt alles Menschenmögliche, um Susanne von ihrer Liebe zu überzeugen …

Mirjam Hoff: Gefährliche Geheimnisse

Roman

Zuerst knackt Helen Lils Türschloss, dann ihr Herz. Es könnte eine wunderbare Beziehung werden, wenn Helens Geheimnisse nicht immer wieder für unangenehme Überraschungen sorgen würden. Lil weiß im Grunde nichts über die wilde und leidenschaftliche Helen, erfährt nur immer wieder durch Zufall Details aus Helens Leben. Das stellt die Beziehung auf eine harte Probe, denn eines Tages wird Lil nicht mehr verzeihen können …

Claudia Westphal: Die Schwester der Braut

Roman

Als Alicia heiratet, lernt deren Schwester Alex auf dem Junggesellinnenabschied die ältere Dana kennen und fühlt sich von Anfang an zu ihr hingezogen. Nur ist Dana die beste Freundin von Alex' Mutter, und die Mutter weiß nichts von der Vorliebe ihrer Tochter für Frauen. Und auch sonst spricht so einiges gegen eine Beziehung zwischen Dana und Alex. Doch die Gefühle sind stärker als die Vernunft, und so nehmen die Geschehnisse bis zum Happy End ihren Verlauf …

Terry Waiden: Neptuns Tochter

Roman

Mika zieht den Zorn einer schönen Fremden auf sich, als sie in der Firma die Sprinkleranlage in Gang setzt – für einen guten Zweck. Die Überraschung ist groß, als Mika der Fremden wiederbegegnet, denn sie ist die Tochter von Mikas neuer Arbeitgeberin. Doch ›Neptuns Tochter‹, wie sie von Mika insgeheim getauft wird, schreitet auf dem Kriegspfad, so scheint es; fatal, denn Mika hat sich unsterblich verliebt …

Lucy van Tessel: Traum von Amsterdam

Roman

Der Durchbruch als Künstlerin lässt auf sich warten, die Langzeitbeziehung gescheitert – in Lenkas Leben läuft einiges schief. Und auch ein vielversprechender Flirt mit Studentin Naomi endet im Rauswurf am nächsten Morgen. Doch Lenka kriegt Naomi nicht aus dem Kopf, während die Studentin den mit ihrer Ex geträumten Traum von Amsterdam nicht aufgeben will. Eine gemeinsame Zukunft kann es jedoch nur geben, wenn sich Naomi fürs Bleiben entscheidet …

Manuela Kühn: Verborgene Liebe

Roman

Nach der Trennung von ihrer großen Liebe fällt Leonie in ein tiefes Loch der Trauer. Die Qual scheint endlos, bis ihr bester Freund Tobias einen Unfall hat. Denn im Krankenhaus entflammen leidenschaftliche Gefühle für die große, starke Krankenschwester Irene. Aber im Verborgenen wächst in Leonie eine Liebe für eine ganz andere Frau heran …

Maren Frank: Liebe an Bord

Roman

Krankenschwester auf einem Kreuzfahrtschiff: Das klingt zu gut, um wahr zu sein. Diana wagt das Abenteuer und verliebt sich prompt in die große, dunkelhaarige Kapitänin Valerie. Viel Zeit, um herauszufinden, ob die Gefühle erwidert werden könnten, bleibt allerdings nicht: Das Schiff wird vom Ersten Offizier mit Hilfe fremder Seeleute gekapert, Diana und Valerie in einem Ruderboot auf See ausgesetzt – der gemeinsame Überlebenskampf beginnt …

Ruth Gogoll: Widerstand ist zwecklos

Drei galaktische Geschichten in einem Band

Ein Handyroman, eine Fanfiction und ein utopisches Experiment – in diesem *el!es-Spezial* sind drei Geschichten von Ruth Gogoll zusammengefasst, die sich bereits als eBooks großer Beliebtheit erfreuen.

Widerstand ist zwecklos stellt eine Professorin fest, als sie sich erfolglos gegen die erotische Anziehung ihrer Assistentin wehrt;

Galaktische Gefühle hegt Captain Alyson McGuire für eine zur perfekten Frau umgewandelten Cyborg;

Neue Welt ist ein Planet voller Frauen, auf dem die von der Erde gesandte Corey ganz neue Erfahrungen macht ...

Claudia Westphal: Zeig, mir was Liebe ist

Roman

Äußerlich die Vorzeige-Lipsticklesbe, innerlich die größte Butch: Jefferson Fynn passt in keine Schublade. Im Beruf erfolgreich, das Privatleben in einen Schrank gesperrt. Doch eines Tages werden die Sehnsucht nach Liebe und der Wunsch nach Familie groß genug, so dass Jefferson ihre Karriere an den Nagel hängt und in ihre Heimat zurückkehrt. Wo neben neuen familiären Herausforderungen auch tatsächlich die große Liebe auf sie wartet ...

Anne Wall: Nur ein Blick von dir

Roman

Silke, frisch getrennt, lernt die Sozialpädagogin Marina kennen. Obwohl Silke immer wieder betont, dass Marina nicht ihr Typ ist, lässt sie sich nach einer Weile doch auf eine Beziehung ein, ohne Verpflichtungen, ganz locker, jederzeit kündbar. Aber die Idylle wird jäh unterbrochen, als Marina plötzlich verschwindet und Silke sich ihrer wahren Gefühle endlich bewusst wird.

Toni Lucas: Gefährliche Sehnsucht

Roman

Aufstiegschance Katze! In einer Welt, die von der Furcht vor Seuchen beherrscht wird, ist Anais Munroe froh, einen gutbezahlten Job als Katze in einem reichen Haushalt erhalten zu haben. Sumati Divari, eine einflussreiche Managerin eines Pharmakonzerns, bringt ihr jedoch zunächst nur wenig Sympathie entgegen. Erst, als Anais schwer verletzt wird, entspinnt sich zwischen ihnen ein Liebesverhältnis. Bald jedoch müssen beide feststellen, dass nicht nur ihre Beziehung, sondern auch das Leben vieler Menschen bedroht ist. Nur gemeinsam kann es ihnen gelingen, eine Katastrophe zu verhindern.